名家解读古典名著·

话本与文言小说 上

解读

《三言》
《两拍》
《无声戏》
『剪灯三话』

侯忠义 主编

辽宁教育出版社

图书在版编目（CIP）数据

名家解读古典名著. 话本与文言小说. 上 / 侯忠义主编. —沈阳：辽宁教育
出版社，2013.1
ISBN 978 - 7 - 5382 - 9968 - 7

Ⅰ. ①名… Ⅱ. ①侯… Ⅲ. ①话本小说—小说研究—中国—古代 ②文
言小说—小说研究—中国—古代 Ⅳ. ①I207.41

中国版本图书馆 CIP 数据核字（2013）第 018514 号

辽宁教育出版社出版、发行
（沈阳市和平区十一纬路 25 号 邮政编码 110003）
沈阳新华印刷厂印刷

开本：710 毫米×1010 毫米 1/16 字数：245 千字 印张：14.5
印数：1—5000 册
2013 年 1 月第 1 版 2013 年 1 月第 1 次印刷
责任编辑：严中联 责任校对：马 慧
封面设计：谭慧丽 张 瑞 版式设计：王 萌
ISBN 978-7-5382-9968-7
定价：25.00 元

目 录

名家解读古典名著
话本与文言小说(上)

解读"剪灯三话"

薛克翘　著

　　"剪灯三话"是《剪灯新话》《剪灯余话》《觅灯因话》三部小说集的合称,其中《剪灯新话》是一部开明代小说先河的作品集。本书从中国小说史、文学艺术、历史宗教等角度,对"剪灯三话"的历史地位、艺术成就、思想倾向等作了全方位的解读。

一 "剪灯三话"与作者诸谜

有明一代,中国小说得到空前发展。元末明初出现了中国最早的长篇小说《三国演义》《水浒传》,中叶又出现了《西游记》《金瓶梅》等长篇名著;短篇小说集《三言》《两拍》亦在明代编成,并享有盛名,足以流传千古。这些,都是明代小说发达的标志。但是,人们过分注意这些白话小说,而往往不大重视明代的文言小说。这是因为明代的白话小说确实是成就卓著,是中国小说长河中的巍然浪峰,而文言小说则相形见绌,其光芒亦掩而不彰,致使文学史家在论及明代小说时,对白话小说津津乐道,不惜笔墨,而对文言小说一笔带过,惜墨如金。

随着历史的发展,文明的进步,白话小说取代文言小说是一种必然。从白话小说产生、发展,直到它最终取得一统天下,这是一个漫长的过程。当中国社会跨进现代文明的门槛时,这一过程才告结束。我们应当注意,在中国小说发展的这一漫长历程中,文言小说是贯穿首尾的,并且一直对白话小说的发展起着积极作用。即使在明代,文言小说已明显呈衰败景象时,它对白话小说仍然有巨大影响。我们知道,中国小说在唐代形成了以唐传奇为代表的高峰,可以说,这时中国小说发展几乎到了极致阶段。物极必反,就在这一高峰崛起的同时,俗文学已经为白话小说的发展奠定了基础。唐传奇之后,清代出现了以蒲松龄《聊斋志异》为代表的另一高峰,然而它却同时宣布了文言小说的衰亡。但不管怎么说,唐传奇和《聊斋志异》是中国文言小说的两个高峰,这是文学史家的公论。

任何一个高峰的形成都不是偶然的。它必然是一种能的凝聚,力的结集,是量变到质变的过程所使然。《聊斋》的出现也非偶然,其中有天时,有地利,也有人和,诸多因素的汇合,遂使异峰突起,蔚为壮观。这中间,明代文言小说的积蓄之功,其过渡性的桥梁作用是不可低估的。

(一) 何谓"剪灯三话"

明代文言小说,就其数量而言,也足以汗牛充栋,而其间的佼佼者,要算是"剪灯三话"(以下简称"三话")。"三话"是三种小说集的合称,其第一部,也是最突出的一部叫《剪灯新话》(以下简称《新话》),其次是《剪灯余话》(以下简称《余话》)和《觅灯因话》(以下简称《因话》)。

"剪灯"二字中的灯，是指烛灯而不是油灯。古时人们用以照明的灯主要是烛灯和油灯两种。人们有这样的常识，每当油灯暗下来时，把灯芯拨高一些，灯光会变亮。每当烛灯暗下来时，把烛芯顶端的"开花"剪掉，烛光就会变亮。由此可知，在夜晚，一面说话一面还要不时地剪灯，其所谈论的内容一定是很吸引人的。作者将自己的小说集命名为《剪灯新话》，用意正在于此。而《剪灯余话》中的"余"字，是"剩余"的意思，引申为"继续"，意思是《剪灯新话》的续作。至于《觅灯因话》中的"因"字，则是"由……而引起"的意思。《因话》作者自己对他的书名作过解释，他说，他书房的桌子上有一本《剪灯新话》，客人来访，非常喜欢这部书，一直读到半夜。这时，客人又为他讲了一些故事，这些故事深深打动了他。这时，灯已经灭了，他叫人重新找来灯点上，把客人的故事有选择地记录下来。因灯灭而重新找灯点，又因《剪灯新话》而引起这事，所以命名为《觅灯因话》。

"三话"中以《新话》出现最早，也最有成就，分为五卷，收作品凡二十一篇。《余话》仿照《新话》，亦分为五卷，作品二十二篇。《因话》仅二卷，作品八篇。这三部书问世以后，历尽沧桑，尤其是前两种，曾因被禁而散佚颇多，后因得到日本流传的足本，才使我们今日得睹原貌。现在的版本，以周夷（楞伽）先生校注、上海古籍出版社1981年新版为最佳。书名为《剪灯新话》，而另两种编在其后。这样"三话"合一，很便于阅读。下面凡引"三话"原文，皆依此本。

（二）灯与话的回顾

在现代汉语中，"话"的意思是口头表示的声音，是"话语"的意思。但现在要讨论的"话"不同，是指故事或小说。"小说"一词出现较早，最早见于《庄子·物外篇》，但最初并不是指一种文学体裁，而是指小的、不重要的话语和事理。"故事"一词最初也不是一种文学体裁，而是指"过去的事情"。后来，大约汉晋时代的《汉武故事》一书问世后，"故事"一词才开始有成为一种文学体裁的迹象。至于"话"，成为一种文学体裁则是较晚的事。唐代出现了"说话"，这个"话"就是故事。这些变化，从古代小说集的命名上也可以看出一些端倪。隋以前的小说集通常不使用"话"字，而是使用意义相近的"说"和"语"字。例如《汉书·艺文志》著录有《伊尹说》《鬻子说》（均失传），南朝刘义庆有《世说新语》，殷芸有《小说》十卷等。隋以前的小说还常以"记""录""传""志"等字命名，如《玄中记》

《搜神记》《幽明录》《近异录》《灵鬼志》《冤魂志》《东方朔传》《列异传》等。这些恰好证明了鲁迅先生在《中国小说的历史的变迁》中所作的"当时并非有意做小说"论断的正确。他还认为,中国古人开始有意识地做小说是在唐代。也正好是在唐代,"话"字开始被用于小说集名称。题为唐人刘𫗧撰的《隋唐嘉话》一书,首次使用了"话"字。不久,又有了赵璘的《因话录》、韦绚的《刘公嘉话录》。同时,"谈"字也开始使用于小说集总名,如韦绚的《戎幕闲谈》《佐谈》等。

由此可知,"三话"中的"话"字是从唐代因袭下来的,是唐人开始有意做小说的结果,而其前身,"说"和"语"字作为小说的意义,则可以追溯得更远。

我们还注意到,"剪灯三话"中又都有一个"灯"字。为了说明灯与话的关系,同样需要从古代小说集的命名上寻找些线索。唐代小说集没有以"灯"字命名的,宋代才出现了一部无名氏的《灯下闲谈》,灯和谈同时并举,"谈"就是"话"。其后,一个叫惠洪的和尚撰了《冷斋夜话》,夜与灯似乎关系密切。可知,将"灯"与"话"同时用于书名的,《剪灯新话》并非首次。然而,在《新话》之后,却有一大批继作,形成了洋洋可观的灯话系列小说。例如,明代有周礼的《秉灯清谈》和《剪灯余话》(与前述《余话》同名)、丘濬的《剪灯奇录》、周八龙的《挑灯集》、陈钟盛的《剪灯纪训》、无名氏的《剪灯续录》;清代又有戴延年的《秋灯丛话》、王械的《秋灯丛话》、蒋坦的《秋灯琐记》、宣鼎的《夜雨秋灯录》,等等。

到这里,人们也许会问:把灯和话拉到一起来谈,有什么意义呢?我们说,仅从书名来看,至少能说明以下几个问题:

1. "三话"的出现,是受了唐宋传奇影响,是唐宋传奇在明代的继续;

2. "三话"是中国小说史上的重要一环,应认真加以分析和评介,而不应当受到忽视和冷落;

3.灯和话的关系还告诉我们,这类故事都是夜间讲的,夜晚是人们整日劳作后需要休息和消遣的时刻,当时又没有影视节目和酒吧、夜总会之类去处,听故事便是一种好的享受,而在夜晚讲些灵怪粉脂类故事,更容易创造出一种扑朔迷离、不阴不阳的氛围,使听者进入一种幽深玄秘的境界,从而激发情趣,展开联想。

(三)"三话"作者诸谜

"三话"成书以后,曾遭禁止,再加上一些记载不详,所以给后人留下了一些不解之谜。

1.《新话》的作者是谁?

从现在已掌握的资料看,《新话》所收二十一篇作品似乎并不都出于一人的手笔。多数史料上都说《新话》的作者是瞿佑(字宗吉),但明代即有人提出疑问。都穆在他的《都公谈纂》中说:

予尝闻嘉兴周先生鼎云:"《新话》非宗吉著。元末有富某者,宋相郑公之后,家杭州吴山上。杨廉夫在杭,尝至其家。富生以事他出,值大雪,廉夫留旬日,戏为作此,将以贻主人也。宗吉少时,为富氏养婿。尝侍廉夫,得其稿,后遂掩为己有。唯《秋香亭记》一篇,乃其自笔。"今观《新话》之文,不类廉夫。周先生之言,岂别有本耶?

这条材料只是记下了周鼎的话,连都穆本人都表示怀疑。周鼎认为《新话》的作者是杨廉夫,而都穆却认为《新话》的文笔不像是杨廉夫的。事实上,杨廉夫在杭州逗留仅旬日,似乎也不大可能一口气写出二十篇作品。

时隔不久,明人欣欣子在《金瓶梅词话·序》中又提到"卢景晖之《剪灯新话》",似乎《新话》的作者是卢景晖。

今人戴不凡先生在他的《小说见闻录》中又提出一条材料,说他有一明刊小说残本,书根有"剪灯"二字,残留的第一至第七篇均见于《新话》和《余话》,且各自标明作者如下:

芙蓉屏记:庐陵李桢

秋千会记:庐陵李桢

联芳楼记:阙名

聚景园记:山阳瞿佑

牡丹灯记:元　陈愔

金凤钗记:元　柳贯

绿衣人传:元　吾衍

由此,戴先生认为:"《剪灯》并非一人之作,实系编辑成书者也。"

与戴先生材料相印证的是谭正璧先生《古本稀见小说汇考》中所载:董康《书舶庸谈》卷八下,说有日本藏明刻《剪灯新话》十二卷,其卷三前七篇题目、作者皆与戴先生藏本同。

相反，认为《新话》是瞿佑作的也大有人在。明代郎瑛的《七修类稿》、高儒的《百川书志》、胡应麟的《少室山房笔丛》，以及清钱谦益《列朝诗集小传》等，都说《新话》是瞿佑所作。尤其是为《新话》写序的几个人，如凌云翰、吴植、桂衡及《余话》作者李祯，为《余话》写序的曾棨、张光启等，均与瞿佑大体为同时代人，且都属名士，皆以《新话》为瞿氏手笔而不疑。

那么《新话》到底是不是瞿佑的作品呢？我们觉得，说《新话》是杨廉夫所作，而瞿佑只是将杨作"掩为己有"，言近于诬，且证据不足；说《新话》是卢景晖所编，则仅有欣欣子的只言片语，亦不足为凭。如果说《新话》是瞿佑编辑加工，中间掺杂着他个人的作品，似乎比较可靠。因为瞿佑自己在《新话·序》中明确声称，"余既编辑古今怪奇之事，以为《剪灯录》……"可见他并没有贪天之功据为己有的意思。

2. 瞿佑小传

明清两朝，关于瞿佑生平的文字材料不算少，但其中仍有一些谜。明人的资料有郎瑛的《七修类稿》、万历年间的《杭州府志》，清代的资料有钱谦益的《列朝诗集小传》、朱彝尊的《静志居诗话》、徐釚的《词苑丛谈》及《浙江府志》《钱塘县志》《四库全书总目提要》等。这些书中对瞿佑均有提及，但都很简略，且有不少属因袭前人成说。归结上述资料，介绍瞿佑生平如下：

瞿佑，字宗吉，钱塘（今杭州）人，元末至正元年（1341 年）生，明宣德二年（1427 年）卒，终年八十七岁。他自幼聪慧，受过良好教育。十四岁时，当时的一些名士让他即席作诗，他便吟出《鸡》绝句一首："宋宗窗下对谈高，五德名声五彩毛，自是范张情义重，割烹何必用牛刀。"四句各出一个关于鸡的典故，备受称赞。洪武中（约 1382 年前后），瞿佑由贡士被推荐为仁和县训导，后又任临安教谕；洪武末（约 1389 年）任河南宜阳训导，不久又升任周王（朱橚）府右长史。永乐中（约 1415 年），他因诗蒙祸，被流放到保安十年。洪熙元年（1425 年），因英国公张辅奏请，皇帝赦免瞿佑。于是他回到北京，在英国公府上主持家塾三年，尔后被放回杭州，不久即死去。

瞿佑一生坎坷，虽满腹文章，多有著述，但始终不得志。他当过训导、教谕之类不入流的小官，实际上是教书匠；他所得的最高官位是王府右长史，充其量不过是个正五品的官。他因诗蒙祸的具体情况亦不可知，十年的流放生活也记载很少。据《列朝诗集小传》记载，瞿佑谪戍保安时，"当兴河失守，边境萧条，永乐己亥（1419 年），降佛曲于塞下，选子弟唱之，时值元宵，作《望江南》五首，闻者凄然泪下。又有《漫兴诗》及《书生叹》诸篇，至今贫士失职者皆讽咏焉。"据记载，瞿佑一生著述颇丰，达一二十种之多，其中有诗作，有小说，也有研究专著。但可惜的是多已散佚，今存的除《新话》之外，还有《香台集》《归田诗话》《天机云锦》《咏物诗》《四时宜忌》等几种。

瞿氏生平中有这样几个小问题需要辨明：

（1）瞿佑到底是钱塘人还是山阳人？

许多材料上都说瞿佑是钱塘人，这当是没有问题的。但瞿佑本人却自称"山阳瞿佑"，桂衡在《新话·序》中称他为"山阳才人"，戴不凡藏本《剪灯》中也称他为"山阳瞿佑"，这似乎又证明瞿佑确实是山阳人。

瞿佑为钱塘人，这有许多证据。凌云翰在《新话》的序中称瞿佑为"乡友"，而他自己的署名也是"钱塘凌云翰"。瞿佑的家在杭州，他的《新话》自序就写于杭州吴山大隐堂。他十四岁在杭州，这是确定的，而当时其父、其叔祖都在杭州。其家当时曾建传桂堂，与许多名流接交，说明瞿氏是杭州有名望的家族，而这不是经营三年五载就可以达到的。瞿佑在谪戍保安时写过《望江南》五首，这显然是模仿白居易《望江南》而写，白诗有"忆江南，最忆是杭州"句，这又可以作为瞿佑怀念故里杭州的旁证。

明代山阳有二：一在今陕西商县南，一在今江苏淮安，瞿氏的山阳为后者的可能性大。古人有个习惯，署名时喜欢把自己的籍贯署在名前。古人称籍贯为"郡望"，是祖上的出生地和居住地。瞿佑正是这样，自署山阳，是把籍贯列于名前，表示自己不忘祖先故地，这是旧时宗族观念的反映。由此可知，钱塘是瞿佑的故里，而山阳则是其祖上的故里。所以，我们应当肯定，瞿佑是钱塘人。

（2）瞿佑流放的保安在今何处？

明代的保安有二：一是今陕北保安县，二是今北京西北河北境内的新保安一带。瞿佑是永乐中被流放到保安的，当时元朝覆灭不久，北方边陲不安守，朱元璋时曾在北京四周设立四卫，以保北京安全，其中之一称"保安卫"。《列朝诗集小传》中有"兴河失守，边境萧条"字样，其"兴河"当为"兴和"之误。兴和地处今内蒙古靠近河北宣化的地方，又确于永乐年间失

7

守，而宣化、保安一带成为边境，这是符合史实的。今查陕北保安范围并无一个叫兴河或兴和的地方，因此，瞿佑所成之保安应在今河北新保安一带。

（3）瞿佑说"余既编辑古今怪奇之事，以为《剪灯录》，凡四十卷矣"。其中，《剪灯录》当为《剪灯新话》之别称，而非另有《剪灯录》一书。"四十卷"当为"四卷"之误。

3. 李祯小传

李祯，字昌祺，明庐陵（今江西吉安）人。其父李伯葵有诗名，号盘谷钓叟。可见他出身于书香门第。李昌祺生于洪武九年（1376年），卒于景泰二年（1451年），终年七十七岁。永乐二年（1404年）进士，被选为翰林院庶吉士，参与撰修《永乐大典》，当时，同事们都认为他学问渊博，每有疑难便找他请教，往往都能得到正确答案。后来，他被提升为礼部主客郎中，因才能和名望突出又被派往广西任左布政使。在广西因事犯法，被贬官服役，不久遇赦。但事隔七年，他又被流放到房山（今北京房山县）服役。遇赦后，于洪熙元年（1425年）被官复原职，派往河南任左布政使。在河南，他与右布政使萧省身一起，法办当地豪猾，革除贪残，疏滞举废，救灾恤贫，在数月之间使政化大行，深受百姓拥戴。但不久，因父母丧事归故里居丧。当时按古礼守丧，一般三年，其间不出外经商或为官。但因朝廷大臣们以他为政廉洁，待民宽厚，河南百姓非常怀念为理由，请求朝廷尽早起用他，所以明宣宗又特地命他停止守丧赴河南上任。正统四年（1439年），他因病坚决请求辞官归乡，当时他还不到告老还乡的年纪。回乡后，家居二十年，从不在官场抛头露面，他家的房子简陋得仅可遮蔽风雨，生活并不富裕。

李昌祺所获最高官位为左布政使，为从二品官阶，相当于一省之长，时人称之为"方伯"。他自幼有才情，弱冠之年便文誉蔚起。其著作除了《剪灯余话》外，还有《运甓漫稿》《客膝轩草》《侨庵诗余》等。他虽然做过高官，但用他自己的话说，是"两涉忧患，饱食之日少"（《余话》自序），可见其一生并不顺利。然而，戏剧性的事情发生在他死去之后。当时，韩雍巡抚江西，要在学宫祭祀先贤，而当地的故老以李昌祺写过《剪灯余话》为由，坚决反对把他列为先贤。

根据李昌祺的有关史料，其生平中也有几个小问题：

（1）《明史》本传和《听雨纪闻》中都说李氏为永乐二年（1404年）进士，而《列朝诗集小传》中说他为永乐癸未年（1403年）进士，孰是孰非？

《余话》王英序中曾提到他与李为同年进士，查《明史》卷一百五十二《王英传》，记王英为永乐二年进士；又《明史》卷七十·《选举志》二中亦记王英、曾棨等为永乐二年进士。由此可证，《列朝诗集小传》有误。

（2）《列朝诗集小传》乙集《李布政祯》条还写道："父丧服除，改河南。丁内艰归。宣宗命夺丧乘传赴官，风疾增剧，不待引年，坚乞致仕。"而《明史》本传记曰："……命夺丧赴官，抚恤甚至。正统改元，上书言三事，皆报可。四年，致仕。"前者说李昌祺不到引退之年而坚决辞职的原因是"风疾增剧"，这与《明史》所记有出入。据《明史》，李昌祺从赴官到致仕，中间至少隔了四年，这期间，没提他病情增剧的事，反而说他屏迹乡里后"家居二十余年"，看来他致仕后身体相当不错。如果不是因病重退休，那么他为什么会过早引退呢？这恐怕与他的人生哲学有关。明人叶盛在其《水东日记》卷十四中说李昌祺"为人耿介廉洁，自始至归老，始终一致，人颇以不得柄用惜之。尝自赞其像曰：'貌虽丑而心严，身虽进而意止；忠效禀乎父师，学问存乎操履；仁庙称为好人，周藩许其得体：不劳朋友赞同，自有帝王恩旨。'盖亦有为之言也。"这里，"身虽进而意止"就是李昌祺人生哲学的概括。他大约从数十年的仕宦生涯中看到了些什么，适可而止，毅然引退。

4.《因话》作者邵景詹

有关邵景詹生平的资料极少，今只有书前《小引》一篇，其开首写道："万历壬辰，自好子读书遥青阁。"从这句话可知，邵景詹生活于明万历年间，《因话》作于公元1592年，他自号为"自好子"，遥青阁是他的书斋。但邵氏为何许人，生平如何，有何亲朋好友，是否有其他著作，一概不得而知。据《因话》所写的故事发生地来看，邵景詹有可能是江浙一带人。但在没有发现新材料的情况下，这一切都只是些谜。

二 "剪灯三话"的产生与天时地利

凡文学作品，都是应运而生。也就是说，文学作品都是时代的产儿，它们属于自己所自产生的时代，也反映时代的风貌与特征。因此，离开了时代氛围而单纯地探讨作品的思想意义、艺术特征和美学价值，是得不出正确公允的结论的。

那么，"三话"产生于什么样的时代呢？这里有必要先介绍一下元末明初社会的状况,即通常所说的时代背景。

(一) 元末明初的社会大动荡

十三世纪后期,我国北方的蒙古人秉承成吉思汗的余威,相继灭掉了盘踞于中原的金朝和偏安江南一隅的南宋,建立起南北统一的元帝国。元朝统治者将国人分为四等:蒙古人、色目人、汉人和南人。这一划分是为便于统治,是一种民族歧视,但归根结底是一种阶级压迫。因此,在元帝国统治的近百年时间里,各地反对元朝统治者的斗争一直没有停止过。终于,元朝末年爆发了大规模的农民起义,各地义军纷纷揭竿而起:先是白莲教领袖刘福通在颍州(今安徽阜阳)起义,并很快攻占了河南南部,继而是徐寿辉在蕲水(今湖北浠水)起义,郭子兴在濠州(今安徽凤阳)起义。他们都称为红巾军。此外,张士诚也在江苏起兵。其中,刘福通的队伍发展壮大很快,分四路在北方作战,沉重地打击了元朝的统治。同时,徐寿辉的红巾军攻占了长江中下游的广大地区,队伍也很快发展到了百万人。

朱元璋于1352年参加了郭子兴的红巾军,郭死后,朱元璋取代,并趁机大力发展自己的势力。后来,刘福通因遭降元的张士诚军围攻,英勇战死;徐寿辉则被部下陈友谅杀死取代。此时,朱、张、陈等实际上已成为各据一方的军阀,互相攻伐混战,只为争当皇帝。朱元璋经过十多年战斗,先后灭掉了陈友谅和张士诚的势力,控制了长江中下游地区,一跃而成为封建地主阶级的代表。他残酷地镇压了其他义军的残部,并于1367年发布讨元文告,向北进取中原。1368年,他在应天(今南京)称帝,建立了明朝,改年号为洪武。同年,明朝大军攻占了大都(今北京),元朝覆灭。此后,朱元璋在大约二十年的时间里,连续用兵,先后攻占了西北、西南和东北的广大地区,完成了统一大业。朱元璋在位三十一年,除了东征西伐,统一中华以外,在经济上,他还鼓励农耕,减免赋税,发展了农业生产;在政治上,他集天下权力于一身,改革中央和地方行政机构,对一批开国功臣实行大规模杀戮,使冤狱遍于国中;在文化上,他一方面建立了一整套科举和学校制度,加强封建教育,培养封建知识分子,另一方面又大兴文字狱,使文人动辄得咎,用以限制知识分子的思想和言论。明成祖朱棣夺得皇帝宝座以后,也与朱元璋一样,严刑屠戮,利用恐怖手段以巩固其封建专制的集权统治。朱氏父子的所作所为一方面发展了经济,促成了社会的安定,另一方面又对思想文化严加控制,造成了一种沉闷的思想政治空气。

元末明初的社会大动荡,是产生优秀文学作品的土壤。血与火中饱含着无数的流离失所和弱肉强食,无数的悲欢离合和喜怒哀乐。这仿佛是一座巨大的宝藏,只要愿意,便可以从中拾取大量活生生的材料,稍加文饰,便可以成为感人的佳作。《三国演义》和《水浒传》的最后定型,便与这土壤有关。

《三国演义》的故事虽以东汉末年农民起义和魏蜀吴三国互相攻杀吞并为事实依据,但这和元末明初的社会动荡有许多相似之处:张角的起义与红巾起义相似;魏、蜀、吴的斗争又与朱元璋、陈友谅、张士诚间的相互兼并相似。《水浒传》以北宋末年的农民起义为背景展开故事情节,这也与元末农民起义有一些相似之处。我们在数百年后读这些作品尚深受感染,试想,它们在元末明初的广大民众中该会引起多么大的共鸣!因此,可以说《三国》《水浒》能在元末明初最后定型,形成我们现在所看到的那种规模,是历史促成的,是元末明初的社会现实促成的。

除长篇小说外,短篇小说在这一时期有所发展变化也是情理中的事。就文言小说而言,在唐传奇后,经过了一个长时期的衰落,此时又得以重振和复兴,出现了"三话"这样的作品,不能不说它们的产生也基于这样的土壤。在那样的时代里,在那样的社会环境中,文人多心灰意冷,拾掇素材,闭门造书便成了他们的精神寄托,人生乐趣。于是乎,前朝人物传奇、烟粉故事、阴曹地府及妖魔鬼怪的故事便一涌而出,而这些故事又深受读者欢迎。因此可以说,"三话"的产生,在很大程度上得利于天时。

(二) "三话"与地利

"三话"是时代的产物,属于一个特定的历史时期,这是不容怀疑的。只有把握住这一点,我们在阅读它们的时候,才能客观公正地评价它们,既不苛求于前人,也不讳言其糟粕。同样,"三话"又是与地区、人事有密切关系的,这一点也很重要。因为,任何文学作品都产生于特定的国度,特定的地区,特定的民族,出于某些特殊人物之手,这样,作品本身就带有地方特色,也反映作者的风格和特征。这里所说的地利,就是从这个意义上说的。

"三话"中的故事发生地大多在南方,即长江中下游地区或者更南面。"三话"的作者瞿佑为浙江杭州人,李昌祺为江西吉安人,虽不知邵景詹之乡籍,但他也多半属江浙一带人氏。那么,为什么"三话"的作者都是那一带人而不是北方人呢?这是偶然的巧合还是有什么特别的原因?

"三话"之得地利，以《新话》最为突出。瞿佑为杭州人，而杭州以其地理上的特殊条件、气候宜人、风光秀丽、物产丰富、交通便利等，抚育了许多名人，瞿佑应算其中之一。又有许多名人到过杭州，使本已得天独厚的杭州锦上添花，声名远播。这里不妨作个简单回顾：传说大禹治水成功后，要到会稽（今绍兴）山去大会诸侯，路过杭州时在那里"舍杭登陆"，杭州由此得名。春秋时吴越争霸，杭州当时虽然还是沙滩，但已属吴越之地。秦始皇统一中国，在吴越旧地设会稽郡，在灵隐山下设钱唐县，这就是杭州的前身。西汉武帝时，钱唐曾一度为会稽郡的治所。南北朝时，杭州以钱塘江入海口而成为东南重镇。隋炀帝时开凿的大运河，北起涿郡（今北京），南至杭州。唐代李泌曾任杭州刺史，兴修水利，促进了杭州的繁荣。唐代大诗人白居易亦曾任杭州刺史，在那里做了几件有口皆碑的好事，并写下了赞美杭州和西湖的不朽诗篇，如其中一首曰《钱塘湖春行》：

孤山寺北贾亭西，水面初平云脚低；
几处早莺争暖树，谁家新燕啄春泥。
乱花渐欲迷人眼，浅草才能没马蹄；
最爱湖东行不足，绿杨荫里白沙堤。

白居易的诗为杭州赢得了更大的声誉。北宋时苏东坡被贬官到杭州任通判（太守的副手），体察了民情；后来他又第二次到杭州，任知州，并为杭州百姓做了三件好事。同白居易一样，他写的关于杭州与西湖的诗篇也是千古绝句，使杭州和西湖名扬四海，其《饮湖上初晴后雨》曰：

水光潋滟晴方好，山色空濛雨亦奇；
欲把西湖比西子，淡妆浓抹总相宜。

但是，这时的杭州虽然繁华，北方的广大土地已成为金国的领土了。1127年，北宋王朝灭亡。1129年，南宋王朝建立，升杭州为临安府，1138年，定临安为行都。这时，北方的文人、富商、官僚等南迁的很多，临安不仅成了政治中心，也是全国最大的文化中心。南宋灭亡后，杭州的地位下降，但仍然是文物荟萃的大都市。元末明初的大文学家施耐庵、罗贯中似乎都与杭州有一定关系，有的材料甚至说他们就是杭州人。瞿佑在这样的文化都市中成长，编出《新话》这样的作品，无疑是深得地利之便。

《余话》的作者李昌祺是江西人，而江西的地理、人事状况，在唐以前，已由唐代大诗人王勃作过简明介绍，他在《滕王阁序》中写道：

豫章故郡，洪都新府。星分翼轸，地接衡庐。襟三江而带五湖，控蛮荆而引瓯越。物华天宝，龙光射牛斗之墟；人杰地灵，徐孺下陈蕃之榻。雄州雾列，俊采星驰……

南宋以后，江西一带出了许多名人。如南宋时出自江西的著名学者、文学家、医学家和民族英雄有：胡铨、汪应辰、洪迈、周必大、杨万里、陆九韶、朱熹、陆九龄、陆九渊、陈自明、姜夔、文天祥等；元代则出现了著名理学家吴澄、史学家马端临、地理学家朱思本、医学家危亦林、农民起义首领彭莹玉、航海家汪大渊等；明初（李昌祺之前）又有名人危素、罗复仁、张羽、黄子澄、杨士奇、金幼孜、解缙等。而永乐二年与李昌祺同登进士第的，有好几个都是江西人。这说明，李昌祺来自文物之邦，江南的人杰地灵造就了李昌祺，也造就了《剪灯余话》。

（三）"三话"对社会动荡的反映

元末的社会大动荡，给江南一带百姓带来许多不幸。尤其是朱元璋、陈友谅、张士诚三方势力的兼并战争，长达十年之久，且都是在长江中下游一带进行的。如果说是动荡的时代赋予了"三话"的生命，那么"三话"对社会现实的反映则是它对历史的回报。

1.《新话》新在何处？

综览《新话》诸篇，多为仿前人之作：故事结构并无多少创新；故事类型自魏晋以来多已有之；人物刻画亦往往有因袭痕迹；语言则更少有新奇之处。那么，《新话》何以备受当时读者欢迎？何以使读者赞赏其新奇？周楞伽先生在《新话》的《前言》中说："因为内容都是烟粉、灵怪一类的故事，在当时文网严密、文坛冷落的情况下，大足新人耳目，所以很受读者的欢迎。"周先生指出时代的原因，是很正确的。瞿佑在《新话·序》中说："好事者每以近事相闻，远不出百年，近止在数载，襞积于中，日新月盛……"这大约是《新话》命名的原因之一。曾棨在《余话》的序言中指出："近时钱塘瞿氏，著《剪灯新话》，率皆新奇希异之事，人多喜传而道之，由是其说盛行于世。"瞿、曾二人都谈到了新的问题，前者是从编著者的角度出发，谈素材之新，意思是指新近发生的事；后者是从读者的角度发议论，认为故事新奇。二者殊途同归。"三话"所记，或前朝遗闻，或当朝新闻，反映的都是元末明初的社会现实，加之当时明朝的集权统治，读者从这些作品中获得了一种新鲜感，而这种新鲜感正是时代感。

2. 元代的弊政与元末动乱

《新话》卷三《富贵发迹司志》中写道："近因旱蝗相继，米价倍增，邻境闭粜，野有饿莩。""至正辛卯之后，张氏起兵淮东，国朝创业淮西，攻斗争夺，干戈相寻，沿淮诸郡，多被其祸，死于兵者何止三十万焉。"《爱卿传》中亦写道："至正十六年，张士诚陷平江。十七年，达丞相檄苗军师杨完者为浙江参政，拒之于嘉兴。不戢军士，大掠居民。"卷四《太虚司法传》中亦写道："至元丁丑……时兵燹之后，荡无人居，黄沙白骨，一望极目。"

这些记载，都真实地反映了元朝末年的饥荒和官兵给人民带来的灾难，也真实地反映了元末军阀混战荼毒百姓的史实。

《余话》卷二《青城舞剑录》则通过两个道士之口道出了元代的弊政：

"官里老而昏，奇氏宠而横，哈麻、雪雪之徒，又以演揲儿法蛊惑君心。贿赂公行，是非颠倒，天变于上而不悟，民困于下而不知，武备不修，朝政废弛，小人恣肆，君子伏藏，殆犹一发之引千钧，祸在旦夕，甚可畏也。"

这段话中，官里指元顺帝妥欢帖木儿；奇氏是顺帝第二皇后，深受宠爱；哈麻和雪雪是兄弟二人，握朝中实权；演揲儿法是一种类似气功的延年益寿方法。这段话道出了皇帝的昏聩和大臣的骄横，历数了朝廷弊端，指出了大动荡的根源所在，是符合历史真实的。其实，这种情况在整个封建社会中是屡见不鲜的，多少带有一些人民性的作者，都能看到。但是，要把这些情况如实地写出却不容易，即使写前朝流弊，也有可能被扣上"影射"的帽子而招致大祸。因此，这种记录是难能可贵的，它代表着"三话"人民性的一面。

3. 对桃花源的向往

自从晋人陶渊明写了《桃花源记》，"桃花源"一词便成了成语，成了人们心目中理想国的代名词。在《桃花源记》中，作者有声有色地描绘了一个世外桃源，在那里，人们自给自足，和睦相处，安居乐业。这是陶潜想象中的境界，是他对当时社会不满的外泄，也反映了广大民众在动荡不安年代里对安定生活的希冀。

同样，"三话"中也有类似的一篇。《新话》卷二《天台访隐录》中讲，徐逸在端午日入天台山采药，迷路，沿涧水走入一巨石门，忽见另一天地，"有居民四五十家，衣冠古朴，气质淳厚，石田茅屋，竹户荆扉，犬吠鸡鸣，桑麻掩映，俨然一村落也。"这段话显然是模仿《桃花源记》而写。徐逸遇见了一个老人，自称姓陶，是宋朝避难逃到这里的。这和《桃花源记》中所说避秦乱而入桃花源的说法相同。陶翁说他"止知有宋，不知有元，安知今日为大明之世也"。这又与《桃花源记》中所谓"不知有汉，无论魏晋"语相似。《天台访隐录》的作者是有意在模仿《桃花源记》，他之所以不怕后人说他效仿拙劣，是因为他在这效仿的同时还加进了一些别的内容，如大量用典，与古代神话相联系，又道出了一段南宋遗事等。但这些恐怕都不是作者的主旨。作者的本意是借此表达一种愿望、一种理想，也借此表现自己对现实的厌恶之情。正因为如此，作者才把那里描写得那么恬静和谐，写得那么生动逼真。文中有两句诗很值得玩味："相逢何必苦相疑，我辈非仙亦非鬼。"这两句诗似乎在告诉读者，这篇小说的全部秘密都在于现实之中。

(四)"三话"所记社会民俗

"三话"在反映社会动荡的同时，也反映了一些社会民俗情况。其中有些资料比较零碎，而有的民俗情况只是简单提及，但也足以说明问题，因此值得注意。

例如，在四时节日方面，《新话》卷二《牡丹灯记》记了元宵节情况，说方国珍在浙东时，"每岁元夕，于明州（今鄞县）张灯五夜，倾城士女，皆得纵观"。反映了当时浙东人闹元宵的盛况。《余话》卷二《连理村记》中则提到"上元节，闽俗放灯甚盛，男女纵观"。卷五《贾云华还魂记》中还提到寒食、清明扫墓及七夕乞巧等民俗活动。

在婚丧嫁娶方面，《余话》卷四《洞天花烛记》中说，元时秀才文信美出游遇洞府中神仙，被邀请去做婚礼的司仪。其中写婚礼过程较详，如迎新郎、催妆、合卺、撒帐、宴宾等。写的是神仙的婚礼，实际却是人间婚礼的反映。至于婚前六礼，沿袭古风，"三话"中亦多有涉及。《新话》卷三《爱卿传》、《余话》卷二《秋夕访琵琶亭记》等篇中，还讲到办丧事及建水陆道场等事，此不详说。

在游戏娱乐方面，书中曾多次提到秋千、围棋、双陆等。如《秋千会记》《绿衣人传》《贾云华还魂记》《至正妓人行》等篇中均有叙述或涉及。可知，这类游艺在宋、元、明之际已自成风，尤其在富贵人家，几乎成了不可缺少的活动项目。

当然，"三话"中反映社会民俗情况的资料毕竟有限，而且这些材料比之其他书籍记载未必翔实，也未必有多大民俗学价值，但作为对社会一个方面的反映，却足以说明"三话"是来自生活，来自现实的。

三 "剪灯三话"的道德观与因果论

如果在思想成就的天平上衡量"三话"价值的高下，可以说，"三话"在对待善与恶的态度上是爱憎分明的。就创作动机而论，作者在很大程度上不仅是为了娱乐读者，给人以饭后茶余的谈资，而且还寓教于乐，使人们从中受到启迪，取得鉴戒。正如瞿佑在《新话》的自序中所说："今余此编，虽于世教民彝，莫之或补，而劝善惩恶，哀穷悼屈，其亦庶乎言者无罪，闻者足以戒之一义云尔。"凌云翰也说："是编虽稗官之流，而劝善惩恶，动存鉴戒，不可谓无补于世。"《因话》作者在《小引》中说自己所写的故事"非幽冥果报之事，则至道名理之谈；怪而不欺，正而不腐；妍足以感，丑可以思；视他逸史述遇合之奇而无补于正，逞文字之藻而不免于诬，抑亦远矣。"

总之，"三话"的作者们都有自己的动机，这动机可以简单地概括为"劝善惩恶"四个字。而为《新话》和《余话》写序的人，作为这两部书的第一批读者，也都认为它们有劝善惩恶的功效。因此，可以认为，劝善惩恶是"三话"的思想特征，也是"二话"的思想成就之一。在今天，我们读了这些作品以后，难免与古人的观点不尽一致，这是因为我们与古人的善恶观念不尽相同。道德是一个历史的范畴，是随着社会形态的发展变化而变化其内容和标准的。明人的道德尺度与今人的道德尺度不同，但今人的尺度又不是凭空产生的，是在古人尺度的基础上发展演变来的。"三话"中所讲的善和恶并不完全适用于今天，但"三话"的基本内容，在今天仍有鉴戒意义。因此，我们在评论"三话"的这部分内容时，仍应采取历史唯物主义的态度，采取具体分析的方法。

下面让我们举例作些分析。

《新话》卷一《三山福地志》中比较集中地讲了善恶道德问题。

山东人元自实家境好的时候曾借给同乡人缪君银两，缪君南下福建做了官。元自实因至正末年的动乱而倾家荡产，便带着妻子儿女到福建去投奔缪君寻求生路。缪君果然已经富贵，当官弄权，门户豪奢。在缪君骑着高头大马出门时，元自实上前拜见。但缪君开始假装不认识，后来勉强相认，也只是以主客之礼相待，一杯清茶把他打发走。第二天元自实又去拜访，缪君仍毫无帮助元自实的表示，也绝口不提借银两的事。第三天，缪君才说了借钱的事，并要元自实拿出字据来。元自实当年借钱给缪君，因是同乡同里人，又自幼有交情，根本没想到要立字据。元自实拿不出字据，缪君便推托说以后再说。到了年关，元自实的处境十分狼狈，妻子儿女都在饥寒交迫之中，他只好前去跪求缪君帮助。缪君诡言帮助，让元自实回去等待，而实际上并不理睬。除夕，元自实一家空等外援，望眼欲穿。元自实愧悔交加，怨恨顿生，便磨白刃欲前去刺杀缪君。但走到半路，转念一想：缪君也有一家老小，"宁人负我，毋我负人"，便又折回来。路上有个小庵，庵主轩辕翁问明了元自实的处境，便拿出少许钱米周济。但元自实仍闷闷不乐，晚上便投入三神山下八角井中。

这时，奇迹发生了。井水突然让出一条小路，元自实沿墙壁来到另外一个世界——三山福地。他进入一个大官殿，看见一个道士。道士告诉元自实，这都是因果报应，因为他前生曾经当过官，以文才自傲，不提携后进，所以今生不识字；又因他前生居官自尊，不肯接纳游士，所以今生要受长途跋涉、穷困潦倒之苦。元自实问：当今的达官贵人，如某某丞相，贪婪无度，行贿受贿，今后要受到什么样的报应呢？道士说："他当受幽囚之苦。"元自实又问："某某人是平章（副丞相或丞相助理），不严格要求部下军士，而杀害无辜良民，以后应当受什么报应？"道士说："当受割截之殃。"又问："某人当监司（监察州郡的官），不能很好地掌管刑罚；某人为郡守，不能平均徭役；某人为宣慰（掌一道军政大权的官），而从来不称职；某人当经略（掌一路军政大权的官），却从来不做事……这些人以后将受到什么报应呢？"道士回答说："这些人已经死到临头，不值一提了。"元自实又问："缪君这样的人以后会怎么样？"道士说："他将是王将军的刀下鬼，他的财产也都将归王将军所有。"并说："不出三年，世运变革，大祸将至。"元自实请求指点避难办法。道士说，居住福宁村可以躲过灾难。元自实离开"三山福地"之后，便携妻子儿女到福宁村去开荒种地以维持生计。此后三年，张士诚的弟弟张士信夺得江浙右丞相达识帖木尔的相印，达氏被拘，平章陈友定被俘，其余大小官吏大多被杀，而缪君被一个姓王的将军所杀，家产被占。道士的话一一应验了。

这篇小说中，元自实因前生行为不够端正而遭今世之苦，缪君因忘恩负义而遇杀身之祸，而那些达官贵人则因作恶多端和不行善事而受到各种惩罚。这里宣扬了善恶有报的思想，同时也有一些迷信、定数、宿命等消极内容。

但小说中还有两点进步意义:

第一,小说借主人公元自实之口,历数了丞相以下大小官吏的罪过,实际上是站在百姓的立场上揭露了上层统治阶级的贪赃枉法、杀害良民、尸位素餐等各种腐败不堪的内幕。小说表面上说的是元代社会的现象,其实是讲出了物极必反的道理,可以推广到一切封建社会。

第二,小说对社会上忘恩负义之徒的嘴脸作了入木三分的刻画,鞭笞了不道德的灵魂和为富不仁的行为。我们看到,像元自实这样一个平头百姓,一个流落他乡的落魄之人,在受到当权者的欺骗和捉弄之后,虽有愤愤然而欲拼命的想法,却终因内心的善良而忍气吞声。在那弱肉强食的社会,他有理无处讲,有冤无处诉,有恨无处泄,又能到哪里去寻求正义和支持呢?其最后的结局必然是一死了之。然而,让恶人寿终正寝,让善人半途夭折,这又是多么的不公!身为文人的小说作者,面对这可憎的现实,又怎样去表示愤慨,面对无助的百姓,又怎样去表示同情呢?这时,因果报应的学说便可以派上用场。作者希望有一种超常的外力来改变这一切,既不破坏主人公的善良形象,同时又能置恶人于死地。

与《三山福地志》相似的是《因话》卷一的《桂迁梦感录》。故事说:

桂迁因经商遇祸而倾家荡产,少年时的同窗施济慷慨相助。桂迁感激涕零,表示愿为犬马报答恩人。就在桂迁在外地渐渐富裕起来时,施济死了,留下施氏母子,生活每况愈下。施氏母子在无法生活的时候便前去寻找桂迁。桂迁初不相认,后不得已相认,又要施子拿出字据。没有字据,桂迁便拖延时日,哄骗施子,最后给少许钱打发施子归去。施母一气之下病倒,不久即死去。桂迁越来越富,然而他并不满足,为了逃避赋役,他不惜出重金委托刘生为他买官做。刘生骗得钱财,自己做了官,不把桂迁放在眼里。桂迁受骗,恼羞成怒,买匕首欲刺杀刘生。这时,桂迁做了一个梦,梦见自己变成了一条饿狗,走进一座殿堂,堂上坐着施济,桂迁羞愧万分,摇尾乞怜,施济不理。又梦见他的妻子和儿子也都变成了狗,并责备他忘恩负义。惊骇之际,桂迁醒来,深深悔恨自己从前对施家的行为,以为是神明警告,并由此推知刘生不会有好下场,便放弃了刺杀刘生的念头,转而去寻找施子,又将自己的女儿许配给施子。不久,刘生果然遭到报应,被逮捕入狱,备受拷打之苦。

这篇小说的前半截与《三山福地志》的前半截基本相同。二者都有借债、初不相认、索要字据、推托迁延、欲持刀报复等情节,讲的都是忘恩负义的故事。鉴于《因话》与《新话》的关系，可以认为后者是模仿了前者。所不同的是，前者中，被负的一方得到神明的指点，得到避祸，而负人的一方遭到报应，身首异处；后者中，负人的一方自己又被负，经神明点化而幡然悔悟，痛改前非，弥补过失，得到善终。从思想性讲，前者对社会、对统治阶级进行了无情的揭露和批判，痛快淋漓，比较深刻，有一定认识价值。而后者虽然也写出了世态炎凉、人心不古的社会现实，但强调的是有些忘恩负义者内心也有善良的种子，一旦条件成熟便可萌发。前者着重强调的是善有善报、恶有恶报，如书中所说："一念之恶，而凶鬼至；一念之善，而福神临。如影之随形，如声之应响，固知暗室之内，造次之间，不可萌心而为恶，不可造罪而损德也。"这是直接、正面的说教，与后者相比，显得单一了些。后者也主张善恶有报，不可欺心，但却对做了恶的人进行了分析，分别作出安排：有的人做了恶还能改恶从善，会有好报；有的人则不知改悔，终受恶报。这符合具体问题具体分析的原则，因而也有一定认识价值。

从这两篇小说中所反映的道德观可以看出，明代社会一般人的观念中，认为能在危难中慷慨助人的为善，能在被负后忍耐而不以怨报怨的为善，能知过必改的为善，反之则为恶。这样的善恶观在今天也没有丧失其存在的理由。

道德与法是有密切关系的，恩格斯在《反杜林论》中生动地阐明二者的关系。在元、明时代的封建社会里，统治者的法律是维护其社会秩序和人际关系的根本准则，而道德只是法律的补充。法律只有一个，那就是王法，而道德则因人而异。问题是，在那种社会里，钱可以通神，钱也可以买通法律，贪官污吏横行，普通百姓只有受压迫受欺凌的权利。作为无权势无钱财的百姓，通常得不到法律的保护，只好乞求道德的保护，而道德又缺乏法律那样的严格标准、强制力量和权威性，其可依靠性自然微乎其微。小说中的情况正是如此，被负者沦落到社会最底层，而负人的一方又都富贵有势，被负者无法依靠法律。作者为了维护道德的威严，不得不抬出神灵，不得不通过幻想的超社会超人力的因果报应来劝善惩恶。这样，"三话"的道德观便与因果报应思想紧密地结合在一起了。

因果报应的理论最早形成于印度，在佛祖释迦牟尼创立佛教以前即已有之。佛教创立以后，佛教徒也拿起了这一思想武器，用以解释人生、社会和自然界的现象。从事物发展的规律讲，任何事物的发生、发展和变化都有一定的因果关系，因和果作为两个既对立又统一的哲学概念，是符合辩证法的。

有因必有果,有果必有因,没有无因之果,也没有无果之因,这是一般的哲学道理。而因果报应理论则是在这一哲学道理的基础上加上了唯心主义的内容,是普通因果论与轮回观念相结合的结果。所以,因果报应又称轮回报应。

印度古人的轮回观念很有特色,在世界各文明古国中独树一帜。他们认为,宇宙间的一切事物的演变都像一只轮子一样周而复始地旋转,没有起点,也没有终点。黑天白日周而复始,一年六季(印度古人分一年为六季)周而复始,谷物生长周而复始。他们还认为,世界万物都有灵魂,而这些灵魂又都在轮回当中。人是有灵魂的,人身只不过是灵魂的临时栖息之所,人死灵魂不死,仍然可以转生,获得新的形体。因此,人的生命也是周而复始的,一代一代地转生,永无休止地轮回。于是,每个人都有前生、今生和来世(合称三生或三世),前生的行为(业)决定今生的果(报),今生的行为又决定来世的果。这个思想逐渐发展完善,就形成了一套完备的因果报应、轮回转世的理论。佛教又接过这一理论加以发挥,提出了所谓"五道(或说六道)轮回"说。

东汉以后,佛教从印度辗转传到我国中原地区,并很快发展起来,于是,佛教的因果报应思想便深入到中国人的心目中,并起着重要作用。这一点,从魏晋以后的历朝小说中都可以看到大量的反映。佛教因果报应理论对中国传统的道德观念影响很大,在中国近两千年的漫长历史上持续地起着不可忽视的作用。元明时代自然也排除不了这种影响。

"三话"中有不少篇章都是谈道德的,而其中大多都与因果报应有关,不妨再举些例子。

1.《新话》卷二《令狐生冥梦录》中,主人公令狐生因反对幽明果报之事而被带到冥府,冥王让他供状,他在供词中说道:"……盖以群生昏聩,众类冥顽,或长恶以不悛,或行凶而自恣。以强凌弱,恃富欺贫。上不孝于君亲,下不睦于宗党。贪财悖义,见利忘恩。天门高而九重莫知,地府深而十殿是列,立锉烧舂磨之狱,具轮回报应之科,使为善者劝而益勤,为恶者惩而知戒,可谓法之至密,道之至公。然而……"这段话中明确地讲到社会上的不道德现象,提到轮回报应问题,认为轮回报应的作用应是惩恶扬善。这篇小说的思想价值不亚于《三山福地志》。

2.《新话》卷三《富贵发迹司志》中,穷困潦倒的书生何友仁到地府看到判官如何判罪,如某官贪赃枉法残害良民,被判遭灭族之祸,某人兼并他人田产,仗势欺人,被判死后托生为牛。讲到阴间"褒善罚罪""明彰报应"。

然而此篇亦宣扬"定数",宣扬消极的宿命论,这正是因果报应理论的实质。

3.《新话》卷四《修文舍人传》中,说到阳世社会的不公,认为冥司"黜陟必明,赏罚必公,昔日负君之贼,败国之臣,受穹爵而享厚禄者,至此必受其殃;昔日积善之家,修德之士,阽下位而困穷途者,至此必蒙其福。盖轮回之数,报应之条,至此而莫逃矣。"这里,作者明显地不满于现实社会的黑暗和不平,寄希望于阴间。

4.《余话》卷一《两川都辖院志》中讲,吉复卿因生时做善事,得到寿终正寝,而且死后还在阴间做了高官。

5.《因话》卷一《唐义士传》中,讲唐珏为保护南宋帝王遗骨而得到好报。唐珏的行为,在今天看来纯属愚忠,但在当时人,尤其是封建士大夫眼中,这却是莫大的义举。这里可能还有民族情绪在起作用,因为元朝统治者是异族,而唐珏则属于所谓"南人"。但归根结底,这篇文章宣扬的是封建社会的忠孝节义,即封建社会伦理道德观念。

6.《因话》卷二《卧法师入定录》中说:"不受报于人间,则受罪于阴世。盖天之生人,初本无意,既生之后,善恶始分,乃有报应阴官之置,正补阳之不及耳。"这里强调的仍是报应有定,是受了佛教因果报应思想的影响。佛教典籍中讲报应有若干种,其中最主要的有两种:一为"现报",即通常所说的现世报,指今生做好事或坏事今生即受报。如,行善的,可发财致富、高官厚禄、多子多孙、无病无灾、安享天年等;为恶的,可倾家荡产、多病多灾、无家可归、被刑受戮等。二为"后报",即死后得报。如,行善的,可得超生,来世享受荣华富贵等;作恶的,须在地狱受苦,来世转生为畜类或受苦受难等。

从以上的例子可以看出:

(1)"三话"宣扬的道德观基本上是封建统治阶级的忠孝节义之类观念,但其中也有一些民主性的精华。如,宣扬定数、宿命、一味地容忍以及忠君等思想,都是对统治阶级有利的。而那些反映社会现实,为民请命,批判黑暗,揭露丑恶的部分则是进步的。

(2)"三话"的道德观是与佛教因果报应理论紧密结合的。因而它既有封建迷信的内容,又包含着作者对善和恶的鲜明爱憎;它一方面让人们听天由命,忍受现实,起着精神麻醉剂的作用,另一方面也表达了一种要求正义的愿望,使人们得到了某些心理平衡。

四 "剪灯三话"的婚姻观与悲剧美

上面我们谈了"三话"的道德观问题,可知道德问题是"三话"的主题之一。"三话"的另一个主题是婚姻与爱情,这也正是所谓传奇小说的一大特点。因此,这里有必要对这一问题加以探讨。

要谈婚姻与爱情问题,必须首先谈谈妇女问题。封建社会,中国妇女的地位是十分低下的。儒家向来不给妇女以应有的地位,《论语》中有所谓"唯女子与小人为难养也"的著名言论,把女人和小人作同等看待。汉代,封建社会体制确立以后,"三纲五常"便成了人伦关系的最高准则。三纲之一便是"夫为妻纲"。女人在婚前要服从父母,没有父母则服从兄长;结婚以后要服从丈夫,丈夫死了要服从儿子。这样一来,妇女的一生始终受到严格的限制,不得有任何非礼的举动,不得按自己的主张行事。因此可以说,封建社会的绝大多数妇女是处在男人的权力之下,或者是传宗接代生儿育女的工具,或者是男人随意玩弄的对象。男人可以娶三妻六妾,而女人却没有选择自己丈夫的自由,只能是嫁鸡随鸡,嫁狗随狗,听凭命运安排,至死不得改变。

元明时代的妇女,也基本属于这种状况,这一点在"三话"中有明确反映。如《因话》卷一《翠娥语录》中,淮扬名妓李翠娥曾一针见血地指出:"夫闺阃之中……乃视妻妾为狎客,闺帏为乐地。谈道义于朋友,而恣非僻于妻孥;正容止于昭明,而丧廉耻于幽曲。"这段话说出了元代社会妇女的地位和处境,男人可以为所欲为,女人则被视为掌中玩物。它还揭露了所谓正人君子们丑恶虚伪的嘴脸,矛头指向封建礼教。

"三话"不仅反映了当时的妇女地位,而且还在婚姻和爱情问题上发表了一些真知灼见,对传统的世俗观念提出了挑战。对这些民主性的精华,我们应当予以充分开掘和肯定。

(一)婚姻与礼教

在婚姻与礼教的问题上,"三话"中有几篇小说反映了作者婚姻观中积极进步的一面。

1. 对父母之命的反抗

《余话》卷四《秋千会记》中塑造了一个刚烈女子的形象——速哥失里(蒙古族)。开始,父母为她选所爱的人为婿,但大礼未成而男家遭祸。此时,速哥失里之母提出毁婚,而速哥失里坚决反对,说:"结亲即结义……寸丝为定,鬼神难欺,岂可以贫贱而弃之乎?"但是,父母最终还是要把她嫁给一个有权势之家,于是,速哥失里在去往男家的轿中自缢。她身为元朝贵族豪门之女,能如此重爱情,讲信义,以死反抗父母之命,实在是值得赞赏。

2. 追求爱情婚姻

《新话》卷三《翠翠传》的开头部分,写刘翠翠与金定少年同学时的相互爱慕之情,长大后,父母为翠翠议婚,她表示已爱上邻家金定。她的父母比较开明,说:"婚姻论财,夷虏之道,吾知择婿而已,不计其他。"成就了二人的姻缘。这里,刘翠翠能大胆向父母表示自己已爱上金定,这是一种反潮流的行动,是对爱情婚姻的勇敢追求。其父母能支持女儿的主张,并能破除"门当户对"的陈腐观念,亦属难能可贵。

3. 重人品轻财物

《余话》卷三《琼奴传》中,讲王琼奴成人之后,继父为她议亲。当时有二人请婚迫切,一贫一富。应将琼奴许配给谁?继父一时拿不定主意。此时,"有识者"为之策划:"但求佳婿,勿论其他。"经考察,继父替琼奴选中了其中才德兼备但家境贫寒的一个。作者在这里所强调的婚姻对象的选择标准是与当时的世俗观念格格不入的,这同样是值得肯定的。

4. 以礼教反礼教

《琼奴传》的故事情节比较曲折。继父为琼奴选中佳婿徐苕郎,不意那个落选的富家子弟由羞愧和嫉妒而成仇,陷害徐家。苕郎被流放到辽阳,而琼奴一家被流放至岭南。继父突死,琼奴与母亲无依无靠。当地军官吴指挥以势压人,要娶琼奴为妾。母亲屈于压力,又念苕郎毫无音讯,便劝女儿嫁给吴某。琼奴说:"徐门遭祸,本自儿身,脱别从人,背之不义。且人之异于禽兽者,以其有诚信也,弃旧好而结新欢,是忘诚信,苟忘诚信,殆犬彘之不若;儿有死而已,其肯为之乎?"这段话说得大义凛然,表现出琼奴不图富贵、不畏强权、忠于爱情的高风亮节。但我们也注意到,这段话中的义、诚、信等,都是封建道德的范畴,表面上看,这段话讲得过于理性化,没有提到爱情问题,而是强调"从一而终"的礼教观念,但是,这在当时的社会里是出于不得已,也可以说是时代的局限。试想,如果让琼奴大谈爱情,便会被时人认为是不守女人之道,而且也不会有说服力,何况作者也达不到这种水平。因而,只有从礼教的角度去维护爱情才符合实际,才能够成功。琼奴以礼教为武器,同强权抗争,同父母之命抗争,这才是问题的关键。

(二) 婚姻与爱情

前面我们已涉及一些婚姻与爱情的问题,但鉴于这一问题的重要性和"三话"对这一问题的大量反映,这里有必要把它拿出来单独讨论一下。

我们知道,我国封建社会的一整套礼教观念是在儒家学说的基础上形成的。而正统的儒家从来都是站在理性原则立场上看待婚姻问题的。打开儒家的典籍,我们可以很容易地看到关于婚姻的论述、关于家庭的论述、关于夫妻关系的论述,但却很难发现一条关于爱情的论述。谈情说爱在儒家那里几乎成了一条禁忌。那么,儒家是否都是些没有七情六欲的人,是否都不知道生活中有爱情存在呢?显然不是。那么,上述情况该作何解释呢?

我们说,上述情况的形成,与中国两千余年的封建帝制有关。封建皇帝要集天下权力于一身,需要有一个统一的伦理道德准则,三纲五常便是他们的法宝。他们要使自己的帝业传之永世,就必须有一个"一成不变"的伦理规范,所谓"纲常"就是不能改变的意思。儒家学说是维护封建秩序、封建纲常的最得力武器,因此历朝历代的帝王都知道崇儒,都要给儒家以首席地位。儒家的学说是在不断发展变化的,但万变不离其宗,一旦偏离了为维护封建统治者服务的宗旨,便不成为正统的儒家了。儒家为保持其思想界的至尊地位,必须为帝王服务。这样,儒家就必须坚定地维护三纲五常,站在绝对的理性高度来审视人伦关系,而不讲什么爱情。

然而,爱情这东西是人性的一个方面,是掩盖不了的,是压抑不住的。因此,随着时代的发展与进步,描写爱情的文学作品日益增多。

"三话"中所写的爱情,仍然是封建婚姻制度下的爱情,自由恋爱极少。这也是符合当时历史条件的。在当时的社会,女子出嫁须经父母之命、媒妁之言，男女间私相爱恋通常被视为伤风败俗。新郎新娘只有结婚以后才能知道对方如何，即使是自己不喜欢的人，也要与之长相厮守，直到永年。这是对人性的扭曲，对爱情的压抑，它不知使多少好男好女的真情实感遭到掩埋，使多少有血有肉的青年变得像动物一样，只知生儿育女传宗接代而不知爱情为何物。那个时代，绝大多数家庭都是这样生拼硬凑起来的，人们虽偶有异辞，或作出反抗，却不能扭转大势。因此，"三话"中涉及自由恋爱的篇目便显得宝贵。除了上文提到的《翠翠传》外，还有几个例子值得一提。

1.《新话》卷四《绿衣人传》：

天水赵源游学钱塘，住在南宋权臣贾似道的旧宅近旁。他每日见一绿衣女子走来走去，不由得生出爱慕之情。二人同居，情意甚浓。这时，绿衣女为赵源讲述了他们二人前生的故事。当年，绿衣女因善下围棋入侍贾府，每日陪贾似道下棋。赵源当时为贾府仆役。两人私下相爱，贾发觉，被双双赐死于西湖断桥之下。赵源今已再世为人，而绿衣女仍在阴间为鬼。前世姻缘使他们再度相聚，然而人鬼殊途，三年期满，二人不得不分离。诀别之际，绿衣女说："海枯石烂，此恨难消，地老天荒，此情不泯！"赵源感念绿衣女的一片深情，到灵隐寺出家为僧，终身不娶。

这个小故事写得情真意切，楚楚动人。两个青年因自由恋爱而被残暴处死，又因爱情的刻骨铭心而再度结合，故事中有故事，怨恨中见真情。作者显然是站在自由恋爱者的立场上，揭露封建当权者的残忍，赞美新生，赞美爱情。

2.《新话》附录《秋香亭记》：

元代末年，有商姓少年随父亲到姑苏（苏州），居住在祖姑母商氏宅第旁边。商氏有孙女名采采，常与商生一起玩耍，两小无猜。商氏很喜欢这两个孩子，便叫商生好好读书，表示将来要把采采许配给他。由是，两个孩子的感情越来越深。当他们稍大些后，相见的机会少了，但私下里仍相互传递诗文表达爱慕之情。后苏州一带发生战乱，两家各迁南北，十年未通音讯。明朝建立，才有消息。商生得知，采采已经嫁给了太原王氏，并且生了孩子。商生非常绝望，便派人给采采送去了礼物。采采睹物思人，悲痛万分，写信和诗表达自己的内心情感。商生得信，始终珍藏在身边，每读一次都伤心得难以寝食。

这篇小说情节不算曲折，但写出了真情，是一曲自由恋爱的颂歌。

3.《余话》卷二《鸾鸾传》：

赵鸾鸾爱上邻家才子柳颖，但因柳家破败，赵母将她嫁给富室缪家，柳颖只好别娶。赵、柳二人都觉自己的婚姻不美满，闷闷不乐。不久，缪生死，柳颖亦丧偶。柳颖要求再续前好，得父母同意，二人终成眷属。然而，正当他们恩爱有加之时，战乱爆发，夫妻离散。鸾鸾被抢掠至山东，她托人传书柳颖，颖得书前去寻找，费尽周折，终于团聚。他们在山中过着隐居生活，相敬相爱。谁知柳颖在外出背米时被造反士兵杀死，鸾鸾哭着背回丈夫尸体，点火焚化，自己也投火自焚。

这篇小说的故事情节三起三落，曲折有致，写出了当时社会有情人成眷属是多么不易。

4.《余话》卷五《贾云华还魂记》：

魏鹏生于官宦人家，父亲在杭州做过官，父死后，母亲带魏鹏回襄阳。鹏幼时聪敏，有神童之称，长大后累试不第。其母为让他消愁，写信一封，打发他到杭州读书，并寻找贾似道的夫人莫氏，因当年魏母曾和莫夫人指腹为婚。魏鹏到杭，托人通消息，得见莫夫人。莫夫人对魏鹏很热情，但却不提婚约的事。莫夫人生女贾云华，即当年指腹为婚者，如今已成窈窕淑女。莫夫人使二人相见，以兄妹相称，并不打算把女儿嫁给魏鹏。但二人一见钟情，私下由婢女往来传信，加深了了解。进而又由婢女帮助幽会，夜夜共枕，海誓山盟，如胶似漆。这时，魏母来信，命魏回襄阳参加乡试（考举人），二人只得暂时离别。魏鹏回去即中举，又在京城皇帝面前的廷试中荣登甲榜，被任命为应奉翰林。第二年，又当上江浙儒学副提举，他趁机到杭，拜见莫夫人，打听贾云华情况。魏鹏与贾云华二次聚首，又是一番柔情蜜意。二人在一起或赋诗写字，或下棋弹琴，行为无所顾忌，夫人亦未觉察。过些时日，襄阳来信说魏母辞世，魏鹏不得不归。行前，他托人正式说媒。莫夫人虽满意魏生，却怕女儿远嫁，便婉言谢绝。魏鹏无奈，只得含泪踏上归途。云华知道母亲不许自己嫁给魏生，痛不欲生，终日不食，达旦无眠，日见憔悴，不久即病死。魏鹏在家服丧，又闻云华噩耗，当即晕厥。醒后大哭，誓不再娶。三年服丧期满，魏鹏来到云华墓地，哭诉情思。当晚，云华阴魂来见魏生，说将还魂于某地某家。魏鹏上任为陕西儒学正提举。长安县丞宋家一女暴死而复苏，不认其父母，而自称为贾云华。于是魏鹏与借尸还魂的贾云华结为夫妻。

这是"三话"中最长的一篇小说，在描写男女爱情方面也最为细腻，情节也较曲折，通篇的主旨是宣扬纯真的爱情，控诉了封建礼教对纯真爱情的扼杀。

从以上的例子可以看出，"三话"中所有描写爱情的小说，都有父母之命的参与，否则恋爱就不能发展为婚姻。这说明了两个方面的问题：（1）作者反映了当时的实际情况；（2）作者的思想仍然没有突破封建婚姻制度的藩篱。但"三话"的婚姻观至少有两点是可取的：一是大力描写婚姻和爱情的悲剧，反证出美满婚姻必须以爱情为基础的道理，并有宣扬自由恋爱的倾向；二是强调选择婚配对象不应以门第财产为条件，而应看重人才本身。这两点在当时是具有进步意义的，在今天也不过时。

（三）"三话"的婚姻悲剧

婚姻本是人生的大礼，男女青年的喜庆，可是在婚姻问题上，却产生过许多悲剧，这不能不说是社会的弊病。"三话"中凡涉及婚姻问题的作品，极少有以美满团圆为结尾的，相反，倒是悲剧成了"三话"婚姻小说的特点。

从前面的例子中可知，"三话"所描写的婚姻悲剧，可按其形成原因大致分为两类：一类是封建礼教导致的悲剧，其中包括父母之命、门第观念、社会舆论、族法家规等因素。其结局往往是相思而死、自杀、赐死、出家、终身不娶等。一类是因动乱造成的悲剧，其中包括天灾和人祸两种因素。其结局是离散、被虏、被杀、自杀、出家等。

"三话"中可以称得上悲剧故事的有十六篇之多，约占全书总篇数的三分之一。既然"三话"中有这样多的悲剧故事，悲剧美就成了"三话"的艺术特征之一。通常认为，美是与真和善密切相关的，不真不善的东西很难被认为是美的。而悲剧的美感往往是利用读者心理上对真和善的追求，把真和善的一方作为弱者，把伪和恶的一方作为强者加以描绘塑造，集中突出强弱双方的矛盾冲突，渲染弱者的失败，从而震撼读者的心灵，唤起强烈鲜明的爱憎之情，使之或由压抑而哀伤沉痛，或由不平而义愤填膺，并由此引起深刻的思索。"三话"中有的篇章就能给人以这样的美感，达到较好的悲剧效果。

例如，《琼奴传》中，苕郎和琼奴可谓郎才女貌，琼奴的继父又能不计钱财而选中苕郎为婿，眼看美满婚姻即将成就，谁知横祸飞来，有钱有势的刘家竟无耻构陷，使一对佳人天南地北不得相见。这一离散就是五年，苕郎未娶，琼奴未嫁，意外相逢，二人才喜结良缘。正当读者以为这对恋人可以从此苦尽甘来白头偕老之际，谁知横祸又起，久已垂涎于琼奴的军官吴指挥将苕郎抓去处死,并逼娶琼奴。琼奴报夫仇后,自杀身亡,夫妻合葬一处,这才算永远地结合在一起了。

在这篇小说中,恶势力两度破坏了苕郎和琼奴的美好姻缘,作为弱者,苕郎和琼奴只有死路一条。作者先通过对苕郎和琼奴品貌才德的描写,使读者喜欢上这两个人物,接着又使故事情节急转直下,使读者同情主人公的命运。当读者看到他们二人重新聚合时,会感到由衷的欣慰,使缺憾得到某种补偿。最后,故事以悲剧为结局,使读者的心理再次失去平衡,深深地感到震动,久久不能平静。这时,读者爱和恨的情绪也达到高潮,并会情不自禁地从这悲剧中寻找某些问题的答案:究竟是什么造成了这场悲剧?邪恶势力为什么会如此猖狂?善良的人为什么不得好报?答案是,黑暗的社会现实是这一切罪恶的根源。

同样,我们从其他悲剧故事中也能获得类似的审美感受,这里不一一列举。

五 "剪灯三话"的鬼神观与佛道影响

"三话"基本上属传奇小说类,其中虽有志怪的内容,但多数是被揉在人物传奇故事中。如果把"三话"中包含灵怪情节的篇章统计一下,可得四十一篇,占全书总篇数的五分之四。由此可知,灵怪故事在"三话"中占有很重要的地位。这样,我们就不能不就"三话"的鬼神观问题作些介绍和评价。

(一) "三话"的志怪内容

为了弄清"三话"的鬼神观问题,须先将其志怪内容作些分析。"三话"所记灵怪故事,大致可分为五类:

1. 幽冥相通类,主要是讲活人同死人(鬼魂)打交道,如遇见古人的鬼魂(《田洙遇薛涛联句记》等),遇见已故亲朋好友的鬼魂(《华亭逢故人记》等),同女鬼谈情说爱(《绿衣人传》《牡丹灯记》等),等等。

2. 神明点化类,主要是讲人和神仙打交道:或进入神仙境界,如《天台访隐录》《鳗亭遇仙录》等;或受神仙救助,如《三山福地志》《青城舞剑录》等;或帮助神仙做事,如《水宫庆会录》《洞天花烛记》等。

3. 妖怪化人类,主要讲动物、物品化为人,同人打交道。动物化人的例子有《听经猿记》《胡媚娘传》等；物品化人的有《武平灵怪录》《江庙泥神记》等。

4.游行地府类，主要是讲人（常常是魂梦）到阴间走一趟，然后回转阳间，重点写阴间的所见所闻，如《令狐生冥梦录》《何思明游丰都录》等。

5.还魂转生类，主要讲人死之后又得再生。其中包括借尸还魂（如《贾云华还魂记》）、起死回生（如《秋千会记》）、投胎转世（如《爱卿传》）等。

以上五类的分法只是依"三话"的内容而进行的大体划分，不一定十分严密合理。而且，类与类之间也很难断然区分，一篇小说中也可能兼有两类或两类以上内容。但这一分类对我们了解"三话"志怪内容有帮助，有助于我们认识作者的思维方式。

（二）作者的志怪动机

本书第一部分中说过，根据鲁迅的意见，从唐宋传奇的作者才开始有意识地写小说。由此推知，明代小说作者也是在有意写小说，这样，便有了一个创作动机的问题。那么，"三话"作者志怪的动机是什么呢？经过具体分析，其动机可以归结为五点：

第一，从思想意义分析，作者的目的首先在于劝善惩恶，即告诉人们什么是善，什么是恶，善有善果，恶有恶报。作者通过志怪的办法容易把善恶报应区分清楚，一些在现实社会中得不到解决的问题，在阴间、在神明面前、在来世得到了公平的裁判，作者希望以此来启迪读者的良知，维护社会公德。

第二，作者志怪，还有借以表达自己理想和愿望的动机。由于人们都对真善美抱以追求和向往，而在现实社会中，这些真善美的东西往往不能实现，通过志怪则可弥补缺憾，使事物达到一个完美的境地。所以，对"三话"中某些志怪小说或情节不能一概认为是宣扬迷信，而应当看作一种理想的表达。

第三，作者通过志怪来发泄对现实的不满。现实社会中存在着许多丑恶，尤其是统治阶级的骄奢淫逸和横行霸道，对这些现象如果作正面揭露批驳，未免政治色彩太浓，容易陷入文字狱而不保性命，而通过志怪的手法，则可以曲折地达到目的，避免政治风险。

第四，在艺术上，作者为了追求新奇的效果，也喜欢采取志怪手法。这样可以把古人今人，天上地下，今生来世，水府龙宫，人兽物件等轻而易举地拉到一起，进行对话和情感交流。大幅度地突破时间、空间和人与物的界限，使读者有更大的余地去驰骋想象力，获得审美感受。

第五,在作者的志怪动机里,无疑还包含着自我寄托和娱乐他人的目的。人们可以把这些故事当作一般的谈资,姑妄谈之,姑妄听之,有心者可以得到教益,受到启发,无心者亦可娱乐于一时,听之任之。至于作者自己,则可以从志怪中寄托情志,获得慰藉,也可以以此展示才能,留名后世。正如李昌祺在《余话》的自序中所说:"《高唐》《洛神》,意在言外,皆闲暇时作,宜其考事精详,修辞缛丽,千载之下,脍炙人口;若余者,则负谴无聊,姑借此以自遣。"吴植于《新话》序言中亦说:"宗吉家学渊源,博取群集,屡荐明经,母老不仕,得肆力于文学。"可见,作者志怪的动机中也有为自己的目的,他们往往把创作本身当作一种乐趣,这大约是许多作者都有的癖好。

(三) 儒家鬼神观对"三话"的影响

"三话"的作者是在有意地志怪,这一点已经毫无疑问。那么,他们是否相信鬼神的存在呢?也就是说,他们是否是有神论者呢?

这个问题很难笼统地回答,只能在具体分析后得出结论。为了搞清这一问题,我们必须首先对儒家的鬼神观有所了解,因为"三话"的作者们都是儒士,自幼受的是正统的儒学教育,学的是《诗》《书》《易》《礼》《春秋》和《论语》《孟子》《中庸》等书,稍大后才开始博览群书,接受更多的学说。他们的鬼神观应当是在其接受基础教育时开始形成雏形,并在以后逐渐确立起来的。

在孔子创立儒家学派以前,我国古人是相信天地鬼神的,这一点已经由中国早期的神话传说所证实。当时的人类缺乏科学知识,对自然界的现象如生命现象等作神话解释,崇拜祖灵、相信巫祝、进行各种祭祀活动等,这都说明他们相信鬼神的存在,并且敬而畏之。到了孔子的时代(春秋末期),由于社会生产力的发展,人的地位和价值变得越来越高,鬼神是否存在的问题便被提了出来。孔子本人似乎并不相信鬼神,因为《论语》中有"子不语怪、力、乱、神"的记载,孔子还说过"未能事人,焉能事鬼","未知生,焉知死"之类名言。但是,孔子并没有明确地否定,过鬼神的存在,而且也不正面否定祭祀的作用。我们只能说孔子具有无神论思想的倾向,而不能说他是真正的无神论者。到了孟子的时代(战国中期),人的地位和价值被进一步肯定,孟子也提出了"民为贵"的思想。他把"天命"和民意一致起来,把"我"和"神"化为一体,即所谓"君子所过者化,所存者神,上下与天地同流"。到了战国末期,儒家学说的最杰出代表是荀子。他的学说对孔孟儒学有了很大发展，他的名著《天论》是儒家早期的唯物主义著作，具有很高的认识价值。在《天论》中，他把"天"正确理解为客观存在的物质世界，否定了前人关于"天"的种种唯心主义解释，击破了"天"的神秘主义外壳，而认为天是可以认识的，"天道"（即自然规律）也是可以认识并加以利用的。他还反对迷信，认为星坠木鸣、日月之食、风雨不时、怪星傥现等都是正常的自然现象，可以认为是奇怪的，但不应当感到恐惧。他认为占卜无非是一种虚饰，而并非有什么神灵。在另一篇名著《劝学篇》里，他把"神"解释为人的一种高级精神境界，而不再是高于人的天神。这样，荀子就为后世儒家学派中的无神论思想打下了牢固的基础。到了汉代，我国思想界各派别间的论战空前尖锐，汉武帝时用大儒董仲舒以"独尊儒术"，使儒学成为"正宗"。但董仲舒没有沿着荀子的思想路线发展，却把儒家学说中的"天"解释为宇宙间有意志的主宰，使汉代出现了一整套的神学体系。而另一方面，东汉出现了伟大的思想家王充，他大反"正宗"，公然升起无神论和唯物主义的旗帜。他不仅批判汉儒，也批判孔孟，也批判汉代社会上存在的一切有神论。

佛教的传入和道教的创立，对儒家学派的影响很大。儒学虽然仍保持着正宗的独尊地位，但已受到相当严重的挑战，在这种情况，儒家学说的内容显得比以前宽泛了，一些过去被认为是儒家以外的学派被包括进来，这些学派也因为反对佛道两家而甘心并入儒家，并不另立门户。到了唐代，儒学则成为与佛学、道学相区别的一大学派，甚至被称为"儒教"。这样，由于儒学的涵盖面扩大，各种学说都兼而有之，更呈现出有神论与无神论并存的局面。比较有代表意义的是韩愈和柳宗元的学说。韩反对佛教，是很著名的大儒，但他是有神论者；而柳宗元则相反，基本上坚持了无神论思想。与此相似的是北宋时期的司马光和王安石，他们二人分别属于唯心与唯物两大思想阵营，且对后世都有很大影响。

在中国古代，所谓正统的儒家，即使是有神论者，也把"语怪"视为"邪僻"，把语涉怪异的作品视为末流，认为不可登大雅之堂。所以，李昌祺因写有《余话》而被排除在先贤名位之外，而瞿佑在编著成《新话》之后，仍然顾虑重重，因此他在《新话》自序中写道："既成，又自以为涉于语怪，……藏之书笥，不欲传出。"后来他认为《诗》《书》《易》《春秋》等圣笔所记，其中也难免言怪，再加上求观者众，他这才决定拿出来付梓。瞿佑的这番话，说明他深知一般文士儒子对志怪是有看法的，为了对付别人的指摘，他不得不预先作出解释。为《新话》写序的三人——凌云翰、吴植和桂衡，也都深知这一点，所以都在这方面为瞿佑开脱。桂衡说得最清楚："余观昌黎韩子作《毛颖传》，柳子厚读而奇之，谓若捕龙蛇，搏虎豹，急与之角，而力不敢暇……及子厚作《谪龙说》与《河间传》等，后之人亦未闻有以妄且淫病子厚者，岂前辈所见，有不逮今耶？亦忠厚之志焉耳矣。余友瞿宗吉之为《剪灯新话》，其所志怪，有过于马孺子所言，而淫则无若河间之甚者。而或者犹沾沾然置喙于其间，何俗之不古也如是！"他抬出韩愈、柳宗元的作品为《新话》的志怪辩护，同时也抨击了那些指责《新话》"语怪诲淫"的人。

在读"三话"的序言时，我们可以隐约发觉，"三话"的作者们未必相信真有鬼神，但读"三话"中的小说时，又觉得他们是在宣扬有神论。这一状况，再加上前面对他们志怪动机的考察，使我们初步得出结论，"三话"的鬼神观首先是受了儒家鬼神观的影响，而典型的儒家鬼神观则是孔子的鬼神观，既不承认鬼神实有，也不宣布鬼神实无。

可贵的是，"三话"还描写了几个无神论者。这几个人物虽都否认鬼神的存在，但都不得不和鬼神打交道，这也可以认为是儒家鬼神观的一个反映。下面请看具体例子。

1. "三话"卷二《令狐生冥梦录》中，开首介绍主人公令狐譔是"刚直之士也，生而不信神灵，傲诞自得。有言及鬼神变化幽冥果报之事，必大言折之"。他的近邻有一大富翁乌老，平时作恶多端，死后因广为佛事、多烧纸钱而三日复生。令狐生对此愤愤不平，说："始吾谓世间贪官污吏受贿曲法，富者纳贿而得全，贫者无赀而抵罪，岂意冥府乃更甚焉！"又作诗讥刺神佛。冥王知道了这件事，便派鬼使把令狐生拘到阴间，加以审问。令狐生不服，仍认为阴间和阳间一样不公平。他在供状上慷慨陈词，表现了大无畏的精神。冥王见了他的供状，也不得不认为他"持论颇正，难以加罪，秉志不回，非可威屈"。便下令将他放回阳间，而将那乌老重新追回。

这篇小说的最精彩部分是令狐生的供词，文笔犀利，大义凛然，矛头直指社会弊端。令狐生作为一个无神论者，在同鬼神的正面冲突中，以崇高的精神境界和刚正不阿的英雄气概赢得了胜利。小说的主旨固然不是宣扬无神论，而是针对社会现实的，作者采用的是象征的手法，以鬼神、阴间隐喻现实的黑暗，无神论者则是正义的代表。

2. 《新话》卷四《太虚司法传》是一篇有趣的小说，其情节离奇曲折，表现了作者奇特的想象力。小说开头写道："冯大异，名奇，吴楚之狂士也。恃才傲物，不信鬼神，凡依草附木之妖，惊世骇俗者，必攘臂挡之，至则凌慢毁辱而后已，或火其祠，或沉其像，勇往不顾，以是人以胆气许之。"冯大异外出，到林中避雨过夜，地上八九具僵尸突然闻雷声而起立，将大异围住。大异上树。又来一夜又将群尸的头摘下吃了，像吃瓜一样。大异趁机逃往一座废庙，钻进大佛像的肚子里。佛像突然鼓腹大笑，说今夜有送上门的点心，不用吃斋了。大异一听，又立即外逃。在荒野，大异见到灯火，走近一看，原来是些无头鬼，大异又逃，涉水躲过无头鬼，却掉进了"鬼谷"。众鬼将大异抓到鬼王跟前，鬼王谴责道："汝具五体而有知识，岂不闻鬼神之德其盛矣乎？孔子圣人也，犹曰敬而远之。大《易》所载鬼一车，《小雅》所谓为鬼为蜮。他如《左传》所纪，晋景之梦，伯有之事，皆是物也。汝为何人，独言其无？"于是，众鬼开始折磨大异，一会儿将他搓成长条，像竹竿一样，一会儿又将他按扁，像个大螃蟹。大异不胜其苦，要求放归。众鬼又将大异打扮成鬼模样放回。大异无法见人，愤懑而死。死后他到天上告状，天府因他正直，命他为太虚殿司法，并将众鬼夷灭。

这个故事中，冯大异与鬼作斗争，失败而死，死后借助于"天"才得复仇，暗示了人间鬼蜮的猖獗和英雄人物的悲剧命运。加之艺术上构思新奇，情节紧凑，语言形象诙谐等特点，可以说它是一篇成功的好作品。但在鬼神观问题上，小说受到儒家唯心主义天道观的影响，宣扬的是"天"的意志高于一切。

3.《余话》卷一《何思明游丰都录》中写一个儒士何思明信"天理"而不信鬼神，尤其不信佛教和道教。他曾著《警世》三篇，"推明天理，辨析异端，匡正人心，扶植世教。"他提出了"天即理也"的命题，说"以其形体而论，谓之天；以其主宰而言，谓之帝；帝即天，天即帝。非苍苍之上，别有一天"。他还认为，世人只知天上的天，"不知有己之天焉，己之天，即天之天，是故丹扃（指身）煌煌，天之君也；灵台（指心）湛湛，天之帝也"。何思明病危时，仍反对亲友为他祷告，反对以酒肉祭祀鬼神。然而，他死去后，灵魂却到了丰都，游了地狱。复生后他大谈阴间情形，并告诫弟子要相信鬼神，相信佛道二教，他说："子不语怪，固然，亦不可不使汝曹知果报之不虚也。"

这篇小说与前两篇小说相比，无论从思想上还是从艺术上看，都远远不及。从鬼神观说，它宣扬的是佛道迷信的果报思想。但从中亦可看到儒家天道观和鬼神观的影响，尤其是受了宋代理学的影响。何思明所说的"天理"，与宋代大儒二程——程颢和程颐的观点极为相似，程颢说过："天者，理也……""帝者，以主宰事而名。"程颐说过："大而化之，只是谓己与理一。""心是理，理是心。"（《二程语录》第十一、第二、第十三）小说让何思明魂游地府，死而复生，思想顿变，说明作者是站在佛道有神论的立场上，以佛道因果报应思想去指责何思明理学观念的偏颇。

（四）佛教对"三话"的影响

佛教传入中国后，对中国人的思想、政治、社会、文化等方面都产生了巨大影响。中国历来对佛教的功过利弊评价不一，但谁都不能否认它的存在和影响。佛教的传入，也给中国小说带来了一份丰厚的赠礼，它直接影响了魏晋南北朝时期的志怪小说，也直接影响了唐代的小说如变文、传奇等，宋元的话本、笔记中也到处可见其影响，明代的小说自然也逃不出这层干系。产生于明代的长篇小说《西游记》《封神演义》都与佛教关系密切，可以说，没有佛教的传入便没有这两部作品的产生。

"三话"中的佛教影响随处可见，总结一下，这影响主要表现为以下四种情况：

1. "三话"中经常使用佛教的词语、典故。如夜叉、罗刹、兜率、伽蓝、金刚、罗汉、三昧、阎浮提、铁围城、三千世界……举不胜举。如《余话》卷一《听经猿记》一篇，就使用了禅、兰若、檀施、妙义、诸天、雨花、僧、空、释、业、缘、轮回、菩提、涅槃、般若、慈悲、和南、法门、跏趺、观音、袈裟、戒、《楞严》、解脱、定慧、梵、《圆觉》、万法、毗卢、偈、觉、悟、三生、无生、荼毗、菩萨、法轮等数十个佛教用语，其中有人名、书名、地名、术语等，有不少词是直接从印度梵语音译的，也有一些是意译的，当时多数已成为百姓常用的词汇了。

2. 佛教的寺庙时常是故事的发生地或男女主人公的避难场所。例如，《牡丹灯记》中，杭州西湖的湖心寺是故事的发生地之一，《余话》卷三《武平灵怪录》以归全庵为故事发生地，《余话》卷四《芙蓉屏记》中，女主人公王氏以尼姑院为避难所等。

3. 僧尼、普通信佛者或坚决反佛者成为故事中的重要角色或主人公。如《余话》卷一《听经猿记》，以和尚袁逊为主人公；《因话》卷二《丁县丞传》中，和尚为第二主人公，《余话》卷一《何思明游丰都录》中，反佛的何思明为主人公；《新话》卷二《令狐生冥梦录》中，以反佛的令狐生为主人公。

4. 佛教的教义成为小说的思想内容。"三话"中有不少篇都宣扬佛教的因果报应、轮回转世思想，本书第三部分已作过介绍，此不再叙。

　　归结以上四点，可知"三话"从语言到内容，从取材到构思，都曾得益于佛教的影响。这影响的产生可能是直接的，即作者本人信佛或读过佛教典籍，但更可能是间接的，即社会上佛教的现实反映到了小说中。

　　我们知道，在元末明初的社会大动荡中，普通百姓的生命财产得不到安全保障，生活极不安定，许多人家败人亡，许多人流离失所，许多人受尽凌辱。在他们没有能力改变这一切的时候，有的人绝望，有的人听天由命，有的人厌倦人生。这时，佛教所宣扬的看破红尘、断绝欲望、脱离苦海、为来世修善积德等，便很能打动人心，使相当多的人心向佛法，寻求精神解脱，寻求佛法护佑。再加上战乱一般很少危及寺院，寺院生活相对稳定，又可逃避徭役，逃避强权暴力，所以有不少人愿意出家入寺，宁肯守着青灯黄卷，伴着晨钟暮鼓度过余年。"三话"便在一定程度上反映了这一社会现实。

　　还应当注意到，在当时的社会里，佛教界也始终存在着一些败类和丑恶现象。"三话"中的一些篇目也反映了这一实际。如《新话》卷四《太虚司法传》中写佛像大笑时说的话："今夜好点心，不用食斋也！"这显然是对佛的大不敬，隐晦地讥讽了佛教界某些人物的贪婪。《新话》卷二《令狐生冥梦录》中，说令狐生在地府看到一些裸体僧尼，阴间鬼卒用马牛之皮将他们一一蒙上，把他们变成畜类。说："此徒在世，不耕而食，不织而衣，而乃不守戒律，贪淫茹荤。"一针见血地指出了佛教的弊端。《因话》卷二《唐义士传》记载了一个真实的故事，其中提到元代僧人杨连真伽，他为江南佛教总管，横行霸道，做尽坏事，伙同爪牙靠发掘南宋君臣陵墓大发横财。这在一定程度上说明了元代佛教界的腐败。

(五) 道教对"三话"的影响

　　大家知道，道教是我国土生土长的宗教，但在它的发展过程中，却受到佛教的很大影响。佛教是外来宗教，在中国站稳脚跟后，便同道教展开了激烈的竞争。道教的发展在很大程度上受益于这一竞争。道教是一个能兼收并蓄的宗教，它从佛教中吸取了不少东西为己所用。而且，它不仅把中国上古时代的三皇五帝拉进自己的宗教，还把古代许多神话传说和民间故事都一股脑儿地吸收进去，甚至把天文、历算、医、农、兵等各种书籍都纳入自己的典籍——《道藏》。道教还有一个特点，就是炼丹以求长生不老、羽化飞仙。它的这一特点对封建帝王很有吸引力，往往是佛教所不及的。一般封建帝王都想自己能万寿无疆，永远享受特权。他们不惜工本，或请道士入宫为他们讲道炼丹，或役力百姓为道教徒大修宫观。皇帝求长生，相信术士的谰言，秦皇汉武都是先驱。到了宋代，有几个皇帝特别崇信道教，使道教有了很大发展。元朝建立前，成吉思汗曾召全真道首领丘处机问道，求长生之术，遂使道教全真派盛极一时。明代皇帝对道教都相当崇拜，早期明成祖朱棣即崇奉真武神，在武当山为道士营造宫观，耗资巨大，还多次派人寻访著名道士张三丰。由于宋元明时期道教的发展，上自帝王，下至百姓，都深受其影响，因而"三话"受道教影响便不是偶然的了。

"三话"中的道教影响似乎比佛教还大。在涉及志怪内容的四十一篇小说中，多数与道教有关。下面举几个例子。

1.《新话》卷四《鉴湖夜泛记》中，讲元代人成令言卜居于鉴湖（即镜湖，在今浙江绍兴南）之滨，一夕，泊舟于千秋观下，仰视银河，扣船而歌，"飘飘然有遗世独立，羽化登仙之意"。这时，小舟忽然自动如飞，瞬间千里，来到一处寒气袭人、清光夺目的境地。原来这里是天河。织女引他入"天章之殿""灵光之阁"。成令言与织女谈论起许多神话传说，有牛郎织女、嫦娥奔月、巫山神女、湘君夫人、张骞乘槎、后土夫人、上元夫人、蓝桥捣药、兰香度张硕、彩鸾配文箫等。织女认为其中一部分是真实的，而另一部分则是一些无聊文人的胡编乱造，是污蔑神灵、欺心惑世。因此，她要求成令言到人间去为之辩白。成令言得织女所赠瑞锦回到人间，二十年后得道。

这篇小说从头到尾都与道教有关。开头，说成令言卜居镜湖，这使我们联想到李白的诗《梦游天姥吟留别》，这首诗描绘了仙境的美好，其中有"我欲因之梦吴越，一夜飞渡镜湖月"的名句。李白被后人称为"诗仙"，亦被道教徒列入仙班。小说继而提到千秋观，这是唐代诗人贺知章故宅改成的道观，贺知章晚年因病上疏，请求当道士，唐玄宗批准，遂改其宅为千秋观。小说中提到的神话传说、民间故事，多数都为道教所接收，世人也往往把这类神话与道教联系在一起。小说结尾处，没有明言成令言成为仙人或道士，但他的容貌服饰、行为举止都使人深信他是道家。

2.《余话》卷三《幔亭遇仙录》中，讲隐士杜儶成隐居于福建建阳山中，一日，于溪中泛舟，在一奇异去处登岸。杜儶成忽见一石门洞开，便入洞前行，二里许，见一大城，叫"幔亭真境"，是武夷君的治所。有童子将杜引至"清碧道院"，见到清碧先生杜本。杜本自称是杜儶成的先人，要求他到人间去保护其遗著《春秋诸传正义》，使之免于流落俗人之手。杜本以胡麻、黄精、玄芝等仙品招待杜僎成，又邀集十一位仙人为僎成题字、作画、赋诗。诗中涉及道教教义和一些神话典故。僎成持归，完成杜本所托之事。后数年，僎成弃家入山，与龙虎山道士卢大冶交往最密，卢死不久，僎成亦化于山中，识者以为遇仙尸解。

这篇小说中有两个问题值得注意：

（1）小说宣扬了道教清静无为、离尘脱俗的思想。主人公杜僎成为隐士，远离社会政治生活，得到仙人点化，最后也成了仙。这条故事主线告诉读者，隐居——遇仙——成仙这三个步骤是通向天国、得列仙班的捷径。小说中所列出的仙人，其实都是宋元时代著名的道人，他们的诗无疑洋溢着道教的气息。其中开府真人王溪月的诗是劝杜僎成早日入道的："因兹得至清虚境，好断尘缘发深省。莫向人间恋火坑，幻身浑似浮沤影。"指出了世俗生活之苦，好比处于火坑之中，而自身的存在只是幻影。这既是对社会的不满，也是对人生的否定。圜一道人李玉成的诗说："至人收视息，恬淡养希夷。万物皆刍狗，此身真若遗。大道无终始，时运有盈亏。寄言学仙子，试向窍中窥。"这是典型的宣扬道教教义，劝人入道的诗。

（2）小说中对《春秋》等书的议论，暗示了道家与儒家的微妙关系。文中有两段议论，首先肯定了孔子的圣人地位，接着便是对后世儒者的褒贬。这固然是作者借小说表达自己对这些问题的看法，但也反映出道家力图把儒家的某些思想纳入道教教义的历史事实。道教如果对儒家不敬或干脆反儒，则无法获得立足之地，而要发展道教理论，则必须有知识分子入道。中国古代教育都以儒家经典启蒙，道教要吸收知识分子入道就必须先同儒家拉上关系。这种关系有其天然的条件，道教始祖老子和儒家始祖孔子是同时代人，道教学说与儒家学说一同在中国文化的土壤上发展起来，道教又常常拉着儒家共同反对外来宗教佛教。小说中的议论体现了道教学说与儒家学说的这种亲缘关系。道教徒从道教的立场出发解释儒典，这又是为儒士入道铺平道路。

（六）"三话"中的佛道杂糅现象

"三话"中有的篇章出现了佛道杂糅的现象，即一篇小说中既有佛教影响又有道教影响，两种因素并存。例如，《新话》卷一《水宫庆会录》，主要表现为道家的影响，其中有龙王广利、黄巾力士、西王母、仙山蓬莱、九转丹、通天犀等，都是道家使用的词汇，有关传说也都被列入道家典籍。但小说中也使用了几个佛教词汇，如罗刹、兜率，都是由梵文音译来的。《新话》卷

37

二《牡丹灯记》中的人物有僧人也有道士,文中除有黄巾力士、九天、急急如律令等道家用语外,还有五百年欢喜冤家、十地、夜叉等佛教用语。《余话》卷一《何思明游丰都录》中,除有道家常用的九天、九帝、丹扃、灵台、天妃等词语外,还有佛家常用的地藏菩萨、六道、四生、十方、三十三天等概念。《因话》卷一《翠娥语录》中提到房中乐、《道德经》《黄庭经》、蓬壶境界、养丹炉、三清、阴阳等道教内容,也提到了色、空、善男子、三生、护法伽蓝等佛教用语。

"三话"中出现这种佛道杂糅的情况,并非由作者混淆了佛道二教的基本概念所致。像瞿佑、李昌祺这样的人,少年时即有文名,长大后学识渊博,如果连他们都分不清哪些东西属于佛教,哪些东西属于道教的话,那就几乎没有什么人能分得清了。那么"三话"这些篇目中出现佛道杂糅局面的原因是什么呢:原因大抵有二:

第一,当时社会上的普通百姓,特别是劳动阶层的人,对佛和道的概念不甚清楚,而且他们也不需要辨别清楚。他们处在无文化的状态下,遇到三灾八难时,往往不分佛道,遇庙就烧香,见神就磕头,他们以为,心诚则灵,谁能救助他们,他们就拜谁。这样,佛道的一些基本概念被混淆,已是社会积习,不是几个文人所能划一的。也就是说,"三话"中佛道杂糅现象是社会上混淆佛道概念的反映。

第二,"三话"中出现佛道杂糅现象的原因还在于佛与道的相互影响和渗透。佛教传入后,印度佛教的原始成分日益减少和改变,逐渐形成了中国自己的佛教,它与印度佛教既相联系又有区别。道教在发展过程中,也深受佛教影响,从佛教中吸收了不少内容,如"兜率"一词,本出梵语,兜率天是佛教六欲天之一,而道教将它搬过来,加以改造,说兜率天是太上老君的住所。再如,因果报应、轮回转世等佛教理论,也被道教借来,加以改造利用,成了道教教义的一部分。前文提到的《幔亭遇仙录》中王溪月的诗,是道人的作品,但其中明显存有佛教教义的影响。喻人间为"火坑",显然是受了佛教视人生"一切皆苦"思想的影响;而把自身视为幻影,则是大乘佛教"一切皆空""一切皆幻"思想的流变。

六 "剪灯三话"的人物与精神分析

关于"三话"的艺术成就,历来都评价不高。鲁迅在《中国小说史略》

中写道："明初，有钱塘瞿佑字宗吉，有诗名，又作小说曰《剪灯新话》，文题意境，并抚唐人，而文笔殊冗弱不相副，然以粉饰闺情，拈掇艳语，故特为时流所喜，仿效者纷起，至于禁止，其风始衰。"这段话为后人评价"三话"定下了基调。

"三话"的艺术成就前不如唐传奇，后不及《聊斋》，但作为二者间的过渡性作品，也有可取之处。其可取之处除本书第四部分所谈的悲剧效果外，还有人物塑造和心理描写上的某些成就。

在人物塑造方面，"三话"中塑造了几种类型的人物，给人留下了较深刻的印象。下面重点介绍两类。

(一) 理想人物的塑造

这里所说的理想人物，专指封建士大夫心目中的青年男女楷模，即最佳婚配对象，而不涉及其他。在封建社会里，人们选择配偶的标准大体上有四项：德、才、貌和门第。其中，对男方的要求主要在才，对女方的要求主要在貌，故有郎才女貌之说。

"三话"所塑造的青年男女形象中，有几个较成功的。他们虽然都符合上述四项标准，但也有只具备前三项的，这是作者突破门第观念的结果。于是，塑造出德才貌兼备的人物形象的作品，成为"三话"中最感人的篇章。

《新话》卷三《爱卿传》中的罗爱爱就是典型的一例。罗爱爱为嘉兴名娼，身份低下，但"色貌才艺，独步一时，而又性识通敏，工于诗词，以是人皆敬而慕之，称为爱卿"。接着，作者又写风流之士对爱爱的追求，从侧面突出爱卿的才貌。继而又写爱爱与郡中名士玩月赋诗，"爱卿先成四首，座间皆搁笔"。反衬出爱爱的非凡才艺。她嫁给赵子之后，"妇道甚修，家法甚饰，择言而发，非礼不行。"她一方面鼓励丈夫立身扬名，另一方面又谨慎侍奉婆婆。这部分描写较细，突出了她的德。婆婆死后，战乱爆发，刘万户见爱卿姿色出众，便欲恃权逼娶，爱卿机智周旋，好言拖延，突出了她的敏。写爱卿被逼，自缢而死，又突出了她的贞。作者的描写繁简得当，处处表现主人公的德才貌，成功地刻画了封建社会理想女性的形象，给人以较深刻的印象。

再如，《余话》卷二《鸾鸾传》中的赵鸾鸾，也是这类理想人物。小说中，作者首先介绍赵鸾鸾的身世，然后即正面介绍她"有才貌，喜文词，尤精于剪制刺绣之事"。她婚前爱上邻居柳颖，而母亲偏把她嫁给富室缪生。嫁三月而缪生死，议再嫁，她写信表达自己的心愿，她信中以自己的德才貌自

39

诩,表现出异乎寻常的自信和自尊。与柳生婚后,她对公婆孝敬,对平辈和睦,对下人恩慈,对亲戚有礼,对乡邻有助。作者极力称道其贤惠品德。战乱中赵鸾鸾被掠,历尽艰难而始终保持贞节。她于被掠过程中曾写下《悲笳四拍》,表达了她对时事、对人生的看法,也表现了她高出普通女性的非凡才智。与丈夫重聚后,她建议夫妻暂时隐居山中避难,表现了她的远见卓识。隐居后,与丈夫同甘共苦,又表现了她的贤德。最后,她在丈夫死后含恨自焚,则表现出她无比刚烈的个性。

仅从以上两例就可以看出,"三话"中所刻画的理想女性形象,基本上符合封建社会一般士大夫的标准,但在门第观念上有所突破,确有积极意义。艺术上,作者对这类女性的描绘显然没有采用什么新的手法,但人物性格仍然被突出了出来,这是因为,作者所选择的是大动荡的社会背景,以大起大落的情节变化来表现人物性格是可以事半功倍的。

(二)叛逆人物的塑造

"三话"中还塑造了几个具有叛逆性格的人物形象,这也是"三话"不可忽略的艺术成就之一。

1. 在《新话》卷二《令狐生冥梦录》中,作者通过对令狐生言论的记叙来突出他的叛逆个性。作者写了他个性的两个方面:一写他不信神佛,不怕鬼神,威武不屈的坚定信念;二写他光明磊落,仗义执言,至死不渝的刚正精神。虽不免平铺直叙,但言辞锋锐,脍炙人口。

2.《新话》卷二《太虚司法传》中的冯大异也是一个具有叛逆精神的人物。他受到群鬼的百般折磨而不屈服,直到死后仍顽强同恶鬼作斗争,是正义和意志的化身。

3.《余话》卷五《贾云华还魂记》中的女主人公贾云华是另一类具有叛逆性格的人物。她的叛逆性格主要表现在她对自由爱情的大胆追求上。她敢于违背母命,私自向自己所爱的人倾吐爱情,并委身托体,这在当时是一种大逆不道的行为。她最后因郁闷而死,死后又还魂,都表现了她对自由爱情的执著追求。

4.《因话》卷一《翠娥语录》中的李翠娥是淮扬名妓,但她也是一个个性突出的女性。她身虽沦落而心志高洁,在权贵面前不卑不亢,侃侃而谈。她对人生,对社会的认识超出了当时一般女性所能达到的水准,也超出了许多士大夫的水平。她对堕落世风的评论,表现出一种反潮流的精神。她坚持不嫁人而出家为女道士，又表现了她出于污泥而不染的高洁情操。

（三）性格变化与精神分析

"三话"塑造了大大小小的人物形象一二百个，前面所举的是个性较为突出、形象较为鲜明的几个。然而这几个人物的性格又显得比较单一，作者强调的是他们个性的始终如一，写他们生来便如此这般，而很少写其性格的发展变化，也缺乏对他们的多层次全方位的描绘。如写爱情的专一，则贞烈到底，写不畏强暴，则至死不渝，等等。因此，"三话"中涉及人物性格转变的例子不多。

《因话》卷二《丁县丞传》中的主人公丁县丞是个值得分析的人物形象。小说先介绍他的身世，然后说他性格豪爽，"好结交权势，不事生业"。一日，他在将北上谋生时遇到一个和尚，二人"性格相似，遂相契合"，便同舟共渡，相见恨晚。和尚带有银两，并不回避丁某。丁某见财心动，想：自己到了都城以后，经济上会遇到很大困难，而这个和尚所带的银两肯定不是正道来的。他为自己谋财害命找到了借口，便伺机将和尚推下水，占有了钱财。事情做得虽然隐秘，但丁某心中却始终感到内疚，在睡梦中时常梦见那个和尚。这样过了一年，丁某终于病倒了，恍惚中总见和尚在眼前。他又惭愧又害怕，生命已危在旦夕。这时，他才把实情告诉妻儿，说自己一生从未做过亏心事，只有这件事对不起那个和尚。他还告诫儿子将来不要做坏事。他儿子很孝顺，到关帝庙磕头流血，祈祷神灵，表示愿意代替父亲去死。数日后，那个和尚来求见，丁氏子将他带到父亲床前，丁某大骇。和尚笑着说：你的病不是真病，我也不是真鬼。那年在船上，因我识水性而没有死。我途经关帝庙，睡梦中见到关帝神君，他让我速来救你。丁某表示了悔恨歉疚之情，又偿还了银两，病就好了。

我们知道，中国古典小说艺术以白描手法见长，很少作心理描写，而文言小说尤其如此。《丁县丞传》中偶有一二句心理描写，对表现人物性格变化极有补益。丁县丞本是善良之辈，但见了钱财却突发杀人之心，这是他性格的突变。此后，他自愧自悔，积郁成疾，几不能生，是因为内心有难言之隐。作者在这一段中没有直接描写他的心理活动，而是通过梦幻来间接地反映他的心情，这实际上是巧妙地采用了精神分析的方法。这个故事使我们联想到《杯弓蛇影》的典故。《风俗通》卷九记载，应彬赐酒给杜宣，杜宣见杯中有条小蛇，又不敢不喝长上所赐之酒，喝后心内狐疑，得了场大病。后来知道那不是蛇,而是墙上挂的弓倒映在酒中,病才痊愈。这两个故事讲的都是因难言之隐而引起心理障碍,并由此导致身体疾病。丁县丞的心理障碍是由对亏心事的愧悔引起的,杜宣的心理障碍是由视觉错误导致疑忌引起的。一旦心理障碍消除,身体自然康复。《丁县丞传》通过这种心理分析方法来表现人物性格转变,是很有特色的。

与《丁县丞传》相似的有《新话》卷一的《三山福地志》和《因话》卷一的《桂迁梦感录》。这几篇小说都写了道德问题,作者通过对主人公内心深处的思想冲突和心理矛盾的表现,揭示了善与恶的对立和转化,从而刻画出人物性格的双重乃至多重特征。

(四) 梦幻法的功能

《新话》卷二《渭塘奇遇记》是一篇短小而优美的爱情故事。文中首先介绍王生其人,继而笔锋一转,开始正题,写王生收租经过渭塘。作者以轻松自如的笔致将读者带到一家酒店跟前:"青旗出于檐外;朱栏曲槛,缥缈如画;高柳古槐,黄叶交坠;芙蓉十数株,颜色或深或浅,红葩绿水,上下相映;白鹅一群,游泳其间。"寥寥数笔,把那酒店的环境描绘得有声有色。王生在酒店坐下,面对桌上的佳肴,"斫巨螯之蟹,脍细鳞之鲈,果则绿橘黄橙,莲塘之藕,松坡之栗,以花磁盏酌珍珠红酒而饮之。"到这里,作者已写出了环境之美和酒食之美,只差人情之美了。果然,店主的女儿出现了,她"年十八,知音识字,态度不凡,见生在座,频于幕下窥之,或出半面,或露全体,去而复来,终莫能舍。生亦留神注意,彼此目成久之"。二人一见钟情。用当时的道德规范衡量,二人都不是轻浮之辈,虽已目成心会,但决无越轨言行。王生没有上前搭讪,而是若有所失地离开酒店。由于爱恋深切,至日有所思,夜有所梦。他梦见自己又到了酒店,与店主的女儿在一起谈情说爱。店主的女儿也做着同样的梦。二人在梦中神交达一年之久,第二年王生再过渭塘才得成佳偶。

这篇小说中,王生与店女的梦恋很有趣:一方面,这说明古代社会青年男女的恋爱很不自由,他们受旧道德规范束缚,无权自己做主选择配偶,只能于梦中相会。而梦恋却可以摆脱世俗的约束,使世人以为是"神契",以为是神灵玉成了他们,自然不能非议,不敢阻挠。假借神的意志使自由恋爱合法化,这是对封建礼教的迂回反对。另一方面,通过梦幻的描写以表现人物情感和内心活动,这也是精神分析法的运用。前文所提到的《桂迁梦感录》

《丁县丞传》等都采取了梦幻法，因此，这是研究"三话"艺术成就时应当重视的题目。

在我国封建社会，虽然很早就有人提出关于梦的科学解释，但都是只言片语，始终没有形成完整的理论，更谈不上创立出心理学这一学科了。相反，从封建帝王到平头百姓，绝大多数人都对梦怀有一种神秘感，于是，圆梦成了巫卜之流的谋生手段。他们把梦和鬼神联系在一起，对梦进行种种迷信解释，而越解释越使人糊涂。"三话"中所写的梦幻，都带有浓厚的迷信色彩，这是可以理解的。但在艺术上，"三话"使用梦幻法却可以使作品产生一种特殊的效果。

"三话"中使用梦幻法的例子不少，这里据以归结梦幻法的功用如下：

1. 如前所述，梦幻作为心理活动的折射，采取梦幻描写对表现人物精神世界的状态和变化有特殊功用。它是不作心理描写的心理描写，或者叫作白描式的心理描写。

2. 梦幻法是通过作者的想象实现的，它能突破现实、超越时空，把读者带入一个神秘莫测的世界，给读者以神奇恍惚之美，光怪陆离之美。

3. 作为沟通人、神、鬼的媒介，梦幻可以引起情节的转变和起伏，丰富故事内容，弥补情节缺陷。

4. 由于梦幻与真实的对立关系，梦幻法又有强化主题，激化情感的功能。

七 "剪灯三话"的诗词与文人处境

关于"剪灯三话"的语言，自鲁迅说《新话》"文笔殊冗弱"后，各家均评价不高。"三话"在语言上的弊病主要表现在诗词上。然而，以诗词入小说，非自"三话"始。自佛教东传，华夏文化蒙其影响，佛经的韵散相间形式便影响了中国文学作品的文体结构。故六朝小说中已有诗文混出的现象，而至唐代形成固定程式。由于佛教在唐代空前发展，民间大开"俗讲"，即以群众喜闻乐见的通俗方式解说佛经的教理精义，"变文"这种说唱文学体裁应运而生。变文即典型的韵散相间体式，其中韵文部分用以唱颂，散文部分用以讲述。这样有说有唱，说说唱唱，很受当时群众欢迎。唐代说唱文学直接影响了宋代话本，又使话本小说形成了韵散相间的定式，直至明清时代，白话长短篇小说几乎无一不受这一定式的影响。在文言小说系列，唐宋传奇的许多篇章中也往往杂以诗词，这固然同唐诗和宋词的发达有关，但也不能排除其形式上受唐宋说唱文学影响的因素。

"三话"中大量掺杂诗词,而就中以《余话》为甚。仅《贾云华还魂记》一篇,所出现诗词竟多达四十八首。"三话"中出现这样多的诗词,有一些确实与故事情节关系不大,成为一种疣赘,妨害了读者阅读中的情趣,甚至破坏了故事情节的连贯性和整体感。但"三话"中诗词的情况也并非完全如此不得体,也还有一些可取之作。这样,我们就应当对"三话"中的诗词作些具体分析,以便能正确评价其利弊得失。

(一) 文字游戏

鲁迅有诗曰:"有病不求药,无聊才读书。"我们面对"三话"中的大量诗词,似乎也可以说,"有才寻泄处,无聊才作诗",因为,"三话"中的许多诗词是属于文字游戏和学识卖弄,而这与当时的文人处境关联甚大。刘敬在《余话》的序言中说:"此特以泄其暂尔之愤懑,一吐其胸中之新奇,而游戏翰墨云尔。"这句话的前半说得婉转,但点出了文人李昌祺的处境和心态,而后半之"游戏翰墨"则击中要害。"三话"的作者确实是搞了不少文字游戏,今条贯如下:

1. 联句诗

《余话》卷二《田洙遇薛涛联句记》中,说广州人田洙随父到成都,后偶经一所,遇美人,欢会之际,便相互联句作诗。其诗二首,第一首题为《落花》,共四十八句,第二首为《月夜联句》,共百句。所谓联句,即二人对吟,你一句我一句,连缀成篇。这两首联句诗,实际上与小说情节、人物性格等关系不大,有了它们反使故事拖沓,使读者不胜其烦,往往跳过不读。故此等联句,纯属文字游戏,无多大艺术价值。

2. 集句诗

《余话》卷一《月夜弹琴记》中出现诗凡三十首,皆以唐宋人诗句拼凑而成。除了表明作者熟悉唐宋诗以外,对小说本身不仅未能增色,反而有损。况且,这样断章索句,形似巧妙,实则破坏了唐宋原诗的意境旨趣,殊不可取。故此类集句诗亦纯属文字游戏和学识卖弄。

3. 回文诗

所谓回文诗，是指正读逆读都成诗。《田洙遇薛涛联句记》中有八首，试举其中一首写冬天的诗为例。

正读曰：

天冻雨寒朝闭户，雪飞风冷夜关城。

鲜红炭火围炉暖，浅碧茶瓯注茗清。

逆读曰：

清茗注瓯茶碧浅，暖炉围火炭红鲜。

城关夜冷风飞雪，户闭朝寒雨冻天。

可见，回文诗正读逆读都成韵，都对仗，但却没有翻出新意。游戏毕竟是游戏。

4. 隐谜诗

《余话》卷三《武平灵怪录》讲齐仲和在一座废庵中遇见诸怪，诸怪各作一诗，皆为隐谜诗。如其中自称毛原颖的怪物作诗曰：

早拜中书事祖龙，江淹亲向梦中逢。

远夸秦代蒙恬巧，近说吴兴陆颖工。

鸡距蘸来香雾湿，狸毫点处腻朱红。

于今赢得留空馆，老向神龛作秃翁。

诗中典故皆与毛笔有关，是一首毛笔的隐谜诗。这类隐谜诗是一种文字游戏，但诗中兼有谜语，因而有一定的价值。

5. 打油诗

打油诗得名于唐人张打油，张打油曾作《雪》诗曰："江山一笼统，井上黑窟窿。黄狗身上白，白狗身上肿。"因之又称为"打狗诗"。此类诗意义不大，但以其通俗诙谐而别具风味，可供戏谑消遣。后人把一些通俗诗称为打油诗，概念已有所变化。《因话》卷一《姚公子传》中有姚公子诗二首，其一为其有钱时所作：

千年田土八百翁，何须苦苦较雌雄？

古今富贵知谁在，唐宋山河总是空。

去时却似来时易，无他还与有他同。

若人笑我忘先业,我笑他人在梦中。

其二为其穷困乞食时所作:

人道流光疾似梭,我说光阴两样过。

昔日繁华人慕我,一年一度易蹉跎。

可怜今日我无钱,一时一刻如长年!

……

这两首诗都很通俗,也有一定的思想意义,其中隐含着一种苦涩的幽默,暂时把它们算作打油诗。这类诗当不属于普通文字游戏,权列于此。

6. 翻改民歌

《新话》首篇《水宫庆会录》中有短歌六首,是据民间盖房上梁时所唱歌翻改,失却了原来的质朴,反变得华而不实。同样,《余话》卷四《洞天花烛记》中有《撒帐歌》,其一曰:

撒帐东,

罗帏绣幕围春风 (唐李贺)。

红绽樱桃含白雪 (唐李商隐),

元精耿耿贯当中 (唐李贺)。

如是集唐宋诗句,按东西南北上下六个方位成诗六首。这使我们想起了元代关汉卿的戏剧《山神庙裴度还带》,其中亦记有《撒帐歌》,大抵为元代民俗。其辞曰:"好撒东方甲乙木,养的孩子不要哭,状元紧把香腮揾,咬住新人一口肉。……"如是按东西南北中五方 (配以天干、五行) 边唱颂边撒"五谷铜钱",取富贵多子之意。两相对照,可知《余话》以唐诗集句翻改了民歌,损害了唐诗的典雅,也损害了民歌的犷放,成了不伦不类的东西。

(二) 规模唐宋

从艺术上讲,唐人大约已经把诗做到了一个极高的境界,后人很难达到。宋诗虽然继其绪风,偶有所成,而总体上却始终不及。不过,宋词却别开生面,成就斐然。中经元代词曲、小令的转变,到了明代,其诗词则成为末流,几乎只有模拟唐宋的份儿了,佳作极为罕见。"三话"中的诗词正反映出这种规模唐宋的状况。下面举几个例子:

1.《新话》卷一《联芳楼记》中有诗十七首,其中一首云:

门泊东吴万里船,鸟啼月落水如烟,

寒山寺里钟声早，渔火江枫恼客眠。

一看便知，这是分别模仿了几首著名唐诗中的句子。岂止是模仿，简直是抄袭。按瞿佑的诗名和学识，不宜如是。这也许正好可以当作本篇非瞿氏所作的证据。

2.《新话》卷二《渭塘奇遇记》中明确宣称前面的四首诗是"效东坡四时词"而作，后面的诗是"效元稹体，赋《会真诗三十韵》"。元稹《会真记》中有诗曰："待月西厢下，迎风户半开，拂墙花影动，疑是玉人来。"而《渭塘奇遇记》的诗中则有"待月又如崔"，"迎人户半开"之类句子；《会真诗》中"留连时有限，缱绻意难终"句，《渭塘》则有"良夜难虚度，芳心未恳摧"句；《会真诗》有"衣香犹染麝，枕腻尚残红"句，《渭塘》则有"残妆犹在臂，别泪已凝腮"句。如是等等，多有模仿痕迹。

3.《余话》卷四《秋千会记》中有《菩萨蛮》一阕，其后半云：

牙床和困睡，一任金钗坠。

推枕起来迟，纱窗月上时。

这和温庭筠描写闺房生活的词在意境、文笔上都有相似之处。

4.《余话》卷四《至正妓人行》的长诗，自然是模仿白居易的《琵琶行》而作，李昌祺以"元、白遗音"自许，而为其写跋者亦大加赞誉。这里，我们不否认李昌祺在诗中表达了对社会动乱的痛恨和对沦落妓人的同情，但事实上，《琵琶行》为千古绝唱，其艺术感染力在唐诗中亦罕有匹配，而《至正妓人行》怎可以同日而语？

(三) 吟花弄月

"三话"有不少艳诗艳词，多为男女传情之作，大抵风花雪月之类。仅举二例：

1.《余话》卷四《江庙泥神记》中有诗九首，其一曰：

兰房悄悄夜迢迢，独对残灯恨寂寥。

潮信有期应自觉，花容无媚为谁消？

愁攒柳叶凝新黛，笑看桃花上软绡。

夙世因缘今世合，天教长伴董娇娆。

此诗以闺情和性爱为内容，卿卿我我，平平淡淡。而小说中长诗《峨眉古意》一篇，更是无病呻吟，大写男女间的柔情蜜意，又大量用典，但读后却了无印象。

2.《余话》卷五《贾云华还魂记》的四十八首诗词中也绝大多数是这类作品,其《如梦令》云:

> 明月好风良夜,梦到楚王台下。
> 云薄雨难成,佳会又成虚话!
> 误也,误也,青著眼儿干罢!

这样的诗词多了,势必影响读者的阅读情绪,削弱全篇小说的感染力。

(四) 堪破人生

"三话"受佛道教义影响很大,其诗词自然也在劫难逃。因而,"三话"中有些诗是堪破人生、宣传出世的。这些诗从总体上讲是消极的,因为它们宣扬唯心主义哲学,唱着人生的低调。但其中也包含着某些积极因素,如对社会的不满情绪和辩证法等。

1.《新话》卷二《天台访隐录》中有《金缕词》一首:

> 梦觉黄粱熟。怪人间、曲吹别调,棋翻新局。一片残山并剩水,几度英雄争鹿!算到了谁荣谁辱?白发书生差耐久,向林间啸傲山间宿。耕绿野,饭黄犊。市朝迁变成陵谷。问东风、旧家燕子,飞归谁屋?前度刘郎今尚在,不带看花之福,但燕麦兔葵盈日。羊胛光阴容易过,叹浮生待足何时足?樽有酒,且相属。

这首词写得老练,具有宋代风韵。其中,把人生比作黄粱梦,对荣辱视之漠然,主张遁世,主张今朝有酒今朝醉等,无疑都是消极情绪的反映。但其中残山剩水、英雄争鹿等语,表现了作者对社会战乱的恶感,而棋翻新局、陵谷交替等,又道出了某些辩证法思想。

2.《余话》卷三《武平灵怪录》中有这样的诗句:"三千世界都成幻,百二山河尽属空。""庄严未必成三昧,游戏何妨运六通。"每句都用了佛教术语,前两句宣扬佛教的教义,是堪破人生的典型例子,后两句则带有玩世不恭的态度,也可算是堪破人生的例子。

3.《因话》卷一《翠娥语录》中有一段"檄文",骈四骊六,不妨划入诗词类。文中"打开老病生死关,识尽悲欢离合幻"。"既不作入梦朝云暮雨,也须撇等闲秋月春风。若教了蒲团上功夫,识透本来面目;便可到蓬壶中境界,修成方外神仙";虽是玩世不恭的戏谑性文字,但也说明了社会上确有一些人堪破人生的现实。

（五）不平之鸣

"三话"的诗词中也有些不平之鸣、肺腑之言，属有感而发，非无病呻吟，对此，我们也应当给以充分肯定。

1.《新话》卷一《华亭逢故人记》中的几首诗，有些特色，值得赏玩。如：

四海干戈未息肩，书生岂合老林泉！
袖中一把龙泉剑，撑住东南半壁天。

这是一首言志诗，表达了某些知识分子对社会的责任感，文字并不十分讲究，但字里行间却奔腾着一股豪迈正气，这比那些鼓吹对世事袖手旁观，乃至逃避现实的诗要积极得多。再如：

漠漠荒郊鸟乱飞，人民城郭叹都非。
沙沉枯骨何须葬，血污游魂不得归。
麦饭无人作寒食，绨袍有泪哭斜晖。
生存零落皆如此，唯恨平生壮志违。

这也是一首言志诗。诗中对战乱造成的悲凉景象作了描绘，对人民所受的痛苦深表同情。诗的作者把这一切同自己的责任连在一起，为自己未酬壮志而痛心疾首。

2.《新话》卷二《令狐生冥梦录》中有令狐生的诗一首：

一陌金钱便返魂，公私随处可通门！
鬼神有德开生路，日月无光照覆盆。
贫者何缘蒙佛力，富家容易受天恩。
早知善恶都无报，多积黄金遗子孙。

这是一首反佛和谴责阴间冥王贪赃枉法的诗，更是一首揭露社会不公和鞭笞贪官污吏的诗。令狐生站在穷人一边，以非凡的胆识向佛教、向死神、向强权挑战，其精神、气节都可歌可泣。

3.《新话》卷三《翠翠传》中有刘翠翠的一首诗，其前半为：

一自乡关动战锋，旧愁新恨几重重。
肠虽已断情难断，生不相从死亦从。

这是一首健康、纯真的爱情诗，艺术上并不见有何高明之处，但却表达了一个贞烈女子对战乱的憎恶和对爱情的坚定追求。

4.《新话》附录《秋香亭记》中也有类似的一首诗：

好姻缘是恶姻缘，只怨干戈不怨天。

两世玉箫犹再合，何时金镜得重圆？

彩鸾舞后肠空断，青雀飞来信不传。

安得神灵如倩女，芳魂容易到君边！

这是一个已婚女子给自己从前的恋人写的诗。她因社会动乱而未能同自己所爱的人结合，虽期望有朝一日能金镜重圆，但在当时的社会条件下，离婚再配几无可能。为此，她只能幻想自己的灵魂永远陪伴着恋人。诗中有怨恨，有期盼，有幻想，有相思，是真情实感的抒发。

5.《因话》卷一《翠娥语录》中有李翠娥《梅树》诗一首：

粲粲梅花树，盈盈似玉人。

甘心对冰雪，不爱艳阳春。

作者以梅树自拟，仅二十字，辞藻素朴而意向高洁。

（六）才学标准

我们从上述五种情况中看到，"三话"中的诗词多数属平平之作，有些甚至是无聊之作。但其中也有一些较好的作品，有思想上的认识价值和艺术上的鉴赏价值。出现这种情况并不奇怪，这是和作者们的生活处境及心态相一致的。他们的生活经历在那个时代的文人中有一定代表意义。他们受过良好教育，又有相当才华，在刚刚经过社会大动荡之后，所见所闻和自身坎坷往往使他们对人生的苦难和社会的不公有较深刻的认识。但在封建时代，政治的专制必然导致文化的专制，文化的专制则必然束缚文人的手脚，使他们既无法实现其政治抱负，又无法正面宣泄其内心的苦闷。瞿佑做过小官，曾因诗蒙祸，李昌祺做了较大的官，也坐事贬役。就是在他们受到政治打击、心态荒落的情况下，仍然技痒弗已，著文作诗，这正是旧时文人难改的癖好。但他们所著之文和所作之诗必须远离当朝政治现实，这就是"三话"这类作品中诗词产生的基本原因。

唐代把诗做到了极致的程度，而自那时以后，历代文人便和诗词结下了不解之缘。他们高兴时要作诗，不高兴时也要作诗，不仅以诗言志，以诗写意，以诗抒情，而且还以诗会友，以诗作媒，以诗干仕。作诗的水平如何，成了衡量文人才学的一个重要标准。

明代的科举制度是在唐宋旧制的基础上发展起来的。而唐宋两朝，都曾把诗、赋作为进士考试的内容。例如，宋神宗时，王安石变法，提出恢复学校制度。当时神宗正好对经学感兴趣，对科举的弊病也有看法，便下令朝廷各部门讨论。有人提出在考试科目中废除诗赋而只用策论。苏轼极力反驳，说："自文章言之，则策论为有用，诗赋为无益；自政事言之，则策论、诗赋均为无用。然自祖宗以来莫之废者，以为设法取士，不过如此也。……矧自唐至今，以诗赋为名臣者，不可胜数，何负于天下，而心欲废之？"（《宋史》卷一百五十五）宋神宗采纳了。明代初年，朱元璋和刘基定下考试科目，专取四书五经命题试士，一律作八股文。而八股文要求用排偶体式，用古人语气，这与诗赋的关系仍然很密切。这说明，自唐至明，官方取士，一直比较重视诗赋。而民间也常常用作诗来衡量文人的才学。这在"三话"中也有反映，请看两个例子：

1. 以诗取士

"三话"卷二《秋夕访琵琶亭记》中提到一个叫刘闻的人，他是元朝的进士。元末陈友谅割据，建立汉朝，他归顺了陈友谅。陈友谅接见他，让他背诵自己写的诗，他便背了一首，但陈友谅对他的诗很不满意，便没有重用他。

2. 以诗择婿

"三话"中还有民间以诗择婿的例子。如《余话》卷三《琼奴传》中，王琼奴的继父为她招女婿，要在应选的二人中择一有才者，便命题让二人作诗。苕郎"从容染翰，顷刻而成"，被当场选中。

以上二例都是个别的，因而不能代表官方和民间的普遍情况，但它们却足以说明，当时人把作诗看得很重，凭一首诗就可以决定前途和命运，诗成了衡量文人才学的一项标准。

总之，诗词是"三话"的一个重要组成部分。"三话"中的诗词也是一面镜子，我们可以从中看到当时社会的政治、文化、风土民情等的反映，也可以从中看到当时文人的心态与处境。

八 "剪灯三话"的借鉴与遗泽

"三话"在中国小说史上确实有继往开来的地位。

在借鉴前人方面，"三话"除主要继承唐宋传奇的风韵以外，还涉及唐以前和宋以后的一些文学作品，因此从"三话"中既可以看到魏晋南北朝志怪小说的影响,看到秦汉以降流传的神话传说、民间故事的影响,也可以看到元代笔记小说的影响。这一影响,仅从《因话》中就可以看出。如《卧法师入定录》中,讲到南北二斗,即通常所说的南斗星君和北斗星君,说他们"一衣绯,一衣绿,对坐弈棋",主管天下人的生死寿命。这一故事显然是在相传陶潜撰《搜神后记》中《仙馆玉浆》故事的基础上发展而来的。而《唐义士传》《贞烈墓记》《翠娥语录》三篇,又都见诸于元代陶宗仪的《南村辍耕录》。

在影响后人方面,"三话"的遗泽主要表现在四个方面:

第一,"三话"对后世戏曲和拟话本影响很大。这一情况,周夷先生在"三话"诸篇的注释中多已指出,如《三言》《两拍》中的一些小说便是以"三话"中的故事为基础铺张改写而成。

第二,"三话"对《聊斋》有直接影响,具体例子将在下文提到。

第三,"三话"还影响了明以后的其他文言小说,倡导了一个蔚然可观的灯话小说系列。这在本书第一部分已经说过。

第四,"三话"对日本文学产生过较大影响。如,《新话》足本在日本流传时间很长,流传地区也较广,江户时代前期著名小说家浅井了意(1611—1690年)所作的怪异小说《伽婢子》《狗张子》,即受了《新话》的影响。日本人盐谷温在他写的《中国文学概论》中曾说:"浅井了意的《伽婢子》是《剪灯新话》的翻译。"

为了进一步说明"三话"在中国小说史上的地位,不妨再举些例子略作分析。

1.《新话》卷二《滕穆醉游聚景园记》中,讲滕穆醉酒,夜游聚景园,遇到一美女及其侍女。美人吟诗,滕生续吟,美人自言为鬼,滕生仍不以为然,与之欢好,缠绵三年之久。在唐人张渎的小说集《宣室志》中有一则故事曰《谢翱》,讲谢翱善于作诗,一天晚上,忽然有美人乘金车来访,二人作诗互赠,夜阑,挥泪而别。明年春,谢翱下第东归,至新丰逆旅,步月长望,追感前事,赋诗朗吟,金车美人又至,感其情而复答以诗。这与滕穆的故事很有相似之处,二者盖有渊源关系。《聊斋志异》中又有《连琐》一篇,写杨于畏独居,忽于夜间闻一女子吟诗,杨隔墙续吟,后知女为鬼,亦不介意,二人遂为相知。此篇开头部分的基本情节与滕穆故事很相似,殆受其启发而作。

2.《新话》卷二《牡丹灯记》,言乔生丧偶,于元宵之夜见一丫鬟挑双头牡丹灯前导，一美人随后。乔生见美人，神魂颠倒，带美人至其家，二人欢会达半月之久。一夕，邻翁窥壁穴，见一粉髑髅与生并坐灯下。明日告生，生惊惧，去访美人住处，于湖心寺见一棺木，前悬双头牡丹灯。原来与乔生幽会的美女是棺木中死鬼。《聊斋》中亦有《双灯》一则，言魏生于夜间独卧，有二婢挑灯至，导一女郎。女郎楚楚若仙，与魏生欢爱达半年。后女郎与生别，二婢挑双灯引女郎去。朱一玄于《〈聊斋志异〉资料汇编》中认为，《牡丹灯记》为《双灯》的本事来源之一。

3.《新话》卷三《申阳洞记》中说，李生善骑射，一日，逐猎物入山，见妖怪，取箭射之，中妖臂。沿血迹寻至申阳洞，见一老猿。李生杀死老猿及群妖，救出被劫来的三个美女。猿猴成妖劫持美女的故事早在汉代就已萌芽，焦延寿《易林·坤之剥》中说"南山大玃，盗我媚妾"，大约是一古代传说的梗概。晋张华的《博物志》、任昉的《述异志》中均有类似记载。唐无名氏的《补江总白猿传》说，一白猿善劫少女，欧阳纥为防妻被盗而严加警戒，但妻子仍然失踪。欧阳纥寻至山洞，杀白猿，救出妻子及被劫少女。其中，写其妻被盗时的情景说："尔夕，阴风晦黑，至五更，寂然无闻。守者怠而假寐，忽若有物惊语者，即已失妻矣。关扃如故，莫知所出。"而《申阳洞记》中写钱翁之女被盗时，曰："一夕，风雨晦冥，失女所在。门窗户闼，扃锸如故，莫知所从往。"这两段文字如出一辙，说明后者模仿了前者。

4.《余话》卷二《田洙遇薛涛联句记》讲田洙在成都遇唐代名妓薛涛，这与唐人韦瓘《周秦行记》中写牛僧孺误入汉文帝母薄后庙，与王昭君、杨玉环、绿珠等同宴作诗，又与王昭君共寝的故事相似，当是受《周秦行记》的启发而作。

5.《余话》卷三《武平灵怪录》中讲齐仲和在一废庵中遇一病僧，又见到石子见、毛原颖、金兆祥、曾瓦合、皮以礼、上官盖、木如愚、罗本素诸人，彻夜作诗长谈。晨，众人悉不见，齐仲和始知病僧乃一泥像，而其余诸人为砚、笔、铫、甑、被、棺盖、扇等物作怪。唐无名氏《东阳夜怪录》中记：彭城秀才成自虚夜间赶路遇雪，求宿破庙中，有病僧留之。又有卢倚马、朱中正、敬去文、奚锐金四人至，众人环坐，竞相作诗论文。此时，又有苗介立和胃家兄弟加入，谈兴大增，气氛热烈。至天晓钟鸣，众人突然消失。成自虚发现所宿处异常，四周察看，方知病僧是驼、卢姓者为驴、朱姓者为牛、敬去文为狗、奚锐金为鸡、苗介立为猫、胃氏兄弟为二刺猬。此外，唐牛僧孺《玄怪录》中又有《元无有》一篇，说元无有独行遇雨，晚宿一空庄。有四人至，谈诗论文至天明，忽散去。元无有起而寻之，唯见故杵、烛台、水桶、破铛四物。这两篇唐人小说与《武平灵怪录》都有相似之处，因此可以认为，《武平灵怪录》是受唐人影响而来。

6.《余话》卷三《胡媚娘传》，写黄兴于夜间见一狐拾人髑髅戴在头上，向月祈拜，化一绝色女子。女子自称胡媚娘，黄兴以为奇货可居，便把她带回家。后又将她转卖给进士萧裕。媚娘在萧家极为贤惠，不仅聪明能干，而且温柔和顺，甚得长幼欢心。这类狐狸成精，化为人的故事，在晋代即已有之。而唐宋时，狐女故事日益增多，且形象越来越可爱。

唐人沈既济的《任氏传》和宋人刘斧《青琐高议》后集卷三的《小莲记》是"三话"以前较有影响的两篇。"三话"之后，《聊斋》中的狐女故事更已多见，且有很高艺术造诣，有关例子不胜枚举。这里仅谈狐狸戴人髑髅拜月而化为美女的细节。《太平广记》卷四五四引唐人段成式《西阳杂俎》曰："野狐名阿紫，夜击尾火出；将为怪，必戴髑髅拜北斗，髑髅不坠，则化为人。"卷四五一引唐人薛用弱《集异记》曰："忽有妖狐……取髑髅安于其首，遂摇动之，倘振落者，即不再顾，因别选焉，不四五，遂得其一，岌然而缀。乃褰撷木叶草花，障蔽形体，随其顾盼，即成衣服。须臾化作妇人，绰约而去。"宋初僧人赞宁《宋高僧传》三集卷二四《志玄传》中说志玄于月夜"见一狐置髑髅于首摇之，落者不顾，不落者戴之，取草叶蔽身，化为女子"。元末罗贯中《三遂平妖传》第三回亦写到狐狸戴髑髅拜月而化为美女事。这些，无疑都是《胡媚娘传》中这一情节的先驱。

此类例子还可举出一些，罗列下去恐不胜其烦。以上六条材料已足以说明"三话"的承前启后作用。

名家解读古典名著
话本与文言小说（上）

解读《三言》

缪咏禾 著

提起冯梦龙的《三言》，很多人都知道它包括《喻世明言》《警世通言》和《醒世恒言》，但问到它是怎样产生的，它以怎样的艺术魅力而影响于后世，则都说不清了。本书集中从时代背景、思想倾向、人物形象、艺术手法、现实意义等方面解读了《三言》及其代表性篇章。

一 杰出的通俗文学家

(一) 生平

冯梦龙,字犹龙。苏州府长洲人。生于明万历二年(1574年)。

苏州是东南富庶之地。土地肥沃,气候温润,盛产稻米和丝绸。当时苏州建城已经近两千年,居民数十万,手工业、商业都十分发达,特别是丝织业,有了长足的发展。"机户出资,机工出力"(见《明实录·神宗万历实录》)的劳动力雇佣关系,已经有一定发展。出卖劳力的机工,每天站在街头,等候机户来雇佣,"什百为群,延颈而望"(见《苏州府志》)。手工业、商业的发展,相应地兴起了一个令人注意的市民阶层。仅苏州一府,织工、染工就各有数千人。

市民包括独立手工业者、手工业作坊雇工、小商贩、店员、船夫、苦力、士兵隶役、下级官吏、小知识分子等人。他们受雇于人,社会地位低下,但又都有一定技艺,靠工资吃饭,自食其力,有相对的人身自由。他们的生活还算过得去,也偶有发财致富的机会。除了正当劳动外,他们也相信天命,或者来一点投机取巧。他们虽然没有建立一种新的思想体系的基础,基本上还信奉封建礼教的伦理道德,然而有时也并不十分拘泥。自由、平等的思想萌芽,开始在他们的血管中萌动起来。这种新发展起来的工商业经济基础和思想萌芽,孕育着资本主义的萌芽。

本书所要谈的主人翁,正是出生在这样的时代和环境。

冯梦龙出生在一个读书人的家庭,其弟兄三人都是文坛上的著名人物。哥哥冯梦桂是画家(见无名氏《明画录》卷一),弟弟冯梦熊是太学生,有名的诗人(见《明诗综》)。冯梦龙在三弟兄中最著名,有"吴下三冯,仲者为最"(见王挺《挽冯梦龙诗》)的说法。

冯梦龙在青年时代,像其他读书人一样,读书赶考,同时又出入青楼酒馆,放荡不羁,过着"逍遥艳冶场,游戏烟花里"(见王挺《挽冯梦龙诗》)的生活。他曾经热恋过一个叫作侯慧娘的妓女,后来不知什么原因分手了。从此,冯梦龙便绝迹冶游生活了。

在这一段读书加冶游的生活时期里,冯梦龙收集汇编了一些民歌、小调、时曲、博戏、笑话等书,受到社会上正统儒生,包括他父兄的攻击。幸亏有人帮他圆转，才免了一场大祸。

冯梦龙自幼读书，目的是应考进仕。三十多岁时，他曾应邀到当时的经学中心湖北麻城去讲《春秋》，五十岁后，又担任了江苏丹徒（今镇江市）的训导，训导是协助学官教导生员的教授。他还曾经编纂过多种应举书，如《麟经指月》《春秋衡库》等，这种书类似今天的"应考指南"之类。可是，他虽然指导生员应考，但自己却命运不济，多次应考，都是名落孙山。

从青壮年到中年，冯梦龙从事什么社会职业，还无法查考。大概是又讲学，又编书，并没有什么固定的职业。他还没有功名，肯定不是当官。在他的生平事迹中，留下了一大段空白。他的交游相当广阔，当时东南地区一些以气节相励的慷慨名士、有学问和德望的士绅、有好名声的地方官和一些宿儒耆老，都和他有来往。在这段时间里，在文学事业上，他完成了一生中最有价值的作品，那便是著名的三部短篇小说集——《喻世明言》《警世通言》和《醒世恒言》（《喻世明言》在初版时名《古今小说》，再版时改称《喻世明言》。为了整齐划一起见，本书凡提到《古今小说》时，都用《喻世明言》的名称）。他还著有四部笔记小品集——《智囊》《情史》《谈概》和《笑府》。这些奠定了他在我国文学史上的地位。

直到五十六岁那一年（崇祯三年，1630年），冯梦龙才考取了贡生，取得了担任县级地方官的资格。又等了三年，在崇祯十年（1637年）的八月十一日，在他六十一岁时，到福建寿宁县任知县。寿宁在福建东北，崇山峻岭，交通不便，文化落后。冯梦龙虽然想舒展宏图，但毕竟无多大作为。据地方志记载，他在任四年期间，"政简刑清，首尚文学，遇民以恩，待士有礼。"算得上一个好官。在寿宁任上，他亲手撰写了一部《寿宁待志》，这是寿宁县的第一部地方志。所谓"待志"是没有完成，等待补充完善的意思。这本书在我国长期失传，直到1982年才从日本引回，由福建人民出版社排印出版。

明朝末年，社会的种种矛盾十分尖锐。李自成领导的农民起义军，在崇祯十七年（1644年）攻陷北京，崇祯皇帝吊死于煤山。为了继续明皇朝的正统，福王朱由崧立即在南京建立了"南明"朝廷。但是这个南明王朝很不像话，在国家危亡的时刻，不是励精图治、踔厉奋发，而是卖官鬻爵，争权夺利，歌舞升平，四处派出中使去挑选美女。福王在皇宫里沉湎酒色，还亲笔写了一副对联："万事何如杯在手，百年几见月当头。"北京明皇朝覆亡的那年五月，吴三桂借清兵入关。次年，清兵赶走了李自成，清将多铎挥师南下，攻破南京，活捉了福王。

这一连串"天崩地裂"的巨大变故,发生在短短的一年多时间里,令人震惊歌哭。这时,冯梦龙已经是七十高龄了。他十分关心国家大事,从南下避兵祸的难民中收集口讯,又收集"塘报""揭帖"等文字材料,像是今天的新闻记者那样,编了《甲申纪事》《中兴伟略》两书,留下了一些宝贵的历史资料。《中兴伟略》一书,是于清顺治三年(日正保三年,唐王朱聿键隆武二年,1646年)在日本刻印的。

冯梦龙死于清顺治三年,年七十三。关于他的死,有的说是参加了明朝流亡到福州的唐王政权后殉难的,有的说是流落到日本后老死的,但这两种说法都没有什么确证。比较可信的是在苏州蛰居,怀念故国,忧愤而死。

(二)进步的文学观

冯梦龙的文学作品,包括诗歌、散文、小说、戏剧各种体裁。按照创作的主体、客体的关系来考察,文学作品可以分为"不示人"和"示人"两大类。"不示人"的作品主要目的在于抒写作者本人的思想感情,表达自我,主要不是写给人看的,如诗歌。"示人"的作品主要目的在于给人以娱乐或教育,是写给人看的,如小说。它们虽然同是文学作品,却不能混为一谈。

冯梦龙的文学作品,两类作品都有。研究他的文学观,就必须兼及这两类作品。所谓进步的文学观,是指他提出的一些前人所没提出的文学观。

第一,他把"真"作为文学创作的追求目标。

"真"既是他的美学追求,也是他的政治追求、道德追求和伦理追求。在诗歌上,他追求"情真"。要求诗表达自己的内心感受,反对无病呻吟,矫情伪饰,假作悲欢。更反对把诗文作为应酬往来的礼仪酬酢之作。他认为情是沟通人与人之间一切的无比可贵的东西,甚至提出要立一个"情教",以此取代其他的各种"教"。他特别注目于富于"情"的天籁之声。他所收集编纂的《挂枝儿》和《山歌》这两本民歌集,也主要是因为这些民歌有"情"。他认为世上"但有假诗文,而无假山歌"。因为"山歌不与诗人争名,故不屑假"。全是一片真情。他对这种真情的力量和作用,估价极高,认为可以"借男女之真情,发名教之伪药"。在小说创作方面,他追求的是"事真"和"理真"。要求小说做到"事真而理不赝,即事赝而理亦真",还说,"野史尽真乎?曰,不必也。尽赝乎?曰,不必也。然则,去其赝而存其真乎?曰,不必也。……""事真"就是指小说、戏剧的情节要合乎社会真实和历史真实。"理真"是指故事中告诉人的内含的事理和现实生活的情理相符。这情真、事真、理真,是冯梦龙在各种文学样式中反复提到的,内涵极为丰富,是他追求的总目标。既是他文学的本体论,又是他的创作论和方法论。

第二,在小说、戏剧类作品中,冯梦龙提倡娱乐效果和教化效果的高度统一。在冯梦龙之前的洪楩,他所编的《清平山堂话本》,取名所强调的是小说的解闲、消遣作用。冯梦龙所编的《三言》,强调的是小说的教育作用。冯梦龙说:"明者,取其可以道愚也。通者,取其可以适俗也。恒则习之而不厌,传之而可久。三刻殊名,其义一耳。"(见《喻世明言》序)

文学作品的社会作用,历来有怡情说和教化说两种主张。早在春秋时期,荀子就提出:"人之于文学也,犹玉之于琢磨。"(见《荀子·大略》)他把人比作玉,文学起着琢磨的作用,明确地指出了文学的社会功能。其实,更多的文学家对文学的社会功能,都是怡情说和教化说并举的,或主张通过怡情达到教化的目的,很少有人只承认其中的一种作用而完全排斥其他作用。南宋时的曾慥,曾编过一部多达六十卷的小说总集《类说》,他在该书的序言中很全面地概括了小说的功能:"资治体,助名教,供谈笑,广见闻。"这四个方面差不多成了此后小说编撰者的共识。冯梦龙的见解也是如此,他曾经用一个很生动的实例来说明小说的教育作用:

里中儿代庖而创其指,不呼痛。或怪之。曰:"吾顷从玄妙观听说《三国志》来,关云长刮骨疗毒,且谈笑自若,我何痛为!"(见《警世明言》序)

他以为小说可以改造人,使"怯者勇,淫者贞,薄者敦,顽钝者汗下。虽日诵《孝经》《论语》,其感人未必如是之捷且深。"(见《喻世明言》序)所以,冯梦龙是充分看到小说的社会作用的,有意地要把小说作为"六经国史之辅"(见《醒世恒言》序)。

第三是关于通俗化的主张和实践。我国古代的文学作品,都是用文言文写成的,主要给读书人欣赏,人数较少。从唐宋以来,都市中兴起了说唱艺术,如:变文、平话、词话、演义、小说、笑话、俗曲等。这些,是人数众多的平民欣赏的。这种市民文学口耳相传,形之于语言,而不是形之于文字。即使有一些文字记录,主要供说话人作底本之用,而且零碎粗糙。是冯梦龙第一个认识到这种市民文学的价值。他说,那些用文言文写成的文学作品太深奥夸饰,"尚理或病于艰深,修词或伤于藻绘,则不足以触里耳而振恒心"(见《醒世恒言》序)。又说:

"大抵唐人选言,入于文心;宋人通俗,谐于里耳。天下之文心少而里耳

多,则小说之资于选言者少,而资于通俗者多。"(见《喻世明言》序)

这段话的意思是说,那些唐代人的小说,只能进入文人之心,宋代的通俗小说,才能够进入寻常老百姓的耳朵。天下文人少而普通老百姓多。所以小说应该运用通俗的语言。

冯梦龙不单提出了通俗化的主张,而且亲身实践,他所做的工作主要有三方面:一是全面地收集各种民间文学的原始材料,小说、演义、笑话、民歌、小调,几乎无所不收。二是孜孜不倦地把这些材料整理加工,交给书商刻印。整理时严肃认真,绝不用个人的好恶随便改动,如有必要的修改,往往能化腐朽为神奇,并且加以说明。三是模仿这种民间文学的样式和语言进行创作,拟作的话本便成了一种"拟话本"的新文体。

有人把冯梦龙称为全能的通俗文学家,这是一点儿也不夸张的。他是我国白话文学的先河,是"五四"白话文学运动的先驱者。可惜后来封建文化又随着封建政治制度巩固起来,市民文学也伴同资本主义经济的萌芽一道被压抑下去。我国真正的白话文学运动,一直到十九世纪才得到了发扬。

(三)丰富的著作

冯梦龙的一生,有很丰富的著作。

考察一个作家的成就,首先要把他的全部作品收集起来。冯梦龙的作品,长期湮没,直到"五四"新文化运动,提倡白话文时,才被人重视。他的《三言》,在我国曾长期失传。1930年,鲁迅在编撰《中国小说史略》时,只看到《醒世恒言》一种,后来在国内发现了《警世通言》,又在日本的尊经阁和内阁文库发现了《喻世明言》,直到1946年,它们才由商务印书馆排印出版,《三言》才在中国成为全璧。他的两部民歌集《挂枝儿》《山歌》也是长期佚失。

后来,《挂枝儿》在1962年才寻获出版,《山歌》是1934年寻获出版的。冯梦龙曾选辑过《太平广记钞》,这部书的孤本沉睡在上海图书馆,一睡数百年,任何文献上都没有提到过,直到1981年才突然冒了出来,重见世面。是不是还有一些不为人知的佚著,谁也没法保证。但是,到现在为止,可以说冯梦龙的大部分作品都被发掘出来了。

考察一个作家的作品,还要把作品的真伪分辨清楚。如果是集体合作写作,还得把属于别人的东西剥离出去。冯梦龙是一个大名鼎鼎的作家,受到读者的欢迎和书商的注意。因此,就有一些假托冯梦龙的作品。一直到了冯梦龙死后数十年的清朝雍正年间，还有人假托"冯梦龙遗稿"的《二刻醒世恒言》问世，其实这部书的作者是茚斋主人。此外，也有一些作品，没有标明"冯梦龙著"，而是用了一个化名，很多人费了不少心血去考证。例如《情史》的署名是"詹詹外史"，《三言》序文的作者分别是"绿天馆主人""无碍居士""可一居士"，虽然文学界一般认为这些都是冯梦龙的化名，却至今没有确实的铁证。在分别"编"和"著"这两种情况时，更是浑沦。"著"反映的是作者的全部思想，"编"只反映作者的编辑思想。《三言》中哪些是冯梦龙的"著"，学术界的看法还有很大的差距。

考察一个作家的作品，还要做"系年"，就是把作家的生平经历和他的作品逐年联系起来。这是因为，一个人在得意顺利时的作品和落魄潦倒时的作品，意趣是大不相同的。在"系年"前，必须把作家生平考察清楚，排出一个年谱，还要把作品的写作年代查清楚。在这两点上，目前都还有一些弄不清的"盲点"，如他的中年历史还不了然，他的有些作品，不知其确切的写作年代。根据日本大木康（东京大学东洋文化研究所）的考订，冯梦龙在万历年间（四十七岁前）编纂出版的书有《挂枝儿》《山歌》《马吊脚例》三种。在泰昌、天启年间（五十四岁前）刊刻的书有《麟经指月》《春秋衡库》《四书指月》等三种应举书；《三言》三种，《智囊》《谈概》等笔记四种；散曲《太霞新奏》等，以及传奇十多种，这是冯梦龙编刊书籍的黄金时代。到了崇祯后期，出版图书较少，主要是《甲申纪事》《中兴伟略》等时事书。（见大木康著《冯梦龙与明代刻书》，油印本。现在把已经弄清楚的冯梦龙著作分类介绍于下，书名的右上角有"*"记号的是近四十年来排印或影印出版过的。）

1. 话本·讲史类（长篇历史演义）：《盘古至唐虞传》《有夏志传》《新列国志》《两汉志传》《古今列女演义》《平妖传》六种。

2. 话本·小说类（短篇小说）：《喻世明言》（《古今小说》）、《警世通言》《醒世恒言》三种。

3. 民歌和拟民歌类：《童痴一弄·挂枝儿》《童痴二弄：山歌》《夹竹桃顶真千家诗》三种。

4. 笔记类：《智囊》以及增订本《智囊补》《古今谈概》《情史类略》《笑府》《癖史》《燕居笔记》《太平广记钞》八种。

5. 传奇类：创作的有《双雄记》《万事足》两种。改订的有《新灌园》《酒家佣》《女丈夫》《量江记》《精忠旗》《梦磊记》《洒雪堂》《西楼楚江情》《三会亲风流梦》《邯郸记》《人兽关》《永团圆》《一捧雪》《占花魁》《双丸记》《杀狗记》《三报恩》十七种。合计十九种。

6.散曲、诗集、曲谱类：《太霞新奏》《宛转歌》《七乐斋稿》《最娱情》《郁陶集》《游闽诗草》《墨憨斋词谱》（未完成）七种。

7.时事类：《王阳明出身靖难录》《甲申纪事》《中兴实录》《中兴伟略》四种。

8.经学应举类：《春秋衡库》《麟经指月》《春秋别本大全》《四书指月》《春秋定旨参新》五种。

9.其他：《寿宁待志》《折梅笺》《牌经》《马吊脚例》《叶子新年谱》五种。

以上共有五十多种书。

1993 年，上海古籍出版社出版了《冯梦龙全集》的影印本，江苏古籍出版社出版了《冯梦龙全集》的排印本。两书的规模都有五十种左右，约一千五百万字。两家出版社都已进入印制的阶段。

冯梦龙还有一些发表在其他人著作中的短篇文章，也很值得注意。例如，1985 年，海峡文艺出版社出版了一本《冯梦龙诗文》，其中文钞十七篇，是从苏州博物馆馆藏抄本《吴郡文编》中辑出的，这些文章可以看出冯梦龙的青少年时代交游，对阉党的态度等情况。还有一些书目中提到冯梦龙的著作，但没有人看到过，例如，《吴门表隐》卷中提到冯梦龙有一本书叫作《杂志》，在其他著录、文献中，从来没有一点佐证线索。

二　短篇白话小说的宝库

在冯梦龙的诸多作品中，最有价值的是《三言》，人们常把它们称为中国古代白话小说的宝库，比作世界名著《十日谈》或《坎特伯雷故事集》。的确，在我国古代的白话小说中，没有第二部可以和《三言》相比拟。

《三言》的第一部名《喻世明言》，初次出版时书名是《古今小说》，后改为《喻世明言》，出版年代不详。根据以后二"言"出版时间推算，估计是天启元年（1621 年）左右。传世有"天许斋刊本"。在书前有一段题词说："本斋购得古今名人演义一百二十种，先以三之一为初刻云。"从这段话看来，好像是有计划地分成三册出版的。

第二部名《警世通言》。金陵兼善堂刊本，还有三桂堂刊本、衍庆堂刊本两种。明天启四年（1624 年）出版。

第三部名《醒世恒言》。天启七年（1627 年）金阊叶敬池刊本。还有叶敬溪刊本、衍庆堂刊本（两种），合计四种。这四种刊本的书首都署"天启丁卯"（即天启七年），如果所署的时间就是出版年份的话，那就是说同一年里有四家书肆都刊行了这部书，真是一部畅销书了。

三部书共有一百二十卷，即一百二十篇短篇小说，共约一百五十万字。

《三言》是一个很大的复杂的整体。任何复杂的事物，都不可能从一两个角度、一两种层次来说清楚，而必须多角度、多层次加以分析。以下先从最浅层起始来作分析。

（一）《三言》的故事有哪些题材

前面说过，古代短篇小说有烟粉、灵怪等十种题材。如果就用这个分类方法作为标准，《三言》全部小说大部分都可以按这十类对号入座，只有少数难于归类：

类别	篇数	占百分比
烟粉	十	八点三
灵怪	九	七点五
传奇	三十四	二十八点三
公案	十五	十二点五
扑刀	四	三点三
杆棒	三	二点五
神仙	十七	十四点二
妖术	七	五点八
发迹	八	六点七
变泰	四	三点三
难于分入某类	九	七点五

难于分入某类的如：《晏平仲二桃杀三士》《吕大郎还金完骨肉》《隋炀帝逸游遭谴》。这情况说明，分类归纳总是不完善的，说话艺术的实际情况，比人为的分类要丰富得多。

明代，话本的数量是很多的。明太祖赐给亲王的竟有一千几百种之多。如果这个数字可靠的话，那么《三言》所收只有十分之一。从上述分类来看，烟粉、传奇、公案、神仙这四类占话本的百分之六十。可能，这是话本内容的实际情况，即属于自然分布状况。但是也可能是冯梦龙在选编时有所偏爱，有所取舍，或者是因为读者兴趣所在而多选了这四方面的内容。不管是什么原因，从中可以看出读者的喜好。

(二) 故事的发生年代和写作年代

《三言》中的故事，大都明确说明"话说××年间"，所以要判断故事的发生年代并不困难。《三言》中最早的故事是春秋战国时的事，也就是说，讲的是有信史以来的事，上古的神话传说和三代时没有文献作证的事，都是不取的。

年代	则数	占百分比
春秋战国的故事	四	三点三
秦汉的故事	六	五
两晋南北朝的故事	二	一点七
隋唐五代的故事	二十三	十九点二
宋代的故事	五十	四十一点七
元代的故事	四	三点三
明代的故事	二十八	二十三点三
年代不明	三	二点五

宋代和明代的故事特别多，这是因为说话艺术盛行于这两个朝代。当时说话人广泛地采用当时社会上发生的事件作为题材，因此留下了较多的作品。

故事的发生年代和话本的写作年代并不是完全一致的。

明代的故事，肯定是明代写作的。明以前的故事的写作年代，情况就不一样了。例如，春秋战国的故事，可能是唐宋时编写的，也可能是元明时编写的。判别写作年代的常用办法是看作品的语言风格，古朴简古的可能是宋元作品，细腻宛转的可能是明人作品。还可以用作品中的官制、地名作参照。

二十世纪二十年代，有一本叫做《京本通俗小说》的书问世。这本书是1915 年江阴人缪荃孙"发现"后刊印的，共收宋人话本九篇。对这本书的真伪，历来有争议。苏兴撰《京本通俗小说辨异》一文说，《京本通俗小说》是缪荃孙从《三言》中的宋人作品"倒辑"出来的，论证颇为有力。但是，《京本通俗小说》这本书即使是假，这九篇话本中至少有五篇确实是宋人作品，这却是真的。

说话艺术流行的时间跨度颇大，总在六七百年左右。说话的题材、思想、语言不能不有很大的变化。研究《三言》作品的写作年代，可以对说话艺术的嬗变源流、发展变化有所了解。

（三）故事的本源和文献根据

故事的"本源"就是通常所说的"本事"，即考证故事来源所依据的文献。经过几代学者的集体劳作，《三言》中的绝大多数已经考出了它们的来源出处。不知所本的已为数不多。

书　名	出于正史	出于杂史笔记	不详
《喻世明言》	九	三十	一
《警世通言》	二	二十六	十二
《醒世恒言》	三	三十	七

出于杂史笔记的是绝大多数，共八十六篇，占全部作品的三分之二以上。

相当数量的故事，就是当时社会上所发生的耸人听闻的事件。例如，《沈小霞相会出师表》（喻40）中，沈炼父子和严嵩父子的一场惊心动魄的斗争，就是当时发生的真人真事。《明史·沈炼传》是清代史臣用史传形式记载的，明江盈科的《明十六种小传》以及冯梦龙的《智囊·沈小霞妾》则用笔记形式记载。明传奇《出师表》是用戏剧形式传其事。形式虽异，基本内容相同。

再如，《陆五汉硬留合色鞋》（醒16）是一个曲折的奇案，故事出自明无名氏的《龙图公案》，在明周玄晖《泾林杂记》、明祝允明《九朝野记》、明陈洪谟《治世余闻》等书中都记此事。这种同一事件被编成不同文学样式的现象，可以称之为"一源数体"。

也有一部分作品，是根据当时流行的传说、故事、神话改编的。如《白娘子永镇雷峰塔》（警28）是流行在东南地区的故事；《乔太守乱点鸳鸯谱》（醒8）的故事在宋人罗烨《醉翁谈录》、清褚人获《坚瓠秘集》以及冯梦龙《情史》中都有记载，据说是明正德年间发生在昆山县的事。

《三言》中还有一部分作品，是从前人的笔记、小说、传奇敷衍而来的。据《醉翁谈录》卷一《小说开辟》中说，说话艺人有几本必读书，那便是《太平广记》《夷坚志》、历代史书。因为这些书内容十分丰富，有着千奇百怪的故事，你只要从中取出一篇，加以生发，就可以成为一篇"话头"。例如，北宋李昉等编的《太平广记》，共五百卷，采录汉至宋初的小说、笔记、野史达五百余种之多。南宋洪迈编撰的《夷坚志》有四百二十卷，异闻奇事，神怪妖鬼，无所不有。《三言》中的《张道陵七试赵升》（喻13），故事就出在《太平广记》的"神仙传"中。《金明池吴清逢爱爱》（警30）故事就出在《夷坚志》中。《陈多寿生死夫妻》（醒9）故事出自许浩的《复斋日记》中，原文只有一百二十四字，而《醒世恒言》中发展为九千多字，从中便可以看出说话人敷衍生发的本领是何等高明了。

如果把《三言》故事所根据的杂史、笔记一一开列出来，是一个很可观的数字，总有数百种之多。有些小说可以从五六种甚至更多的笔记中找到它的本源。《三言》故事的本源主要不是出于正史，也不是像现代小说那样出于典型概括集中，说明了当时小说大都本源于现实。虽然小说不能以是否有文献根据来评定甲乙，但至少可以说明，真实事和小说是一条不可忽视的黄金通道。喜欢真实，鄙弃臆造，永远是一条小说审美的要则。

当然，从古代文献中找故事题材，只要本身具备小说要素，说话人或编写者能够掌握当时的历史环境，进行合理的敷衍，同样可以得到上乘的作品。有没有事实根据，从来为小说的读者所关注，但从来不是小说优劣的评定根据。考证小说的本源，探究人物的原型，目的在于探讨作品的历史渊源和生活基础。

（四）《三言》中写了哪些人物

《三言》一百二十篇作品中，有姓名、有身份、有性格，并且在小说情节的开展中担当着一定作用的人物，有一千一百五十三人之多。其中主要人物有四百二十九人。这是一个十分庞大的社会众生群像。

一些情节最简单的故事，只有三四个人物，如《俞伯牙摔琴谢知音》（警1）中，只有俞伯牙、钟子期、老叟、童子四个人。《杜子春三入长安》（醒37）一文，时间跨度虽比较长，人物却只有杜子春、韦氏、老者三人。最复杂纷繁的故事，则有二三十个人物，甚至三四十个人物。《木绵庵郑虎臣报仇》（喻22）中有三十四个人物，从贾似道的出生、发迹、误国到被击杀，敷衍酣畅，其实是长篇演义的格局。

三部小说分别统计如下：

书　名	人物数量	主角数量
《喻世明言》	四百零二	一百四十二
《警世通言》	三百六十九	一百二十九
《醒世恒言》	三百八十二	一百五十二

这一千多个人物，可以用不同标准分类。例如，不同的社会地位、职业、阶级、性别、古人或今人，人或非人（神鬼妖兽），都可以说明一些有意义的问题。

有些学者还从"旧人物"和"新人物"这个角度进行研究，于是便可以看到，过去小说中活跃的"旧人物"，在《三言》中几乎全部都囊括，他们是：帝王、将相、忠臣、义士、才子、佳人、神仙、鬼怪、娼妓、侠客等。此外，《三言》中还增添了一批令人瞩目的"新人物"——市井小民。他们不单出现在小说中，而且有的还成了小说的主角。这是《三言》人物谱中的重要特点。

从社会进步的历史来看，初民只有群体活动、群体意识、群体价值。最早从群体中析出来的是神话中的一些有特殊劳迹的人物，如盘古、女娲之类。后来，帝王将相、才子佳人相继被发现和肯定。他们不单是历史的主角，也是文学作品包括小说中的主角。而市民们，如手工业者、商人，以及农民和士兵，则处于"群氓"的地位。他们只是历史和社会的铺垫，他们的悲欢离合似乎是不足挂齿的，也无缘进入文学的殿堂。宋明以来，一些小人物从文学作品中出现了，这种趋势一旦成为一种思潮出现，并得到完善时，必然会导致人的全面觉醒。因为，既然人的生理、心理都是相同的，不管大人物还是小人物，都有自己的天地，都有其悲欢离合，那么人的自由平等，也就是应有之义，所以，人们把这种思潮的出现作为资本主义思想萌芽的标志，也就是对自由、平等、博爱的认识和追求的开始。

《三言》中的这个萌芽，确实是令人瞩目的。首先，市民们是以群体出现的，数量很多。涉及的人物有各种坐商和行商、各色小贩、手工业者、店员、妓女、经济作物农民（花农、蚕农）、海外经殖者、边疆经营者等。其次，这些人物活动的内容也包含极多，既有生老病死、婚娶子女这些共同的问题，而且涉及他们的人生观、道德伦理以及经营的业务活动。也就是说，这一阶层对其自我的发现和肯定，已经成为一股不可忽视的历史潮流。

（五）《三言》的语言系统

《三言》是白话短篇小说，但是细细分析，所用的语言并不一样。《三言》中作品的时间跨度有六七百年，地域遍及全国各地。由于时空广袤，所以它的语言系统不是单一的语言，而是复合庞杂的混合物。从总体来说，可以称为宋元明古白话系统。

凡是话本,特别是早期的话本,可以把它看成是说话人的口头语言系统,其标志是文中有"说话的"等类说话人自称之语。它的表面形态是讲唱结合。虽然也有一些古话本并无唱的部分,但数量极少。讲、唱结合的外部形式使人仿佛听到了当年艺人开场的状况。艺人们讲到情节高潮、感情激越时,就引吭高歌起来。吟唱的样式有的是诗词,或是唐宋作家的名篇,或是合乎格律的新作诗词,或是随意拼凑改动了词句的诗词;有的是曲子,一部分有曲牌、有板、有眼的散曲甚至套曲,一部分是即兴的非正规的曲子。更有顺口溜、打油诗、三句半以及说话人的惯用套话。如讲到人逃走时,便说:"鳖鱼脱却金钩去,摇头摆尾不再来。"讲到大吃一惊,便说:"分开八片顶阳骨,倾下半桶冰雪来。"等等。

《三言》中文人的书面语言更多地在拟话本中表现出来。文人写作拟话本时,既承袭了古小说简练稚驯的长处,又吸收了民间话本生动活泼的优点,可读性很强。

《三言》的词汇十分丰富。它不拒绝一切有用的词汇:文言词语的运用使它简洁典雅,白话词语的采纳使它丰富明白,新词语的熔铸使它时出奇峭,方言俚语的穿插使它亲切通俗。

对《三言》的词语研究还没有认真地进行,它的词语总量是多少,有哪几个系统的方言,今天已不用的古词语又有多少。词汇计量、词汇频率、词汇分布等研究都还有待开展。

(六) 《三言》各篇作品的作者

对《三言》作者的考证,是《三言》研究中最薄弱的环节。一百二十篇作品,只有极少数几篇可以坐实作者是谁。

现在,只能作这样"模糊"的分析:

1. 一部分作品是宋元时说话艺人的口头创作,后来可能经过"书会先生"等文人的整理加工。如前面提到的《京本通俗小说》中的若干篇宋人作品。

2. 一部分作品是明代说话艺人的口头创作,后来经过明代文人的整理加工。至于哪些文人参与过,已不可考。

3. 一部分作品是文人模拟话本体裁创作的,即所谓的"拟话本"。但《三言》中到底有哪几篇是文人的拟话本,只能从文风来推测,无法确指。

《三言》作者的浑沦模糊状态,使我们无法把作品和作者结合起来研究,这是个十分令人遗憾的事。

美国的著名汉学家 P.韩南（Patrick Hanan）认为，在《醒世恒言》中，至少有二十二篇是浪仙所作。在他所著的《中国白话小说》中说："《醒世恒言》和前两个集子（引者注：指《喻世明言》《警世通言》二书）有很大的不同，其原因，是有一个新人执笔写了其中大部分的小说。这个人是冯梦龙的一个合作者。"韩南说，这个合作者就是《石点头》一书的作者"浪仙"（见《浪仙——〈醒世恒言〉的主要作者》，刊《文学研究动态》1984 年 11期）。浪仙即"天然痴叟"。这是一个大胆的假设，但还需要进一步的考证，才能肯定或否定韩南的说法。

冯梦龙采集这一百二十篇作品编印成《三言》，在其中，冯梦龙究竟做了哪些工作，有些什么贡献呢？

可以分三个层次来说明：

第一层：这一百二十篇作品，都是冯梦龙从众多的话本中筛选后入选的，即使冯梦龙一字未动地搬过来，也反映了冯梦龙的编辑思想，反映了作为一个"选家"的眼光。当时话本很多，并不是真的被冯梦龙"搜括殆尽"，剩下来的作品，也并不真的全是"沟中之断芜"（《初刻拍案惊奇》序中语）。例如，《清平山堂话本》中有一篇《快嘴李翠莲记》，是十分有特色的佳作，《三言》中没有选入，真正是"沧海遗珠"了。

第二层：这一百二十篇作品中，有一部分是经过冯梦龙修改的，有的还有较大幅度的修改。例如，《清平山堂话本》中有一篇《柳耆卿诗酒玩江楼》，内容十分下劣。故事说，柳永担任地方官，看中妓女周月仙，月仙不肯相从。柳永便叫船夫去奸污了月仙，败坏她的声誉，使她不得不听任摆布。显然，这个故事太无聊恶浊，也不符合柳永这个风流才子的身份。冯梦龙认为这个故事"鄙俚浅薄"（见《喻世明言》序），在收入《喻世明言》时，题目改为《众名姬春风吊柳七》，作了很大改动。热恋周月仙的是穷书生黄秀才，买通船夫污辱周月仙的是富人刘二员外。地方官柳永则主持正义，惩罚了刘二员外，成全了黄秀才和周月仙。这样改动，显然是灌入了冯梦龙自己对妓女的态度。这样一改，才符合柳永这个多情才子、风流太守的身份，真是化腐朽为神奇。很可惜，《三言》一百二十篇作品中，冯梦龙到底改编过哪几篇，几乎全不清楚。像上述柳永故事这样能够把原作和改作对比显高低的，也只此一篇而已。

第三层。这一百二十篇作品中，有少数几篇完全是冯梦龙创作的"拟话本"。历来的学者都从故事情节、语言文风、其他著作参照等方法入手，进行推测。采用的方法相同,得出的结论却大有出入。有的作偏多的估计,如袁行云在《冯梦龙三言新证》一文中,认为冯梦龙自己创作的有七篇。即:《蒋兴哥重会珍珠衫》(喻1)、《老门生三世报恩》(警18)、《沈小霞相会出师表》(喻40)、《玉堂春落难逢夫》(警24)、《吴衙内邻舟赴约》(醒28)、《杜十娘怒沉百宝箱》(警32)、《陈多寿生死夫妻》(醒9)。有的作者作审慎的偏少的估计,认为冯氏自作的只有其中的三篇,即"老门生""杜十娘""沈小霞"。但是,真正有铁证的其实只有一篇,那便是"老门生"一文。冯梦龙在他改订的传奇《三报恩》的序中有一句话:"余向作《老门生》小说。"这是《三言》一百二十篇小说中,唯一可以坐实冯梦龙创作的仅有一篇。

三 《三言》作品分析

前面,对《三言》的基本内容作了掠影和鸟瞰。要想真正了解《三言》,还必须深入到具体作品中去。

对《三言》一百二十篇作品作具体分析,首先涉及分析的方法问题。

最常见的分析方法是对一篇篇作品作思想分析和艺术分析。思想分析包括作者生平、时代背景、主题思想、现实意义等。艺术分析包括故事梗概、人物形象(肖像、语言、动作、心理、性格)、结构方式、矛盾冲突、语言特色等。这种分析方法是大学、中学语文教学常用的方法,对于吃透作品的基本内容是十分必要的。

在采用这种方法分析时,大都按类取型。把一百二十篇作品归纳为若干类型,然后每种类型作综合的分析比较,或者从这些类型中选出一二篇代表作来分析。除了按类取型外,当然也可以把全部作品逐一分析,作穷尽的研究。

对《三言》的另一种分析方法是挑选其中若干篇具有特殊意义的作品加以分析。例如,从《蒋兴哥重会珍珠衫》这一文中着重分析他破除片面贞操观念与人性解放的时代意义。从《施润泽滩阙遇友》一文中分析我国城镇资本主义经济的萌芽和发展。这种"挑选"的方法好比沙里淘金。从沙里淘出金子诚然是可贵的,但其他大量作品被忽视甚至当作矿渣被弃置一边,却未免挂一漏万,十分可惜。

还有一些学者致力于作品的本事、根源、流变、产生年代的考据。著名的有孙楷第、谭正璧、胡士莹等。他们博览群书，差不多已经把《三言》的本事流源考证清楚了。个别查不到出处的作品，已经为数不多，后学当然还可以再添补一二。考证的结果可以帮助今人了解作品的历史原貌，历代嬗变，进行纵横比较，因而更深入地理解作品的内容。

基于以上这些认识，本书拟采取博采众长的办法，综合采取几种分析的方法。有的是具有特殊思想价值的作品，有的是某种类型作品的代表作，有的是独树一帜很别致的个别作品，有的是文学史上经常提到的作品，有的是极少有人提到过的。分析的重点，或者重在思想分析，或者重在人物形象，或者重在分析其古今流变，或者把这篇作品和中外名著作比较：都各就其本身的特点而定。希望能通过这些多种角度和多种层次的介绍，比较全面地反映《三言》的丰富内容。

在逐篇分析之后，本书还综合分析《三言》的两个特点。这两个特点可以涵盖全书，说明所有《三言》的作品，是开启《三言》全书的钥匙。

（一）新时代的曙光——《蒋兴哥重会珍珠衫》

襄阳府枣阳县的蒋兴哥，随父亲外出经商。十七岁时，父亲病亡，蒋兴哥娶妻王三巧，两人感情很好。婚后二年，蒋兴哥到广东去经商，不幸生病，一年没有回家。徽州新安有一个商人名陈大郎，经过枣阳，惊羡王三巧美貌，便买通一个卖婆，千方百计引诱三巧，终于得手。陈大郎和王三巧分别时，三巧把蒋家祖传的珍珠衫赠给陈大郎作纪念。大郎在归途时，经过苏州枫桥，恰巧和蒋兴哥相遇。谈话之间，陈大郎炫耀他的艳遇，并取出珍珠衫为证。蒋兴哥看到珍珠衫，知道妻子不贞，十分伤心。回到枣阳后，在自家门前，徘徊流泪，自责不该"贪着蝇头微利，撇他少年守寡，弄出这场丑来"。但贞节观念终于占了上风，蒋兴哥没有往家去，而是休弃了王三巧。三巧被休后，嫁给了潮阳知县吴杰。但是，蒋兴哥真心爱着王三巧，情谊难忘。三巧再嫁时，兴哥把十六个箱笼相赠。陈大郎回家后，其妻平氏看到珍珠衫，知道丈夫有外遇，便藏了起来。陈大郎思念王三巧，寻到枣阳，知道王三巧已被休再嫁，惊悸之余，忧郁而死。平氏再嫁，恰巧嫁给了蒋兴哥。珍珠衫又回到了兴哥手中。不久，蒋兴哥去广东经商，失手打死了人，审案的恰巧是三巧的后夫吴杰。由于三巧说情，吴杰宽释了蒋兴哥。吴杰看到三巧和兴哥旧情难忘，便把三巧连同十六只箱笼归给兴哥。（《喻世明言》卷1）

故事的原意是讲因果报应，教人不要去奸淫人家的妻子。如果做了这种事，一定会受到报应。故事中的陈大郎奸淫了蒋兴哥的妻子王三巧，结果生病而死，自己的妻子平氏却反而成了蒋兴哥的妻子。故事的收场诗最后两句是点明主旨的："殃祥果报无虚谬，咫尺青天莫远求。"

因果报应是一种迷信思想，那为什么说这个故事闪现着新时代的曙光呢？这不能不多讲几句，才能把原委说清楚。

人类的社会，繁衍自己的种族是头等大事，一旦人类不能生儿育女，整个社会的历史便要告终了。远古时代，繁衍生育是以"群婚"的形式来完成的。还没有"家庭"这个社会细胞。和这种形式相适应，在远古社会里，男子以勇武有力，能够捕杀野兽，能够抵御外族的入侵掠夺为最高的崇拜对象。女性则以能够养育众多而健壮的儿女为最高标准。根本没有"贞操"这种观念。

随着社会分工的细密，交际的发展，母系社会逐渐嬗变为以男子为中心的父系社会，家庭的结构也发生着变化，男子成了"一家之主"。

家庭是延续人类生命的基础，构成了社会的细胞，而且由此而产生了一系列与之相适应的、维护这个家庭细胞的道德伦理观念。

在封建社会的家庭里，丈夫处于最高权威地位，妻子必须婉顺贞节，儿子要孝，兄弟要悌。由家庭推及社会，就有了君臣之间的忠，朋友之间的义等等道德观念。封建社会的法律，也是在这个细胞上派生出来的。这一整套道德、伦理、法律，都是封建经济大厦上的上层建筑。

在这样的社会伦理观念中，男女被放在不平等的地位。女子要对男子绝对地服从，处于完全从属的地位。远在周代，就制定了女子的"七出"规定。所谓"七出"，便是："无子，一也；淫佚，二也；不事舅姑，三也；口舌，四也；盗窃，五也；妒忌，六也；恶疾，七也。"（见《仪礼·丧服》贾公彦疏）女子只要犯了其中的某一条，就可以名正言顺地把她逐出门外。这一套伦理观念，自古已然，成了天经地义。

妇女"七出"中的第二条"淫佚"，范围是很广的。被异性碰到身体，也可以算作是"淫佚"；被人强奸了，便应该自尽。像王三巧这样自愿和陈大郎奸合，更是不可宽恕的，自然应该休弃，或者送给她一条带子，让她自尽。即使是杀了她，封建社会的法律也会宽容男方，承认男方的行为是必要的。

然而，蒋兴哥在执行这条"铁律"的时候，却有了犹豫，产生了感情和伦理、人性和法律的矛盾冲突。蒋兴哥知道王三巧有私后，不是愤怒而是痛苦，"如针刺肚"，不是斥责三巧而是引咎自责。他和三巧分手，不是义无反顾，而是"行一步，懒一步"，难舍难分，在自家门首徘徊再三，"不觉坠下泪来"。三巧再嫁，兴哥把那十六只箱笼原封不动，连钥匙一起送去。社会上的人骂蒋兴哥"骏痴，没志气"，他也全然不顾。最后，他终于冲破了旧道德的羁绊，和三巧重新结合，和旧道德来了个彻底的背离。

道德和感情为什么会发生矛盾呢？矛盾的双方，谁代表着真理呢？显然，兴哥和三巧的真挚相爱，代表着真正的人性。三巧的不贞行为当然是极大的错误，但毕竟是人生道路上的过失，并不是不能改正的错误。片面的贞节观认为"生命事小，失节事大"，把这种错失看成比失去生命还重的，而从人的真正价值来看，却并不是不能谅解的罪恶。

封建卫道士不会原谅这种错误，而比较开明的新兴阶级却能够合理地处置这种行为。蒋兴哥是一个商人，头脑里比较少那种封建迂腐死僵的道德观，所以他能够既痛惜于前，又谅解于后。他虽然也受封建伦理的束缚，而终于取得了人性的归复。

这便是资本主义道德和封建道德的区别所在。这种道德的差别起源于十分细微的内心深处，但区别又是十分分明的。本文的作者细致委婉地写出了蒋兴哥内心活动和他的最后抉择，事情的合乎天理人性的解决，预示着新的道德的必将产生。

本文作者的原意是想用因果报应来告诫人们，但是细致的描写越出了旧道德的藩篱，一种新的男女关系、人际关系正在搏动，泄露了新世纪将要到来的曙光。

（二）妇女争取人权的搏斗——《杜十娘怒沉百宝箱》

李布政的儿子李甲在北京读书，迷恋名妓杜十娘。杜十娘见鸨母贪财无义，久有从良之志，她看见李甲忠厚老实，有心把终身相托。但公子惧怕父亲，不敢答应。公子在妓院用完了钱，老鸨要把他逐出，故意提出叫公子用三百两银子替十娘赎身，以此相难。公子无力筹钱，十分着急，十娘便拿出一半银子，要李甲自筹一半。李甲之友柳遇春，见十娘真情，便慷慨解囊，成全好事，使十娘得以赎身。李甲和十娘乘船南归，途经瓜洲时，遇到了"轻薄头儿"盐商孙富。孙富见十娘美貌，"魂摇心荡"，便结交李甲，乘机进馋，说李甲不该"为妾而触父，因妓而弃家"，劝李甲割爱，把十娘卖掉，并表示愿出千金相换，李甲居然同意。在银人割的一天，杜十娘装饰得光彩照人。她在船头上叫人抬出一具百宝箱，那里面全是杜十娘"风尘数年"、出卖色相的私蓄,原想用来作为"终身之计"。杜十娘痛骂李甲"惑于浮议,中道见弃""妾椟中有玉,恨郎眼内无珠"。怒斥孙富"以奸淫之意,巧为馋说,破人姻缘,断人恩爱"。她一面斥骂,一面把珍珠投入江中,最后抱着宝匣,跳到了江中。(《警世通言》卷32)

旧社会里,妓女是受苦最深的人。中国和外国,都有一些写妓女悲惨命运的文艺作品。往往能深刻地揭露社会的弊病,激起人们去改变这个社会。《杜十娘怒沉百宝箱》是这类小说中写得最成功的作品之一。

明代末叶,风气污秽糜烂,社会上妓女颇多。南京一地,就有所谓十四楼、十六楼之称。《三言》中,涉及妓女的生活和命运的作品有十几篇。妓女们经历不同,志向各异,命运也千差万别。有的经过曲折磨难,最后找到了较好的归宿,如《玉堂春落难逢夫》(警24)中的玉堂春;有的终于找到一个志诚老实的本分人,从良后过着小康平稳的生活,如《卖油郎独占花魁》(醒3)中的莘瑶琴;也有始终跳不出苦难命运,饮恨终身。在诸多悲剧中,处于中心地位的女主人翁,性格大不一样。本篇中的杜十娘,既有深沉的心机,善于谋事,又是个不肯向邪恶低头的具有强烈反抗精神的人。

故事没有去详细追叙她是如何沦为娼妓的,直接从她成"六部"之首写起。她虽然处于火坑之中,却久有从良之志,便积极进行两方面的准备:一是攒积钱财,二是物色一个可以寄托终身的人。终于,她选择了公子李甲,作出了决定。

后来的事实证明,李甲是一个意志不坚、性格懦弱、"眼中无珠"的人。杜十娘显然是选错了人,这是极大的悲哀。从小说中看到,杜十娘择定李甲,并不是草率决定的,她曾经做了种种试探和考验。十娘看到李甲要和她分手时十分伤心;又看到李甲为了要替她赎身而四出筹款,多次落泪。由此,十娘便认为李甲是一个可以信托的人。这也难怪,因为把妓女看作野草闲花的浪荡公子们,可能连这样做也不愿意。杜十娘接触的都是烟花场中的嫖客,选择的余地不大。何况,她又是一个人独自在浊流中寻觅,没有那些富有阅历的人帮她谋划。杜十娘的选择错误,酿成了悲剧结局,不能不使人感到极大的痛惜。

有些人在阅读这篇作品后曾提出:杜十娘为什么要选择自杀这条绝路呢?难道没有别的办法吗?难道不能挽回了吗?他们替杜十娘设想过三条去路。有的认为,杜十娘可以看破红尘,削发为尼,远离这个尘世。但是,杜十娘是一个对人世充满强烈兴趣和期望的人,是入世的人,不是出世的,她不愿走这条路。还有人认为，可以来一个你死我活，拼一个鱼死网破，和李甲、孙富拼命，以解心头之恨。但杜十娘不是个手刃敌血的泼辣女侠，这条路也走不通。还有人提出一条出路：杜十娘先前曾用自己的私蓄送给李甲，让李甲替她赎身，何不再来一次，拿出千金，再次把自己赎出来。这个问题触及到了问题的本质。杜十娘先前用百金赠给李甲替自己赎身，是为了脱离妓籍，实现从火坑到人间的转变，是信赖李甲，认为他可以作为寄托终生的对象。而在后来被再次出卖，说明她争取做人的努力并没成功，她依然是一个任人摆弄的商品，更不能容忍的是，那出卖她的人就是她想托以终身的人。她的死，不单是对李甲的绝望，也是对这个世界的绝望。她用自己的生命，向罪恶的社会作了鞭挞、控诉和抗争。她一旦为人，便有了人的尊严，绝不允许任何人再摆弄她。宁为玉碎，毋为瓦全，宁折勿弯。这种精神具有震慑人心的感情力量。让人们知道作为一个人应有的价值，叫一切苟活的人黯然失色。在财宝、爱情、人的尊严这三者中，提出了价值思考。这个故事的艺术价值，就在于塑造了这样一个刚烈性格的妇女。

这篇小说的特点是描写十分细腻。作者调动了小说的一切艺术技巧。例如，小说中的语言对白恰如其人，心理描摹刻画入微。几组人物形成了鲜明的对比。几个场面富有戏剧性，特别是全文的结局，在小小船头方寸之地搬演，那是矛盾冲突最尖锐的一刻，也是故事意想不到的结局。

故事中的"百宝箱"，在故事中有特殊的作用。百宝箱是杜十娘攒积私房钱的闺中物。满匣珠宝闪烁的珠光宝气，是杜十娘出卖色相的泪花，又是杜十娘想用来换得人身自由的希望之花。百宝箱在故事的前半段若隐若现，费人猜测，直到小说的最后，才完全展现出来，高举在十娘手中，一层层解开，让读者看清它的模样，又立刻沉没在江心之中。百宝箱贯穿全文，是小说的灵髓。如果这篇小说中没有百宝箱，单写一个妓女爱上一个公子，公子又把她转卖给别人，妓女不愿，投江而死。那么，这不过是一个极平常的故事。有了这个百宝箱，故事的内涵便丰富得多。百宝箱里放的是"明珠异宝，无价之珍"。这就向人们提出了一个"价值"问题，珠宝的价值，爱情的价值，生命的价值，都比不上那人的尊严的价值。

杜十娘的故事是明末的一件实事，见于许多种笔记之中。这个故事在当时就被传到朝鲜、日本，后来又被编成传奇、木鱼书、说唱、弹词等多种戏曲形式。直到近年，还被铺演成长篇小说，改编成电影《一代名姬》，受到广大读者、观众的欢迎。

(三) 资本的道德——《施润泽滩阙遇友》

明嘉靖年间,吴江盛泽镇有个施复,家中开一张"绸机",养蚕织绸,每织了三四匹,便上市出售。一天,他带着四匹绸子到市上出售,拾到两锭银子,足够他再添一张绸机,心中十分高兴,但他想到丢失银子的人一定十分着急,便在路边等候,还给了失主,他"不以拾银为喜,反以还银为安"。此后数年,施复养蚕顺利,增加了三四张绸机,家中比较饶裕,人们便称他为"施润泽"。有一年,施润泽养蚕缺少桑叶,眼看蚕儿快要饿死,便到四十里外的滩阙去买桑叶,恰巧遇到了当年遗银的朱恩。朱家正好有多余的桑叶,便赠给了施复。两人结拜为兄弟,并结成儿女亲家。施复拾金不昧,不单得到了朱恩的酬报,还多次逢凶化吉,避免了几次横祸,还得了两次藏银。他省吃俭用,"昼夜营运",不上十年,有了数千金,买了房子,开了三四十张绸机,富冠一镇,而且寿至八十,子孙繁衍。故事的收场诗说,施复归还遗金,虽然是小事,但"感德天心早鉴知",结果是"好人到底得便宜"。(《醒世恒言》卷18)

这是一个劝人为善,讲因果报应的故事,似乎并没有什么深文大义,但是,从来的历史研究、伦理研究和文学研究者,都十分看重这篇小说。这是什么道理呢?

可以从以下一些层次去考察这个故事。

从作者原意的说教来看,这篇小说的意义是教人不要贪图非分之财,即使是拾金不昧这样的小善,也能感动冥冥之中的上苍,寸心天知,可以得到很大的好处,避祸得福。显然,这种道德说教,价值并不太大。

再从文学描写的角度来看,本文也比较平常。有一些文学课本认为,施复拾到遗金后思想斗争的一段,写得十分生动逼真。其实,这个思想斗争的内容不过是"归还还是吞没"两种想法的写实,艺术手法极为简单,它的文学价值虽然也有一点,却也并不太大。

所以,从作品本身的思想性和艺术性来看,本文价值不过如此。人们所注意的是这些外壳下所孕育的其他内容,那就是资本与道德的早期思考。

从资本主义初期的道德来看,像施复这样将本求利、辛苦经营是天经地义的。尽管他有三四十张绸机雇佣了数十名机工进行剥削,但是这却是合法、合理又合情的,谁也不会指出他资本增殖过程中的剥削本质。早期资本要求在平等的条件下自由竞争,在正常的公平条件下角逐,而不能在诡诈中牟利。

施复和朱恩都是开绸机的同行，归还遗金，正是这种平等竞争精神的表现。

资本的早期，要求平等竞争，也寻求互相支援。资本间果然有你死我活的争斗，但是为了战胜封建主义，战胜某些外来的侵略，为了在新的世纪中站稳脚跟，资本间的调剂、互助、支援又是绝对必要的。像施复和朱恩那样，在患难中互相帮助，成为挚友，结成姻亲，既是小生产者的互助，又正是资本早期结成同盟的写照。

这些，便是本文的伦理价值和时代价值所在，是在简单的拾金不昧、因果报应的外壳中蕴藏的新思想。

再从本文的历史学价值来看，也很值得一提。小说忠实地描写了江南地区资本主义发展的萌芽。施复家所在的吴江盛泽镇，是全国丝织业的中心。他自己种桑织绸，家中有一张绸机，织丝出售，属于自然经济的范围。不几年，发展到三四张机，再过十年，竟发展到"三四十张细机"，一定雇佣了不少织工。《明神宗实录》卷361说："盛泽、黄泾四五十里间，居民尽逐绫绸之利，有力者雇人织挽。"这篇小说，成了这段历史叙述立体的写照。马克思曾经推崇巴尔扎克的小说《人间喜剧》，说这部小说对资本主义发展的历史描写，具有细节的真实。《施润泽滩阙遇友》这篇小说常常被严肃的历史著作征引，也正是因为它具有可贵的史料价值的缘故。

（四）自古忠奸如冰炭——《沈小霞相会出师表》

明朝嘉靖年间，严嵩、严世蕃父子擅权。锦衣卫经历沈錬得罪了严氏父子，被打了一百棍，发配到关外保安去做平民。沈錬到了那里，向当地老百姓讲忠臣义士的故事，借题发挥，痛骂奸臣。严氏父子深以为恨，就派干儿子杨顺到保安去做总督，以便寻个事由，杀掉沈錬。杨顺到任不久，遇到鞑靼人入侵，抵御不住。在吃了败仗之后，杨顺居然叫手下人搜捕躲避战乱的平民，割下脑袋，送到兵部去报战功。沈錬便发动老百姓，哭祭屈死的平民，并直接投书给杨顺痛骂。杨顺便向严世蕃诬告，说沈錬勾结鞑靼人入侵。严世蕃便加派心腹路楷到保安，捏造罪名，害死了沈錬。

杀害了沈錬还不算，杨顺、路楷为了做到一网打尽，免贻后患，又打杀了沈錬的两个儿子沈衮和沈褒，并把沈錬的夫人和小儿子沈錬充军到远方去。

沈錬还有一个大儿子沈襄（即沈小霞），在老家绍兴居住。杨顺、路楷为了讨严氏父子欢心，斩草除根，便派人到绍兴去逮捕了沈小霞，作为"钦犯"，解送京都，并准备在路上加以暗害。沈小霞的妾闻氏，是一个聪敏女子，她虽然身怀六甲,却坚决要陪伴丈夫同行。途中,她发现解差张千、李万"暗藏倭刀",想谋害沈小霞,便设计了一套逃脱虎口的巧计:先由沈小霞假装讨债,躲藏到冯主事家的地道里。藏妥之后,闻氏就来一个大哭大闹,说两个解差已杀害了她的丈夫,还想奸污闻氏。闻氏哭闹到公堂,把事情闹开,让对方不便行动。官府找不到沈小霞,时间一长,"渐渐懒散"下来。十年之后,严嵩父子失势垮台,沈小霞才从地道里出来,到尼姑庵里会见了闻氏。最后,沈小霞恢复了职位,又到边外找到了母亲和弟弟沈襄。(《喻世明言》卷40)

明朝中后期嘉靖年间,严嵩担任首辅(即宰相),儿子严世蕃任工部左侍郎,义子赵文华官通政使,主持防倭事务。严氏父子等一伙倚仗权势,专权纳贿,吞没军饷,公开按官缺肥瘠索贿,门庭若市。正直的官员和民众对他们十分痛恨。当时有民谣:"可笑严介溪(严嵩的字),金银如山积,刀锯信手施,常将冷眼观螃蟹,看尔横行得几时。"严嵩担任首辅,长达二十年之久,一直到嘉靖四十一年(1562年)才被罢职抄家,从家中抄出黄金三万多两,白银二百多万两,有土地二万七千多亩,庄宅六千六百多间。

但是,就在严嵩父子炙手可热的盛时,还是有一批又一批的正直官员和他们斗争,如杨继盛、邹应龙等人。本文所写的沈炼,又是一个和严嵩父子拼搏的硬汉。

故事刻画了一群从上到下的反动统治阶级成员。上层的有严嵩父子这些当朝权贵,中层的有路楷、杨顺这些亲信官吏,最下面一层则有张千、李万这伙爪牙。其中特别值得注意的是路楷、杨顺这一批人。他们完全秉承主子的主意,严嵩等辈颐指气使,他们就作犬马走。他们见了狼现羊相,见了羊现狼相。遇到鞑靼人入侵,一败涂地,大败亏输,但是,在打了败仗,应该受罚的情况下,却会割下老百姓的脑袋去冒功邀赏。他们是什么事情都做得出来的。他们替主子除了仇人沈炼之后,就可以"升迁三级",他们为了要使"相国知我用心",主动讨好主子,又去迫害无辜的沈小霞。这一群中层官僚,是严嵩等大奸臣的羽翼鹰犬,又是张千、李万之流的主使者,他们是封建统治阶级中极为重要的一个阶层。小说中对其他两个层次的反动者,也写得十分生动。

和这类人相对立的,是一组反抗权奸的正面人物。正直的沈炼,一而再、再而三地和恶势力斗争,不畏权势,刚正不阿,宁死不屈,表现了富贵不能淫,威武不能屈的正义气概。鲁迅曾说:"我们从古以来,就有埋头苦干的人，有拼命硬干的人，有为民请命的人，有舍身求法的人……虽是等于为帝王将相作家谱的所谓'正史'，也往往掩不住他们的光耀，这就是中国的脊梁。"（鲁迅《且介亭杂文·中国人失掉自信力了吗》）沈炼正是这种"脊梁"式的人物。这一群反抗者中间，沈小霞妾闻氏也令人瞩目，充分表现了女子的才能和智慧。她不避艰难，跟随丈夫，长途跋涉，和如狼似虎的差人周旋，使绝境中的丈夫脱险，真是智慧机巧。一些书上称她是"女中之侠"，称赞沈炼有此儿媳是"忠智萃于一门"，这是当之无愧的。

此外，在患难中照顾沈炼一家的贾石，冒着极大风险收留沈小霞的冯主事，也都很感人。在我国历史上，忠臣往往有义士相助，忠臣义士，一同汇成一股浩然正气。

这篇小说完全是纪实的。忠实于历史的真实。《明史》中的沈炼传，和小说的上半段的内容完全相合。从写作的时间来看，小说《沈小霞相会出师表》写作在前，《明史·沈炼传》写作于后。两者所根据的，都是事实。《明史》是"正史"，沈炼的光辉形象，正如鲁迅所说，连正史"也往往掩不住他们的光耀"。至于闻氏解脱丈夫的一节，《明史·沈炼传》中不载，可能是限于体例，也可能认为闻氏小妾的作为不能入正史。但是，正史虽然淹没了闻氏的"光耀"，而在一些"野史""小说"中，却得到了充分的记载和赞美。除了这篇小说中把沈小霞的事迹详细记载，占了一半篇幅以外，冯梦龙还在《情史》一书中，把沈小霞的事迹收入"情侠"类中，在《智囊》一书中，又收入"闺智"部中。看来，冯梦龙对沈小霞是竭力推崇的。此外，在当时还有传奇《出师表》，搬演这件事。正史终于无法淹没这些忠贞之士的光耀。

（五）推理侦破小说的先河——《十五贯戏言成巧祸》

南宋临安有个商人，名叫刘贵，做小买卖为生。妻王氏，妾陈二姐。一天，刘贵向大娘子王氏的母家借得十五贯钱，准备开店营生。当晚回家时，他吃了点酒，骗小娘子陈二姐说，已经把她典给一个客人，这十五贯钱便是典身的钱。陈二姐又气又恼，趁刘贵睡熟后，收拾随身衣服，开门逃到邻居朱三老儿家，住了一宿。天明后，她离朱家而去，准备去告诉父母。半路上，遇到小商人崔宁，两人便结伴而行。再说陈二姐出逃的那天夜里，有个盗贼看到刘贵家门户洞开，床上一人酣睡，脚边有十五贯钱，便起了盗心。盗贼窃钱贯时，惊醒了刘贵。争持中，盗贼用斧头斫死了刘贵。次日天明后，邻舍发现刘贵被杀，邻居朱三老儿则说出陈二姐昨夜借宿，清晨远去的事。众人一齐前去追赶,终于追到了陈二姐和崔宁。恰巧崔宁身上也有十五贯卖丝所得的钱。众人认为,这是件因奸盗而杀人的案件,便告到临安府中。临安府尹问案草率,擅动大刑,屈打成招,崔宁和陈二姐二人,一个判斩,一个判剐。

一年后,刘贵的大娘子王氏路遇盗贼静山大王,被抢去做压寨夫人。静山大王几次抢劫,得手发财,开了爿杂货店。一天,静山大王无意中讲到当年斫死刘贵又抢了十五贯钱的事,王氏知道静山大王原来就是杀丈夫的仇人,便告到官府。静山大王无法抵赖,终于伏法。(《醒世恒言》卷33)

这是一个公案故事,相当于现在的推理侦破小说。

公案故事的价值,主要在于它的认识意义。它向人们昭示,要认识事物的真相,是颇不容易的。稍一不慎,便可能失之毫厘,差之千里。这是这类作品的思想价值。由于公案小说往往展示古代社会生活的光怪陆离的许多层面,诸如官场的弊端,盗贼的凶残,吏役的贪婪等,因此也有助于人们了解历史,这是它的社会意义。

公案故事大都可以分为两段。前段是案件的形成过程,后段是案件的审理过程。

公案故事的写法不一,有的一开始就交代事实真相,平实地顺叙。有的是倒叙,先把一件无头案摆在读者面前,再层层剥皮抽丝,最后真相大白。

公案小说的人物也随着小说的多样化而丰富起来,有行凶作恶的坏人形象,展示黑社会的群凶,还有清官或糊涂官的形象,受害者的形象。再后来,又发展出一批干练的办案差役、侦探、打抱不平的侠客等,作为清官的辅佐。这一批人,构成了公案小说和其他小说大不相同的人物群。

《十五贯戏言成巧祸》铸成错案的原因,在于"十五贯"这一情节的巧合。死者刘贵丈人借给刘贵的是十五贯,小贩崔宁卖丝所得正好也是十五贯,因此很自然地构成了因奸杀人劫财的错案。再加上刘贵戏言诳妾,更淆乱了真相。这些情况说明,错案的铸成,往往在于细微偶然之间。小说的收场诗说:"劝君说话须诚实,口舌从来是祸基。"把这场冤狱说成是戏言惹祸,小说的标题也着眼在"戏言""巧祸",显然没有触及事情的腠理。倒是文章中间的两句议论,颇为中肯,常为人们称引:"这段冤枉,仔细可以推详出来。谁想问官糊涂,只图了事,不想捶楚之下,何求不得。"

《十五贯戏言成巧祸》这个故事,最早出现在宋代。小说题目下有注解:"宋本作错斩崔宁。"清代有传奇《双熊梦》演此事。新中国成立后的昆剧

《十五贯》，曾轰动一时。一个故事被讲说、演出达七八百年之久，可见其生命力之强。

《十五贯》故事讲演七八百年，其内容也有演变，演变可以分为三个阶段。第一段是从宋代故事草创到明朝末年被收入《三言》中。以《三言》的内容为代表。第二段是清朝，以传奇《双熊梦》为代表。第三段以新中国成立后的昆剧《十五贯》为代表。

把三个时期的故事相比较，便可以看到，故事的前半段没有什么改变，说明了这个故事不管怎样变化，都离不开这个基本情节。故事的后半段却颇多变化。在早期的故事中，小妾和崔宁被屈打处死，故事中没有清官，最后没有昭雪，所以题目也叫做《错斩崔宁》。到了中期，在《双熊梦》传奇中，审理案件有了糊涂官和清官两种对照，前者是主观武断的过于执等人，后者是苏州太守况钟，他敢担干系，仔细调查，终于查清了案情，使真凶伏法。故事的发生年代是宋朝，但到了传奇《双熊梦》中，被改成了明朝，附会到况钟身上，这个改变显然不符合事实，但读者却并不计较这一编造。《曲海总目提要》中说："每本雪冤，必演包龙图之意。"这个解释十分中肯，宋朝的公案，都归结到包龙图身上；明朝的公案，则都附会成况钟、海瑞名下。他们成了清官的代表，人民希望的寄托。明朝的传奇《双熊梦》也有缺点。剧中把熊友兰的十五贯错案和熊友蕙的鼠药杀人错案硬凑在一起（"双熊梦"的名称也由此而来），头绪太多，最后又由糊涂官过于执出面，成全二熊，双双登第，各得美妻，落入了可厌的老套中。

《十五贯》故事的第三阶段是新中国成立后改编的昆剧《十五贯》。这是精心修改古剧获得成功的范例，各方面都比较完善。昆剧只用熊友兰错案这一条线，割弃了熊友蕙误投老鼠药这条赘枝。头绪单一，搬演分明，全戏着重写认识事物的不容易，突出了认识的意义，同时也很自然地结合鞭挞了旧社会多数糊涂官，褒扬了少数清官，政治性结合得十分熨帖。无怪乎产生了"满城争说十五贯"的轰动效应。

（六）滴水之恩，涌泉相报——《吴保安弃家赎友》

河北武阳人郭仲翔，是当朝宰相郭震的侄儿。他奉命随姚州都督李蒙去征讨南蛮，担任行军判官之职。到达剑南时，接到同乡人吴保安来信求职。郭仲翔想到，吴保安和他素昧平生，现在骤以缓急相委，一定是确实有困难，并且是了解自己性格的人，便极力推荐，被录用为管记。吴保安留下妻子在家乡，奔赴姚州赴任。但是，当他到达的时候，郭仲翔已经开拔，出师不利，当了南蛮的俘虏。

郭仲翔身陷在南蛮山洞中，被作为人质，索要一千匹绢赎还。郭仲翔便修书给吴保安，请他传话给伯父郭震，赶快来赎救。吴保安收信后立刻奔赴长安，去找郭震。不巧，这时郭震已经病亡，家小也扶柩归里去了。吴保安便独力承担，回到自己家，卖掉所有家产，要给郭仲翔赎身。但全部家当，只卖到二百匹，于是，他便外出经商，辛苦十年，凑到了七百匹绢。

吴保安妻张氏等候丈夫十年不回，便寻到姚州。姚州都督听到张氏的诉说，为她所感动，便安顿了姚氏，还找到了吴保安，他绢四百匹，让他凑足千匹赎身之数。

吴保安亲赴蛮洞，赎出陷身十五年的郭仲翔。这时，两个从来没有见过面的好朋友，方才相见，两人"抱头而哭，皆疑以为梦中相逢"。

以后，吴保安早亡，郭仲翔以德报德，千里赴莫，还扶养吴保安的遗孤。当地人为他们立了"双义祠"，成为里中约誓的场所。（《喻世明言》卷8）

在我国的伦理观念中，友谊居于重要的地位，在君臣、父子、兄弟、夫妻之外，便轮到朋友了。历来，有不少属于朋友之谊的美谈。例如，"管鲍之交"，指管仲和鲍叔之交，主旨在于互相了解，即所谓"生我者父母，知我者鲍子"。"知己"一词，即由此而来。俞伯牙和钟子期的故事也是指朋友友谊，那是"知音"一词的语源。本书前面提到的施润泽和朱恩的交往，则是劳动阶级互相支援的友谊。在《三言》中，有好几篇是属于友谊题材的。

本文是别一种友谊的类型。在这个故事中，最引人注意的是吴保安和郭仲翔两人，他们从来没有见过面，也没有过什么交道，但他们竟然成了生死刎颈之交，这是最值得讨论的。

吴保安和郭仲翔，他们不是年友、同窗、世交，也不是姻亲老关系，本来是完全不相识的。他们两人，也没有什么利害纠葛相关之处，那么，他们为什么这样生死相交呢？

先看郭仲翔与吴保安的关系，郭仲翔本来不认识吴保安，吴保安向他求职，仅仅以同乡之谊，他本可以不加处置，置之不理，但郭仲翔却想到"素昧平生"的人，"骤以缓急相委"，一定是实在有困难，于是便向上级夸奖吴保安之才，让吴保安当上了"管记"。后来，吴保安就因为这一点知遇之恩，奔波半生，为之赎身，把他从蛮洞中救了出来。

这里，有我国的一个传统道德伦理准则，那便是"滴水之恩，涌泉相报"

的原则。朋友之谊，不在于锦上添花，而在于雪中送炭。枯辙之中的一滴水，是活命的依靠，得到这一滴水，生命得以延续，自当永志不忘。而一旦置身江河之中，即使是千滴水，万注流，也没有什么稀罕了。重雪中送炭，轻锦上添花，这是我国的传统美德之一。

郭仲翔帮助吴保安，是因为吴保安和他素昧平生，却以重事相托，认为吴保安一定是了解自己的人。吴保安帮助郭仲翔，则完全是因为当年的知遇之恩。所以，他们的友谊，并没有什么深厚的互相了解的基础。那么，我们应该如何评价这种友谊的基础和它的价值呢？现实的世界中，为什么确实存在着这种友谊呢？

这应该从人与人之间信任的基础来说明。从人与人之间本质的关系来看，这种互相帮助的关系本来是应该存在的，发扬的，光大的。它导源于人类生存的互相信赖和帮助，是对付一切非单个人力的困难所绝对需要的。互助，是人类的原始关系。只是在人们为种种权欲、利害、得失熏染之后，这种相互关系才渐渐泯灭，而代之以尔虞我诈，互相像斗眼鸡一样。对《吴保安弃家赎友》一文，必须从这样的层次上，才能够理解和欣赏它的道德价值和审美价值。郭仲翔为什么要竭力保荐这样一个素昧平生的人？吴保安会不会是一个不堪信任的坏人呢？吴保安为什么要为这样一个未谋面的朋友出力呢？吴保安实际上并没有得到郭仲翔的什么好处，为什么要搞到倾家荡产，妻离子散呢？这样做值得吗？又是为了什么呢？这在一个市侩来看，是永远无法理解的。

这种道德伦理的探讨，远远超过了一般的朋友友谊的范围。

(七) 诡奇谲丽的想象——《灌园叟晚逢仙女》

宋代平江府长乐村中，有一个老翁，名叫秋先，家中有一座花园，广种各色花果，爱护备至，赖以为生，人称他为"灌园叟"。当地有一个宦家子弟名张委，为人奸狡诡谲，残忍刻毒，依仗势力，专门欺吓邻舍，扎害良善。他看到秋翁园中花枝鲜媚，进去欣赏，肆意践踏，秋翁十分伤心，幸有花神施展法术相助，把被损坏的花卉恢复了原样。张委想把花园占为己有，便诬秋翁为妖人，串通官府，把秋翁关到牢中，霸占了花园。但是，当张得意洋洋地备了酒肴去花园看花时，花卉又都落到了地上，并忽地起了一阵大风，地上的落花，都变成了女子，用袖子扑打张委，使张委倒栽在粪窖中淹死。县尹知道这是神仙报应，便释放了秋翁。秋翁和乡邻们重整花园，花木更加

繁丽。最后，秋翁拔宅飞升，上帝封他做护花使者，专管人间百花。（《醒世恒言》卷4)

这是一篇优美的神仙故事。

我国神仙故事肇源很早，流派也很多。有的专记太古开辟，八荒异物，如《山海经》之类。有的似神而怪，后来又分析成神仙、灵怪两大派，如《神仙传》《述异记》等。有的和某些史事结合起来，神化古贤，真真假假，如《穆天子传》《汉武故事》等。

最早的神仙故事，实际上是神话，记述开天辟地诸神的力量和创造，他们大都是男性，如盘古、伏羲、神农等，他们抗击的对象大都是自然力，对付天崩地裂、山阻水漫等灾变，故事线条粗犷，场面壮阔。其中也有个别女性神，如生育女神女娲氏便是，她一面繁衍子孙，一面做炼石补天之事，也是粗线条的气派。这是早期神仙故事的特点。像《灌园叟晚逢仙女》中的花神之类，出现得较迟，它只能产生在人们已经有兴趣去欣赏花卉的时代。

神仙故事中的"人物"，也有历史的衍变。起初，往往纯粹写神仙和鬼怪们，完全是一个神的世界，神的社会，他们之间的活动，没有凡人参加进去。这类故事虽然也曲折地反映了人类社会的意愿，但终属虚无缥缈，缺乏现实感。中古后的神仙故事，则往往把神仙怪异和现实社会的事物混为一体，或者是神仙故事的某些段落在下界搬演，或者是人类社会的故事中掺入了神的活动，人神同台，使故事的主旨表达得更鲜明，色彩也更扑朔迷离。

《三言》中神仙故事有十七篇之多，从其思想意义来看，好坏参半，其中有一些是相当无聊的作品，但生动而具有积极意义的是多数。例如，《白娘子永镇雷峰塔》（警28）改变了唐以前白蛇故事的可怕情景，写的是大家所喜爱的白蛇。《李公子救蛇获称心》（喻34）写李公子救了一条小蛇，龙王感谢他，把女儿给他为妻，很有人情味。《灌园叟晚逢仙女》则是最精彩的一篇，结构混成，纯粹完善，文笔也优美动人。

小说展示了一场善和恶、美和丑的搏斗，远远超过了爱花这个具体内容。花圃和四周的湖光山色，是自然之美。秋翁的爱花，包括他对花作揖，口呼"花万岁"，以及"浴花""葬花""送花"等，以人拟花，是人和自然和谐统一之美。秋翁和左邻右舍的融洽气氛，是人情风俗之美。在这样一个美的环境里，出现了花神，这自然是应有之理了。宦家子张委一伙则是恶和丑的代表。他官场失意，又去糟蹋花消遣，斜着醉眼，用污秽的鼻子去嗅花，用肮脏的手脚去攀花、踩花，还想用充满铜臭味的金钱去买下花圃，又动用官府的力量企图吞没花圃。显然，作者把善和美放到老翁、花朵、湖山、乡亲、仙女这一边，把宦家子弟、衙役、金钱、官府、权势放到恶和丑的一边。作者这样处理，用意十分明显。

在两种势力的较量中，花神小施法术，张委全无招架之力，最后倒插在粪窖中丧命，又加了一重香和臭的对照，富有漫画的效果。

花神的出现，是小说情节的转捩。花的萎落和复原，有两次起落，使小说显得有起伏。如果只是一次起落，故事就没有摇曳之美了。小说中花神的性格，被写得十分出色。她们是美丽之神，欢乐之神。在秋翁面前，是善良温存的少女心肠，安慰着孤苦老人破碎的心。在张委面前，她们变成了凛然不可侵犯的烈性女神，复仇女神。她们是花朵，是美女，又是神仙。

这个故事在清代有堵廷棻改编的传奇《卫花符》。新中国成立后有电影《秋翁遇仙记》，受到广大观众的欢迎。

（八）重大社会事件的纪实——《汪信之一死救全家》

南宋乾道年间，严州富户汪革，和他的哥哥汪孚失和，负气出走，随身只带了雨伞一把，到安徽宿松的麻地坡，纠合当地流民烧炭冶铁，发家致富。起屋千间，出入佩刀，骑从如云，又结交附近县吏，成为武断乡里的一方豪强。曾上书皇帝，要求组织民军抗金，未被采纳。其子汪世雄，请忠义军遣散回乡的武术教官程彪、程虎教武艺。一年后，二程辞别，因为汪家给他们的酬金太少，心中不满，便向宣抚使刘光祖诬告，说汪革企图造反，一直辗转上报到了朝廷，被夸大其辞。刘光祖下令叫宿松县令何能去逮捕汪革等人。县令不敢执行，在山谷里混转几天后，又谎报说汪革拒捕。安庆太守便派郭择、王立两人去劝汪革两人投降，谈判决裂，弄假成真，汪革真的杀人造反了。宣抚使刘光祖便亲自带兵征讨，汪革全家逃到天荒湖中，又设计从重重包围中逃出到长江，顺流东下，到了采石矶。一路神出鬼没，行踪不定。朝廷深以为患，便悬下赏格一万贯，画影图形，进行缉捕。

汪革见事情紧急，便把家小寄顿在一个渔家，只身来到临安投案，被拘捕起来。汪革谎称一家人都已死于战乱中，儿子汪世雄则一向在外做客，与此事无关。这样便把罪名引到自己一人身上。汪革在狱中上书皇帝，表明心迹，说自己一向志在"为国家前驱破虏，恢复中原……岂有二心？"皇帝命大理寺鞫究，终于审理明白。汪革起初虽不是谋反，但后来确实杀人造反，"情虽可原，罪实难宥"。判为凌迟处死。这样一件惊动朝廷的谋反大案便这

样平息下去了。后来，事情渐渐冷了，汪世雄得到其伯父汪孚和当地人的帮助，又重整了旧时的产业。（《喻世明言》卷19）

汪信之造反是南宋乾道年间（1165—1173年）的一件"比郡大震"的重大社会事件。小说中提到的安徽宿松县，在长江之北，那里外面濒临长江，里面又有很多湖泊和山丘，山湖错综，地形十分复杂，被称为"外江内湖"之区，便于哨聚藏匿，而不便大军征讨。

故事忠实地记载了事件的始末，是一篇纪实小说。汪革是一个地方豪强，武断乡里，强占人妻，有财有势，颇能够纠聚一伙人，有一些号召力。当时，南宋朝廷偏安杭州，还才三十年，金兵时常南侵。地方豪强都以抗金相标榜。汪信之的哥哥汪孚就曾经因为格斗杀人，被刺配充军，后来逃回家乡，诡称愿意募兵做抗金"前锋"，逃脱了"黥籍"。汪信之也曾经上书皇帝，要求组织民军抗金，未被采纳。汪信之之辈要求抗金，出于何种打算，当然不能作诛心之论。但至少说明，这样一支地方力量，如何去使用它，全在于政府的引导和正确处置。

程彪、程虎是汪革儿子汪世雄的家庭武术教师，因为钱财，挟嫌诬告汪革造反，这是事情的起因，由此造成了一场大祸。后来，事情惊动朝廷，官府用征伐、劝降等等方法，想招抚汪革，结果是阴错阳差，弄假成真，汪革真的杀人聚众，落草为寇了。

这个故事和《水浒传》有许多惊人的相似之处。梁山中有一批本是社会豪强人物，如卢俊义等辈，他们本来并没有落草造反之意，也是因为政府在处理上举措失当，把他们推上了梁山。他们的社会地位，落草经过和汪革十分相像。宿松的地形和梁山泊也十分相似，有不太高的山和纵横交叉的湖泊河流，再加上外通长江，进可以掠取，退可以隐匿周旋，还有山川物产之利足供长期屯居。在故事中，官府军看到湖中烟火升腾，鼓声不断，不敢接近。待到大军四合，进入湖中，才知道烟火是麻屑盘香熏燃出来的，鼓声则是缚在鼓上的羊蹄敲击出来的。这种用兵狡计在水浒中也似曾相见。

汪革从安徽宿松顺长江东下，逃到采石矶，后来又到江苏的太湖，出没在南宋临安腹心之地，东西千余里，使朝廷大为震惊，必欲歼除之而后安。先诏发江池大军征讨，结果大败，后来又"诏以三百万名捕"，还是没有抓到。其实，汪革的实力并不太大，起初有五百多，遁入天荒湖时只剩下五六十人，进太湖时只有劫来的两条船而已。但他已成为朝廷悬重赏"名捕"的钦犯。在逃遁无路，眼看要全家受戮的时候，他采取了一个人到首都自首投案的办法，用一个人的"凌迟受戮"，换来了一家人的性命。

这篇小说的本事见宋岳珂的《桯史》卷六。岳珂是岳飞的孙子，著名文学家、史学家。《桯史》卷六的《汪革谣谶》，长数百字，和《喻世明言·汪信之一死救全家》一文内容相同，有些细节也完全一样。《喻世明言》中的一文长达一万数千字，更比《桯史》详尽。汪革造反事件是当时的重大社会新闻，史学家把它记入史书笔记，说话艺人则绘声绘色地讲说，用不同文体记下了同一事件。

墨西哥学院的亚非研究中心教授约翰·佩奇（John Page）曾把这篇小说全文译成西班牙文（墨西哥主要用西班牙语）。1985 年，他专程来到中国，寻访《汪信之一死救全家》这件事的史实根据。他在南京翻阅了安徽宿松地区的地方志，又溯长江西上到安徽宿松（湖北黄梅县东 30 公里），去考察地理环境。本人曾和他交换资料并交谈。想不到发生在八百年前的这样一件社会大事，竟牵动了万里之外外国学者的关注。

（九）奇奇怪怪蛮荒风情录——《杨谦之客舫遇侠僧》

南宋建炎年初，浙江永嘉人杨谦之，授贵州安庄县令。安庄地处蛮荒，南通巴蜀，事鬼信神，俗尚妖法，号称难治。杨谦之乘船赴任，经过镇江时，有一个自称伏牛山僧人的长老搭船同行。到达广东偏桥县时，长老把他年轻的寡侄女李氏介绍给杨谦之随行，说李氏自幼学得法术，又懂天文，要杨谦之凡事都依李氏，以保证此行平安。途中，杨谦之误买了奇味贡品——蒟酱，几乎闹出大祸，幸亏李氏舒展法术，方才免祸。到达安庄后，有一红衣土人庞老人来寻衅，又施妖法作祟，原来，庞老人是一个大蝙蝠精所化。李氏小施法术，用金针把蝙蝠精钉住。庞老人的子孙跪着求情，杨谦之才释放了它。于是，满县的人便都归顺。杨谦之又听从李氏安排，结识当地土官薛宣慰司，结为兄弟。杨谦之在安庄办案，当地人告状，不管如何处理，先要交三钱"纸价"。凡有人命案，如果讲和，则凶手家的财产要分成三份，一份送知县，一份给苦主，一份留凶手。如此三年，杨谦之得了很多财物，便告退回家。临行前，杨谦之先期把财物运出，待到动身时，只有几只简单的箱笼。杨谦之对当地老人们说："我来时这几个箱笼，如今去也只是这几个箱笼。"百姓都摆香烛送行。回家途中，经过李氏的家，那个长老已等在岸边，与杨谦之分配做官所得钱财。杨谦之得六分，李氏得三分，长老得一分。李氏也告别回家。（《喻世明言》卷 19）

　　这是《三言》中少数几篇查不到出处、不知所本的故事。它既不见于正史，又不见于其他笔记。故事中虽交代是南宋建炎年间的事，但是从文中的名物制度来看，是明代的，所以有人推测是明代人的作品。文中提到的安庄县，查无其地。

　　在《三言》中，这类记载蛮荒奇遇的荒诞不经故事并不太多，过去也很少受到读者的注意。从历史的角度看，这些作品也颇值得玩味。

　　类似的作品有《喻世明言》中的《陈从善梅岭失浑家》（卷20），记载陈从善从东京到广东南雄沙角镇去做巡检，携妻子张如春同行。在经过梅花岭时，张如春被一只猢狲精申阳公摄去，逼她成亲，张如春抵死不肯，被困在洞中千日，终未失身。陈从善三年任满回家，得到紫阳真君和罗童帮助，制服了老猿精申阳公，用铁索锁了把它押到天牢去，陈从善夫妻终于团圆。

　　小说中紫阳真君、罗童调动天兵天将锁住老猿精的情节显然是编造的。但在粤东北南雄的山莽中，老猿抓妇女为妻，长期困在山洞，后来被人解救出来，这样的事却是曾经发生的，屡见于笔记之中。如汉焦延寿《易林》中记载："南山大狸，盗我媚妾"。晋张华《博物志》中记载，"蜀山有物如狝猴"，见"妇人有好者，辄盗之去"。等等。

　　《醒世恒言》中还有一个故事《郑节使立功神臂弓》（卷31），也是相类似的。郑信，开封张大户家的佣工，因打死人系狱。一天，开封府尹出城，看到路旁一口枯井中冲出黑气，便派死囚下去探看。但下去的人一个个都剩下一堆枯骨。郑信要了衣甲、刀剑、酒肉下洞。看见洞中有一个美丽的世界，又遇见日华仙子和他成亲，另一个月华仙子也争着要郑信，争风吃醋。日华给郑信一把神臂弓，叫他射月华。月华堕地，原来是一只白蜘蛛，而日华则是一只红蜘蛛。郑信在洞中朝欢暮乐，生了一男一女，但他还是想着地面的世界，仙子只好送他出洞，并送他一张"神臂克敌弓"和不少金银。郑信出洞一看，已经到了汾州，便投奔太原种师道。种师道如法制了数千张神臂弓，抵御外寇，屡立战功，官至两川节度使。郑信思念洞中的仙子，为她们建了行宫。

　　小说中提到，这是一个"发迹变泰"的故事。故事中的种师道是北宋名将，实有其人，曾任京畿河北制置使。郑信则不见史传。神臂弓是一种强弓，用硬木、铜丝、麻绳造成，北宋熙宁年间李宏所造。据记载可射二百四十步之远。李宏曾献给皇帝，皇帝大为赞赏，下令仿造，在抗金时曾作为锐利的武器发挥作用。郑信从一个枯井下去，从另一头钻出来，投军发迹，这个奇异经历可能是真事，因为在我国西部地区这种蜿蜒相通数十百里的洞是确实有的。红白蜘蛛做妻子并赠弓的事，显然是为了神化郑信的奇异经历和神臂弓的威力。

真真假假的异域风情，如果来一番去伪存真的功夫，便可以大约窥见事实的真相。

杨谦之的故事，也可以这样来观察。

杨谦之是浙东人，受朝廷之命，到贵州做县令，相隔数千里，交通阻塞，语言不通，风俗迥异，自然心里十分的忧愁，但是却有一个长老相助，让一个漂亮年轻的寡妇李氏陪他，不单三年枕席相伴，免了异乡寂寞，而且替他处置困难问题，制服当地的凶顽，结交当地上层人物，还帮助捞足了金银，实在是一笔好买卖。长老和李氏，真像是高级的导游，属于"南越通"之类的人物。

故事中使人感到兴趣的是杨谦之利用当地人民淳厚的风俗捞钱的手腕，人命官司可以私自了结，凶手的家财分成三份，苦主、凶手、县官各得一份，这真是不知算是哪一家的法律。杨谦之捞足了钱，先期把赃物运出，临走时假装清廉，实在是狡黠之极。在我国的历史上，所谓的"廉吏"，大抵是这类货色。

杨谦之在赴任途中，误买蒟酱，惹下大祸。这个情节增加了故事的真实性。说起蒟酱，在历史上有一段很有趣的故事。蒟酱是一种椒类调味品，味辛香。汉皇朝建国后，北有匈奴，南有南越，颇不臣服。武帝元光五年，派番阳县令唐蒙出使南越。南越设宴招待唐蒙，席中有一味蒟酱。唐蒙一见，便十分注意。因为，蒟酱是四川特产，南越席中有蒟酱，便说明必定有一条从四川到南越的通道。唐蒙回蜀后向四川商人勘访，果然探明了一条从四川出牂柯江经夜郎到南越的水道，便奏明皇帝，拓宽这条通道。经营数年后，终于征服南越，收入版图。这是汉朝的故事。小说中写了误买蒟酱几乎惹下大祸的故事，使读者缅怀往古，为小说添加了真实可信的程度。

这一类蛮荒故事的情节，有真有假，真假参半。我们很难说这些故事给人什么仁义道德、伦理纲常的教育，也并没有叫人去做忠臣义士。人们喜欢这类故事，是因为它极大地拓宽了人们的视听界限，满足人们的好奇心理，把人们从鸡犬相闻的局促天地引向广阔世界，告诉人们远处有着别一种景色，别一种风情，引导人们不单思接千载，而且目极八荒。

(十) 帝王将相的逸事——《赵太祖千里送京娘》

赵匡胤任侠使气,常路见不平,拔刀相助。他曾杀了几个地方豪霸,到太原叔父赵景清家避祸。赵景清出家在清油观居住,赵匡胤就住在观中。一天,他在观中闲游,听到一个妇女哭泣,便向叔父询问,才知道那妇女名叫赵京娘,蒲州解良县人,随父亲到阳曲县进香,被张广儿、周进两个强盗抢来后寄养在观中。赵匡胤见义勇为,决定把京娘送回家乡,临行时,两人结为兄妹。他们只有一只坐骑,赵匡胤让给京娘骑坐,自己千里步行。途中,两个强盗追了上来,都被赵匡胤打死。京娘感谢赵匡胤的相救,多次表示愿侍枕席,都被婉辞。赵匡胤把京娘送到蒲州家中,全家人都大喜过望。但京娘的哥哥赵文认为,"这汉子与妹有情,千里送来,岂无缘故。妹子经了许多风波,又有谁人聘她。不如招赘那汉子在门,两全其美,省得旁人议论。"赵匡胤大为不满,他说:"如果自己贪女色,路上就成亲了,何必千里相送……枉费一片热心。"一气之下,就掀翻桌子,悫然而去。京娘自伤薄命,悬梁自缢。后来,赵匡胤仕周为侍卫亲军殿前都点检,并受禅为宋太祖。即位后,他思念京娘,派人到蒲州解良县寻访,才知道京娘已经去世,不胜嗟叹。(《警世通言》卷21)

《三言》中有近二十篇讲帝王将相名人的故事,他们都是历史上实有的人物。其中帝王的故事有七篇:梁武帝(喻37)、隋炀帝(醒24)、金海陵(醒23)、周太祖郭威(喻15)、吴王钱镠(喻21)、宋太祖赵匡胤(警21),将相和名人有葛周、裴度、李白、苏东坡、王安石、贾似道、唐伯虎等。

讲说历史事件,是各个民族、各个国家文学艺术的共同内容。

在《三言》之前,这种讲说前朝兴替的历史演义已经很多,流传至今或有书名可考的有三四十种。各个朝代的演义,已能够大体上把以前的历史连贯成线。如,讲先秦的有《武王伐纣书》《春秋列国志传》《秦并六国平话》,讲汉代的有《两汉演义》《东汉十二帝通俗演义》,讲三国的有好几种《三国志》。再往下有《隋唐演义》《五代史平话》《南北两宋志传》《英烈传》等。这种历史演义在明以后又陆续编写、修改,越来越完善。一直到现在,已经有了好几种综述我国三千年历史的"历代演义",对于向人民普及历史知识有着极大的作用。

上述这些历史演义都是长篇巨章。时期跨度长,人物众多,讲说阅读比较费时。《三言》中的几篇是短篇的体制。它们或者把长篇演义浓缩而成,如《隋炀帝逸游遭谴》便是，有的是摘取片段，像本文《赵太祖千里送京娘》便是，那是赵匡胤微时轶事，在演述赵匡胤开国的《飞龙传》中，只是其中的十八、十九两回而已。

历史小说和其他小说不同，它必须真实，不能违背历史事实。然而，历史小说毕竟不同于信史，小说中多多少少夹杂着虚构的成分。就像那人们信以为真的《三国演义》，也只是"七分实事，三分虚构"（见清章学诚《丙辰札记》）。

历史小说中虚构的内容，其表现形态是多种多样的。或者是在历史事实上有出入，如《三国演义》中的桃园结义、三英战吕布、关公释曹操等情节都非事实。《说岳全传》的后半本几乎全非事实，如直捣黄龙，气死兀术，笑死牛皋等都是人们希望的寄托。那部号称"无一事无来历"（见《两般秋雨庵随笔》）的《隋唐演义》，也有不少是杜撰的。所谓的事事有来历，不过是说有书面的文献根据，而那些书面文献本身并不可靠。《隋唐演义》所据书面文献有《迷楼记》《海山记》《开河记》等。

有些历史演义中，甚至把忠臣奸贼也来一个颠倒。如，明成祖朱棣杀侄夺位，铁、景二人力主正义。《承运传》中把铁、景二人指为奸佞。于谦在《正统传》中变成了元恶。李之芳在《佛抚院盲词》中被指为奸臣。潘美本非坏人，在《杨家府演义》却被责为奸佞。

历史演义的作者为什么要改变历史事实呢？除了正常的原因以外，大都是出于政治的原因。从宏观的角度看，是时代的因素和群体意识的影响。例如，《杨家府演义》出现于明代中叶。那时，明皇朝国势日弱，外强窥伺。土木堡一役，连皇帝也做了俘虏，朝中又有奸佞擅权，忠良遭到贬逐。这种情况和宋朝十分相似。说杨家府故事，目的是为了鉴古知今，唤起人们的觉醒奋起。《三国演义》中，曹操的被丑化，刘备、关羽的被圣化、神化，则反映了统治阶级到普通百姓的群体意识。统治阶级要维持正统，当然要圣化刘备。关羽的地位被一步步抬高，最后成为"武圣"，和孔子的被一步步推戴为"文圣"相似。这是因为，统治者要夺关斩将的猛将，广大群众也最崇拜这类勇士，特别崇拜那些在战场上马革裹尸的英雄，寄予他们崇敬和哀婉，于是，种种神化关羽的故事例如玉泉山显圣等故事便被编到《三国演义》中去了。

历史演义中之所以歪曲历史事实，有时甚至出于个人隐私的原因。《三宝太监下西洋记》神化郑和，有人说是"明季人所为，以媚权奄者"（见俞樾《春在堂随笔》），是为了讨好太监。记载明代开国故事的《英烈传》据说有一段不可告人的原因：朱元璋和陈友琼作战，鄱阳湖对阵时，陈友琼被一箭射中,当场身亡。这一箭究竟是郭子兴射的,还是郭英射的,却无法分辨,当时没有叙功。郭英的后人郭勋为了替自己争位,便要替祖宗争功,于是托名"天池",自撰《英烈传》一书,小说中说,这一箭是郭英射的。郭英的仇家不服,反其意而写了《真英烈传》一书,痛诋郭英的为人。这种为了个人目的而利用小说篡改历史的做法,也是不可忽视的原因。

关于赵匡胤千里送京娘的故事,《宋史》不载,但有关的戏剧、评书、小说却很多,民间的俗讲、俗唱也有不少。不知是否有点事实的影子,只能存疑。

(十一) 多变的白蛇——《白娘子永镇雷峰塔》

南宋临安有一家生药铺,主管名叫许宣。一天,许宣到寺中追荐祖宗,归程遇雨,有寡妇白娘子和丫鬟青青向他借伞。两人相识后,白娘子表示愿意嫁给许宣,并赠一锭银子给许宣。许宣有了银子,托姐夫说媒。姐夫看到这锭银子是官库的失物,害怕惹祸,告到官府。许宣被捕后说出银子来历,官府便派人去抓白娘子。白娘子作法,未能抓住,而许宣因此被判到苏州去服役。半年后,白娘子寻到苏州,和许宣结了婚。一日,许宣外出,一个道士说许宣脸有妖气,赠给他两道灵符。结果,白娘子破了道士的符,解除了许宣的疑心,两人依然朝欢暮乐。不久,官府捉住了许宣,说许宣的穿戴是某当铺的失物,白娘子又用法术使许宣脱罪。从此,许宣对白娘子渐有疑心,便规避到镇江去,白娘子又寻到镇江,二人仍生活在一起。一次,许宣到金山寺烧香,白娘子同行,遇到了法海禅师。法海要抓白娘子和青青,她俩便把船弄翻,潜入水中。这时,许宣更确信她们是妖怪,便回到临安去,但白娘子又跟踪而去,许宣请人捉妖无效,最后又请来法海禅师。法海用钵盂罩住白娘子和青青,终于显出原形,原来是一条白蛇,一条青鱼。许宣又化缘在钵盂上造了个七层宝塔,使白蛇和青鱼不能出世,许宣也从此出家为僧。(《警世通言》卷28)

动物化成美女,和男子相爱。这是民间故事中常见的题材。郑振铎把这类故事叫做"兽妻故事"。其实,这类故事中的女方不单是兽,也有其他动物或植物。所以,说得笼统一点,应该说是"人和异类"的恋爱故事。

晋朝干宝的《搜神记》一书,开了这类故事的先河。书中有八篇有关故事。变成女子的分别有鸟(卷18)、鼋(卷14,三则)、狸(卷18)、狐狸(卷18)、猪(卷18)、水獭(卷18)。此后的《搜神后记》《述异记》《唐人

《小说》等书中，都有这一类故事。

这类故事有两种类型：一种可称为"恶兽型"。动物变成美女，目的是要迷惑人，蛊害人，甚至要吃人。故事的结局往往是动物现出原形，把男子吃掉。另一种是"善兽型"，动物变成人和男子相爱，完全出于真诚，是向往着人的世界，她们还能帮助男子烧饭除害，成家立业，但最后往往有一个法海式的家伙出来破坏。这两类故事的立意迥然不同。恶兽型的主旨无非是说女人是祸水，有殊色的女人往往是蛇蝎狐狸等变成的，必须严加提防。这类故事往往充满女子是祸水的陈腐说教，故事可厌可怕。善兽型的故事则充满着对真正爱情的寻觅追求，把爱情写得真诚朴质，贬斥那些从封建道德出发破坏美满姻缘的第三者，充满积极的浪漫主义色彩。

白蛇的故事则是从恶兽型衍化为善兽型的典型。其演变过程大致如下。

唐人传奇《白蛇记》是一个很可怕的故事，文中记士人李黄，在长安遇到一个白衣美女，李黄到她家住了四天。回家后，家中人觉得他身上一股腥臊气，李黄自己也觉得头昏身重，就睡到床上去。一面说话，一面下半身已化为血水。后来家中人去寻那白衣美女的家，遍寻不见。据当地居民说，常看见一条白蛇，在树洞中出没。

到了明代中叶，故事还没有脱离这个窠臼。《清平山堂话本》中有一篇《西湖三塔记》，其中所写的白蛇常化为女子，谁如果被她迷住，白蛇就命令力士去击死，十分残酷。后来有奚真人出来，捕捉了白蛇，同时捉获其他两个怪：乌鸡和水獭，用三个石塔镇压在西湖中。故事中的奚真人，显然就是后来的法海禅师。

《三言》中的《白娘子永镇雷峰塔》，基本上完成了从恶兽向善兽的衍变。白娘子和许宣成婚后，虽然有种种妖异现象，但不是为了害人，而是想帮许宣成家，替他打扮，不过时常露出马脚，弄巧成拙。那个降魔伏妖的法海不是作为受人膜拜的驱魔大神的化身，而成了受人憎恶的旧传统的象征。但是，在《三言》中，并没有完全完成这个变化，白蛇还带有不少诡秘莫测的妖气，对她的善良、深情，没有足够的描写。

白蛇形象演变的最后完成，是明清数百年来无数艺人体察群众意愿的结果。《三言》之后，有《西湖佳话》中的《雷峰怪迹》，中篇演义《雷峰塔传奇》（玉山主人著），传奇《雷峰塔传奇》（黄图珌著），弹词《义妖传》等。故事越来越完善。但是，后来也有一些蛇足赘物：一是加上了白娘子的儿子考中状元，哭塔认母等大团圆的情节，二是有一些低级的说唱材料，在故事的某些环节中，插进一些黄色的内容等。

这一类故事一般有三个基本人物：一个是由异类变化成的女子，第二个是那个女子所爱的男子，第三个是出来作梗的僧或道。其中最堪注意的是那个女子。要写好这个女子，必须写出她的三重性格：一重是人性，要写出一个美丽女子的深情；二是动物的本性，蛇精要像一条蛇，狐狸精要像一只狐狸；三是妖性，不是一般的人，一般的动物，而是有着某些妖气。这三种特性，要在一个人身上，或在一件事情中有机地体现出来，才算成功。如果只强调三者中的某一方面，就会立刻失去趣味，变得索然无味。在《白娘子永镇雷峰塔》一文中，白娘子的三重性格写得还算成功，妖气是多了一点，但是还没有达到恐怖的程度。

这类故事的情节有两个基本段落。前半段写异物变成的女子和男子相遇并结合。后半段写异物被识破，被镇压，男女分手。识破和镇压的过程如果能写得曲折多变，多次反复，故事性便强。否则就会太板直。《白娘子永镇雷峰塔》这个故事中，白娘子再三再四跟踪许宣不放，几批道士一再想制服白娘子都失败，许宣则逐步认清白娘子确实是个妖怪，这个过程写得颇为曲折多姿。

（十二）贼盗们的游戏——《宋四公大闹禁魂张》

开封府有个开质当库的张富，为人吝啬，人称"禁魂张"。一天，张富欺侮一个乞丐，闲汉宋四公看到后抱不平，夜里进到张富库房，盗了不少珠宝，又杀死一个妇人，留下姓名，逃到郑州。张富告到官府，官府派殿直王遵去捕捉，被宋四公设计逃走。宋四公逃出后会同师弟赵正、侯兴、王秀，三人都身怀绝技，又善于各种巧骗。一路上，他们互相作弄，又互相争斗。到了东京后，他们打地洞到吴越王钱俶家偷了三万贯钱和羊脂白玉带，惊动了滕大尹，派出缉捕使臣马翰，限期抓住贼人。吴越王和张员外也分别悬赏捕人。在严限缉捕的情况下，宋四公等依然游戏对待，两头栽赃，将吴越王家中的失物栽到张富的当库中，又把张富家中的失物栽到两个缉捕使臣王遂和马翰的家中，然后又到两头去告发，使王、马两人冤死狱中，张员外也气得自缢而死。这一班贼盗，公然在东京做歹事，饮美酒，宿名娼，没人奈何得他们，弄得家家户户不得太平。一直到包龙图做了府尹，方才散伙。（《喻世明言》卷36）

旧社会的统治阶级，除了需要经纶国事的大臣和御敌国门的猛将之外，还需要一些发挥其他职能的辅助人物，"侠"便是其中的一种。他们起着维护道德伦理，保卫社会秩序，调节某些差失，执行特殊任务等不可缺少的作用。战国末期的那个帮助燕太子丹去刺秦王的荆轲，以及击筑而歌的高渐离，就是侠的老祖宗。

鲁迅在《流氓的变迁》一文中，对侠的流变分析得很中肯，他引用司马迁的一段话："儒以文乱法，而侠以武犯禁。"接着说：不论是儒还是侠，他们之乱法和犯禁，都"不过闹点小乱子而已"。这是侠的本质属性，侠的目的还是要为天子效力，维护统治者的秩序和利益。因此，侠一般都要跟定一个好官或钦差，为他们效劳。《三侠五义》中的展昭，能够为皇帝除"鼠"，得到了"御猫"的称号，便算是特殊的荣耀了。

侠的类型很多，有剑砍权奸的豪侠，有劫富济贫的侠盗，有行踪飘忽的游侠，有飞剑斩仇的剑侠等。此外名目还很多，如奇侠、怪侠、侠丐、女侠、义侠等，不一而足。保镖也是一种侠，专门对付强盗，保护行商。从这些不同的名目中，可以看出各种不同的侠所具有的个性。

在一般的文学史上，都有"侠义公案小说"的名称。仔细分析，这类小说可以分做三类：有的是只讲清官审案，并无武侠人物，那只能称为公案小说。如《皇明诸司廉明公案》，记一百零五则案件，其中没有什么"侠"。《十五贯戏言成巧祸》也是一篇纯粹的公案小说。有的小说主要讲武侠，他们深山拜祖习艺，互相斗杀争胜，较少涉及案件，如《蜀山剑侠传》等。也有的小说公案、武侠两个内容都有，其具体内容往往是武侠们帮大官侦破案件，《三侠五义》便是代表作。"三侠"和"五义"诸人，都是帮包公办案的武侠。

从我国的白话小说发展史来看，白话公案小说发展较早，武侠小说发展较迟。在《三言》之前，就有专写包公办案的《龙图公案》，专写郭青螺办案的《郭青螺六省听讼录新民公案》，专写海瑞办案的《海刚峰先生居官公案传》等，都是公案小说。白话的武侠小说直到清代中叶才有较大发展，到清末才蔚为大观。侠义公案小说的代表作《三侠五义》是清咸丰年间由说书艺人石玉昆（约 1810—1871 年）完成的。

本文中的宋四公和他的三个徒弟，严格地说，很难跻身于侠的行列。他们没有一个跟定的主子，他们同情乞丐，惩罚禁魂张，在这一点上，勉强表现出一点儿侠气。其余所作所为，并不像一个侠，只是一个贼盗而已。所以，本文实在够不上算是侠义小说，只能算是一篇贼盗小说而已。

侠的行为,有极大的随意性,缺少贯串始终的原则性。这在一些武侠小说中处处可见。宋四公等辈的身上,表现得更为突出。例如,禁魂张欺侮乞丐,宋四公要加以惩罚,这可以说是正义的。但惩罚的办法却是杀人盗财,未免过当。而且盗财之后,并不是用来"济贫",而是远走高飞,自己享用,更是不当。

故事中更为乖张的是宋四公和三个徒弟之间的关系。宋四公到东京去躲避,徒弟赵正要求同行,宋四公怕赵正本事不高误事,便考验他两次,结果赵正两次都成功。按照常理,宋四公应该高兴地带赵正同行,但宋四公却出于嫉妒,反而叫另一个徒弟侯兴杀掉赵正。侯兴听师父的指示要杀赵正,结果未得手,反而被赵正杀了他的儿子,手段未免过于毒辣。由此可见,在师徒之间,在师兄弟之间,已经完全丧失了正常的伦常关系,也说不上是什么江湖行为,没有任何原则、常情、伦常可言,无法解释他们的乖张行为。

侠义小说中的侠客们,都是靠超绝的武艺来行事的。刀剑飞镖,薰香迷药,飞檐走壁,甚至鸡鸣狗盗,必须无所不能。本文中的宋四公便是这流人物。他用毒药毒死看门狗,用迷魂药翻倒看库人,用百合锁打开库门,乔装改扮,无所不能。到了清末民初的武侠小说中,这一方面的内容被畸形地扩张了,铜锣阵,火焰水牢,手指飞剑,口吐白光,千里之外取人头等,无奇不能,已经完全丧失了事理的可能性。实际上成为"魔幻奇侠"之类的东西了。

这篇说话在宋朝就很流行,原名《好儿赵正》,又名《赵正侯兴》。据说作者是陆显之,汴梁人。话本保持了一些古朴的语言。文中盗贼们的手段如师徒斗技,师兄弟竞能的情节,以及迷魂汤、蒙汗药、人肉馒头等行径,常为以后的盗贼侠客小说袭用。因此,本文在武侠小说史上,是很值得注意的。

(十三) 释道争长——《吕洞宾飞剑斩黄龙》

道士吕洞宾在终南山跟师父钟离先生学道有成。一日,拜别了师父,想下山去超度人。临走时,钟离先生交给他一柄师传的"降魔太阿神光宝剑",这柄宝剑会化成青龙,飞出去斩敌人首级而回。钟离先生告诫吕洞宾三件事:1.休寻和尚闹;2.不要丢失宝剑;3.三年后要回山。吕洞宾下山后,多次想超度人,都未成功,而三年时间却将满。吕洞宾听说黄龙寺有个黄龙长老,名慧南禅师,经常讲经说法,听经闻法的人,一日不止数千,普度众生,尽皆欢喜。吕洞宾心中不服,便到黄龙寺去寻衅,和慧南禅师讲偈语,斗机锋,都遭到失败，并被慧南打了一戒尺。吕洞宾恼羞成怒，半夜里放出宝剑，想杀死慧南，被慧南把宝剑定在泥里，不能拔起，连带把吕洞宾也关在困魔岩里。吕洞宾靠山神相助逃出困魔岩，狼狈回到终南山报告师父，钟离先生修书给慧南说情。原来，钟离和慧南是师兄弟。慧南把宝剑还给了吕洞宾，并收吕洞宾为徒弟。从此，吕洞宾修真养道，数百年不下山，终于功成行满，陆地成仙。（《醒世恒言》卷21）

我国一向有"三教九流"的说法。"三教"即儒、释、道三教。其实，儒教并不是宗教，因为宗教是以信奉崇拜超自然的神灵为主要特征的，而儒家不语怪力乱神，不谈转世因果，主张入世、尽人事。所以，严格地说，我国古代的宗教，只有佛教和道教两种。

佛教是东汉明帝永平年间从印度传入我国的，经三国两晋到南北朝，四五百年间，佛经的翻译，教义的传布，都日渐发达，是当时中国的主要宗教，甚至可以说是唯一的宗教。佛教的某些教义虽然适合统治阶级和一些老百姓的精神需要，但佛教无父无君，不忠不孝，不讲五伦纲常，这是汉族社会无法接受的。于是，便有汉族人来创造自己的宗教，作为对抗，这便是道教。道教的创始人是东汉顺帝时的张道陵，奉老子为"太上老君"，以老子的《道德经》和《太平洞极经》为主要经典，经过一段时间后，经典、仪式、法术等逐步充实，编造完成。

自从道教创设以后，佛教和道教一直互相争斗，争取宗教界的统治地位，同时，两教也互相融会贯通，在许多做法上日渐趋同。佛、道两教为了争胜，便要在皇帝面前争宠，争取最高权力机构的支持。因此，佛道两教都未能免俗，都积极参加政治活动，甚至参与或发动政治军事阴谋。皇帝们为了政治上的需要，或者崇道抑佛，或者尊佛灭道，或者"佛道并幸"。此起彼落，政治斗争和宗教争夺混在一起。

例如，在唐朝建国之初，太宗李世民和皇太子李建成争帝位。以法琳为首的佛教徒，拥戴李建成，以王知远为首的道教徒支持李世民。唐太宗获胜登位后，道教徒得势，王知远也位高权尊，唐太宗亲自下诏，确定道士的位置在僧徒之上。但是，到了高宗时，高宗和武则天夫妻两人做法不同，高宗得到道教徒的支持，武则天则得到佛教徒的拥护。后来，武则天掌权，下令搜聚天下的道教经典《老子化胡经》焚毁，又下令确立佛教徒在道教徒之上。当时，有的道士甚至要求弃道当和尚。

明朝也有类似情况。明太祖信奉佛教，成化年间却宠信方士李孜省、邓常恩等人。明世宗时，皇帝下令刮佛面上的金一千三百两，焚佛骨一万二千斤，以打击佛教。万历年间，皇室又大建寺院，穷极富丽，遍赐天下名刹大寺，佛教又翻了身。佛道的盛衰更替，相距不过二十年时间。(见《万历野获编》卷二十七"释道盛衰")

《三言》中的这篇故事，反映了佛道争胜的历史事实。慧南和尚法术无边，度人无数，而道教中的大法术家吕洞宾却一再惨败。文中借用一个累世积善的傅永善之口，骂道教"说谎太多"。很明显，本文是站在佛教的立场的，是佛教信徒的作品。

十分有趣的是另有一部明代初年的杂剧《度黄龙》(原标《吕纯阳点化度黄龙》，明抄本)，情节完全相反。在《度黄龙》中，吕洞宾和钟离先生奉东华帝君之命访度仙侣，遇到黄龙禅师正在说法。双方讲论大道达数日之久，黄龙大为拜服，便拜吕洞宾为师。吕洞宾教他性命双修之理，黄龙依言修炼，终于成仙。这是站在道教立场说话的。

在《三言》中，还有好几篇讲说佛道故事的作品。如：《张道陵七试赵升》(喻13)、《陈希夷四辞朝命》(喻14)、《福禄寿三星度世》(警39)、《旌阳宫铁树镇妖》(警40)，都可以从佛道宗教的本质去理解。

在宋元明时代，社会上有很多佛寺道观，和尚道士，尼姑道姑，人数众多。有些方丈、教主，实际上是无恶不作的豪霸。明成化年间的道教主张元吉，家里私设牢狱，用缢杀、压沙囊、投深渊等酷刑杀过四十多人。后被判凌迟处死，但由于皇帝祖护，竟然未执行，其子张元庆仍继承为道教的教主。相当一部分和尚道士，实际上是一伙恶棍，所谓寺院，不过是逋逃薮。

《汪大尹火烧宝莲寺》(醒39)一文中，恶僧佛显等一百多个和尚就是这伙坏人。他们在宝莲寺中造了密室，奸淫妇女，事泄被捕后，竟串通狱卒，运进兵器，杀人反狱。这是清末《火烧红莲寺》连台武戏的蓝本。

《勘皮靴单证二郎神》(醒13)中的庙官孙神通，假充"二郎神"，装神弄鬼，妖术骗人，奸淫皇妃，也是个坏蛋。

《三言》中有好几篇小说，反映了和尚、道士、尼姑、羽仙之流的糜烂生活，真实地描写了一部分宗教徒的真实面目。

四 涵盖《三言》全书的两大特点

前面对《三言》的基本情况作了综合介绍，并对有代表性的十三篇作品作了分析。下面再对《三言》作综合的研究，看看作为《三言》的整体，有哪些涵盖全书的基本特点。这是一个"综合—分析—综合"的研究过程。

(一) 高度的道德追求

分析一本短篇小说的总集，首先要逐篇作个别研究，然后综合起来，看看全书在思想上、艺术上有些什么总的倾向。分析《三言》的个别篇章并不难，因为，每一篇的主旨所在，是十分明白的。但是，要把《三言》全书的思想性作总的归纳却并非易事，因为，《三言》内容实在太多太杂，不论从哪一两个角度去归纳，都难免挂一漏万。

有人认为《三言》是当时流行小说的汇集，是一个混合体，作者不同，时代不同。因此，它只在各别篇章中存在着自己的思想，而没有共同的思想。事实并不如此，这一百多篇小说是流行于明末社会的最受欢迎的作品，代表着这一时代的风尚。同时，它又是冯梦龙认真筛选的结果，渗透着他的文学观，代表这一作家的面貌。所以，《三言》既有时代的特色，又有作家的个人特点。

《三言》全书的思想倾向，不能用少数几篇具有资本主义思想萌芽的作品去"以偏概全"，也不能用某几篇具有进步的或落后的思想的作品去作"代表"，而必须寻找那能够涵养全书的东西。

《三言》总的思想倾向，在于追求特殊环境中的非常行为，树立大智大勇、至仁至义、真爱真谊、极忠极孝的卓异道德行为规范，极大地丰富和廓大了我国传统伦理的内涵，也让听众和读者极大地满足视听之娱。这便是笑花主人在《今古奇观》序中所写的几句话："《喻世》《警世》《醒世》三言，极摹人情世态之歧，备写悲欢离合之致，可谓钦异拔新，洞心骇目。而曲终奏雅，归于厚俗。"

例如，朋友之间相处的原则是信义，这是一般的论说。《三言》中生动形象地提出：心灵相通的知音是最高的朋友准则（警1：《俞伯牙摔琴谢知音》）；朋友之间不能乘人之危而自己得利（醒18：《施润泽滩阙遇友》）；朋友有急难，死了变成鬼也要千里赴难、拔刀相助（喻7：《羊角哀死战荆轲》）；没有见过面的朋友，也要一诺千金、肝胆相照（喻8：《吴保安弃家赎友》）；受了朋友的恩惠，应该滴水之恩，涌泉相报（警18：《老门生三世报恩》）。无疑，这些讲究"义"的作品，极大地丰富了"义"这个伦理规范的内涵。

《三言》中讲男女夫妇的故事告诉人们：一旦以身相许，成为知心，就要跨越一切时空的阻隔和生死界限，矢志不渝（警10：《钱舍人题诗燕子楼》）；所爱背即使沦为贫贱，也不应该抛弃（喻17：《单符郎全州佳偶》）；如果在世俗浮言的影响下变心，是极大的不道德（喻27：《金玉奴棒打薄情郎》）；男女的贞节重于一切（喻28：《李秀卿义结黄贞女》）；始乱终弃，得新忘旧是不可恕的罪恶（警34：《王娇鸾百年长恨》）；过度的淫纵不是真正的爱情（醒15：《赫大卿遗恨鸳鸯绦》）；不检点的男女关系会遭遇大祸害（喻3：《新桥市韩五卖春情》）；尊重底下层妇女是高尚的品操（喻12：《众名妓春风吊柳七》）。这些，都为男女情爱生活提供了规范。

总之，极不平常的事件，说明极不平常的德行，这是《三言》追求的思想目标，也是开启《三言》思想内容的一把钥匙。《三言》一百多篇故事，几乎都可以循这条线索求知作者的创作初衷和它所以被选入《三言》的原因。这些故事中主人翁的行为，丰富了传统伦理的内涵和处延，用活生生的实例，使我国社会的道德观念和品评准则具有极大的丰富性。小说中的人物，常被作为道德品评时的参照人。

当然，由于时代的限制，《三言》作者所追求的伦理极致，今天并不一定都是可取的，要剔除这些"旧道德"的糟粕，并不是太困难的。

（二）离奇曲折的故事情节

《三言》之所以能吸引人，在于它有离奇曲折的情节。在故事展开中，运用意外、偶然、巧合的手法，达到了出神入化的地步。

偶然和必然，在文学手法中，至今还是说不清楚的谜。

《三言》中有一篇《沈小官一鸟害七命》（喻26）最能够说明小说中运用偶然性的得失。故事主人翁沈小官，养一只画眉鸟。一天早晨，他到郊外去蹓鸟，因腹痛坐在堤外休息。箍桶匠张公经过，见财起意，夺了画眉鸟，杀了沈小官，把沈小官的头颅丢在一棵空心杨柳树洞里。后来，画眉鸟被客商李吉买去。沈小官的父亲发现儿子被杀，告到官府，并悬赏寻头和凶手。贫民黄老狗想让他的儿子大保小保获得厚赏，便叫他们割下自己的头去冒充领赏。果然得到千金。但是头颅虽得，而凶手未获。一天，沈小官的父亲到东京经商，在御鸟房中发现儿子的画眉鸟，查询之后，知道是商人李吉进贡的，就去告发李吉。问官逮捕李吉，严刑屈打成招，被处死刑。李吉的两个同伴哀李吉冤死，心中不服，找到了真凶箍桶匠，并且从树洞中起出沈小官的头颅。这时，多出了一个头颅，黄老狗的儿子杀父冒赏的事败露。箍桶匠和大保小保都被判死刑。行刑之日，黄老狗的老婆失惊而死。这样，由于一只画眉鸟的原因，先后死了七个人。

这个故事实在是离奇曲折。通篇是偶然的巧合。对于这样一个故事，文学史上有截然不同的评价。在一本文学史上，说这是"成功地运用偶然性"的代表，而在另一本文学史上，却说这是"滥用偶然性，追求奇怪情节的失败之作"。

所以，对于《三言》中大量存在的偶然性情节要作一些分析。

首先，应该看到，必然和偶然这一对矛盾，在哲学上是早就解决了的。必然以偶然为表现形式，偶然以必然为存在基础。在实际生活中，偶然事件更是比比皆是，有些生活中的偶然性，说出来常叫人瞠目结舌。所有偶然事件，从本质上说，都是脱离了正常轨道的，却又是符合正常轨道的。在文学作品中，偶然巧合也是古已有之，中外皆然。

亚里士多德的《诗学》里，有一段很有趣的论述。他说，"偶然发生的事件，如果似有用意，似乎也非常惊人。例如，阿耳戈斯城的弥堤斯雕像倒下来，砸死了那个正看节庆的、杀他的凶手，人们认为这样的事件并不是没有用意的。"英雄的雕像倒下来，正好砸死那个谋害他的凶手，简直是太偶然了。但是亚里士多德却认为，这样的事是"非常惊人"的，因为他"似有用意"。

小说中运用的偶然性起着十分重要的作用。它可以大大地缩短情节发展中的时空阻隔，使本来冗长的过程紧凑浓缩起来，删掉不必要的枝蔓。《杨八老越国奇逢》（喻18）中的杨复，被倭寇抓去打头阵，有一次入寇时逃脱，被中国官兵捉住，审理他的郡丞和太守，正好是他的两个儿子。顷刻之间，夫妻父子团圆。故事把一切好事都加在这个受倭寇侵扰之害的幸存者身上，使人们在惊叹之余，对其他没有这样好运气的多数受难者寄予更多的悲悼。

偶然性的情节又是小说主题更加鲜明的助燃剂，使作者的创作意图更好地贯彻。《金玉奴棒打薄情郎》（喻27）一文，作者意在谴责富贵后忘掉贫贱糟糠的行为。金玉奴被莫稽推下水后，必须有一个大官把她救起来，认作女儿，又嫁给莫稽，故事才能搬演，来上一出"棒打"的好戏。如果救她的是一个穷苦渔民，下半段就没有好戏了，莫稽的性格也就无法从对比中展开。

《三言》中还有几篇运用偶然性情节，达到了出神入化的境地，使小说中的矛盾平升三级，迭起波澜。《苏知县罗衫再合》（警11）中的苏云，上任时被强盗徐能抛到江中,又想强占他的妻子郑氏,郑氏逃到尼庵中生下一子,因为尼庵中不便抚育,便把婴儿放到十字路口,这个小孩偏偏被强盗徐能拾去,育为己子,十九年后考中进士,南下办案。郑氏前去告状,偏偏告到了自己儿子手中。在这个故事中,最不平常、处理得最险峭的是郑氏之子恰巧被仇人拾去抚养。如果没有这个偶然情节,只是一个极平常的盗劫故事而已。

小说、戏剧都必须要有奇遇。没有奇遇,便没有小说和戏剧。所以清李笠翁在《闲情偶寄·脱窠臼》中说:"古人呼剧本为传奇者,因其事甚奇特,未经人见而传之,是以得名。可见非奇不传。新,即奇之别名也。若此等情节,业已见之戏场,则千人共见,万人共见,绝无奇矣,焉用传之。"《三言》中的这种传奇情节,俯拾即是,这正是这部小说蜚声中外,数百年盛传不衰的根本原因。

五 《三言》的流传和影响

在世界的文坛上,《三言》不是那种昙花一现的作品,而有着长远和广阔的作用。它的流传和影响可以从几个方面来说明:(1)《三言》本身的生命力很强;(2)带动了一大批模仿《三言》而编写的拟话本的出版;(3)《三言》中的作品大量被转换成其他文艺样式;(4)《三言》在国际文坛上有一定地位。

(一)从不绝如缕到蓬蓬勃勃

《三言》出版的年代,产生了轰动的社会效果,这是从《三言》的版本情况推知的。这里,必须引录一些看来很乏味的版本资料。

《喻世明言》(《古今小说》)明末时有多种版本:(1)天许斋刊本,题《古今小说》,藏日本尊经阁,出版年代不详。(2)另一种天许斋刊本,和前一种略有不同。书脊已磨灭,有人认为这是天许斋的初刊本(王古鲁),有人认为这不是初刻本(孙楷第)。总之是两种本子,藏日本内阁文库。

(3)衍庆堂刊本,题《喻世明言》,又题《七才子书》,只有十四篇,藏大连图书馆。(4)又一种衍庆堂刊本,也题《喻世明言》,共二十四卷,二十四篇。其中用天许斋刊本二十一卷,又收《醒世恒言》二篇,《警世通言》一篇。显然,这是在《三言》出齐以后,利用三部书的旧版杂凑而成的,藏日本内阁文库。以上情况说明，《喻世明言》（《古今小说》）在明末有两种完本，一种不完本，一种杂凑本。

《警世通言》明末时有多种本子：（1）天启甲子（1624年）出版金陵兼善堂刊本，是初版本。藏日本东京大学东洋文化研究所。（2）同一版本的后印本，用现在的出版术语，这是"第一版第二次印刷"，藏日本蓬左文库。（3）三桂堂王振华刊本，是复明刊本，北京图书馆、北京大学图书馆都有藏本。（4）衍庆堂刊本，藏大连图书馆。以上情况，说明《警世通言》在明末有三种刊本，其中有一种印了两次。

《醒世恒言》明末时有多种本子：（1）金阊叶敬池刊本，天启丁卯年（1627年）版，藏日本内阁文库。（2）明金阊叶敬溪刊本，也是天启丁卯年（1627年）版，藏大连图书馆。（3）衍庆堂刊本，也是天启丁卯年（1627年）版，四十卷足本，藏北京大学图书馆。（4）衍庆堂又一种刊本，删去第二十三卷（《金海陵纵欲伤生》），将第二十卷（《张廷秀逃生救父》）分成上下两卷，即第二十卷、二十一卷，又将二十一卷（《张淑儿巧智脱杨生》）变成第二十三卷，藏日本东京大学东洋文化研究所。以上情况说明，《醒世恒言》在明末有四种不同版本。

概括三部书的出版情况可以看到，《三言》在明末刊行时，在短短数年间，都有三四种本子。特别值得一提的是最后的那部《醒世恒言》，四种版本都署"天启丁卯"。这有两种可能：一种可能是第一种本子是"天启丁卯"刊印的，后面三种本子可能刊印较迟，但依样画葫芦，也刻上了"天启丁卯"字样。第二种可能是天启丁卯这一年中，同时有四种本子。如果是第二种可能的话，那是十分令人惊奇的。因为，一部小说在同一年中有四家书店出版，这在现代出版物中也是少见的。

因此，完全可以有根有据地说，《三言》是明末的一部畅销小说。

但是，十分奇怪的是，在整个清代，《三言》却湮没不见了。《三言》为什么湮没，还不能够说得确切：一说是因为清初严禁"小说浮词"，定下了严刑峻法。但是遍查有清一代的禁毁书目，并没有《三言》中的任何一种，而《今古奇观》一书，虽是禁书榜上有名的，却一直流传印行。所以，政府的文禁恐不是湮没的原因。还有一种说法是因为有了《三言》的精选本《今古奇观》，夺去了《三言》的读者。意思是《三言》分量大，刻印费事，所以便被淘汰了。这种说法也不尽合理。

刻印《三言》在当时的印刷条件下并不费事，《三言》和《今古奇观》

完全可以并存，各自保持自己的读者群。所以，《三言》湮没的确切原因，还有待深入考证。

当"五四"新文化运动兴起，开始注意白话小说的时候，人们不禁惊呼：在我国，《三言》只剩下了"一言"。1930年，鲁迅写《中国小说史略》时，国内只有《醒世恒言》一种。过了几年，发现了《警世通言》，一直到1946年，才收集齐全，真是不绝如缕了。

《三言》的续绪，是在二十世纪四十年代和五十年代。《古今小说》（《喻世明言》）是1947年，商务印书馆根据摄归的照片排印的，1955年，文学古籍刊印社重印，1958年由人民文学出版社重新排印出版。《警世通言》是根据传钞排印的"世界文库"本，在1956年由人民文学出版社排印出版的。《醒世恒言》有覆排叶敬池的"世界文库"本，1956年由人民文学出版社出版。

到了二十世纪七十年代，《三言》有多种版本，国内有好几家出版社出版，每一"言"的累计印数都已达几十万册。看来，《三言》可以保持一个稳定的需要量，成为古典小说中最具有生命力的几种作品之一。

（二）带动了一大批拟话本的编写

在《三言》的影响下，明末清初掀起了一个拟话本的创作高潮，不少文人或搜集整理话本，或模拟《三言》写作拟话本，一时蔚为风气。

第一个出来模仿的是冯梦龙的同时代人凌濛初（1580—1644年）。凌濛初，字玄房，号初成，又名凌波，别号即空观主人。浙江乌程（今吴兴）人，出身官宦，十八岁补廪膳生，五十五岁做上海县丞，崇祯十七年（1644年）在徐州房村镇压农民起义，呕血而亡。他模仿《三言》，编写《初刻拍案惊奇》和《二刻拍案惊奇》二书。在《初刻拍案惊奇》的序文中，他说：

龙子犹氏所辑《喻世》等书，颇存雅道，时著良规，一破今时陋习。而宋元旧种，亦被搜括殆尽。肆中人见其行世颇捷，意余当别有秘本图书而衡之，不知一二遗者，比其沟中之断芜，略不足陈已。因取古今来杂碎事，可新听睹、佐谈谐者，演而畅之，得若干卷，其事之真与饰，名之实与膺各参半，文不足徵，意殊有属。

这段话明确地告诉我们，《三言》出版以后，销路很好，书商为了牟利，便怂恿凌濛初把"秘本图书"拿出来印行，但冯梦龙已经把古代话本"搜括殆尽"了，剩下的只是"沟中之断芜"，于是凌濛初便把"古今来杂碎事"为题材，"演而畅之"，加以编写，成了《二拍》。所以，《二拍》可以说全部是"拟话本"。

《二拍》共八十篇作品，其中也有一些作品反映了城市平民的生活和思想，揭露了官僚和地主的罪恶，但不少作品的迷信因果思想太浓，现实意义和创造精神稍欠缺，故事情节和人物形象也有公式化的毛病。所以，文学史上虽然把《三言》《二拍》并称，实际上《二拍》的思想水平和艺术水平，都远比不上《三言》。

《三言》和《二拍》共二百篇作品，共约二百五十万字，这在当时的印刷条件下，刻印比较困难，真是"卷帙浩繁，观览难周"（见《今古奇观》序）。所以在《三言》《二拍》出版不久，便有姑苏抱瓮老人（抱瓮老人的真实姓名不详。《今古奇观》书首题"墨憨斋手定"，墨憨斋是冯梦龙书斋名。其实，《今古奇观》并非冯梦龙所编）从《三言》中选出二十九篇作品，从《二拍》中选出十一篇作品，共计四十篇，都是明代的作品，编成《今古奇观》一书。《今古奇观》在明末就已经大为流行，替代了《三言》《二拍》。

在明末清初出版的拟话本，还有《石点头》《醉醒石》《照世杯》《幻影》《豆棚闲话》《连城璧》《十二楼》《西湖二集》《五色石》《美人书》《二刻醒世恒言》等共三十余种。这些作品几乎全是沿袭《三言》《二拍》的老套。例如，杜纲编的《娱目醒心编》，共十八卷，几乎全是空洞的说教，缺乏社会意义，小说的趣味全失。一种来自民间的有生气的文艺形式，到了文人雅士手中，就断送了它的生命。鲁迅在《中国小说史略》中说，这些拟话本"诰诫连篇，喧而夺主，且艳称荣遇，回护士人，故形式仅存而精神与宋迥异矣"。拟话本走向了末路。清中叶后，话本、拟话本的创作就无法继续下去了。

二十世纪九十年代初，江苏古籍出版社出版"中国话本大系"，据了解，选入大系的全部话本也只有四五十种，说明中国的话本，数量并不多。

（三）改编成其他文学样式

《三言》的出版，不单引起了短篇白话小说的创作热潮，同时也和其他各种文学艺术的样式互相渗透影响，特别是和戏剧的关系，更为密切。《三言》中有不少故事，在话本之前就有同题材的戏剧，或者在话本之后，被改编成为戏曲。戏曲和话本，互相转译改编，例如，元代马致远有《陈抟高卧》杂剧，与《三言》中的《陈希夷四辞朝命》（喻14）内容相同。关于庄子梦蝶的故事，元人有多种杂剧，和《三言》中《庄子休鼓盆成大道》（警2）题材有联系。大家所熟悉的"十五贯"故事，在《三言》之后，就有清朱䍐的《十五贯传奇》、秦腔《十五贯》、京剧《十五贯》、鼓词《双熊梦》以及《十五贯弹词》《十五贯金环记木鱼书》《双鼠奇冤宝卷》等多种。其他如杜十娘、白娘子、玉堂春、金玉奴、唐伯虎等的故事为题材的文艺作品，更是汗牛充栋。

《三言》之所以被大量编为戏剧，是因为这些故事情节曲折，场面热闹，具备着改编为戏剧的很好条件。《金玉奴》中洞房的门口，《杜十娘》中沉江的船头，都是活生生的好场面。《张廷秀逃生救父》（醒20）中的最后收场，各种人物都凑集在一起，情节达到高潮，全部矛盾纠集在一起，又迅速地一个个解开，戏中脱戏，酣畅淋漓，把它改编成戏剧，并不是费事的。

据统计，《三言》作品被改编为各种戏剧的，有六十多篇，其中《喻世明言》中的故事就有二十五篇。又据今人鲁野在《三言与戏曲》（该文为全国第二次冯梦龙学术讨论会的交流论文，未发表）一文中说，当代东北地区的评剧，上演节目的半数出自《三言》，其中影响较大的有数十种。

《三言》一百二十篇故事，被改编为其他艺术样式的达三分之二。改编的类型有三类。一类是被敷衍为长篇，如《杜十娘怒沉百宝箱》被写成长篇小说《杜十娘》；第二类是被扩展并改编为其他样式的讲唱文学，如《白娘子永镇雷峰塔》改编成弹词《义妖传》；第三是被改编成戏剧，以及当代的电影、电视，如《灌园叟晚逢仙女》《乔太守乱点鸳鸯谱》《唐解元一笑姻缘》等都被拍摄成电影。《三言》的流传，可以排列出一张长长的大表。随着影视事业的发达，有人从《聊斋志异》中选出若干，拍摄了《聊斋》系列电视。毫无疑问，《三言》也可以拍摄成系列的电视。

（四）蜚声国际文坛

《三言》的国际影响，可以从东、西两个方向来说明。

东方国家和我国有着长远的文化交流历史。《三言》出版不久，便被传到朝鲜、日本等国，影响最大的是日本。

日本有一种"翻案"文学，以外国文学作品为原本，吸取其主题、情节，把背景、地点、人物名字、官制文物等换成日本的，重新连缀成篇。这种形式，出现于日本的奈良、平安时代，盛行于宝町时代。十七、十八世纪，又成为借用中国白话小说以满足江户市民对新文学渴求的应急手段。翻案的作者根据自己对生活的理解和对原本的揣摩，进行改写，或融入日本的民间传说和历史故事，或加进对当时世态人情的批判，或以当时读者喜闻乐见的情趣替换那些不好理解的描写，或故意渲染异国情调以招引读者。

这种翻案小说可以《英草纸》一书为代表。这本书一共九篇作品，其中八篇是从《三言》中翻过来的。例如，《杜十娘怒沉百宝箱》一文被翻成《江口游女愤薄情沉珠玉》。原小说中的万历年代被改为"镰仓时代"，地点北京被改成日本的"江口"，主角李甲改成"箱崎小太郎安方"，杜十娘改为"白妙"，柳遇春改为"岸惣官成双"，孙富改为"柴江酒部辅原绳"。

除了这种改变时代、地点、人名的"翻案小说"以外，还有完全保持中国小说原样的翻译小说：

十八世纪时，也就是在《三言》出版后大约一百年左右，日本的冈田白驹、泽田一斋师徒二人，曾从《三言》《二拍》和《西湖佳话》等书中选出部分作品，译成日文，编成了"日本三言"——《小说精言》《小说奇言》《小说粹言》。现把日本三言的出版年月和目录介绍如下，从中可以看出日本人民对我国古代白话小说感兴趣的是哪些作品。（见《新建设》1958 年 3 月号王古鲁《古今小说与〈喻世明言〉》）

《小说精言》：冈田白驹译，宽保三年（乾隆八年，1743 年）刊印。共四篇：《十五贯戏言成巧祸》（醒 33）、《乔太守乱点鸳鸯谱》（醒 8）、《张淑儿巧智脱杨生》（醒 22）、《陈多寿生死夫妻》（醒 9）。

《小说奇言》：冈田白驹译，宝历三年（乾隆十八年，1753 年）刊印。共五篇：《唐解元一笑姻缘》（警 26）、《刘小官雌雄兄弟》（醒 10）、《滕大尹鬼断家私》（喻 10）、《钱秀才错占凤凰俦》（醒 7）、《梅屿恨迹》（《西湖佳话》14）。

《小说粹言》：泽田一斋译，宝历八年（乾隆二十三年，1758 年）刊行。共五篇：《王安石三难苏学士》（警 3）、《转运汉遇巧洞庭红，波斯胡指破鼋龙壳》（初刻 1）、《吕大郎还金完骨肉》（警 5）、《张员外义抚螟蛉子，包龙图智赚合同文》（初刻 33）。

在当代，日本不单影印出版《三言》，还有一些专门研究《三言》的学者，来中国留学专修。据《东洋学报》载，近三十余年，日本有关于《三言》的学术论文数十篇。

《三言》传入西方的材料比较缺乏，无法作全面的介绍，这里只有两个零星材料：一则是潘吉星在《中国古典小说在欧洲》一文（该文刊《光明日报》

1962 年 10 月 3 日)中介绍的。这篇文章中说,法国巴维译的《小说与故事》一书中,收入了《灌园叟晚逢仙女》《李谪仙醉草吓蛮书》《俞伯牙摔琴谢知音》等《三言》故事。在英国和德国都有《今古奇观》中部分故事的译本。当时,中国小说曾流行欧洲文坛。德国的著名剧作家、诗人约翰·席勒(1759—1805 年)在读了《今古奇观》的德译本后,曾写信给歌德(1749—1832 年)说:"对一个作家而言……埋头于风行一时的中国小说,可以说是一种恰当的消遣了。"第二则材料是《三言》在墨西哥的影响,在前面分析《汪信之一死救全家》中已介绍过。

六 冯梦龙的其他作品

(一) 笔记小品

冯梦龙编纂了四本笔记小品:《智囊》《谈概》《情史》《笑府》。这四部书书名划一,体例相同,形式类似。用现在的说法,那是一套系列丛书。

我国笔记小品肇始于南北朝,内容分为志人、志怪两大类。志人以《世说新语》为代表,志怪以《搜神记》为代表。笔记的文体便于记载前朝掌故、遗闻轶事、当代时事风俗习惯以及各种妖异鬼怪神话传说。随手写录,篇幅不限,当积累到一定数量后,就可以分别门类,编纂成书。历代文人编撰这种笔记的作家很多。冯梦龙的这四本笔记,以记人为主,也有少量鬼怪的内容。看来,它不是逐日积累后分类成书的,而是预先确定一个大范围,然后到书籍上去搜辑摘录而成的。

1.《智囊》

初版于明天启六年(1626 年,冯五十三岁),出版后立刻风行,两次增订重印,到崇祯七年(1634 年,冯六十一岁)时最后定稿,不再增加了。以后,清代、民国,都有重印本,日本也有影刻本。在增订重版时,书的名称曾改为《增广智囊补》《智囊全集》等。

初版时收入八百六十八则故事,后来增加过两次,最后定稿是一千零六十一则故事。全书分成十部二十八卷。在各种版本中,这十部二十八卷的名称略有不同,下面据明刊本《智囊全集》录出。

上智部(卷 1 至卷 4):见大、远犹、通简、迎刃。

明智部（卷 5 至卷 8）：知微、亿中、剖疑、经务。

察智部（卷 9、10）：得情、诘奸

胆智部（卷 11、12）：威克、识断

术智部（卷 13 至卷 15）：委蛇、谬数、权奇

捷智部（卷 16 至卷 18）：灵变、应卒、敏悟

语智部（卷 19、20）：辩才、善言

兵智部（卷 21 至卷 24）：不战、制胜、诡道、武案

闺智部（卷 25、26）：贤哲、雄略

杂智部（卷 27、28）：狡黠、小慧

冯梦龙认为，人的智慧好比是大地上的水。土地没有水，就变成焦土。人的智慧像地下的水一样，一定要开凿才能涌流出来。编纂《智囊》的目的，便是辑集古来运用智术解决困难的实例，给人以启发和借鉴，把地下水引发出来。书中涉及的故事，大自军国大事，小至生活细事，内容十分丰富。材料大都来源于正史，也有笔记和杂著，以至口耳相传之事。

从以上所录出的十部二十八卷来看，冯梦龙对智慧的类型有两个分类标准：一种是按事类分，口头辩论列为"语智"，妇女列为"闺智"……另一种是按智慧的等级来分，例如，在"上智"中，把顾全大局（见大）、有远见卓识（远犹）列在最前，在"兵智"中，把不战而胜（不战）放在首位，把运用巧计（诡道）放在稍后。从这样的分类排列中，可以看出冯梦龙的智慧观来。

《智囊》一千多个故事，是一篇篇知识性、趣味性很浓的故事。每一则都是先摆出一件为难的事。正在不可开解的时候，有关的人员——智者却能运用智慧加以解决，使败局转危为安，纷繁的情况豁然开朗，笨重的工程举重若轻，多年的冤狱一朝昭雪。在一"结"一"解"中，读者可以体会到智慧的形成，智慧的力量，智慧的运用，从中得到启发。因此，《智囊》这本书常被一些老吏作为箧中秘宝。据《人民日报》刊载，新中国成立后，章士钊曾把这本书送给毛泽东。毛泽东逝世后在整理他的遗物时，发现这本书在他的床头，已经翻看得比较破旧。

《四库全书总目提要》说这部书"佻薄殊甚"，意思是不大正经严谨，大概是因为杂入了一些"狡黠""小慧"等"杂智"的原因，这个批评未免过苛。清朝著名戏曲家、小说家李笠翁认为这本书"网罗太密，组织太工，而流于凿"，意思是为了面面俱到，有点穿凿附会，评论颇为允当。因此，李笠翁从这本书中选出了一部分，出版了《智囊》的节选本。

近年，《智囊》有各种校点重排本、选译本、全译本等出版，国外也有出版。在重视智力开发的当代，本书的丰富内容，引起了读者的兴趣。

2.《情史》

现知国内最早最完整的是"明东溪堂"本，存大连图书馆。这个本子刻于何年，已不可考。著作年代也不详。清代有多种重刻本，清末又有几种排字本。

本书署名是"詹詹外史"。一般认为就是冯梦龙，理由是：（1）书中有好几篇文章和冯梦龙编的其他书籍密切相关。（2）全书体例和冯梦龙编的其他几本笔记小品相似。（3）明刊东溪堂本上有"冯梦龙先生原本"字样。（4）书首有一篇冯梦龙写的序，序中说他早想编这本书，因为忙拖下来，为"詹詹外史所先，亦快事也"。这是文人特别是冯梦龙常用的诿遁故伎。詹詹外史是否另为一人，至今没有任何线索。

全书共九百零二个故事（其中有二十篇是一题数文）。分为二十四卷：（1）情贞，（2）情缘，（3）情私，（4）情侠，（5）情豪，（6）情爱，（7）情痴，（8）情感，（9）情幻，（10）情灵，（11）情化，（12）情媒，（13）情憾，（14）情仇，（15）情芽，（16）情报，（17）情秽，（18）情累，（19）情疑，（20）情鬼，（21）情妖，（22）情外，（23）情通，（24）情迹。这二十四卷的内容，包括了男女情爱生活的各个方面，是一部中国的《情爱论》。

冯梦龙认为，世界上最重要的是一个"情"字。他说："天地若无情，不生一切物。一切物无情，不能环相生。生生而不灭，由情不灭故。四大皆幻设，惟情不虚假。有情疏者亲，无情亲者疏。无情与有情，相去不可量……"他甚至扬言要创立一个"情教"，来"教诲诸众生"。他希望通过这本《情史》，"使人知情之可久，于是乎无情化有，私情化公，庶乡国天下，蔼然以情，相与于浇俗冀有更焉"。

书中的故事，从周代一直到明末，荟萃了两千多年中有关男女的故事。有写男女青年忠贞的爱，有写神鬼妖物与人的恋情，有封建婚姻制度下男女牺牲者的悲惨遭遇，有封建统治者荒淫无耻生活的揭露，写出了不同时代的男女情态。但书中也有一些封建伦理说教或污秽的描写。一部分神鬼妖怪故事虽然也曲折地反映了世态，却难免有荒诞不经的消极影响。

《情史》中有一些作品，为后来的白话小说和戏曲提供了丰富的创作素材。

近年来，《情史》已出版了多种铅排本和节选本。

3.《谈概》

初刻本为明天启年间"苏州阊门叶昆池"刊本，原题《古今谭概》。这个本子有 1955 年古籍出版社的影印本。

全部收入作品九百三十二则，共三十六部：（1）迂腐，（2）怪诞，（3）痴绝，（4）专愚，（5）谬误，（6）无术，（7）苦海，（8）不韵，（9）癖嗜，（10）越情，（11）佻达，（12）矜嫚，（13）贫俭，（14）汰侈，（15）贪秽，（16）鸷忍，（17）容悦，（18）颜甲，（19）闺戒，（20）委蜕，（21）谲知，（22）儇弄，（23）机警，（24）酬嘲，（25）塞语，（26）雅浪，（27）文戏，（28）巧言，（29）谈资，（30）微词，（31）口碑，（32）灵迹，（33）荒唐，（34）妖异，（35）非族，（36）杂志。

本书实际是一部辛辣的讽刺杂文集，富有幽默感。它有一个最大的特点：书中绝大多数都来源于史书或笔记。故事中的姓名、地点、事件经过，都凿凿可查。有些事情荒唐可笑已极，叫人难以相信，但是却偏偏是真实的事。这里举一篇书中最短的文章，题目是《抱瓮》，原文只有二十一个字：

"羊琇冬月酿，常令人抱瓮，须臾复易人，酒速成而味好。"（汰侈部）

羊琇是晋武帝时的散骑常侍，他用人抱瓮催酒的事见于史书。短短几个字，写尽了大官僚的奢侈。这个小作品的讥刺力量就在于它是事实。试想，如果是编造这样一个故事，就毫无讽刺的力量了。可见，幽默的力量在于真实。

这些上自帝王将相，下至名士才子、山林隐逸的可笑事情，经过冯梦龙别具匠心的剪辑，辛辣的批评，变成了一幅幅漫画出现在读者面前，成为人们嘲笑的对象，谈天的话柄。本书取名"谈概"，便意出于此。

清康熙年间，有朱石钟、朱姜玉、朱宫声三兄弟对此书作了删削，他们认为"其网罗之事，尽属诙谐，求为正色而谈者，百不得一，名为谈概，而实则笑府"。他们准备用《古今笑》的书名重刊，请李笠翁作序。李笠翁正确地指出，这部书"述而不作，仍史也"。指出该书都是转述史书，而不是杜撰的笑话，于是便增加了一个字，叫作《古今笑史》，加以刊行。

4.《笑府》

《笑府》的卷数，多年来有一卷本还是二卷本还是十三卷本之谜。在墨憨斋主人(即冯梦龙)写的《广笑府·序》中,明确地写明"十三编犹云薄乎云尔"。1983 年,日本岩波书店出版了十三卷本的全部日译本。在书前的说明中提到,中文本原书藏于日本内阁文库。

这十三卷的卷名是: (1) 古艳部, (2) 腐流部, (3) 世讳部, (4) 方术部, (5) 广萃部, (6) 殊禀部, (7) 细娱部, (8) 刺俗部, (9) 闺风部, (10) 形体部, (11) 谬误部, (12) 日用部, (13) 闺语部。

《笑府》是民间笑话的汇辑。它和《谈概》刚好相反。《谈概》都来源于文人撰写的正史、笔记,而《笑府》则来源于民间的口头编造。这些笑话讽刺了贪官奸商、无能的医生、迂腐的文人、骗人的方士。同时也嘲笑了人们性格上的缺点,如强不知以为知,庸人自扰,健忘,贪杯,唠叨,吹牛,说大话、急性子、慢性子、生理缺陷等。在这部笑话集的基础上改编的《笑林广记》,成为我国的一部传世之作,一切插科打诨、滑稽戏、说相声等,可以从中找到丰富的材料。

(二) 戏剧

在多种文学样式中,诗歌起源最早,戏剧发展最迟。在我国,一直到唐代才开始有戏剧的雏形。宋元的杂剧,流传到今的有二百多种。杂剧一般只有四折,每折都是一个人从头唱到底,发育还不完善。到了明代的传奇,才有了接近现代意义的戏剧。

冯梦龙的传奇作品共有十九种,传世十四种,其中创作两种,改编十二种。

两种创作的传奇是: (1) 《墨憨斋重定双雄记传奇》,古吴龙子犹编,松陵沈伯明校; (2) 《墨憨斋订定万事足传奇》,姑苏龙子犹新编,同邑袁幔亭乐句。

《双雄记》是冯梦龙青年时期的作品,所写的内容是当时发生在苏州的一件轰动大案。案中的丹三木其人,为了夺取家财,竟然逼死妻子,杀害叔婶,陷害侄儿,反映了社会风气的堕落,伦常的败坏,人性的沦丧,比较有现实意义。

《万事足》是冯梦龙在福建寿宁当知县任内的作品。内容是描写一个大官僚"连掇高魁,位登台辅,连生二凤,荫袭翰林",所谓"人生至此,万事足矣"。(戏中语) 思想价值不高。

对于冯梦龙创作的传奇,当时戏剧界有一定的评价。清高弈《传奇品》

卷下中说他的传奇是"芙蓉映水，意态幽闲"。明东海郁蓝生（吕天成）所编的《曲品》卷上中，把冯梦龙的作品品评为"上下品"，即属于上等中的下品。这个评价，大体上是公允的。

冯梦龙改编的传奇是：

（1）《墨憨斋新灌园传奇》，古吴张伯起创稿，同郡龙子犹更定。

（2）《墨憨斋详定酒家佣传奇》，姑苏陆无从、钦虹江二稿，同郡龙子犹更定。

（3）《墨憨斋重定女丈夫传奇》（上），长洲张伯起、刘晋元二稿，吴邑龙子犹更定。

《墨憨斋重定女丈夫传奇》（下），长洲张伯起、西吴凌初成二稿，古吴龙子犹审定。

（4）《墨憨斋重定量江记》，池阳聿云氏原稿，姑苏龙子犹评定。

（5）《墨憨斋新订精忠旗传奇》，西陵李梅实草创，东吴龙子犹详定。

（6）《墨憨斋重定梦磊记传奇》，会稽史叔考创稿，吴门龙子犹详定。

（7）《墨憨斋新定洒雪堂传奇》，楚黄梅孝已草创，吴国龙子犹审定。

（8）《墨憨斋重定西楼楚江情传奇》，姑苏袁白宾创稿，同邑龙子犹重定。

（9）《墨憨斋重定三会亲风流梦传奇》，临川玉茗堂创稿，古吴龙子犹更定。

（10）《墨憨斋重定邯郸记传奇》，临川汤若士创稿，姑苏龙子犹更定。

（11）《墨憨斋订定人兽关传奇》，苏门一笠庵新编，同郡龙子犹审定。

（12）《墨憨斋重订永团圆传奇》，吴门一笠庵创稿，同郡龙子犹审定。

在这十二本传奇中，有的是当时十分有名的作品，如《西楼记》《风流梦》（即《牡丹亭》）等。那么，冯梦龙为什么要去修改这些名家的作品呢？这要从当时戏剧界的一场争论说起。

明末东南地区的剧作者，有两大流派：一派是以汤显祖为代表的"临川派"，一派是以沈璟为代表的"吴江派"。临川派主张作家要充分发挥自己的思想感情，不必受形式格律的拘束，强调作品的内容，所以又称"文采派"。汤显祖甚至说："余意所致，不妨拗折天下人嗓子。"另一派吴江派则主张，创作要和演出相结合，应该讲究曲调的格式、音韵、平仄，强调作品的形式，所以又称"格律派"。吴江派常去修改临川派的作品，以便演出。经过一番争论之后，两派的意见逐渐融合，提出了"两者合则并美，离则两伤"的正确主张。

在争论的同时,吴江派的作家们不但自己创作传奇,还常常根据自己的戏剧观去修改临川派的作品,使这些作品能够演出。例如,汤显祖的《牡丹亭》,就由吴江派的吕玉绳、吕天成、徐日曦、臧懋循、冯梦龙等人改订过。

冯梦龙是吴江派的一员,他从事戏剧活动,正当这一场论争接近尾声,两派主张逐渐融合的时候,他的传奇作品之所以大部分是改订别人的作品,正反映了这一场争论的情况。但冯梦龙改订传奇,并不止改临川派的作品,也改吴江派的作品(如袁于令的作品)。修改的范围,也不单是曲调、音韵、平仄,还从思想内容、情节结构方面作调整。他的改笔,颇受人重视。例如,汤显祖《牡丹亭》中的《春香闹学》《游园惊梦》《拾画叫画》三折,在演出时大都用冯梦龙的改本,说明了他的改本在舞台实践上的作用。

关于他的改订技巧,还有这样一个有趣的传说:

袁韫玉(即袁于令)《西楼记》初成,往就正于冯梦龙。冯览毕,置案头,不置可否,袁惘然不测所以而别。时冯方绝粮,室人以告,冯曰:"无忧,袁大今夕馈我百金矣。"……家人皆以为诞。袁归,踌躇至夜,忽呼灯持百金就冯。及至,见门尚洞开,问其故,曰:"主方秉烛在书室相待。"惊趋而入。冯曰:"吾因料子必至也,词曲俱佳,尚少一出,今已为增入矣。"乃《错梦》也。袁不胜折服。是记大行,《错梦》尤脍炙人口。(见雷晓峰《渔矶漫钞》卷十,并见杨恩寿《词余丛话》卷三)

(三)民歌集

冯梦龙编集的民歌集有两种:《童痴一弄·挂枝儿》和《童痴二弄·山歌》。

在当时,中国的南北各地,流传着各种小调和山歌,这些小调和山歌达到了"不问南北,不问男女,不问老幼良贱。人人习之,亦人人喜听之"(见沈德符《野获编》卷二十五《时尚小令》)的程度。这些民歌有几种固定的曲牌,如《闹五更》《寄生草》《打枣竿》《挂枝儿》("挂枝儿"又名"打枣乾""打枣竿""打草竿")、《乾荷叶》等。曲调优美动听,而且好记易学。不识字的村姑野夫,也可以即兴编了词来唱,用来表达内心的忧喜。这种山歌和文人呕心沥血、字斟句酌写成的作品是大异其趣的。

民歌抒情真实,技巧优美,引起了文人的普遍重视,即使是一些守旧的文人如李梦阳、何景明等人，也不得不惊叹民歌的价值。袁宏道说，明代的民歌是"可传之作"（叙小修诗），卓珂月认为民歌是"明代一绝"，可与唐诗、宋词、元曲并美（陈宏绪《寒夜录》引）。

热爱民间文学的冯梦龙，也注意及此，他给民歌以很高的评价。他说，世上"但有假诗文，无假山歌"（见"叙山歌"）。他认为可以"借男女之真情，发名教之伪药"（见"叙山歌"），就是用男女的真情，去揭露封建礼教的虚伪性。于是，他便用极大的热情，深入到民间，亲自耳聆笔录，整理了两本民歌集。

首先出版的是《挂枝儿》。据考证，是万历三十七年（1609年，冯三十六岁）完成的，出版后曾流行一时，"冯生挂枝儿"，风靡南北。原刊本已失传。新中国成立后，在上海发现残本，又在杭州发现抄本。1962年，中华书局上海编辑所排印出版。《挂枝儿》共收民歌四百三十五首，分为十卷：私部、欢部、想部、别部、隙部、怨部、感部、咏部、谑部和杂部。

接着出版的是《山歌》，出版的确切年代已不可考，大约是在《挂枝儿》出版后一二年至多三四年之间。传世的有明天启、崇祯间的写刻本。1934年，上海传经堂主人去徽州发现，1935年由顾颉刚校点排印出版。全书三百八十五首。分为十卷：卷1至卷4都是私情四句，卷5是杂歌四句，卷6是咏物四句，卷7是私情杂体，卷8是私情长歌，卷9是杂咏长歌，卷10是桐城时兴歌。

翻开《挂枝儿》和《山歌》，首先给人的突出感觉是书中所收集的，百分之九十是爱情方面的内容。《挂枝儿》十卷的标题，包括私情、相思、离别、欢爱、隙爱……几乎包括了爱情生活的各个方面。为什么民歌的内容大都是爱情生活呢？是不是收集者有所偏爱，丢弃了其他内容呢？并不如此，这是民歌的实际内容决定的。生生息息，繁衍后代，是人类社会的第一要义。当人类告别了自己的童年，家庭成为社会的细胞后，便产生了只有人类才有的感情——情爱。即使是阶级压迫极端残酷，经济生活十分贫困，战争十分惨苦的年代，人类的情爱生活也不会停止。这便是民歌中大都是爱情内容的根本原因。

《挂枝儿》《山歌》中对爱情的歌唱表现为粗犷热烈，纯真朴素，一往情深，反映了要求自由恋爱、自由婚姻、个性解放的强烈要求，具有高度的艺术技巧和魅人的力量。群众欢迎民歌，卫道士反对民歌，原因都基于此。

这些民歌在艺术手法上也颇值得一提。民歌大量运用各种修辞手法，顶真使语句蝉连绵密，叠字叠句使歌意缠绵绻缱，复沓表现了绵绵不断的情意，谐音双关又造成委婉的趣味。这里单就双关这种手法的运用略作介绍。双关就是一个字（或词）表达双重意思。字面上表达的意思是衬托，字背后（即谐音字）表示的才是真意。《山歌》数百首作品中，应用双关的有五十多首。现举一个例子，题目是《别》：

　　滔滔风急浪潮天，情哥郎扳桩要开舡，挟绢做裙郎无幅，屋檐头种菜姐无园。

在这只民歌里，描写在一个大风浪的日子里，情哥要开船分别了，两人依依不舍。"无幅"字面上的意思是要用挟绢制裙，没有裙幅，实际是说郎没有"福分"。"无园"是说姐没有"缘分"。双关语造成了语意含蓄，欲言又止，幽秘羞涩的特殊效果。

这些民歌都有固定的句式，这称为"定格"。《山歌》的定格是每句七个字，共四句，即七、七、七、七，大致和绝句相似。《挂枝儿》的定格是八（上三下五），八（上三下五），七（上四下三）。五（上二下三），五（上二下三），九（上四下五）。这种有定格的民歌虽然字数有规定，但在唱的时候可以随意变化，加上衬字、衬句，或者采用重章、长歌的形式，尽可以表达复杂而丰富的含义。

名家解读古典名著
话本与文言小说(上)

解读《两拍》

张 兵 著

　　凌濛初的《两拍》——《初刻拍案惊奇》和《二刻拍案惊奇》与冯梦龙的《三言》是齐名的。本书汇集当代研究《两拍》的成果,从探寻源流、艺术分析、作品对比以及作品的思想倾向同社会生活的关系等多方面,细致地对其进行了解读。

一 话说凌濛初

江南太湖之滨的湖州，是一座美丽的城市。明神宗万历八年（1580 年）农历五月初七日，凌濛初诞生在城东约三十公里处的一个封建旧贵族家庭。

（一）历史十字路口的悲剧人物

凌濛初，字玄房，号初成，亦名凌波，一字波序，别号即空观主人。祖先世代为官。祖父凌约言，是嘉靖十九年（1540 年）进士，任南京执掌法律、刑狱的副官——刑部员外郎，曾为明代封建统治集团效力多年。父亲凌迪知，字稚哲，嘉靖三十五年（1556 年）进士，先是在朝廷掌管各项工程、工匠、屯田、水利、交通等政令的"工部"中担任营膳司主事。这一官职的地位不高，但由于他的勤勉工作，很快得到上司的赏识，擢升为定州府和常州府的"同知"，辅佐知府治理两州的军政要务。后来，又被朝廷调为大名府担任"通判"的要职，并赴开州全面主持政务。

然而，自凌濛初来到人世，这个昔日的封建贵族之家已逐步走向衰落。凌濛初兄弟五人，他排行第四。大哥湛初和二哥润初甚至来不及看上他一眼就先后亡故，家境十分凄凉。据郑龙采撰写的墓志铭可知：凌濛初十二岁入学，直到十八岁那年才在当地获得一个小小的廪膳生的资格。这和他的先辈所取得的显赫声名相比，实在是太微不足道。

"屋漏偏遭连夜雨"，就在凌濛初准备展翅飞腾之时，他又遭到新的打击：父亲不幸死去。这一来，全家的生活虽然还勉强过得下去，但大体上已只能维持衣食的温饱而已。这个曾是当地的豪族之家从此一蹶不振。这一切似乎都是命运的安排。三年服满，凌濛初才从家庭的变故中抬起头来，他做的第一件事就是上书给国子祭酒刘氏。刘氏非常佩服凌濛初的杰出才华，把他写的文章推荐给耿定力。耿定力是明代著名的思想家和文学家耿定向的弟弟，当时担任的官职是"司马"。这是辅佐知府执政的重要官员，在社会上较有名望。他青睐于凌濛初的一手精湛的时文，多次向人赞赏说："这是我的同事的儿子，哥哥耿定向曾夸他为'天下士'，难道你不知道吗？"此语一出，凌濛初的声名大震。

凌濛初果然不负众望，开始崭露头角。同年，他与好友冯梦祯同游吴地。在太湖之中的船上，两人携带着北宋著名文学家苏轼的《禅喜集》，切磋研讨，愈读兴致愈高，在书上写下了许多评语。这可算是凌濛初从事文学生涯的开始。他的杰出才华也在这些评语中得到了充分的表露。此书后来和他评点的《山谷禅喜集》一起于天启七年（1621年）刊行。为了寻求更为广阔的施展才能的天地，不久，凌濛初和母亲一起来到南京，在珍珠桥居住。

南京是著名的六朝古都之一，人杰地灵，比起湖州来，更能谛听到时代的足音。万历三十三年（1605年），他三十六岁时，母亲又离世而去。十月，凌濛初扶柩南归。谁知物是人非，这次故里之行带给凌濛初的是新的痛苦：家族中因仇妒而产生矛盾纷争。他不愿意卷入这类旋涡，匆匆安葬母亲后，很快地返回南京。此后凌濛初发愤攻书，潜心钻研学问，以求在功名仕途中博取桂冠。数年间，他连考四场，然而都未能如愿，只得到一个"副榜"（即候选）生员。接二连三的打击，使凌濛初顿感心灰意冷，绝望于功名仕途之路，写下了《绝交举子书》，并在杼山和戴山间筑一精舍，准备归隐终老。这是凌濛初一生中的落拓时期，他的痛苦和愤懑在《杼山赋》《戴山记》《戴山诗》中有着真切的反映。可惜它们都已湮没无闻，使我们失去了解剖凌濛初思想的第一手资料。

天启三年（1623年）发生的"入都就选"一事，最终改变了凌濛初的生活道路。这年，凌濛初四十四岁。他在"入都就选"的途中，遇见了刚任朝廷要职的礼部尚书朱国桢。朱国桢对凌濛初的文名早有所闻，两人同舟前往，一路上谈得十分投机。尤其是对于"经济之术"，几乎不谋而合。短短的几天行程，使凌濛初重新鼓起从事著述的勇气和信心。

崇祯七年（1634年），凌濛初五十五岁，才担任小小的上海县丞，兼署令事。八个月后，又署海防。此时，天下大变。自天启、崇祯年间起，朝政愈益黑暗腐败，百姓纷纷揭竿而起，各种规模的农民起义多达数百起。尤其是在陕北爆发的以张献忠、高迎祥和李自成为首领的农民起义，经过七年的浴血奋战，已向全国发展。1634年，起义军攻襄阳，克平利、房县、保康，二月间入川后，攻克了夔州，一路势如破竹，直取湖北、河南等地，声势浩大，引起朝野震动。凌濛初任职的东南沿海地区，局势虽较稳定，但各地农民起义波及的影响，也在人们的心头产生激荡。当时，潘昭度任南赣巡抚，几次遣人来聘用凌濛初担任他的幕僚，共同辅佐勤王，以成大业。凌濛初以为报效国家的时机已到，"慨然有击楫澄清之志"。但由于他刚被朝廷任为上海县丞，因此婉拒了潘昭度，而把主要的精力用于治县上。对此，郑龙采撰写的墓志铭说：

话本与文言小说（上）

　　后选得上海丞……未几，署令事，凡八月。催科抚字，两无失焉。迄今海滨故老尤能称述之。既而有北输之役——先是任役者辄罹于法——邑之绅衿耆庶皆欲请于漕院，以他官代。公曰："是吾职也。彼皆不得其肯綮耳，我能办之。"遂输粟入都，果竣事。归作《北输》前、后两赋，呈上官，佥曰："是可为松郡良法矣"。又署海防事，其盐场积弊甚多，灶户奸商，交相蒙蔽，而吏胥弄法，莫可究悉。公为井字法，盐作九堆为一井，大小高下如一；每一井一场官守之，较其一而知其八。一日可毕数十井，锱铢无爽也。沿海防皆以为法，直指使者屡嘉奖之。在上海八年，擢为徐州判。去任之日，卧辄攀辕涕泣阻道者，踵下接也。

　　由此可知，凌濛初在任上海县丞并署海防期间，政绩颇佳。

　　在从政的同时，凌濛初依然眷恋于文学。1637 年，其友张旭初编著的《吴骚合编》一书问世。凌濛初选录书中的三套散曲和时人的其他散曲，略加评点，编为《南音三籁》一书，成上、中、下三卷，为南曲的流布做出了贡献。

　　凌濛初的才干得到了封建统治阶级的赏识。崇祯十五年（1642 年），他已六十三岁了，朝廷擢升他为徐州通判，分署房村治河。房村地处交通要道，对岸是吕梁洪，扼守着南北航运的咽喉，历来是兵家必争之地。他刚上任不久，发现每当春天桃花水发之时，洪水泛滥成灾，居民流离失所，经过实地考察后，与负责治河的官员方允立商量，在沿岸构筑防波堤，阻挡了洪水的冲击。

　　房村治河的成功，使他的声名再次大振，为两淮巡抚路振飞"表奖者再"。第二年，陈小乙领导的农民起义军来到山东及徐州一带活动，朝廷命何腾蛟屯兵徐、淮镇压。何腾蛟倾慕凌濛初的才名，聘为幕僚。凌濛初向他献上《剿寇十策》，官军终于打败了农民起义军的进攻。为彻底根除农民起义军的"骚扰"，凌濛初主动向何腾蛟请求单骑去说降陈小乙，获得成功。

　　1644 年，是一个血雨腥风的年代。一月，李自成在西安封国号为"大顺"，旋即挥师东进，连克太原、大同……直逼北京；张献忠兵出荆州，直取夔州，所向无敌，建都四川，明王朝岌岌可危。风雨飘摇中，凌濛初的生命旅程也走到了尽头。一月七日晚，农民起义军的洪流如潮水般地直泻徐州，其中有一支数万人的部队包围了房村。凌濛初被围在村内。他把各乡、村的群众组织起来，以举火为号，对抗农民起义军的进攻。然而，这一切犹如以卵击石，在声势浩大的农民起义军的夹击下，凌濛初只得退守至城楼上固守。

九日清晨，密密麻麻的农民起义军把房村围得水泄不通，逼迫凌濛初交械。十二日清晨，凌濛初呕血不止。他深知命不保夕，就对乡民们说："我生不能保全你们，死也当为厉鬼去剿灭贼寇。"说完，用尽全身力气，向着义军连呼三声："不要伤我百姓!"突然大口大口地喷血……凌濛初倒地而死，时年六十五岁。

五月十九日，崇祯帝在煤山自缢身死，北京城迎来了身披毡笠缥衣，骑着乌驳悍马的李自成。他登上皇极殿，当上了皇帝。这与凌濛初的"殉职"尽忠而死，相距仅两个月零七天。

凌濛初的一生，是一个悲剧。凭着他的智慧和才干，本可以干一番轰轰烈烈的事业。可是，曲折坎坷的人生之路，使他历尽磨难，明末农民起义的风暴，把凌濛初推向阶级生死搏斗的风口浪尖。正是在这面历史的明镜面前，彻底暴露了这位在封建旧贵族家庭熏陶中成长的文人思想上的致命弱点。他一心想报效"国家"，但是当时主宰"国家"命运的，不是人民，而是那些已末日临头的封建地主阶级。可惜凌濛初始终看不到这一点。他在历史的转折关头，作为封建统治阶级中的一员，企图以自己微弱的身躯去阻挡历史的车轮，最终成为封建王国的殉葬者。

(二) 新时代哺育的市民思想家

凌濛初又是十分幸运的。

他生活的晚明时代，是中国封建社会中的一个历史新时期。虽然凌濛初的美梦被农民革命的车轮碾得粉碎，但当时迎面扑来的各种社会新思潮又使他在思想上得到新生。尽管他不是一位优秀的政治家，但却是一位杰出的市民思想家和著名的通俗文学作家。

说凌濛初是一位杰出的市民思想家，是因为他在时代的感召下，以新兴市民的姿态，严肃地解剖了垂死的封建社会，并热情地讴歌了市民们的新生活。

在凌濛初生活的晚明时代，资本主义生产的萌芽已有相当的发展。尤其是在我国东南沿海地区，由于得风气之先，这种发展尤为迅速。以吴中地区为例，据《松江府志》记载，当地的棉织业工人，"晓星茫茫，夜灯煌煌，人在唾弓，万机齐张"，壮观的生产景象已令人赞叹不已。至于个体经营者的例子，有冯梦龙编纂的《醒世恒言》第十八卷《施润泽滩阙遇友》中的主人公施复。他由一张轴机起家，短短几年就发迹为冠于全镇的一位富商。请看小说的如下描写：

> 这盛泽镇上有一人，姓施名复，浑家喻氏，夫妻两口，别无男女。家中开张轴机，每年养几筐蚕儿，妻络夫织，甚好过活。这镇上都是温饱之家，织下轴匹，必积至十来匹，最少也有五六匹，方才上市。那大户人家积得多的便不上市，都是牙行引客商上门来买。施复是个小户儿，本钱少，织得三四匹，便去上市出脱……

> 那施复一来蚕种拣得好，二来有些时运，凡养的蚕，并无一个绵茧，缫下丝来，细圆匀紧，洁净光莹，再没一根粗节不均的。每筐蚕，又比别家分外多缫出许多丝来。照常织下的绸拿上市去，人看时光彩润泽，都增价竞买，比往常每匹平添许多银子。因有这些顺溜，几年间，就增上三四张轴机，家中颇为饶裕……夫妻依旧省吃俭用，昼夜营运。不上十年，就长有数千金家事。又买了左近一所大房居住，开起三四十张轴机，又讨几房家人小厮，把个家业收拾得十分完美。

这种资本主义萌芽性质的生产的发展，直接促进了商业的繁荣。张瀚的《松窗梦语》卷四在叙述凌濛初家乡的情形时说：

> "嘉禾边海，东有鱼盐之饶；吴兴边湖，西有五湖之利。杭州其都会也。山川秀丽，人慧俗奢，米资于北，薪资于南，其地实音而文侈。然而桑麻遍野，茧丝绵苎之所出，四方咸取给焉。虽秦晋燕周大贾，不远数千里而求罗绮缯币者，必走浙之东也。宁绍温台，并海而南，跨行汀漳，估客往来，人获其利。严衢金华，乳郭徽饶，生理亦繁，而竹木漆柏之饶，则萃于浙之西矣。"

可见，当时的经商已是蔚然成风。这在一些著名的城市尤为可观。如苏州，"东北半城，皆居机户，郡城之东，皆习织业"，"人生十七八即挟资出商，齐楚鲁卫，无远不届，有数年不归者。"《苏州府志》的这一记载，是晚明社会的真实缩影。

随着城市经济的繁荣，在思想领域中也出现了一股弘扬"自我"，强调欲望追求和个性解放的进步潮流。它的先驱者当推王阳明。他在《传习录》中曾说过：

> "我的灵明，便是天地鬼神的主宰。天没有我的灵明，谁去仰他高?地没有我的灵明，谁去俯他深?鬼神没有我的灵明，谁去辨它吉凶灾祥?天地鬼神万物离却我的灵明，便没有天地鬼神万物了。"

这段话强调人的自我意识，独尊人在天地鬼神万物中的主宰地位，有利于启迪人的主动精神。

师承王阳明的"浙中学派"和"泰州学派"，发展了他的"心学"理论，尤为推崇人的本体活泼和自由的"内核"。王艮在《遗集》卷一的《语录》篇中，把人的饥思食、渴求饮、男女之爱等"天性"和动物"鸢飞鱼跃"的本能欲求相提并论，认为皆是活泼泼的"天性之体"和"天体之性"，来之自然，人人相同。在《明哲保身论》一文中，他还提出心和肉体关系的命题，指出心靠肉体而存在，关键是肉体。一个人要能视、听、言、动，首先就要活着，否则一切都不存在。所以，"知保身者，则必爱身如宝……此仁也，万物一体之道也"。他承认"人欲"是天生合理的、自然的要求，每个人都应该去满足自己的欲望，而绝不应该采取禁欲主义的态度。

市民思想家李贽，曾师事王艮之子王襞，发展了"浙中学派"和"泰州学派"的进步思想，也提倡人的各种物质欲望为保存自己所必需。他认为，人都有"势利之心"，这是"吾人禀赋之自然"，并强调追求富贵利达，好货好色等等说，"富与贵是人之所欲"，"谓圣人不欲富贵，未之有也"，"是故圣人顺之，顺之则安之矣"。（《李氏文集》卷一《明灯道古录》卷上）

在《焚书》卷一《答邓明府书》中，李贽还说：

"如好货，如好色，如勤学，如进取，如多积金宝，如多买田宅为子孙谋，博求风水为儿孙福荫，凡世间一切治生、产业等事，皆其所共好而共习，共知而共言者，是真迩言也。"

这里所说的"迩言"，是指当日百姓们平时的街谈巷议。好货、好色、多积金宝、多买田宅等世间一切治生、产业之事，在李贽看来，都是普通人之所欲的物质利益，应当肯定。同时，李贽还一反理学家们所倡导的"饿死事小，失节事大"的封建教条，赞扬卓文君的"私奔"，不是"失身"，而是"获身"，是合乎人类"自然之性"的行为。所有这些都可说明：李贽把对人的物质利益的追求作为整个伦理道德的基础，和封建统治阶级尊崇的"存天理、灭人欲"等思想是相对抗的。

晚明时代，"讲学者盛行于海内"，这股以弘扬"自我"，强调欲望的追求和个性解放的进步思想潮流，对人们的影响很大。据沈瓒《近事丛残》说，从王阳明到李贽，"后学如狂"，"少年高旷豪举之士多乐慕之"。他们的思想和著作，有力地启发着人们的新智，尤其是对敏感地捕捉着时代脉搏的知识文人，不啻是一种强有力的精神支柱。如当时著名的文学家袁宗道就说过："读翁（指李贽）片言只语，辄精神百倍。"（《白苏斋类集》卷十五）他的弟弟袁宏道慕名专程到李贽处拜师，并极为钦佩李贽的著作说："幸床头有《焚书》一部，愁可以破颜，病可以健脾，昏可以醒神，甚得力。"（《袁中郎全集》卷十一）

正是在这种进步思想潮流的推动下，晚明文坛崛起了一个作家群。他们的主要代表有：徐渭、汤显祖、兰陵笑笑生、冯梦龙、袁宏道、吴承恩以及围绕在他们周围的袁宗道、袁中道、梅鼎祚、西湖渔隐主人等。他们创作或编纂的文学作品大多为通俗戏曲、小说，如《四声猿》《牡丹亭》《金瓶梅词话》《古今小说》《警世通言》《醒世恒言》《西游记》《青泥莲花记》《欢喜冤家》等以及大量的诗文、小品，各以生动鲜明的艺术笔墨，对李贽为代表的晚明进步思想潮流作了形象化的描述，至今仍焕发着绚烂的光彩。

身处这样的时代，凌濛初和那时的许多知识文人一样，也接受了以李贽为代表的进步思想潮流的洗礼，在思想上与之十分契合，从而跻身于新兴市民阶层的行列，成为它的一位重要成员。

凌濛初和汤显祖有过交往。今存《汤显祖诗文集》卷四十七有《答凌初成》一文。在此文中，汤显祖除了论述自己的创作思想外，还对凌濛初编撰的杂剧多加赞美，认为它们"缓隐浓淡，大合家门。至于才情，烂漫陆离。叹时道古，可笑可悲，定时名乎"，评价很高。

"公安三袁"是指袁宗道、袁宏道、袁中道兄弟三人，他们都是晚明的著名文学家，和李贽的交往非常密切，曾创立"性灵论"，具体阐述和发展了李贽的"童心说"，为进步文学运动作了杰出的理论建树。凌濛初和"公安三袁"中的袁中道也有交往。袁中道的《游居柿录》卷三记载了万历三十七年（1609年），他在南京珍珠桥凌濛初寓所与其相晤的事时说："珍珠桥晤湖州凌初成，见壁间挂刘松年画，两人对弈，作沉思状，相叹以为人物之工如此，近世文衡山之后，人物不可观矣。"袁中道在同卷中还两次提到他赴珍珠桥玩赏并"大会文士"，其中也包括凌濛初在内。可见他们两人是相知相得的朋友。

至于凌濛初和冯梦龙的交往，见之于文字的资料目前尚未发现。但两人同处吴地，以各自的名声互相钦慕，则是可以明了的。凌濛初在《拍案惊奇·序》中针对当日文坛的现状说：

"近世承平日久，民佚志淫。一二轻薄恶少，初学拈笔，便思污蔑世界，广摭诬造，非荒诞不足信，则亵秽不忍闻。得罪名教，种业来生，莫此为甚，而且纸为之贵，无翼飞，不胫走。有识者为世道忧之，以功令厉禁，宜其然也。独龙子犹（冯梦龙）氏所辑《喻世》等诸言，颇存雅道，时著良规，一破今时陋习；而宋、元旧种，亦被搜括殆尽。肆中人见其行世颇捷，意余当别有秘本，图出而衡之。不知一二遗者，皆其沟中之断芜略不足陈已。"

这表明：凌濛初对冯梦龙及其编纂的《三言》非常推崇，而且《两拍》的创作也直接肇始于《三言》的启迪。他们两人在思想上的"神交"，由此约略可见一斑。

凌濛初不是理论家，既没有李贽那样的深邃目光和冲锋陷阵的勇气，也缺乏"公安派"作家们甘为布衣，放情山水的淡泊心境，更丧失徐渭的倔强傲世、嬉笑怒骂的反抗精神，但他却是一个立足于现实土壤的文学家。在历史变动的激流中，执笔为文，创作《两拍》，为新兴市民大喊大叫。书中的思想倾向，和当时充溢于市民社会的进步思潮完全契合。正是从这个意义上，我们说凌濛初是晚明时代的一位杰出的市民思想家，这绝非是溢美之辞。

（三）拟话本小说第一人

《两拍》是《拍案惊奇》和《二刻拍案惊奇》两书的合称，中国文学史上著名的拟话本小说集之一，以其鲜明的时代气息和个人独著的特色彪炳于世。它的出现，标志着话本小说发展的新阶段，使凌濛初赢得了著名通俗文学作家的称誉。

所谓"拟话本"，是指由文人模仿话本的艺术形式而编写的白话短篇小说。它的诞生和勃兴，离不开话本的崛起和繁荣，从文体演变来看，它是话本的延续和发展。

话本是我国唐、宋、元时期的人们对兴起于城市都会市井间的"说话"艺人演唱时所用底本的一种称谓。"说话"就是讲故事。它是伴随着人们的劳动而产生的活动之一，在我国有着悠久的历史。鲁迅在《中国小说的历史变迁》一文中说："人在劳动时，既用歌吟以自娱，借他忘却劳苦了，则到休息时，亦必要寻一种事情以消遣闲暇。这种事情，就是彼此谈论故事。"这"谈论故事"实是后世"说话"的渊源，可见，茶坊酒肆是为话本的发展提供了适宜的土壤。但它作为一种伎艺的名词，至隋唐时代，才在我国有关的典籍中出现。《太平广记》卷二百四十八引《启颜录》"侯秀才可与玄感说一个好话"的记载，是现存"说话"最早的文字记载。

南宋灌园（圃）耐得翁的《都城纪胜》一书说：宋人"说话"有小说、讲史、说经、合生四家，被称为"话本"的并非仅指"说话"的底本，也包

话本与文言小说（上）

括其他伎艺（如傀儡、影戏等）的艺人们用以演唱的底本在内。但随着历史的发展，"说话"之一家的"小说"话本尤其受到市民的欢迎，声誉日隆，并逐渐成为宋元"说话"的主流。据初步统计，宋元单篇话本共有一百六十七篇，总集十二种（现仅存单篇话本五十五篇，总集十种）。它们是我国文学园圃中的一朵奇葩。

话本在宋元时代的流行，离不开"说话"艺人的演述。有学者统计，见于当时各书记载的著名职业"说话"者有一百十余人。实际上远不止于此。除了早先的卖艺人之外，他们之中还有相当数量的落拓文人士子。他们还组织创作团体，进行话本的专业创作，参加者都是"俊逸儒流"。不少人"能以一朝一代故事，顷刻间捏合"，而使其他各种伎艺者"最畏小说人"。由于文人的积极参与创作，尤其是随着印刷业的发展，话本逐步完成了由口头文学向书面文学的转化。它的标志就是拟话本小说的兴起。

"拟话本究竟始于何时？"由于现存的资料极其有限，尤其是话本成型过程的复杂难辨，人们对它的看法不尽相同。但有一点则可明了：判别话本和拟话本的关键是它的讲述性。话本是"说话"人的底本，供艺人表演时所用，而拟话本主要是供人们阅读的文学作品；话本的口头表演特点相当鲜明，除了语言的质朴、率直以外，还呈现风趣、生动和媚俗的艺术风貌，而拟话本相对说来，文学色彩增浓，语言较为流畅、华美，不时流露出书卷气；话本由"说话"艺人集体创作累积而成，而拟话本则经由文人个人独立创作而成；话本中韵文的地位十分显要，而拟话本中的韵文则相对减少，成为可有可无的东西。正因为拟话本有着和话本不同的艺术特征，所以它的产生应该是在话本大量演出，在社会上享有盛誉，乃至是逐渐走向衰落的时期。

在我国的元末明初时期，已有少量的拟话本出现。但它的刊行，则是在明代初、中期。话本在当时受到市民们的普遍欢迎，书贾们见有利可图，纷起结集出版。但原始的话本较为拙朴、粗糙，须经一些具有较高文化素养的知识文人的润色、改编、加工乃至创作，才能使它广为流布。而拟话本就是在这样的氛围中得到发展。开始时，它都以单篇的形式刊印。如明嘉靖年间，晁瑮编的《宝文堂书目》著录的都是单篇小说名。现存最早的拟话本小说集《六十家小说》（《清平山堂话本》）就是由六十篇单篇凑集的。万历年间刊行的《熊龙峰刊行小说四种》也由四篇单篇拟话本组成（当然，两书也混杂了少量的话本作品）。因为当时的拟话本小说，既有话本的长处，又颇迎合市民们的审美情趣，遂风靡一时。书贾们的刊刻出版，又对拟话本的繁荣起了推波助澜的作用。

这种状况一直持续到晚明时代。著名的通俗文学家冯梦龙开始注意认真搜罗当时流行的拟话本小说，编纂成《三言》出版。《三言》是《喻世明言》（又名《古今小说》）和《警世通言》《醒世恒言》的合称，由冯梦龙在天启年间（1621—1627 年）编成后刊行。它汇集了拟话本小说一百二十篇，其中有宋元时期的作品二十七篇，而更多的则为明代的拟话本小说。这些作品真实地表现了我国宋、元、明时期，尤其是晚明时期的社会生活和时代风貌，形象地描绘了千姿万态的人物群像，生动地展现了一幅广阔的封建社会世俗生活的画卷。它们在艺术上，能"极慕人情世态之歧，备写悲欢离合之致"，具有"钦异拔新，洞心骇目"（笑花主人《今古奇观·序》）的艺术感染力，富有较高的审美价值。

但是，《三言》不是冯梦龙个人创作的小说集。冯梦龙在编刊《三言》时，曾经做过审慎的去芜存菁的遴选工作，对入选的小说在不同程度上作了一番整理、润色、加工和改编，有的甚至"伤筋动骨"，变换了主题和情节。尽管如此，我们还是不能把《三言》的著作权交给冯梦龙。因为编纂和创作毕竟不是一回事，两者不能混淆。有一位学者曾经把《三言》中和《六十家小说》中重出的作品作过比较，发现这两者之间"只有少数无关紧要的文字出入，显然未经冯梦龙的加工"，或者只是作了数处增删。原话本中存在的极普遍的常识性的错误，他都没有加以订正，"因此，只能认为'三言'中的大部分小说都是原封不动的简单选录而已。至多有小部分作品曾经得到他的润色"这一看法，大体上符合《三言》的编纂实际。至于《三言》辑入的冯梦龙自己创作的作品，现在能考定的只有《警世通言》第十八卷《老门生三世报恩》一篇。而其他的若干篇小说，虽有人撰文把它们归之于冯梦龙的名下，但终因拿不出过硬的证据而存疑。

而《两拍》则由凌濛初个人独著，是我国文学史上的第一部文人独立创作的拟话本小说集。这里所说的"文人独立创作"，是相对于"艺人集体创作"而言的。在《初刻拍案惊奇》的《序》中，凌濛初说：他创作此书，是因为当时的书肆中见《三言》行世颇捷而"取古今杂碎事"演而畅之。《两拍》共有八十篇作品，除《二刻拍案惊奇》的第二十三卷《大姊魂游完宿愿，小姨病起续前缘》一篇与《拍案惊奇》第二十三卷完全相同以及《二刻拍案惊奇》的第四十卷收入了他创作的《宋公明闹元宵》杂剧外，实有小说七十八篇。

说"今事"者，在这七十八篇小说中，约占四分之一。如《初刻拍案惊奇》卷二、六、十五、十六、二十六、三十四、三十八和《二刻拍案惊奇》卷四、十七、三十五、三十八等。在这些小说中，凌濛初从社会的现实生活入手，描绘了形形色色的人物，形象地展现了晚明文学中肯定"人欲"和追求个性自由的艺术群像。

在那些取"古"事者的小说中，凌濛初也都赋予它们以时代的内容。读者打开《两拍》，第一篇小说就是《转运汉遇巧洞庭红，波斯胡指破鼍龙壳》，这则故事本于周玄晖的《泾林续记》。原作把赴海外经商之人称为"奸商"，对他们采取完全否定的态度。但在凌濛初的笔下，小说不但扩展到近一万五千字的篇幅，而且它的主题和人物都为全新的色彩所替代。这种"旧瓶装新酒"式的借旧题演新事，从根本上来说，也是一种艺术的创造。

孙楷第在《三言二拍源流考》一文中说，这种艺术手法，"得力于选择话题，借一事而构设意象，往往在原书中不过数十字。记叙旧闻，了无意趣，在小说中则清淡娓娓，文逾数千，抒情写意，如在耳目。化神奇于臭腐，易阴惨为阳舒，其功力亦实等于创作"。这真是一语破的，揭示了凌濛初在拟话本小说创作中改造旧题材的实质。

由上观之，说凌濛初是拟话本小说创作的第一人，实不为过。《两拍》是拟话本小说创作的杰出典型。比之《三言》，在表现时代的特征和市民的精神风貌方面更具有典范性。这也正是它引起人们浓厚兴趣的一个重要原因。

（四）通俗文学的创作实践者

在我国封建社会中，以小说、戏剧为代表的通俗文学，曾风靡于民间，但在统治阶级眼里，一直得不到应有的重视。所以，它的创作者大多是一些怀才不遇、失意淹蹇的落拓文人。凌濛初也深受这种传统思想的影响。在他的一生中，写作了大量的诗文集，计有《圣门传诗嫡冢》《言诗翼》《诗逆》《诗经人物考》《左传合鲭》《后汉书纂评》《删定宋诗外遗》等二十余种著作。

然而，在严峻的事实面前，凌濛初处处碰壁。明代通俗文学的滚滚洪流唤醒了他的良知。在晚明进步文学潮流的影响下，他丢弃幻想，开始涉足戏曲和小说领域，更多地把注意力投向通俗文学的创作，先后编写了《北红拂》《颠倒姻缘》《虬髯翁》《乔合衫襟记》《莽择配》《宋公明闹元宵》等六部戏曲作品，并著有戏曲理论之作《谭曲杂札》。尤其是他创作的《两拍》，在中国话本小说史上树起了一座丰碑。其隆盛的声名几乎淹没了他的一切诗文创作的成就，使这位通俗文学的实践者自此名闻遐迩。

《两拍》的第一集名《拍案惊奇》。有人又称为《初刻拍案惊奇》，简称《初刻》。然而，在原刊本上是没有这"初刻"两字的，所以这种说法与原书的名称并不符合。

《拍案惊奇》在天启七年（1627 年），第二年即由尚友堂书坊刊行问世。可惜它的原刊本在国内早已亡佚，仅日本的日光山轮王寺慈眼堂法库藏有一部，现为天下孤本。此书有署名"金阊安少云"的出版说明：

"即空观主人胸中磊块，故须斗酒之浇，腹底芳腴，时露一脔之味，见举世盛行小说，遂寸管独发新裁，摭拾奇亥，演敷快畅，原欲作规箴之善物，矢不为风雅之罪人。本坊购求，不啻拱璧，览者赏鉴，何异戴珠。"

崇祯五年（1632 年），尚友堂书坊又刊行了凌濛初创作的《二刻拍案惊奇》一书，它被人简称为《二刻》，但这部书的原刊本今世已无存了。据作者说：它当为"四十则"。但目前能见到的最为完整的尚友堂刻本藏于日本内阁文库，全书只有三十九卷。而此本的第二十三卷与《拍案惊奇》的第二十三卷完全相同。可见此篇本自《拍案惊奇》。它的第四十卷已经亡佚，而补杂剧《宋公明闹元宵》权以充数。另外，在它的第五卷和第九卷的第一行及版心有分别题作"二续拍案惊奇"和"二续惊奇"的字样。这些都可说明：这部尚友堂刻本，已非《二刻拍案惊奇》的原刊本了。尽管如此，它却是《二刻拍案惊奇》的最早刻本，这一点无可非议。北京图书馆也藏声一部尚友堂刊刻的《二刻拍案惊奇》的残本，与内阁文库本相比，除第四十卷同样佚失外，它还多佚失了十八卷，即全书的第十三卷至第三十卷。

《二刻拍案惊奇》写成后，凌濛初出游。而这时尚友堂书坊主人急欲行世，等不得他返回南京寓所，只征得其友人"睡乡居士"的同意，就匆匆面世了。为说明这一刊行经过，"睡乡居士"在书前写了一篇《二刻拍案惊奇·序》，高度评价了凌濛初和《两拍》的成就。他说：

"即空观主人者，其人奇，其文奇，其遇亦奇。因取其抑塞磊落之才，出绪余以为传奇，又降而为演义，此《拍案惊奇》之所以二刻也。其所据摭，大都真切可据。即问及神天鬼怪，故如史迁纪事，摹写逼真，而龙之踞腹，蛇之当道，鬼神之理，远而非无，不妨点缀域外之观，以破俗儒之隅见耳。若夫妖艳风流一种，集中亦所必存。唯污蔑世界之谈，则戛戛乎其务去……此则作者之苦心，又出于平平奇奇之外者也。"

这些话深得凌濛初和《两拍》的真谛,完全符合实际。

《两拍》的题材广泛,人物众多,上自帝王将相,下迄市井细民,举凡三教九流,各种场景,都有细致生动的描绘,有着丰富的思想意蕴和美学情韵。我们如何来解开《两拍》的艺术奥妙呢?凌濛初的《拍案惊奇·序》《凡例》《二刻拍案惊奇·小引》等为我们提供了一把"钥匙"。

他在《序》中叙述了创作《两拍》的缘由是出于书坊主人的请求。这固然有着自谦的成分,但恐怕也是实情。他说:"宋元时,有小说家一种,多采闾巷新事,为宫闱应承谈资,语多俚近,意存劝讽。虽非博雅之派,要以小道可观。"而"近世日平,民佚志淫",话本小说的创作在社会上尤为盛行,乃至"纸为之贵,无翼飞,不胫走",所以蒙尚友堂主人的邀请执笔成书。然而,冯梦龙在编纂《三言》时,已把"宋元旧种,搜括殆尽",只得"取古今来杂碎事"演而畅之,得四十卷,以满足市民对话本小说的需求。

凌濛初还说,他创作《两拍》的艺术追求是"新听睹"和"佐诙谐",让读者在愉悦的审美中获得精神的享受。而要达到这两点,唯有追求小说故事情节的"奇"。这也就是他取书名为《拍案惊奇》的本意所在。

当时文坛上已兴起一股"寄意于时俗"的创作潮流,如《金瓶梅词话》就是这样的一部艺术杰作。所以,他要沿着这条创作道路前进,通过描写"耳目之内,日用起居"的平凡生活来表现社会的现实。小说中描写的虽然是市井间里间人们常常耳闻目睹的人物和事件,但却能从中窥见社会的真实面貌。这类寻常小事和普通人物,在艺术表现时很容易滑入枯燥和刻板的泥谷。为了避免这一点,凌濛初竭力主张创作手法的"谲诡幻怪",力求尽可能的生动和活泼,增强艺术的感染力。所以,他又提出了叙写"耳目前之怪怪奇奇"的命题。他告诉人们,《两拍》中"其事之真与饰,名之实与赝,各参半。文不足征,意有殊属",用艺术的笔法,浪漫的情调,寄托着胸中之"意"。所以《两拍》中的小说,绝不是无病呻吟之作,而是发舒"块垒"的愤世妙文。

凌濛初在《二刻拍案惊奇》的"小引"中再次强调了他创作《两拍》的目的是"聊舒胸中磊块",因而选择"古今所闻一二奇局可纪者,演而成说"。同时,他又说明《二刻拍案惊奇》的创作由来,是因为《拍案惊奇》一书的刊行在社会上大受欢迎:"同侪过从者索阅一篇竟,必拍案曰:'奇哉所闻乎!'"在这样的情形下,书坊商人"一试之而效,谋再试之"。而他原先搜罗的"逸事新语"中尚有不少仍未创作成篇,"竟不能契",因此答应了书坊商人的要求,"复缀为四十则"小说。它在艺术上的一个特点是"说鬼说梦,亦真亦诞"，真幻结合，较为引人入胜。

《拍案惊奇》的原刊本和《二刻拍案惊奇》的初刻本上，均有眉批和行间批，但评者未署名。章培恒说，《二刻拍案惊奇》卷六小说《李将军错认舅，刘氏女跪从夫》，叙写刘翠翠的鬼魂用四、六体写了一封家书给她尚健在的父母，作品中并载有这封家书的全文。这一故事本出于明初人瞿佑的《剪灯新话》一书，家书也是《剪灯新话》中所原有。但《二刻拍案惊奇》的此卷中，在所载的家书上有一眉批说："此原传（指《剪灯新话》）笔也。幽明相通，一诉情事，何至虚文可厌乃尔。老学究伎俩，然改之无端，姑仍其旧。"这显然是凌濛初在说明此卷的收载这一封家书实际上是不得已的，因为对于《剪灯新话》的原文"改之无端"才不得不"姑仍其旧"。从中可见《两拍》中的这些评语，都出自于凌濛初之手。这些评语和作品一起，是凌濛初留给后人的一份珍贵遗产，为我们打开《两拍》的艺术宝库提供了可靠的资料。

二 历史变动时期的一面镜子

"文章与政通"。《两拍》犹如一面透亮的镜子，映照出晚明社会的时代风貌。凌濛初高扬市民思想的旗帜，撕开了腐朽的封建社会的黑幕，在肯定"人欲"的合理与必然的同时，反对道学的虚伪，真实地表现了市民们追求幸福生活的理想，歌颂青年男女间的自主和真诚的爱情以及他们反抗封建礼教的斗争，并且甘为"市井细民写心"，创造了一系列具有新思想的艺术群像。这里有"以商贾为第一等生业，而科举反在次第"的大声呐喊和"要知只是一个'情'字为重"的热情呼唤；也有着"而今的世界，有什么正经？"的沉痛控诉和"虽是晦庵大贤，不能无误"的对程、朱理学的无情鞭挞；而"盗亦有道真堪述"和"剧贼从来有贼智"的勇敢抗争，则充溢着叛逆传统观念的异端思想。这一切，都让人在五彩缤纷的《两拍》世界中吮吸到清醇的琼浆。历史变动时期的一幅画卷生动地展现在面前。

（一）为市民立言

凌濛初生活的年代，随着封建社会机体的逐渐裂变，古老的中国大地上，资本主义萌芽在悄然滋长。尤其是东南沿海地区，"晓星茫茫，夜灯煌煌，人在喹弓，万机齐张"（《松江府志》），呈现一派壮观的生产景象。在这样的社会氛围中，市民阶层空前的活跃，犹如封建社会的漫漫长夜中透出的一束灯光，给人们带来了新的希望。

宋元以来，随着工商业经济的日趋活跃，市民及其经商活动在落拓的文人笔下得到更多的理解。元杂剧《东堂老》就是一个例证。但是，这种呼唤声在晚明以前的中国社会中还是十分微弱的。待李贽的出现，才勇敢地为市民们伸张了正义。他说："且商贾何可鄙之有？挟数万之资，经风涛之险，受辱于关吏，忍诟于市易，辛勤万状，所挟者重，所得者末。然必结交于卿大夫之门，然后可以收其利而远其害。"（《焚书》卷二《与焦弱侯》）在李贽的影响下，《三言》等文学作品开始为市民唱赞歌。

凌濛初的《两拍》是为市民立言的艺术佳作。在全书众多的人物形象中，市民占了相当的比重，如文若虚、张大、周少溪、程元玉、杨氏、陈大郎、金朝奉、程朝奉、卫朝奉、莫大郎、焦大郎、蒋生、程宰等。它们多数得到作者的赞扬或同情，说明凌濛初在时代的感召下已逐步叛离传统思想。《二刻拍案惊奇》卷一中有一段议论，叙述了商贾的作用，可视为他的"市民观"。他说：

"大凡年荒米贵，官府只合静听民情，不去生事。少不得有一伙有本钱趋利的商人，贪那贵价，从外方贱处贩将米来；有一伙有家当囤米的财主，贪那贵价，从家里廒中发出米去。米既渐渐辐辏，价自渐渐平减。"

在这段话中，凌濛初并不否认商人有"趋利"的思想，但是，他们通过自己的劳动，能使物价平减，粮荒缓和，有利于社会的稳定。官府不能采取"禁商"的政策，因为那样一来，商人们既"无大利息"，又"惧怕败露而受责罚"，谁都不愿做买卖，"弄得市上无米，米价转高"，人心惶惶。这种看法比起历代统治者来，显然要公正得多。

《两拍》之首就是一篇直接描写市民经商的小说——《转运汉巧遇洞庭红，波斯胡指破鼍龙壳》：苏州府长州县人文若虚，"自恃才能，不十分去营求生产"，很快消耗了家私，生活拮据，"看见别人经商图利的，时常获利几倍，便也思量做些生意"，却又不善经营，本钱亏空，成为一个惹人耻笑的"倒运汉"。一日，张大等几个泛海商人又要出海，文若虚突发奇想："一生落魄，生计全无，看看海外风光，也不枉人生一世。"此事获得张大等人同意，并借给他一两银子。文若虚买了一篓名叫"洞庭红"的橘子，搭船前往海外。几天后，船泊吉零国，张大等上岸经商去了，留下他在船上"闷坐"。文若虚打开竹篓，那"洞庭红"使"满船红艳艳的，远远望来，就是万点火光，一天星斗"。这种在中国不值钱的橘子，却赢得异国人的青睐，须臾间赚到近千两银子。回国途中，海船遇上风浪，被迫停靠一个荒岛。他上岸闲逛，忽见草丛中有"床大一个败龟壳"，把它拖回船上做纪念品。几日后，他们离开荒岛回国。福建酒店主人玛宝哈是一个专和贩海商人做生意的波斯人，在送张大等上船时，发现了龟壳，"吃了一惊"。他识得这是鼍龙之壳，可以幔鼓，声闻百里，又有二十四颗夜明珠，是无价之宝，所以用五万两银子买下鼍龙壳。文若虚喜出望外，决定在福建安家定居，"做了闽中一个富商"。

小说叙写文若虚从一个穷困潦倒的"倒运汉"到"家道殷富不绝"的"大富商"，看似意外、奇特，带有一定的偶然性。其实，在这种偶然性中，又体现着它的必然性。正如作者所言，当时的贩海经商，是一条致富之路。"这边中国货物，拿到那边，一倍就有三倍价。换了那边货物，带回中国，也是如此，一来一往却不便有八九倍利息。所以人都拼死走这条路。"不仅仅是文若虚，张大等人也都是这种经商致富的代表。凌濛初肯定的这条人生道路，在明代是有相当普遍性的。

《苏州府志》说：当时的苏州，"人生十七八即挟资出商，齐楚鲁卫，无远不届，有数年不归者。"《海阳县志》上说："海阳居民，市者多工贾，工多奇技，逐末者多挟资以航海，而视家为寄。"这表明：文若虚的故事，在晚明社会现实的土壤中有着深厚的根基。

在《泾林续记》中，周玄晖把闽广的一些贩海商人视为"奸商"而予以否定，但凌濛初笔下的张大等人却被描写成是"专一做海外生意，眼里认得奇珍异宝，又且秉性爽慨，肯扶持好人"的正面艺术形象。在这段话处有一眉批说："难得此人"，对他们采取完全肯定和赞扬的态度。凌濛初在蓬勃发展的商品经济浪潮冲击下，突破了我国传统文学的艺术模式，还其以士、农、工、商"四民业异而同道"（《阳明全书》卷二十五）的本来面目。值得注意的是小说中"波斯胡"宴请众海商排座次时的情景：他"只看货单上有奇珍异宝值得上万者，就送在先席，余者看货轻重，挨次坐去，不论年纪，不论尊卑"。文若虚因为没有置办货物，只得坐了"末位"。后来，"波斯胡"发现了价值连城的鼍龙壳，又把文若虚尊为"头一席"。这些形象化的艺术描写，生动地展现了晚明时代人们的社会价值观。

在我国封建社会中，统治阶级一向视功名仕途为人生的乐事。不少人皓首穷经，为的是捞取一官半职，以求跻身于上流社会。然而，这是一条狭窄的羊肠小道。它带给凌濛初的并非是温馨的美梦，在多次受挫后，他认识到："商贾为第一等生业，而科举反在次第。"（《二刻拍案惊奇》卷三十七）这种

133

思想上的飞跃,是凌濛初创作《两拍》的基础。《拍案惊奇》卷八《乌将军一饭必酬,陈大郎三人重会》的"入话",是又一曲市民新歌。

苏州市民世家之子王生,在父母去世后,由婶母杨氏抚养成人。一日,杨氏鼓励侄儿"到江湖上去做些买卖"。但王生出门经商遇到强盗抢劫,千金资财化为乌有,丧失了继续从商的信心。杨氏说:"男子汉千里经商,怎说这话?"并鼓励他:"且安心在家两日,再凑些本钱出去,务要趁出前番的来便是。"谁知又遭挫折,杨氏仍"无半点埋怨",拿出囊中积蓄,让王生沿着父亲和叔叔"走过的路"去做生意。从杨氏身上,我们可看到市民的思想价值观。一个妇道人家,把经商作为"正经"的事业,不畏风险,也不怕失败,一再鼓励侄儿出门经商。难怪凌濛初要赞扬她"是个大贤之人,又眼里认人",并且在批语中褒扬这个"达识之妇"的远见卓识。这说明:凌濛初在杨氏身上寄托着自己的审美理想。他把"经商也是善业","工商勤苦挣家园"等新的价值取向,看作天经地义的事。

《叠居奇程客得助,三救厄海神显灵》(《二刻拍案惊奇》卷三十七)是又一篇直接描写市民经商生涯的小说。"正话"一开始,凌濛初就把人们带进一个商业的王国。明代的徽州,是商业繁华之地,那里充满着近代资本主义的气息。"书中自有黄金屋,书中自有千钟粟,书中自有颜如玉"等陈腐的旧观念已让位于以利为重、经商光荣的新思想。"万般皆下品,唯有读书高"之类,在此丝毫得不到"共鸣",代之而起的是"专重那做商的"。所以,"凡是商人归家,外而宗族朋友,内而妻妾家族,只看你所得归来的利息多少为重轻。得利多的,尽皆爱敬趋奉;得利少的,尽皆轻薄鄙笑。犹如读书求名的中与不中归来的光景一般。"这和文若虚得到的待遇真是如出一辙。

正是这样的社会氛围,促使着"少时多曾习读诗书"的旧家公子程宰也弃儒经商了。但他毕竟疏于此道,不善经营,很快"耗折了资本",以致无颜回家,只得栖身在辽阳的一家大商人店铺中,为主人管理账目以谋生。一日,风雨大作,程宰无法入睡,冥冥之中和辽阳海神欢会。他把经商失败的处境和盘托出。辽阳海神说:"这是郎的本业……我当指点路径,暗暗助你。"自此,程宰贩卖药材、彩缎、布匹等诸事顺当,发了三次大财。但好景不长,程宰思亲归家,路途有三难。在辽阳海神的救助下,他逢凶化吉,转危为安,在以后的经商活动中一帆风顺。在程宰身上,典型地反映了明代中、后期市民的审美理想。小说描写程宰"发迹"的关键,是辽阳海神的指点和帮助。她提供给程宰的是踏实的经商思想说,金银"亦是他物,岂可取为己有"?世人唯有"自去经营",才能获得永久的幸福;她教给程宰"人弃我堪取,奇赢自可居"的经商原则以及极可宝贵的经商信息。这些都是程宰所缺少的。在这里,凌濛初为市民们具体指导了一条经商致富之路。在这条充满阳光的道路上,也会有某种风险,有时甚至会招致意外的挫折和失败。所以,市民们既希冀从事经商活动获得发家,又为它的艰难而感到恐惧,企求如辽阳海神之类的神灵暗中保佑。这种真实的心态,在小说中历历如现。这篇小说的素材,源自蔡羽的《辽阳海神传》,但凌濛初把它再创造成一个充满市民理想色彩的神话故事,渗透着晚明社会的时代意识。

凌濛初在《拍案惊奇·序》中推崇《三言》"颇存雅道,时著良规"。这里所说的"雅道"和"良规",显然是指市民理想中的伦理标准和道德观念。在利欲横流的晚明社会,不少人在聚敛财富时往往巧取豪夺,甚至不惜杀妻弑父,采用各种残忍的手段,造成了社会的动荡不安。大家熟知的《金瓶梅词话》中的西门庆,就是这样的一个艺术典型。凌濛初对此十分不满,所以在为市民立言时,还不忘用伦理道德的标准来规范之,期望社会世风的日趋醇正。这在《两拍》中也有着鲜明的反映。

凌濛初多次赞扬文若虚对财物的"知足",在小说的结尾,让这位已获得意外富贵的商人现身说教:"不要不知足,看我一个倒运汉,做着便拆本的,造化到来,平白有此一主财交,可见人生分定,不必强求。"而张大等人都说:"文若虚说得是,存心忠厚,所以该有此富贵。"为了表现文若虚的"忠厚"品格,他多次作了渲染。如海船回国时,商人们劝文若虚买一点货物回去"换大利钱",文若虚不为心动,说:"我是倒运的,将本求财,从无一遭不连本送的。今承诸公契带,能做无本钱生意,偶然侥幸一番,真是天大造化了,为何还要生利钱,妄想什么?"凌濛初在此处特意评批:"知足之人,宜有后福。"

综观《两拍》,凌濛初多次描写贪利者的丧身辱家,意在劝谕人们:在这个道德沦丧的社会中,要保持理智和清醒,否则很容易滑入罪恶的深谷。这无疑有着警醒世人的作用。

"为市井细民写心",是我国通俗文学的一个基本特征。《两拍》为市民立言,成为中国文学园苑中的一朵奇葩。除了《三言》以外,还没有一部文学作品能像《两拍》那样,把市民置于文学殿堂的中心。仅此一点也可表明:它在话本小说史上应有的历史地位。

(二) 个性高扬的爱情世界 (上)

"青春男子哪个不善钟情,妙龄少女哪个不善怀春?"歌德的这句名言表明了这样一个基本事实:青年男女的爱情生活是人类无法回避的问题。它作为一个"永恒的主题",受到历代文人骚客的"宠爱"。

凌濛初生活的时代,我国封建社会即将崩溃,黑暗笼罩着祖国大地。尤其是宋代的理学家们提出"存天理,灭人欲"等一系列维护封建统治秩序的信条以后,世界又回复到愚昧无知和野蛮专制之中,刚开始复苏的人性再次遭到摧残,演出了一幕又一幕的爱情悲剧。

在《两拍》中,爱情小说有二十余篇,约占全书的三分之一。凌濛初在这些小说中,尊情重欲,高扬人的个性,背离传统的封建婚恋观,为晚明文学增添了新的光彩。

"要知只是一个'情'字为重",是凌濛初婚恋观的核心,也是《两拍》爱情小说的一个显著特点。

《拍案惊奇》卷二十三《大姊魂游完宿愿,小姨病起续前缘》的故事叙:吴兴娘从小和邻居崔兴哥定盟为妻。后来崔家到远方做官,十五年不通音讯。吴家想悔约,遭到兴娘反对,不久忧郁成病而亡。两月后,崔兴哥回家,见兴娘已死,失声恸哭。一天深夜,暂栖吴家的他突然见到一位美貌女郎,自称是兴娘的妹妹庆娘,与之欢会。后两人私奔他乡匿居。过了一年,双双回家拜见庆娘父母,才知庆娘原是兴娘的幽魂。他假托庆娘之身,前来实践婚约,但是人死不能复生,所以求父母把妹妹嫁给崔兴哥,以续前缘。崔兴哥和吴庆娘结为伉俪,终生幸福。

这则小说看似荒诞,其实富于市民理想。凌濛初反复强调,"人生只有这个'情'字至死不泯的",并在批语中赞扬吴兴娘是"有情人",说明他的创作主旨是弘扬青年男子应忠于爱情的思想。

在封建社会中,婚姻原是以"父母之命,媒妁之言"来缔结的,它关注的是双方的门第和金钱等,而当事者的感情则作为牺牲品受到漠视。在这种情况下,男女双方的相爱,并非主观的意愿,而是客观的义务。所以,强调"情"是爱情的基础,追求婚姻的自主权,成为人们反对封建思想的有力武器。略早于凌濛初的一位著名文学家汤显祖说过:

"天下女子有情宁如杜丽娘者乎?……情不知所起,一往而深,生者可以死,死可以生。生而不可与死,死而不可复生者,皆非情之至也。……嗟乎!

人世之事，非人世所可尽。自非通人，恒以理相格耳。第云理之所必无，安知情之所必有耶?"（《牡丹亭题记》）

可见，他是把青年男女的相爱之"情"和封建统治阶级倡导的"理"视作对立物，而"情"始终占据着主导地位，它能战胜"理"，克服"理"。人们在缔结婚姻时，无疑要以双方的感情和纯真的挚爱为首要因素，要不得家长的包办和外来的干涉，把追求幸福生活的"钥匙"牢牢地掌握在自己手中。这是一种高扬个性的文学思想，汤显祖用传世名作《牡丹亭》对它作了艺术的示范，成为晚明文学运动的一员主将。

而凌濛初的这篇小说，则借吴兴娘的故事，融会在当时尊情、主情、言情的思想潮流中，它和《牡丹亭》有着异曲同工之妙。

常为人称道的小说《通闺达坚心灯火，闹图圈捷报旗铃》（《拍案惊奇》卷二十九），它描写罗惜惜与张幼谦的爱情故事。这对青梅竹马的青年，由于惜惜父母的贪财爱势，在爱情上遭到挫折。但是，罗惜惜始终不忘旧情，在父母把她许配给一位巨富公子以后，仍和张幼谦暗中往来。后来事发，张幼谦被投入大牢。这时忽有帅府前来报捷，说他已中状元，遂免罪释放。在知县的撮合下，和罗惜惜终成眷属。

综观全篇，妨碍罗惜惜与张幼谦结合的主要阻力来自于封建家长头脑中的"科名"思想。他们借口待幼谦"及第做官"后再结良缘，活活地拆散这一对"鸾凤"和"鸳鸯"的婚姻。凌濛初对此作了批语说："俗见实是如此。"表明了他否定这种封建的婚姻观。

张幼谦的供状说："情之所钟，正在吾辈。"这点明了他和罗惜惜的爱情基础，同样是尊重感情，张扬个性。他们在封建势力的阻拦下从没有退缩一步，根本原因就是两人互敬互爱，自始至终，专情如一。他们的步入爱情之河，并非像通常的小说、戏曲作品中所描写的那样，是邂逅相遇，一见钟情式的感情冲动，而是镂骨铭心般的倾心相爱。对幸福和理想的共同追求，使他们的结合有着深厚的思想基础。在人生之路上遇到波折时，仍然坚贞不渝的相爱。

小说正确地揭示了他们相爱的历程：两人年貌相当，自幼同馆求学，"罚誓必同心到老"。长大后，张幼谦曾作两词一诗寄赠罗惜惜，表示朝朝暮暮"怎不思量"，"愿早成双"的热烈情感。罗惜惜回赠一粒相思子，取其团圆之象，思恋之意。张幼谦把它系在贴身的汗衫带子上不时抚摩，真是情真意切。罗惜惜在父母回绝张幼谦的提亲后，托杨老妈带信给他说："我自一心一意守他这日罢了。"而对知己者蜚英表明心迹说："我与张官人同日同窗，谁不说是天生一对！我两个自小情如姊妹，谊等夫妻。今日却叫我嫁着别人，这怎使得？"并相约张幼谦于夜间登梯而入相会。应该说，罗惜惜的行为是够大胆的了。这在封建卫道者眼中，自然是个"大逆不道"的"淫邪"女子。但是，凌濛初却一再肯定他们爱情的"欢娱"，并制造了"大团圆"的结局以示祝福。

在我国古代文学中，描写男女幽会私通的作品不在少数，如元杂剧《西厢记》就是一个显例。张君瑞为获得和崔莺莺的幸福，"逾墙而入"在后花园。罗惜惜为争取爱情的自主权，采用和崔莺莺类似的斗争方式，但她的思想更为坚决，甚至不惜以生命抗争封建礼教的迫害。她对张幼谦说："奴自受聘之后，常拼一死。""我此身早晚是死的，且尽着快活，就败露了，也只是一死，怕他什么？"张幼谦也表示："死则俱死。"他们都表现了反封建思想的勇敢精神。

尊情、主情、言情的思想必然导致对负情的批判。《二刻拍案惊奇》卷十一的《满少卿饥附饱飏，焦文姬生仇死报》就是一篇抨击爱情的"负情者"的小说。主人公满少卿是个忘恩负义之徒。他在雪天中身无分文，困在饭店，承焦大郎看顾，才拾得一命，并与焦文姬成婚。焦家于他恩重如山，倾尽资财供他读书。两年后，满少卿应试中举，授为临海县尉，经不住叔父的说合，回家又和朱姑娘结亲，而焦文姬全家弃之不顾。十年中，焦家屡遭变故，文姬也含冤死去。但是，她的幽魂不死，前来向满少卿索命。很明显，小说的思想主旨是鞭挞爱情生活中的朝三暮四和杯水主义。

这一思想主题并不新鲜。从《诗经》一直到《三言》，都有类似的文学作品。如《古今小说》卷二十七《金玉奴棒打薄情郎》也是一篇优秀的表现"负心汉"艺术典型的小说。它和本篇构成了晚明文学中的"双璧"。

然而，凌濛初的可贵之处是在鞭挞"负心汉"的同时，也提出了男女平等的命题，认为"男子也是负不得女人的"。他在小说的"入话"中有一段精彩的议论说：

"天下最不平的，是那负心的事……天下事有好些不平的所在。假如男人死了，女人再嫁，便道是失了节，玷了名，污了身子，是个行不得的事，万口訾议。及至男人家丧了妻子，却又凭他续弦再娶，置妾买婢，做出若干的勾当，把死的丢在脑后，不提起了，并没人道他薄幸负心，做一场说话。就是生前房室之中，女人少有外情，便是老大的丑事，人世羞言，乃至男人家撇了妻子，贪淫好色，宿娼养妓，无所不为，总有议论不是的，不为十分大害。所以女子愈加可怜，男人愈加放肆。这些也是伏不得女娘们心里的所在。"

凌濛初的这种思想，是和封建社会中男尊女卑的旧传统和封建道德观念背道而驰的。值得注意的是凌濛初在《两拍》中对女子的描写，有不少是胆识兼具的巾帼英雄。如身怀绝技、除暴安良的韦十一娘（《拍案惊奇》卷四），忠于友情、宁死不屈的严蕊（《二刻拍案惊奇》卷十二），忠于爱情、才智过人的王氏（《拍案惊奇》卷二十七），心地纯洁、爱情专一的苏盼奴、苏小娟（《拍案惊奇》卷二十五）等，在她们的身上，集中体现着凌濛初进步的妇女观。

诚然，市民婚恋观的发展也不是一帆风顺的。它是在和各种封建思想的斗争中逐步巩固起来的。《拍案惊奇》卷十《宣徽院仕女秋千会，清安寺夫妇笑啼缘》较好地体现了这一点。在这篇小说中，凌濛初以宣徽女的抗婚为契机，展现了婚恋观上的"大道理"和"世态炎凉"的对立和斗争。作品在描写宣徽有意悔亲时说："只晓得炎凉世态，哪里曾得什么大道理？"这里说的"炎凉世态"，显然是指传统的爱情观，而"大道理"则喻新兴市民的进步爱情观。小说描写宣徽女别嫁他人时，哭谏母亲说：

"结亲结义，一与订盟，终不可改。儿见诸姊妹家荣盛，心里岂不羡慕？但寸丝为定，鬼神难欺。岂可因他贫贱，便思悔懒前言？非人所为，儿誓死不敢从命。"

从表面上看，这似乎是从伦理和道德的角度出发来看问题的，但实际上并非如此。小说结尾宣徽说出了实情："难得小姐一念不移，所以有此异事。"凌濛初强调的是自主地掌握爱情的命运。而宣徽女的抗婚，就是她为追求幸福的生活和封建婚恋观斗争的正义行为。她最终获得了胜利。这种弘扬自我，尊重个性价值的思想，正是《两拍》爱情世界的迷人之处。

（三）个性高扬的爱情世界（下）

李贽在《焚书》卷三《论政篇》中，曾告诫封建统治阶级的"君子"们，不要用"条教之繁"和"刑法之施"来限制人的个性，束缚人的自由，否则会使"民日以多事"，产生各种社会问题。只有"顺其性，不拂其能"，也就是充分发展人的个性，才是正确的治国之策。凌濛初的《两拍》为这种尊重个性自由，主张个性解放的反封建、反传统、反理学的思想作了形象化的描述。

《同窗友认假作真，女秀才移花接木》叙述了杜子中和闻蜚娥、魏撰之和景芳莲两对青年的爱情故事。小说一开始，出现在我们面前的闻蜚娥就不同凡响：她年方十七，风姿绝世，又兼武艺精熟，才学过人。凌濛初在结尾诗说："世人夸称女丈夫，不闻巾帼竟为儒。朝廷若也开科取，未必无人待价沽。"对她作了热情的赞扬。但是，更引起我们注意的是她的婚恋观，呈现着晚明时代弘扬个性的市民思想特征。这一点尤其在她的"择偶"方式中表现得十分鲜明。

"父母之命，媒妁之言"，门第观念，金钱至上……这是中国封建社会中的传统婚姻模式。它的实质是扼杀青年男女的婚姻自主权，把个人的幸福听凭于命运的摆布。这导致了一幕幕爱情悲剧的上演。然而，闻蜚娥的"择偶"，不依"父母之命"，也非"媒妁之言"，更不讲门第、金钱，而是凭借自己的意志。

小说描写她在同学辈中有杜子中和魏撰之这两个异性朋友，皆英俊多才，志同道合。她有意"要在两个里头拣一个嫁他"，而一时又拿不定主意，就用"射箭"的办法来自择良缘。于是在"心里暗下一卦，看他两人哪个先拾得者，即为夫妻"。这种"择偶"方式，在今天看来，并非完美无缺，但在封建专制主义统治的时代，却是难能可贵的。它毕竟是独立自主地把婚姻的决定权掌握于自己手中，能较好地表达内心的真实意愿。

小说中另一女子景芳莲的择偶也有着这样的特点。这位绝色佳人在饭店中见到女扮男装的闻蜚娥后，十分钟情，"对着俊卿（即蜚娥）不转眼地看……只不走开。"她几次三番向闻蜚娥传情，又托人带来黄柑、紫梨等下酒菜，并主动写信，往来唱和，打得火热。后来，景芳莲托富员外向闻蜚娥求亲。富员外说："舍甥之意不肯轻配凡流，老汉不敢擅自主张，任她意中自择。"这说明，在当时不仅男女青年本人，而且一般人也都肯定了这种"凭她意中自择"的爱情模式。小说"正话"前有一首诗说："从来女子守闺房，几见裙钗入学堂？文武习成男子业，婚姻也只自商量。"

作者赞扬闻、景两人在爱情上的"自商量"——自主地掌握命运的独立意志——这在一定程度上体现了个性解放的思想，和近代资产阶级的思想有着某种相通之处。

在这篇小说中，凌濛初还称颂了女子有充分社交的自由，这也是他高扬个性的婚恋观的表现。请看：闻蜚娥在学堂中可以随心所欲地同男子们交往。尤其是她和杜子中、魏撰之"三人就像一家兄弟一般，极是过得好，相约了在学中一个斋舍里读书"。闻蜚娥开始认为和魏撰之是天缘一对，想嫁给他，但"心里却为杜子中十分相爱，好些撇打不下"。后来和杜子中结婚，又和魏撰之保持着亲密无间的友谊。两人不仅来往密切，而且还撮合景芳莲与魏撰之成婚。对此，杜子中一点也不介意，赞扬妻子说："这个最妙。足见小姐为朋友的美情。"这说明，在闻蜚娥看来，魏撰之始终是同窗共读的"朋友"，不管是婚前还是婚后，她都无拘无束地同他来往，相交很深。一个女子，在做了"夫人"之后，仍和男子保持着"朋友"的关系，凌濛初的这种艺术描写，意在告诉人们：已婚的妇女有男性的朋友，这并不是一件羞耻的事。这在一贯倡导"男女授受不亲"的封建卫道者眼里，却又是悖于传统道德的"越轨"之举。

凌濛初的弘扬个性，已走到叛离封建思想的道路。《姚滴珠避羞惹羞，郑月娥将错就错》中姚滴珠嫁到潘家后，狠戾的公婆动辄詈骂打闹，对媳妇的家庭生活横加干涉。姚滴珠为了维护自身的不受拘束，用"跑回娘家"的手段进行反抗。小说这样描写：滴珠听了，便道：'我是好人家儿女，便做道有些不是，直得如此作践说我！'大哭一场，没分诉处。到得夜里睡不着，越思量越恼，道："老无知这样说话，统是公道上去不得。我忍耐不过，且跑回家去告诉爷娘，明明与他执论，看这话是该说不该说的！亦且借此为名在家都住几时，也省了好些气恼。"显然，小说中的潘公和婆婆是作为反面人物出现的。姚滴珠的反抗，从下辈反对长辈干涉的角度来看，又可表现她不愿屈服于命运的安排，受人管束，而要在思想上真正求得作为一个人的人格尊严和个性自由的愿望。

《两错认莫大姐私奔，再成交杨二郎正本》是一则更为大胆的张扬个性的作品。小说中的莫大姐是个有夫之妇，又与邻居杨二郎"终日调情，你贪我爱"，"竟像夫妻一般过日"。这种"婚外恋"无疑是爱情生活中的一股浊流。但是，在凌濛初看来，不幸福的家庭与其勉强维持，还不如自主地去追求幸福的生活。所以，当莫大姐的私情为丈夫察觉后"拘系得紧"时，她毅然决定和杨二郎"私奔"他乡。只是由于落入郁盛的圈套，这一行动才未能实现。她被拐卖至妓院，但心中仍眷恋着杨二郎。后来回到家乡，由官府审结此案，经过邻居们的撮合，官府同意她嫁与杨二郎。这一对有情人终成了眷属。小说结尾有诗说："而今方得保婵娟。"说明凌濛初对莫大姐在爱情生活中的自主行动持同情和赞扬的态度。

莫大姐是一个有思想弱点的女子，但绝不是一个水性杨花的"淫妇"或"荡妇"。她爱上杨二郎，是始终如一的，表现了诚挚和专注的真情。杨二郎

话本与文言小说(上)

对莫大姐也是一往而情深，就是在为她吃了几年冤枉官司后，此心也始终不变。这一对情人的心心相印，从世俗的眼光来看，当然是一种不道德的行为。但是，莫大姐准备"私奔"的思想动机，却是要摆脱丈夫和家庭的羁绊，和杨二郎去过"自由自在的生活"。她丝毫也不想伤害丈夫，而只是不愿过那种没有个人生活的生活。这种独立、自主、勇敢地去追求个人幸福的精神，表明了市民审美意识上的新变化。当然我们今天不应该提倡莫大姐的婚恋观。但是，若视她为"大逆不道"、十恶不赦的罪孽之人，也是不公正的。在以反封建、反传统、反理学为主要历史任务的时代，莫大姐的出现，应该说是有进步意义的。

高扬个性的婚恋观，给人们带来了爱情生活中的新观念。《李将军错认舅，刘氏女跪从夫》是又一篇缠绵悱恻的爱情小说。故事略谓：刘翠翠和金定青梅竹马，亲密无间。因金家贫寒，刘家父母要女儿另嫁他人。刘翠翠坚决反对说："西家金定，与我同年，前日同学堂读书时，心里已许下了他。今若不依我，我只是死了，决不去嫁别人的。"在女儿的抗争下，刘家父母被迫同意了这门亲事。不料，张士诚事起，刘翠翠为李将军掳去占为己妻。金定思念战乱中失散的翠翠，不顾千里路途上的艰难险阻，终于在湖北打听到她的下落，遂冒翠翠的哥哥之名，拜见李将军，被留在军中掌管文书。两人近在咫尺，难通夫妇之情，双双忧郁成病而死，合葬一处。"生前不得同衾枕，死后图他共穴藏""肠虽已断情难断，生不相从。死亦从"，小说反复渲染的是这种忠贞不渝的婚恋观。这和上面提及的几篇小说没有多大区别。然而，凌濛初在表现刘、金的爱情时，却赋予它新的意义，这一点值得我们注意。金定明知刘翠翠在战乱中失身于李将军多年，但并不因此而将她抛弃，仍然真诚地爱着她，始终如一的视其为爱妻。这种同情和谅解"失身"女子的不幸的思想，是晚明时代潮流的一种投影。在凌濛初的心目中，"此情到底不泯"。他和汤显祖一样，视"情"为至高无上，能主宰人生幸福。他理解和同情刘翠翠的不幸，写批语说："以身全家，未为不是，每见有对贼失节而一家珍灭无遗者。一个忠成（诚），九族殃伤哉？"充分表明他的反封建思想比起《韩凭夫妇》和《长恨歌》的作者，要彻底得多。

在凌濛初看来，封建礼教是一钱不值的，人们不应将它奉为金科玉律。《两拍》中的爱情小说，大多叛离封建的贞节观。《权学士权认远乡姑，白孺人白嫁亲生女》中，翰林编修权次卿娶"望门寡妇"徐丹桂为正妻，这在凌濛初的时代，实在有点"离经叛道"。《姚滴珠避羞惹羞，郑月娥将错就错》

中，新媳妇姚滴珠被骗失"节"，沦为私娼，但丈夫潘甲没有嫌弃她。《徐茶酒乘乱劫新人，郑蕊珠鸣冤完旧案》中，郑蕊珠于新婚之夜被人拐骗失身，丈夫谢三郎仍然同她和好如初。《顾阿秀喜舍檀那物，崔俊臣巧会芙蓉屏》中的汪从事妻被拐卖为人妾，五年后相遇，王将她赎回，幸福偕老。封建礼教要求妇女"从一而终"，凡"失节"者皆为不耻于人。但《两拍》却对此作了蔑视。就是在一些以儒生为主人公的小说中，凌濛初也都不把女子的"失节"放在眼里。《酒下酒赵尼媪迷花，机中机贾秀才报怨》中的巫氏遭到流氓奸骗，她的丈夫贾秀才丝毫没有责备，反而安慰说："不要短见。此非娘子自肯失身。这是所遭不幸，娘子立志自明。"然后夫妻共同设计报了怨仇。《陶家翁下雨留宾，蒋震卿片言得妇》的"入话"叙述秀才王生在赴考途中和曹氏相爱，不料父亲催他归家。曹氏误入烟花丛中沦为妓女。王生知道后，不仅没有责备，反而"自觉惭愧，感伤流泪"，帮她脱了"乐籍"，并结为夫妇。这都表现了新的道德观念，具有新兴市民的思想特征。

（四）黑暗王国的写照

在残暴的专制统治下，中国的市民阶层在封建社会中长期处于被压抑的地位。萌生其间的新思想，尤使他们处于和封建统治阶级尖锐对立的地位，对面临着彻底崩溃命运的封建社会这个黑暗王国，有着直接的观感和亲身的体验。凌濛初虽然身列封建统治集团，但他的思想却钟情于新兴的市民阶层。《两拍》忠实地记录了这个思想叛逆者对黑暗王国的揭露，为人们展现了它的种种黑幕。

"而今的世界，有什么正经？"这是凌濛初发出的愤怒呼喊。作为长期生活于封建统治旧营垒的一个知识文人，能对当时的现实社会有这样的认识，十分可贵。《钱多处白丁横带，运退时刺史当艄》是凌濛初批判黑暗社会的一篇代表作。它的题材虽然源于唐代的一则故事（见《太平广记》卷四百九十九《郭使君》），但原文不到五百字，凌濛初不仅增添了大量的情节内容，把它拓展成一篇引人入胜的艺术作品，而且在小说中作了许多大胆的议论。这些议论，大多臧否社会现实，抨击封建制度，尤其是对官场黑暗的鞭挞，义正词严。例如，他借小说中的人物之口说：

"如今朝廷昏浊，正正经经纳钱，就是得官，也只有数，不能够十分大的。若把这数百万钱，拿去私下买嘱了主爵的官人，好了也有个刺史做。"

"而今的世界，有什么正经？有了钱，百事可做。"

"而今的官,有好些难做。他们做得兴头的,多是有根基,有脚力,亲戚满朝,党羽四布,方能够根深蒂固,有得钱赚,越做越高。随你去剥削小民,贪污无耻,只要有使用,有人情,便是万年无事。"

把矛头直接指向封建官场和最高统治者。

这篇小说的"正话"前有一首诗:"富贵荣华何足论,从来世事等浮云!登场傀儡休相吓,请看当艄郭使君。"这表明:凌濛初的创作目的是警告那些"登场傀儡",也就是封建统治阶级的官吏们,不要"横着胆,昧着心,任情做去"。因为"人生富贵,眼前的都是空花,不可认为实相","岂知转眼之间,灰飞烟灭,泰山化作冰山,极是不难的事。"否则,等待他们的必然是可悲的下场。郭七郎"刺史梦"的破灭,就是一个绝好的例证。

出身于富商之家的郭七郎,在享尽花天酒地般的荣华富贵之时,忽听到朝廷实行鬻官制度,顿时心花怒放,"不由得动了火",开始做起刺史梦来。他对张多保说:"小弟家里有的是钱,没的是官。况且身边现有钱财,总是不便带得到家,何不于此用了些?博得个腰金衣紫,也见人生一世,草木一秋。就是不嫌得钱时,小弟家里原不稀罕这钱的,就是不做得兴时,也只是做得一番官了。登时住了手,那荣耀是落得的。"这番倚财恃强、颐指气使的话,真实地袒露了郭七郎的灵魂。当他用千缗银子买了个"横州刺史"时,头重脚轻,"连身子都麻木起来",一路耀武扬威,衣锦还乡。孰知家中已遭兵火之难,万物一空。他劝慰母亲说:儿"做了官,怕少钱财?而今那个做官的家里不是千万百万,连地皮都卷了归家的?今家里既无,只索撇下此间,前往赴任,做得一年两年,重撑门户,改换规模,有何难处?"我们从凌濛初的这番描述中不难领悟到:封建社会官府欺压百姓、侵吞钱财、攫取血汗的罪恶。所谓"三年清知府,十万雪花银",郭七郎的话是一个绝妙的注脚。然而,他的"刺史梦"毕竟做得太早了。一场狂风暴雨的袭击,毁灭了他的美梦,被迫去船上当艄公度日。郭七郎犹如一面明镜,在他身上穷形尽相地折射出封建末世社会的黑暗和腐败,颇可警醒世人。

《青楼市探人踪,红花场假鬼闹》也是一篇揭露封建官吏贪酷残暴面目的小说。凌濛初特意点明写的是"本朝"之事,很可能是当时发生在生活中的实事。小说开篇先叙写张廪生的阴险,这是很高明的一着。他为了争夺家财,用五百两银子贿赂杨金宪。但等不得审办案件,杨金宪就回老家去了。张廪生舍不得这五百两银子,跟踪寻觅到新都城。杨金宪一向以贪酷出名,"手里东西,有进无出",欲要讨回这注大银,真似"老虎喉中讨脆骨,大象口里拔生牙"，谈何容易！他见张廪生前来讨钱，设毒计杀死他们主仆五人，将尸首掩埋在红花场，演出了一幕人间残酷的悲剧。

从小说的具体描写来看，张廪生固然有着自身的弱点，但凌濛初的本意在于抨击"又贪又酷"的封建官吏如杨金宪们。这在小说"入话"的议论中说得相当清楚："更有一等狠心肠的人，偏要从家门首，打墙脚起，诈害亲戚，侵占乡里。受投献，窝盗贼，无风起浪，没尾架梁。把一个地方搅得蔍菜不生，鸡犬不宁，人人惧惮，个个收敛，怕生出事端……"又借张廪生儿子的口，愤怒地喊出"清平世界，难道杀了人不要偿命"的控诉。他认为，这"句句透彻着今时疾病"，并在批语中反复强调"透极世态"，"实有此事，非等闲语也"，"世上狠心人，每每生此病，所不可解"等等。所有这一切，都鲜明地表现了凌濛初揭露和批判封建社会现实黑暗的勇敢态度。

科场是官场的缩影。凌濛初在暴露封建官场黑暗的同时，也把解剖刀指向封建统治制度下的科场。在这方面较具代表性的小说是《拍案惊奇》卷四十《华阴道独逢异客，江陵君三拆仙书》。

打开作品，劈面而来的就是他对科场黑暗的抨击："话说人生只有科第一事最是黑暗，没有甚定准的。自古道：'文齐福不齐'。随你胸中锦绣，笔下龙蛇，若是命运不对，倒不如乳臭小儿、卖菜佣早登科甲去了。"并列举唐代的著名文学家李白、杜甫、王维、孟浩然为例，他们有的没有中过进士，有的布衣终身，但却成为"万世推尊的诗祖"，真是"文章自古无凭据，唯愿朱衣一点头"啊！这里的"朱衣"是指试官。学子们跻身封建统治集团，靠的不是真才实学，而仅凭试官的主观意志来决定仕途的命运。

在这篇小说中，凌濛初借助李君遇仙的故事，奉劝世人对功名"不必多生妄想"。"入话"中叙述的七个故事，是一幅儒林生活的漫画，辛辣地讽刺了"窗下莫言命，场中不论文"的科举丑闻。而在"正话"中则对李君的科举及第要"交钱"之事作了充分的描写，与《钱多处白丁横带，运退时刺史当艄》相互映照，几乎可成"双璧"。

在一些"公案"类作品中，凌濛初多次告诫：那些"为官做吏的人，千万不可草菅人命，视同儿戏"，这当然是有感而发的。"堂堂衙门八字开，有理无钱莫进来"，这说出了封建司法黑暗的一个侧面。

《恶船家计赚假尸银，狠仆人误投真命状》描述了一则较为复杂的案件：儒生王杰酒后殴打卖姜客吕大，醒后赔给他白绢、竹篮等物回家。当晚，船家周四拿了吕大的白绢、竹篮等物向王家报信，说吕大已死在船上。王杰非常害怕,慌乱中与家人胡虎一起掩埋了尸体。后来,胡虎误了王杰爱女请医求治的时间,被王杰毒打。他在愤怒之下向知县首告主人打死吕大,王杰被捕入狱。一日,吕大突然来到王家,使案情真相大白。原来吕大未死。他和王杰分手来到渡口,无意间和周四说起被王杰殴打的事。周四设计骗买了吕大的白绢、竹篮等物,又从河里捞起一具浮尸,假冒吕大之名,以诈取钱财。王杰信以为真,白吃了几年冤枉官司。

综观全案,处处晃动着钱的影子。王杰被投入牢房,妻子刘氏"急忙收拾些零碎银子,带在身边",到狱中散与牢头狱卒,使丈夫"免致受苦"。仅此一例,就足以证明当时"有钱可以通神"的社会现实。凌濛初对此黑暗的现实深恶痛绝,说:"如今为官做吏的人,贪爱的是钱财,奉承的是富贵,把那'正直公正'四字,撇却东洋大海。明知这事无可宽容,也将其轻轻放过;明知这事有些尴尬,也将其草草问成。竟不想杀人可恕,心理难容。"这就为市民伸张了正义。

不仅如此,凌濛初的批判锋芒还指向了封建社会的统治阶级及其主子——皇帝。如《韩秀才趁乱聘娇妻 吴太守怜才主姻簿》是叙述青年秀才韩子文和朝奉之女金朝霞的一则爱情故事。但凌濛初的本意似乎不在于书写爱情,而重在抨击社会的世相。尤其是封建统治阶级头目的肆行无忌,更是受到有力的鞭挞。从小说来看,这一对青年的婚姻历经艰难和曲折,完全是封建统治阶级一手造成的:一是传统的门当户对、金钱至上的婚恋观。韩子文因家境贫寒,议亲不成,金家以"考了优等"再商婉拒。二是科场的舞弊。这位饱学之士无钱贿赂主考官,而仅中三等,遂和金朝霞的婚事告吹。三是皇帝的"点绣女"制度。

明王朝朝廷更迭,嘉靖帝十五岁登基,"妙选良家女子,充实掖庭"。社会上流传"朝廷要到浙江各处点绣女"之事,导致韩、金两人勉强成婚,遗下了家庭破裂的后患。这种种基因,在"入话"的议论中有精辟的说明。凌濛初的批语说:"今时药石"。可见他对窳败的社会现实的憎恨。

同书卷十八《丹客半黍九还,富翁千金一笑》的思想倾向也很鲜明。凌濛初通过潘富翁崇尚丹术而上当受骗的故事,把犀利的笔刺向明代盛行的吐纳修炼之风。那时朝政浊乱,阉人当道,方士妖术,滥恩无纪,而统治阶级则过着荒淫无耻的生活。他们崇尚道术,以求长生延年。凌濛初痛斥说:"如今这些贪人,拥着娇妻美妾,求田问舍,损人肥己,搬斤播两,何等肚肠!寻着一伙酒肉道人,指望炼成了丹,要受用一世,遗之子孙,岂不痴了？"正表明了这篇小说的战斗性。小说结尾又提出"丹术须先断情欲"的观点，这是对封建统治阶级的直接警告，表现了这位市民阶层代言人的思想魅力。

还值得一提的是《程元玉店肆代偿钱，十一娘云冈纵谭侠》。凌濛初在小说的主人公韦十一娘身上寄托着自己的审美理想。结尾诗赞美这位女剑侠说："侠客从来久，韦娘独论奇。双丸虽有术，一剑本无私。贤佞能精别，恩仇不浪施。何当时假腕，划尽负心儿。"他要以"无私"之剑，"划尽"世间一切"负心"和"假腕"之人。这说出了市民们的心声。

正如恩格斯所说，中世纪的欧洲社会"烂透了，一切都烂透了"！中国的封建社会又何尝不是如此。在《两拍》中，凌濛初对他生活的那个黑暗王国作了无情的鞭笞。尽管这种鞭笞尚不能从根本上触动封建地主阶级的统治，但它却代表着新兴市民对黑暗的社会现实的反抗，成为晚明汹涌奔腾的进步潮流中的一簇浪花。

（五）程、朱理学批判

自宋代以来，封建统治者及其御用文人提倡程、朱理学，用来规范人民的行动，以延缓旧制度的灭亡。凌濛初在《两拍》中肯定"人欲"，直斥朱熹，批判程、朱理学，表现出非凡的勇气。读着《两拍》，我们无不触摸到正跳动着的时代脉搏，倾听到渴求"人欲"的呼唤。

渴求生存，追求欲望，这是人的一种本能欲求。而在长期的封建社会中，统治阶级大力倡导"杀身成仁""舍生取义""饿死事小，失节事大"，强迫人民去遵守仁、义、节等虚幻和抽象的道德。在《两拍》中，凌濛初把"惜生"也作为重要的内容，较少去刻画那些为封建道德观念而死的仁人、义士、节妇。他对那些为求生存而失节的人，并不认为是一件不光彩的事。如《徐茶酒乘闹劫新人，郑蕊珠鸣冤完旧案》中的郑蕊珠，就是这样的一种人。她面对着钱已的威吓，"惧怕"被打死，而不顾"失身"——跟着钱已回家去当"小老婆"。当受到万氏迫害时，邻居劝她去告状，郑蕊珠首先想到的仍是保命："只怕我跟人来了，也要问罪。"在小说中，凌濛初是把郑蕊珠作为一个正面人物，用同情的笔调来描写的。这也正是弥漫于全书的基调。《吕使君情媾宦家妻，吴太守义配儒门女》中的薛倩和《陶家翁大雨留宾，蒋震卿片言得妇》中的陶幼芳等，也都和郑蕊珠有着相似的遭遇和思想。

这里，简单地说一下"好色"的问题。所谓"好色"，这里是指男女间正

147

当的情欲。这在《两拍》中是一个较为引人注目的内容。对此,凌濛初作了较多的艺术描写。如《闻人生野战翠浮庵,静观尼昼锦黄沙弄》中的主人公静观,是他精心创造的一个女性形象。她本是一位读书人家的女儿,因家庭的变故,被人骗进佛门。这位绝色少女生得"体态轻盈,风姿旖旎。白似梨花带雨,娇如桃瓣随风。缓步轻移,裙拖下露两竿新笋;含羞欲语,颈缘上动一点朱缨。直饶封涉不生心,便是鲁男须动念",却戴上了一顶"出家人"的帽子。但人的七情六欲又怎能抑制得住,何况她又正当豆蔻妙龄之时,有着正常的生理需要和热烈忠贞的爱情追求。所以,她刚见到聪俊美貌的闻人生时,春情萌动,"恨不能再赶上去饱看一回",开始心猿意马起来:"世间有这般美少年!莫非天仙下降?人生一世,但得恁地一个,便把终身许他,岂不是一对好姻缘。"在这种强烈的欲望驱使下,她在船中再次见到闻人生后,"只把一双媚眼,不住地把闻人生上下只顾看",并主动依偎在他的怀抱中,在船舱中欢会。

凌濛初评论此事时说:"若如今世上,小时凭着父母蛮做,动不动许在空门,哪晓得起头易,到底难。到得大来,得知了这些情欲滋味,就是强制得来,原非他本心所愿。"对这种人生的欲望表示了同情和理解。当然,他不提倡纵欲,因为那是"损阴德"的事,而人的正常的、自然的生理欲望,不应受到种种抑制。

最能说明凌濛初对"人欲"的态度的,是《任君用恣乐深闺,杨太尉戏宫馆客》的"入话"中的一节议论:

"岂知男女大欲,彼此一般……枕席之事,三分四路,怎能够满得他(她)们的意,尽得他(她)们的兴?所以满闺中不是怨气,便是丑声。总有家法极严的,铁壁铜墙,提铃喝号,防得一个水泄不通,也只禁得他(她)们的身,禁不得他(她)们的心,略有空隙就思量弄一场把戏……"

这段话强调了人生欲望的普遍性:不论男女,都有追求欲望的需要。尤其是女性的欲望追求,更是可贵。而且,人的这种欲望表现得极为强烈,防不胜防,又没有任何外来的力量能够加以抑制。它对封建禁欲主义,是一个尖锐的抨击。

这篇小说略谓:杨太尉广蓄妻妾,一日,他带着夫人和养娘前往郑州上坟,家中留下瑶月夫人、筑玉夫人、宜笑姐、餐花姨姨等。她们为欲望驱使,相约杨府馆客任君用来闺房伴宿。后来,这事被杨太尉发觉,对任君用施行"宫刑",以示对他的处罚。全篇表现了"情欲"和"理念"的尖锐对立,透露着当时意识形态领域中的激烈斗争。

从传统伦理的眼光来看，筑玉夫人等人与任君用取乐的行为不可取。但是，她们作为一个人的正常的、自然的欲望却长期得不到宣泄，在禁锢于头上的绞索稍一放松时，就做出这种越轨的行动。应该说，罪错不在他（她）们，而在于封建的蓄妾制度。凌濛初在小说的开头和结尾，都把它归之于"富贵人家多蓄妇女之鉴"，已经触及到封建制度本身的问题。

《两拍》对"人欲"的肯定，是时代的产物。汤显祖的《牡丹亭》、兰陵笑笑生的《金瓶梅词话》，都具有同样的思想倾向。凌濛初在表现这种人生欲望时，也有某种劝诫和说教。这说明他不主张放纵欲望的缰绳，而试图用诸如因果报应之类的训诰去制约它。这并不意味着否定和批判这些人生欲望，而只是强调，人们在追求欲望时，仍然要遵循伦理和道德的标准。

诚然，《两拍》也有少量不堪入目的描写，那是凌濛初的艺术败笔。我们不应为尊者讳。指出这一点，对于今天的读者也是完全必要的。但是，《两拍》展现的那个"人欲"横流的世界，却正是凌濛初的一个不容忽视的贡献。

在《二刻拍案惊奇》卷十二《硬勘案大儒争闲气，甘受刑侠女著芳名》中，凌濛初对程、朱理学的代表人物之一朱熹作了直接的抨击，这在晚明文学中也实为罕见。小说叙：

天台名妓严蕊与台州太守唐与正相交至深，因朱熹和唐与正不合，在他任提举浙东常平仓时，挟私打击唐与正。他把严蕊也抓进狱中百般拷打，企图让她提供与唐与正通奸的伪证。严蕊坚贞不屈，没有出卖唐与正。后来，岳霖来台州上任，了解事情真相后，将她脱籍从良。自此，严蕊开始了新的生活。

这则故事源出周密的《齐东野语》，但经过凌濛初的再创造，批判朱熹的主题更为突出。尤其是他的伪善和阴险面目，历历如现。

在"入话"中，凌濛初开门见山，极尽对朱熹的揶揄："道学的正派，莫如朱文公晦翁（即朱熹），读书的人那一个不尊奉他，岂不是个大贤？只为成心上边，也曾错断了事。"接着列举朱熹在福建崇安当知县时，错断县中一户大姓人家与小民争夺坟茔的案件，指出"虽是晦庵大贤，不能无误"，"就是圣贤，也要偏执起来，自以为是，却不知事体竟不是这样的了。"

在凌濛初看来，如朱熹这样的"圣贤"并非不食人间烟火的神仙，也是生活在人世现实社会的凡人。由于客观事物的复杂性，他们不可能不做错事，不断错案。把他们视为至高无上、不可亵渎的神明，是极其有害的。这就把被封建统治阶级奉为"圣贤"的朱熹等人物，从冥冥之中的天国拉回到人间世界，笼罩在他们头上的那一圈神圣的光环也随之剥落。朱熹等人带有世俗化，正是当日市民思想抬头的表现。

这篇小说的"正话"叙述朱熹"生闲气"的事。文前说：朱熹"为着成心上边，硬断一事，屈了一个下贱妇人，反弄得他名闻天子，四海称扬，得了个好结果"。小说中的严蕊，是个地位卑贱的妓女，但她"行事最有义气，待人常是真心"，名闻遐迩。她和唐与正相交，而没有私情，是完全正大光明的行为。朱熹凭借道听途说的一面之词，借故泄私愤，把"严蕊苗条般的身躯"打得皮开肉绽。她对人说："身为贱妓，纵是与太守有奸，料然不到得死罪，有何大害？但天下事真则是真，假则是假，岂可自惜微躯，信口妄言，以污士大夫？今日宁可置我死地，要我诬人，断然不成的。"这是一个刚正不阿的侠女形象。凌濛初赞扬她"甘受刑""著芳名"，用这种高风亮节反衬大儒朱熹的卑劣灵魂。他在评论此事时说："这也是晦翁成心不化，偏执之过。"朱熹连一个妓女也不如，小说对程、朱理学的批判是相当犀利的。

(六)　"盗亦有道真堪述"

李贽在《忠义水浒传·序》中说："《水浒传》之人，皆大力大贤，有忠有义之人。"在我国封建社会中，《水浒传》之类的英雄们，向来被统治者视为"洪水猛兽"，"强盗"就是他们的一个恶谥。在这种传统思想的影响下，长期以来只要一提起"强盗"两字，人们眼前浮现着他们打家劫舍、骚扰民众的种种情景。这实在是封建统治阶级的罪孽所致。李贽如此赞扬《水浒传》英雄们的忠义行为，甚至要求统治阶级也来读《水浒传》（《焚书》卷二），在当时是违背传统观念的异端思想。

作为一个进步的作家，凌濛初接受了李贽的这种"异端"思想，在《两拍》中描写了"强盗"们的艺术形象，并十分推崇。《刘东山夸技顺城门，十八兄奇踪村酒肆》中的十八兄，是一位英武神勇的"强盗"。他在夜宿的顺城门酒店中，偶尔听到北京巡捕衙门缉捕军校头刘东山向人夸耀他的高强武艺，心中不服，准备"教训"他一下。当夜十八兄不露声色。待次日早晨刘东山赶路途中，他从后面赶来，相求做伴同行。刘东山看他"腰间沉重，语言温谨，相貌俊逸，身体小巧，谅道不是歹人"，答应了这一要求。两人同宿同食同行，"如兄若弟，甚是相得"。十八兄故意"揉着刘东山的痒处"，引出他的"夸逞自家手段"，说是"两只手，一张弓，拿得绿林中人，也不计其数，并无一个对手。这些鼠辈何足道哉！"十八兄则是"微微冷笑，开始显技"：这个"黄衫毡笠，短箭长弓"的二十岁左右的少年，接过刘东山的弓，"左手把住，右手轻轻一拽就满，连放连拽，就如一条软绢带"，弹压了刘东山的骄横之气。至雄县时，十八兄突然驱马向前，强逼刘东山留下"骡马钱"。只见他站在百步外，"正弓挟矢，扯个满月，向东山道：'久闻足下手中无敌，今日请先听箭风。'言未罢，'飕'的一声，东山左右耳根但闻肃肃如小鸟前后飞过，只不伤着东山"。如此高超绝伦的武艺，把刘东山的恃强孤傲彻底扫光，只得叩头求饶。这里的十八兄，似乎是个地地道道的拦路抢劫的"强盗"。然而，三年后在刘东山开的酒店里突然闯进了一伙人，为首者是十八兄。他竟掷以千金相谢刘东山，这一幕淋漓尽致地表现了"强盗"们的豪侠行为。凌濛初是这样描写的：

只见北面左手坐的那一个少年把头上毡笠一掀，呼主人道："东山别来无恙么？往昔承契同行周旋，至今相念。"东山面如土色，不觉双膝跪下道："望好汉恕罪。"少年跳席离间，也跪下去扶起来，挽了他手道："快莫要作此状！快莫要作此状！羞死人！昔年俺们众兄弟在顺城门店中，闻卿自夸手段天下无敌。众人不平，却教小弟在途间作此一番轻薄事，与卿作耍，取笑一回。然负卿之约，不到得河间。魂梦之间，还记得与卿并辔任丘道上。感卿好情，今当还卿十倍。"言毕，即向囊中取出千金，放在案上，向东山道："聊当别来一敬，快请收进。"东山如醉如梦，呆了一晌，怕又是取笑，一时不敢应承。那少年见他迟疑，拍手道："大丈夫岂有欺人的事？东山也是个好汉，直如此胆气虚怯！难道我们弟兄直到得真个取你的银子不成？快收了去。"刘东山见他说话说得慷慨，料不是假，方才如醉初醒，如梦方觉，不敢推辞。

这段描写，神情毕肖，活现了十八兄等豪侠之士的鲜明性格。对此赠金之举，凌濛初在旁批中写道："到底也为东山是好汉，相惜耳，非真以途间之情也。"这种英雄惜好汉的思想，是浪迹江湖的"强盗"们的重要特征之一。小说淋漓尽致地描绘了十八兄等"强盗"们的豪士品行，给人留下难忘的印象。正如结尾诗所说："英雄自古轻一掷，盗亦有道真堪述。笑取千金偿百金，途中竟是好相识。"

"盗亦有道真堪述"，是说"强盗"们应该得到尊崇。这种对"强盗"的同情和赞扬，是凌濛初的一个重要思想。他在《拍案惊奇》卷四中，描写程元玉于山中遇"盗"时，对这伙"月黑杀人，风高放火"的真正强盗也流露出深切的同情，认为他们"盗亦有道，大曾偷习儒者虚声；师出无名，也会剽窃将家实用。人间偶尔呼为盗，世上于今半是君。"

《乌将军一饭必酬，陈大郎三人相会》的回前诗说："每讶衣冠多盗贼，谁知盗贼有英豪。"把"盗贼"比作"英豪"，对它们推崇备至。这篇小说通过商人陈大郎一家"合浦珠还"的故事，塑造了一个"知恩必报"的"强盗"头领乌将军的鲜明形象。这位乌将军，"身长七尺，膀阔三停，大大一个面庞，大半被长须遮了"，十分古怪，但他有着一副豪杰心肠。只因在瑞雪纷飞的冬日得陈大郎一顿午饭款待，念念不忘于此。在陈家有难时，慨然相助，使他们全家团圆。小说"正话"前有一首诗说："说时侠气凌霄汉，听罢奇文冠古今。若得世人皆仗义，贪泉自可表清心。"说明凌濛初创作这篇小说的目的是赞扬乌将军的"侠气"。他为酬谢陈大郎的一饭之恩，当时"一一记了"，不敢有忘，误劫得大郎眷属，"屡次要来探望"，并叮咛手下人："凡是苏州客商，不得轻杀。"后来，有缘和陈大郎相会，尽力热情款待，与他成为肝胆相照的莫逆之交。显然，乌将军是一位可亲可敬的忠义之士。凌濛初在小说的开头和结尾，用诗句深情地赞美了这位"奇男子"。

不仅如此，这篇小说还称颂了农民起义的领袖宋江是"千古流传义气高"的英雄人物。凌濛初在"入话"的议论中，为《水浒传》的英雄们辩护说："《水浒传》上说的人，每每自称好汉英雄，偏要在绿林中争气，做出世人难以做到的事来。盖为这绿林中，也有一贫无奈、借此栖身的；也有为义气上杀了人、借此躲难的；也有朝廷不用，沦落江湖，因而结聚的。……其间仗义疏财的，倒也尽有。当年赵礼让肥，反得粟米之赠，张齐贤遇盗，更多金帛之遗，都是世人实事。"凌濛初在小说的结尾称赞乌将军说："胯下曾酬一饭金，谁知剧盗有情深。世间每说奇男子，何必儒林胜绿林？"对"绿林"不如"儒林"的传统观念给以大胆的抨击。

《二刻拍案惊奇》卷二十七《伪汉裔夺妾山中，假将军还姝江山》的"入话"，就是张齐贤遇盗的故事。它的回前诗说："曾闻盗亦有道，其间多有英雄；若逢真正豪杰，偏能掉臂与中。"在这则故事中，凌濛初赞扬"群盗"的豪侠好客说："诸君都是世上英雄，世人不识诸君，称呼为盗。不知这些非是龌龊儿郎做得的。"认为他们的各种行为都是"出于不得已之情"，在证诗中说"剧盗怜才"等等。"正话"中，凌濛初借向都使之口，为抢去汪秀才爱妾的"强盗"柯陈辩护说："他这人慷慨好义。"当汪秀才设计赚回爱妾，露出真容时，柯陈等"强盗"非但不记怨仇，而且慷慨解囊，赠与汪秀才说：

"原来秀才诙谐至此！如此豪放不羁，真豪杰也。吾等粗人，幸得陪侍这几日，也是有缘。小娘子之事，失于不知，有愧有愧！"这种非凡的大度实为罕见。难怪凌濛初要在批语中说："原自豪杰作事，语言行动皆爽利。"

综观凌濛初笔下的"强盗"，大多是具有豪侠精神的绿林好汉。他们爽利慷慨，见义勇为，路见不平，拔刀相助，剪除邪恶，伸张正义，是民众的英雄。凌濛初赞美"强盗"，是赞美这些豪侠之士的高风亮节。他为"强盗"们辩护，是出于维护民众利益的良知。相反，他认为真正的强盗是封建统治阶级的官吏和社会渣滓们。《乌将军一饭必酬，陈大郎三人重会》的"入话"有一节议论，鲜明地表述了这一看法：

"世上最怕的是'强盗'二字，做个骂人恶语。不知这也见得一边。若论起来，天下哪一处没有强盗？假如有一等做官的，误国欺君，侵剥百姓，虽然官高禄厚，难道不是大盗？有一等做公子的，倚靠着父兄势力，张牙舞爪，诈害乡民，受投献，窝赃私，无所不为，百姓不敢申冤，官司不敢盘问，难道不是大盗？有一等做举人、秀才的，呼朋引类，把持官府，起灭词讼，每有将良善人家拆得烟飞星散的，难道不是大盗？只论衣冠中尚且如此，何况做经纪客商，做公门人役，三百六十行中人，尽有狼心狗行，狠似强盗之人在内，自不必说。"

这一连串有力的诘问，富有挑战性，不啻是投向统治者阵营的一把利剑，撕开了各种戴着"正人君子"假面具者的伪善面目，还他们以窃国大盗的真实本相。凌濛初的"异端"思想也在这里再次得到了展现，为晚明文学增添了新的思想光彩。

（七）智慧的颂歌

明代著名文学家冯梦龙说过："人有智，犹地有水；地无水为焦土，人无智为行尸。智用于人，犹水行于地，地势拗则水满之，人事拗则智满之。周览古今成败得失，蔑不由此。"（《智囊补·序》）张明弼也说："天地黮黑，谁为照之，日月火也；人事黮黑，谁为照之，智也。"（《智囊·叙》）可见注重智慧和才能，是晚明时代进步作家的共同心声。凌濛初的《两拍》，塑造了各种智慧过人、才能超群的人物，推崇新兴市民的这种思想观念。

我们先看看《酒下酒赵尼媪迷花，机中机贾秀才报怨》。在这篇表现明末文人家庭生活的小说中，凌濛初塑造了一个具有市民思想特征的新儒林人物——贾秀才。从他的身上，可烛照当时下层知识文人的思想风貌。

话本与文言小说（上）

　　贾秀才是个饱学之士，为求取功名，长期离家在豪门处馆读书，留下妻子巫氏和侍女春花在家相依为伴。孰料这种宁静的生活不久会起波澜。巫氏在观音庵中赵尼姑的帮衬下，遭流氓骗奸。贾秀才得知消息后，设计报了妻子的怨仇。他的"才智过人"，在这一过程中有充分的表露。

　　当时，摆在贾秀才面前的是一个非常棘手的难题——既要为妻子的蒙冤报仇，又要保全自家的名声，而且连罪犯是谁也不知道。唯一的知情人是赵尼姑。聪明的贾秀才在这飞来的横祸面前临变不惊，始终保持着清醒的头脑。他懂得要使此事水落石出，先得稳住妻子的情绪，所以"低头一想"，计上心来，耐心诱导，向巫氏陈明"轻身"决非上策：既不能洗清"丑名"，还会影响家庭前程，更谈不上报仇雪冤。一番话，既合理，又动情，巫氏逐渐趋于冷静，提出"让妖尼、奸贼多死得在我眼里"的心愿。机警的贾秀才因势利导，陈明心迹：此仇"要报得无些痕迹，一个也走不脱方妙"。和妻子定下计策，去赚赵尼姑来家，诱使她说出奸者卜良。而贾秀才则"藏在后门静处"，暗中窥探，待知悉全部真相后，了然于胸，开始向邪恶势力实施报复行动。

　　他让妻子传信给赵尼姑，回庵给卜良通"情"，骗他上贾家和巫氏幽会，乘机让妻子咬下卜良的"五七分一段舌头来"。诚然，贾秀才此时当可杀贼，但这样做，一来可能有失，二来恐怕惊动官府，三来会惊走赵尼姑，因此引而不发。直到巫氏拿到罪证后，才连夜持剑直奔观音庵，杀死赵尼姑师徒，但主犯卜良尚未捕获。贾秀才于"灯下解开手巾，取出那舌头来，将刀撬开那小尼口里，放在里面，打灭了灯，拽上了门，竟自回家"。如此胸有成竹，是因为他坚信"自有人杀他"。果然，一切都在贾秀才的预料之中：卜良由街坊众人扭获送官，一顿乱棍之下，命丧黄泉。他借官府之手，"既得报了仇恨，亦且全了声名"，一箭双雕，全部达到预期的目标。一个"识见高强""干事决断"的贾秀才，栩栩如生地呈现在人们面前。

　　从贾秀才报冤的全过程来看，确是天衣无缝。他在调查真相的基础上，审时度势，制定周密的计划，并一一付诸实践，充分显示了过人的智慧和杰出的才华。凌濛初用"周到之报"四字评述贾秀才的计谋，说明他对此是何等的倾心。

　　和贾秀才一样"才智过人"的人物还有陈珩，见《卫朝奉狠心盘贵产，陈秀才巧计赚原房》。陈秀才本是南京秦淮河畔一个有名的秀才，只因放荡不羁，纵情声色，把家私耗尽。狠心的卫朝奉趁火打劫，用低价攫取了陈珩一座价值千金的庄房。等到他洞悉这一狼子野心后，决心"慢慢寻个计较处置"

卫朝奉。

一日，陈珩见河中漂来一具死尸，让家僮陈禄取下一条腿，并派他去投靠卫朝奉，暗中将人腿带去埋在卫家。一月后，陈禄出走不归，陈珩谎称陈禄是家中逃奴，来卫家索人，挖出人腿，控告卫朝奉杀人，闹着要去见官。卫朝奉只得哀告陈珩息事，甘愿出屋相还。一场"巧计赚原房"的活剧降下帷幕。

贾秀才以智杀人，陈珩用智赚房，凭借聪明才智，在维护自身利益的斗争中都取得了胜利。在他们的身上，闪耀着智慧的光芒。

《小道人一着饶天下，女棋童两局注终身》描写的是"一个棋家在棋盘上赢了一个妻子"的故事。宋元以来，诸般技艺，如吹箫、打鼓、踢球、放弹、勾栏、傀儡、弈棋等在城市相当流行。这是商品经济发展的产物。小说中的周国能，自小喜欢下围棋，棋艺高强，"迥出人上"，但长大后一直没有成家，原因是他想觅个棋坛的女高手为妻。对父母的如下一段话，清楚地表明了他的这一心迹：

"我家门房低微，目下娶得妻来，不过是农家之女。村妆陋质，不是我的对头（指般配的妻子）。儿既有此绝艺，便当挟此出游江湖间，等待依心像意寻个对得我来的好儿女为妻，方了平生之愿。"

他四处出游，在辽国大街上遇到意中人妙观，经过一番波折后，终于和她缔结姻缘。周国能所以赢得妙观，依恃的正是这"天下第一"的围棋"绝技"，这在他们的两次对局中表露无遗。

周国能在第一次对局中使用的是"激将法"。当时，这位天生丽质的妙观已略知他的非凡棋艺，不敢贸然出战。对局前，她央人向周国能求情让棋，周国能借机表明"专慕女棋手颜色"的心迹。孰知妙观食言，周国能"闷闷过了一夜"，思量"在此守他个破绽出来，出这口气"。第二次对局是由诸王爷引起的。周国能利用妙观在王爷面前不敢任性这一点，仍用"激将法"，在王爷面前抖落"让棋"的真相，让他们逼迫妙观再次出场对局，并提出："若小子胜了，赢小娘子做个妻房。"得到众王爷支持，而使妙观"左右为难"——她既不能忤逆王爷旨意，又无法在比赛中取胜。周国能终于如愿以偿，一时传为"风流"佳话。

正如小说的回前词《眼儿媚》所说："从来才艺称奇绝，必自种姻女连。"这篇小说再次显示了智慧和技艺的力量。它不仅可以如贾、陈秀才们那样，运用智慧抗争邪恶势力的迫害，而且像周国能一样，凭借高超的技艺去获得幸福的生活。

在《两拍》中，凌濛初反复强调，"天下有一种技艺"，可以成为人们实现自己理想的武器。例如，卓文君和司马相如的"私奔"，是"琴心"相通的结果。卓文君如果不是精熟琴艺，又怎么能撩动司马相如的情思？这种注重智慧和技艺的思想，具有晚明时代的特征。

"剧贼从来有贼智，其间妙巧亦无穷。若能收作公家用，何必疆场不立功？"这是《神偷寄兴一枝梅，侠盗惯行三昧戏》的回前诗。这篇小说描写苏州城内的"神偷"懒龙的非凡"贼智"和高超手段。凌濛初强调："天下寸长尺技俱有用处"。即使是"贼智"，也可以用它助善锄恶，劫富济贫。在小说中，他一一列举懒龙的十六件事表现其"智巧"，并说："世上于今半是君，犹然说得未均匀。懒龙事迹从头看，岂必穿窬是小人！"字里行间充满崇敬之情。

凌濛初在表现懒龙的"神偷"技艺时，把笔触伸向封建统治阶级的人才政策，已涉及封建制度本身的弊端，这一点尤可注意。"入话"中有一段议论说：

"而今世上只重着科目。非此出身，纵有奢遮的，一概不用。所以甩奇巧智谋之人，没处设施，都赶去做了为非作歹的勾当。若是善用人才的收拾将来，随宜酌用，未必不得他气力，且省得他流在盗贼里头去了。"

这就告诉人们：懒龙之类的人物走上行窃之路，是被封建统治阶级逼出来的。在那个"只重着科目"的社会中，他们空怀一身"绝技"，没有自由驰骋的天地。只得沦为"侠盗"，以行窃为手段，和旧制度的罪恶作斗争。这在当时是惊世骇俗的言论。

他还在小说中称颂"赛过男子"的历史上的杰出女子班婕妤、曹大家、鱼玄机、薛校书、李季兰、李易安、朱淑真、夫人城、娘子军、高凉洗氏、东海吕母、卓文君、红拂妓、谢小娥、王浑妻钟氏、韦皋妻苗氏、孙翊妻徐氏、董昌妻申屠氏、庞娥亲、邹仆妇、秦木兰、娄逞、孟母、黄崇嘏等等，说她们"智略可方韩白"，"以权达变，善藏其用……多是男子汉未必做得来的，算得是极巧极难的了"。可见他对"有智妇人"的倾慕。这说明：不管是男子还是女子，只要是有智慧的、有才华的，凌濛初都视他（她）们为时代的"精英"，在《两拍》中为其立传。

凌濛初做过生员，也是当时的一名秀才，又怀才不遇，在智慧的颂歌中，无疑寄托着他的审美理想。指明这一点，也许有利于我们正确认识《两拍》

的思想价值。

三 古代白话短篇小说的璀璨明珠

黑格尔在谈到小说时曾说过：它是关于"现代民族生活和社会生活，在史诗般领域有最广阔天地"的一种文体。凌濛初的《两拍》之所以能在我国文学史上彪炳千秋，主要是因为它准确而生动地反映了封建社会的现实生活和民族文化精神。同时，作为通俗文学之一，《两拍》在继承我国传统艺术美学的基础上，也在不断地探求新的艺术之路，形成了独特的、富有鲜明个性和无穷魅力的艺术风貌，成为古代白话短篇小说艺术的璀璨明珠。

(一) 谲诡幻怪　亦真亦诞

《两拍》的基本艺术风貌是什么?凌濛初在《拍案惊奇·序》中概括说：谲诡幻怪。所谓"谲诡幻怪"，是指小说故事的怪怪奇奇。无论是"逸事"，还是"新语"，只要具备"谲诡幻怪"的美学特征，都可"新听睹""佐谈资"，把它们编缀成小说，拨动读者的心弦。

"文奇则传"（皇甫湜《答李生正二书》），是我国古代的美学传统之一。唯有尚奇，才能传世。唐代的小说以"传奇"命名，也许与此有关。汤显祖在《点校虞初志·序》中说："以奇僻荒诞，若灭若没，可喜可愕之事，读之使人心开神释，骨飞眉舞。"追求小说的谲诡幻怪，是晚明的文学风尚之一。《两拍》在这股美学潮流中占有重要的地位。

《二刻拍案惊奇》卷三十三《杨抽马甘请杖，富家郎浪受惊》叙述一个"奇人"的故事。他叫杨望才，诨名"杨抽马"，自小"遇了异人，得了异书，传了异术"，学得一手"神术"。一日，他请公差张千、李万来家，从房中取出两根官杖递给他们，让打自己和妻子各二十下。公差不敢答应，又分送他们银两。后来，杨抽马被人告发，以"左道惑众"之罪入狱。郡守依律断案，将他和妻子各杖二十下，"原来那行杖的皂隶，正是前日送钱与他的张千、李万。"凌濛初对此评论说，受杖一节，"真堪奇绝"，并且在眉批中两次写道："真正奇怪"，"先送杖钱，奇"，对杨抽马作了赞扬。

杨抽马真是一个料事如神的"奇人"。凡事经他之手，百验百灵，远近闻名。但他的朋友富家郎心里不服气。当杨抽马向他商借两万元钱时，竟不答应，以试其术。杨抽马用"神术"逼他就范：某晚，富家郎独宿书房，忽来一位美貌女子求宿，两人同处一室。翌日，那女子被人杀死在床，"身前已斫做三段，鲜血横流，热腥扑鼻"。富家郎惶恐惊吓，向杨抽马求教脱祸之法。杨抽马提笔画一符给他，贴在房中，万事俱消。富家郎在城外酒店款待杨抽马，答谢他的恩德。突然看见那当炉的妇人就是前夜来家的女子，才知这一场虚惊实是杨抽马惩罚他的把戏。自此，富家郎对他的"绝奇术法"佩服得五体投地。

"异术在身，可以惊世"，是凌濛初对奇人杨抽马的赞语。《两拍》中的人物几乎都有某种传奇色彩。可以说，它是一部晚明时代的"奇人传"。

卷五《襄敏公元宵失子，十三郎五岁朝天》是一篇地地道道的"奇文"。小说叙：正月十五元宵节，南陔由家人领着去观灯，混乱中为人拐去。他机智地拦轿呼救，由宦官带进宫去，拜见天子。因南陔在途中曾暗地在拐子的衣领上插了一根针线，所以官府很快就抓获了拐子。在审理此案中，还连带勘破了真珠姬的拐骗案。皇帝和朝廷大臣们十分高兴，遣人将南陔送归家中，并赐以厚礼。小说中的南陔是一位"神童"，他发现被人拐走时，"欲待声张，左右一看，并无一个认得的熟人"，先藏起插满珠子的帽子——那是最值钱之物——"也不言语，也不慌张，任他驮着前走，却像不晓得什么的"一般。将近东华门，他看见四五乘轿子叠联而来，知道其中必有官员贵人，"伸手去攀着轿幌"，大声呼救。拐子害怕，脱身便走。南陔终于逃出了虎口——一个五岁的孩子，能有如此非凡的智慧，岂不是天大的"奇文"！

然而，这篇小说的奇处更在破贼之举。南陔由中大人抱着来见皇帝，竟"不慌不忙，在袖中取出珠帽来，一似昨日戴了"，答话得体，声音清朗。尤其是他说出的如下一番话，使满座皆惊，皇帝也惊叹"连孩子不如"。南陔说："臣被贼人驮走，已晓得不是家里人了，便把头戴的珠帽除下藏好。那珠帽之顶，有臣母将绣针彩线插戴其上，以为不详。臣此时在他背上，想贼人无可记认，就于除帽之时，将针线取下，秘把他衣领缝线一道，插针在衣内以为暗号。今陛下令人密查，若衣领有此针线者，即是昨夜之贼。"官府据此缉得贼人，了却一段公案。凌濛初赞扬说："小时了了大时佳，五岁孩童已足夸。计缚剧徒如反掌，直教天子送回家。"

诚然，这篇小说对南陔的神化过多，他的说话和做事，都显示成人化的倾向。但并不影响这篇"奇文"的价值。它称扬了南陔的精明和智慧，从一个侧面表现了新兴市民阶层对后代的期望和憧憬。

《拍案惊奇》卷十二《陶家翁大雨留宾，蒋震卿片言得妇》说的是蒋霆的一次奇遇。他只因"一句戏言",便"得了一个老婆"。这位蒋霆,字震卿,是个儒家子弟。但他少年气盛,倜傥跳达,"玩耍戏浪,不拘小节",极爱游山玩水。一次他和两个客商结伴去绍兴游玩,归来的路上忽遇大雨,慌忙来到附近的一所住宅躲雨。这是生活中常见的事,算不得稀罕。然而,蒋霆的"奇遇"就从这躲雨开始。他见庄宅的两扇门虚掩着,就鲁莽地上前推手而入。两位同伴好意相劝,他竟说:"何妨得!此乃是我丈人家里!"这是朋友间的一句"戏言",谁知却惹恼了庄房主人陶家翁,恼恨蒋霆的放肆不恭,把两位客商让进屋内歇息,故意撇下他一人栖身屋檐之下。

蒋霆又冷又饿,寂寞难熬,忽听门内有人低声说:"且不要去。"蒋霆以为是两位客商的劝告,随便答应了一声。不久,又听人说:"有些东西拿出来,你可收拾好。"接着,院墙里丢出两个包裹,里面装有金银器物,他取了往前便走。墙上突然跳出两个人来,一直尾随于后,等到天明时,才认清是女子面貌,乃陶家翁的女儿陶幼芳和丫鬟。原来,陶幼芳不满父母的包办婚姻,约定和恋人王郎私奔,黑暗中把躲雨的蒋霆当做王郎,阴差阳错,只得跟着蒋霆成亲。正如凌濛初的眉批所说:"良缘天作合也。"

以上三例,是我们从《两拍》中信手拈来的奇人、奇文、奇遇,它们都有谲诡幻怪的特点。这种怪怪奇奇的故事,自然为当日的市民所津津乐道。我国古代小说的肇始之源是神话和寓言传说,它们虽也能透现当时的社会生活,但基本上都是各类谲诡幻怪的故事。后来志怪、传奇、神仙之类小说长盛不衰。及至明代中、后期,小说、戏曲等叙事文学迅速发展,这种谲诡幻怪的美学风尚,尤其受到人们钟爱。如《西游记》、《封神演义》等都把人间、冥界、天上、地下、龙宫、魔山搬到文学作品中来,一时弥漫于文坛。《两拍》的出现,是这一文学思潮发展的明证。

为了充分展现拟话本小说谲诡幻怪的艺术风貌,在选取创作素材时必须有所抉择。凌濛初在《二刻拍案惊奇·小引》中认为,只有那些"说鬼说梦,亦真亦诞"的故事,才能达到谲诡幻怪的理想的艺术效果。"亦真亦诞"的"真",显然是指小说题材的贴近社会生活。忠实地表现人间世态;而"亦真亦诞"的"诞",主要是指小说故事的神妙奇特,"说鬼说梦",疑信参半。《拍案惊奇》的"凡例"四说:"事类多近人情日用,不及鬼怪虚诞。正以画犬马难,画鬼魅易,不欲为其易而不足征耳。亦有一二涉于神鬼幽冥,要是切近可信,与一味驾空说谎,必无是事者不同。"这段话可视为凌濛初对"亦真亦诞"四字所作的注解。

《二刻拍案惊奇》卷三十六《王渔翁舍镜崇三宝，白水僧盗物丧双生》的
故事说：一日，王甲在岷江打鱼，得到了三宝，即一面聚宝古镜和两颗价值
连城的澄水石。波斯胡商人得知后，前来王家觅宝。他用三万缗钱购去两颗
澄水石，而宝镜仍藏王家。王甲自此金银满屋，成为巨富之家。这使他惶惧
不安，与妻子商量后，将宝镜捐献给峨眉山白水禅院。禅院主人法轮贪爱宝
镜，请人仿制一面假镜，而把真镜占为己有，禅院日趋兴旺。两年后，王甲
家业耗败，到禅院取回假镜，生活依然贫困。提点刑狱使者浑耀闻知真镜尚
在院中，遣宋喜前往白水禅院取镜。法轮诈称宝镜已归王甲，不肯给他。浑
耀恼羞成怒，把法轮抓到官府，活活打死。法轮子弟行者真空亦贪慕宝镜，
带着它和院中财物连夜逃走，途中被猛虎吞啮。王甲梦中得金甲神人指点，
得到一车金银钱币，而宝镜归于上天。他借此勤俭过日，一生富足幸福。

这则故事颇具"亦真亦诞"的风采。王甲的得宝之类，仅是西方文学中
的"天方夜谭"，在实际生活中是不会发生的事，而这个世代捕鱼谋生的渔民
在一夜之间成为富翁，也只是当时人们对幸福生活的一种幻想。凌濛初从
《夷坚志》中择取这则故事，目的是要"冷一冷这些欺心要人的肚肠"。小说
后半部描写围绕着宝镜——财富的象征在白水禅院和官府间展开了一场斗争，
对贪财者的残暴和卑劣作了无情的鞭挞。这些艺术描写，相当真实地反映了
晚明时代的社会世相。

谲诡幻怪、亦真亦诞的美学追求，必然导致艺术表现的千姿百态。而真、
幻结合则是凌濛初十分推崇的诸种艺术手法之一。《叠居奇程客得助，三救
厄海神显灵》中，凌濛初将现实的生活运用神话的形式来表现，增强了小说
的艺术魅力。小说在描写辽阳海神的出现时，充满浪漫色彩：

"远远的似有车马喧阗之声，空中管弦金石音乐迭奏，自东南方而来。看
看相近，须臾之间，已进房中。程宰轻轻放开被角，露出眼睛偷看。只见三
个美妇人，朱颜绿鬓，明眸皓齿，冠帔盛饰，有像世间图画上后妃的打扮，
浑身上下，金珠翠玉，光彩夺目。容色风度，一个个如天上仙人，绝不似凡
间模样。年纪都只可二十余岁光景。前后侍女无数，尽皆韶丽非常。各有执
事，自分行列。"

瑰丽的图画与现实的生活交织推进，组成了一支异于寻常的交响乐曲。
这和那种蒙上神秘色彩的"灵怪"类小说不同，是更高层次上的艺术融会，
两者水乳交融般的渗透凝注，艺术上渐趋于成熟。恰如睡乡居士的《二刻拍
案惊奇·小引》所说："幻中有真，乃为传神阿堵"。但是，倘过分强调艺术

表现的虚幻缥缈，又会削弱小说的思想性。至于个别小说宣扬"神仙鬼怪之事，未毕尽无"等观念，更不足取。

（二）委曲奇诧　巧夺天工

《两拍》以各种故事为中心，组成一幅幅市民生活的五彩斑斓的图画。这正是它吸引读者的主要艺术手段。然而，平淡无奇的故事，又难以诱发人们的阅读兴趣，所以，追求故事情节发展的"委曲奇诧"，是凌濛初的一个重要艺术目标。

"委曲奇诧"，是凌濛初在《二刻拍案惊奇》卷十七中提出的一条美学原则。他在这篇小说的"正话"前说："而今说着一家子的事，委曲奇诧，最是好听。"这个"委曲奇诧，最是好听"的故事就是《同窗友认假作真，女秀才移花接木》。凌濛初在这里所说的"委曲"，是指故事情节发展的曲折多变和跌宕多姿；而"奇诧"则是指故事情节发展的新鲜别致和生动有趣。这篇小说的情节发展确实具有这样的艺术特点。

"正话"开篇，凌濛初开门见山，叙述闻蜚娥的家世，引出这位"风姿绝世"的巾帼女子"自小习得一身武艺，最善骑射，直能百步穿杨"，乃是一个"将门将种"。但是，在封建社会中，武艺高强的女子又有何用！"必须得个子弟在黉门中出入，方能结交斯文丈夫，不受人的欺侮"，于是女扮男装，来到学堂攻读经史文章。这是故事发展的前奏曲。凌濛初淡淡写来，不觉波澜，却为以后的情节推进埋下了伏笔。

闻蜚娥的走出闺房，为结交异性朋友创造了条件。她在学堂中和杜子中、魏撰之意气相投，学业相长，结下深厚的友谊。天长日久，耳鬓厮磨，友谊逐渐演化为爱情。但杜、魏两人都是"出群才子，英锐少年"，使闻蜚娥的"择偶"出现了难题。闻蜚娥毕竟是个聪明绝伦的女子，决定用"射箭"来卜婚。至这里，小说故事的发展较为平缓舒展。但"射箭"卜婚以后，故事情节的发展波澜横生。箭为杜子中收得，这与闻蜚娥的心愿相合。在她的心里，本来就觉得和杜子中"同年所生，凡事仿佛些，模样也是他标致些，更为中意，比魏撰之分外说得投机"。如果故事到此结束，也不失为一则较好的爱情小说，"婚姻也只自商量"的思想主题也可以得到显现。

然而，凌濛初的笔锋陡然一转，笔下"跳出来"一个魏撰之，把箭从杜子中手中接了过去，而且，又添加了"忽然子中家里有人来寻，子中掉着箭自去了"的情节，这就使故事的发展别开生面：闻蜚娥误以为箭是魏撰之拾得的，心中暗许终身于他，但又不好明言，权借姐姐之名，向魏撰之传递了"姻缘"的信息。这一阴差阳错，是小说掀起的第一个波澜，它的表现天地大为拓展。正如凌濛初在眉批中所说："只此一误，就缠出许多变态来，人事工巧如此。"

正当闻蜚娥欲向父亲禀告"求亲"之时，父亲却被人诬告而身陷囹圄，亲事只得暂时搁置。这是小说故事情节发展的又一波澜，预示着闻蜚娥的亲事有可能发生新的变化。此时，恰逢秋试开始，杜、魏两人前去赴考，而闻蜚娥在和他们洒泪相别后独自上京为父亲申冤。这样的艺术描写，既是合情合理的，又可使情节的发展引向新天地。

果然，闻蜚娥在赴京路上和景芳莲相遇，尤使这则小说的情节"节外生枝"，扑朔迷离。这位"绝色佳人"在成都府的饭店中，看上了闻蜚娥，弄得她"无计推托"，只得"权且应承"，赠她一只"羊脂玉闹妆"作为爱情的信物。这一幕，把这则本已波澜迭起的爱情故事描绘得更加摇曳多姿。它也为全篇的结局拉开了帷幕。凌濛初于此浓笔酣墨，精雕细刻，是独具艺术匠心的。

闻蜚娥至京中来到杜子中家，此时，魏撰之已回家去了。两人同宿，拆穿了闻蜚娥女扮男装的"西洋镜"，又道破了"射箭"卜婚的真相，遂结为夫妇。后来，闻蜚娥又帮助魏撰之也完了"姻缘"。一篇"奇奇怪怪的妙话"戛然而止。

这篇小说情节曲折，结构完整，显示着凌濛初的非凡艺术才华。他以闻蜚娥和杜子中的爱情为主要线索，紧紧围绕着"移"和"接"来展开故事情节，看似漫不经意，实为细针密缝，又辅以魏撰之和景芳莲的爱情副线，互相交错，环环相扣，具有独特的艺术魅力。

《两拍》的"委曲奇诧"特点与小说故事的来源密切相关。它的来源之一是历代史书和笔记小说等前人的著作。这类著作中的"佚闻逸事"，大多对于当日的市民群众，有一种诱人的新鲜感。如《二刻拍案惊奇》卷二的《小道人一着饶天下，女棋童两局注终身》，小说的本事源于宋代洪迈的《夷坚志》一书，描写"一个棋家在棋盘上赢了一个妻子"的故事。这本身充满传奇色彩，凌濛初在再创作中，继承了原著内容上的这一特点，将它改编成一则富有艺术趣味的小说，而深受市民群众的欢迎。

《两拍》故事的另一来源，是当时的社会现实生活。正如酌元亭主人所说："采闾巷之故事，绘一时之人情。"（《照世杯·序》）那些在市民生活中

"闾巷"间发生的故事，也即凌濛初在《拍案惊奇·序》中所说的"耳目之内日用起居，其为谲诡幻怪非可以常理测者"之事。凌濛初把它们作为小说创作的素材，"演而畅之"，组成光怪陆离的《两拍》世界。如《莽儿郎惊散新莺燕，倡梅香认合玉蟾蜍》就是这样的一篇小说。它描写青年凤来仪和杨素梅的爱情故事。凌濛初从两人的相识写起，叙述他们的通情、幽会、求欢到惊散、分手、重会、成婚等一系列情节的发展，使这则小说的故事曲折多姿。随着凌濛初的艺术笔触，读者可以窥见两人姻缘的"原原委委"，从而对它产生浓厚的兴趣。这说明：只有"委曲奇诧"的故事情节，才能拨动读者的心弦。

在这篇小说中，凌濛初用"巧合法"结构全篇，使故事情节的发展富有戏剧性。小说中的凤来仪是个穷困潦倒的书生，父母双亡，依靠母舅周济过活。一日诵读少倦，走出书房散步，忽见墙外有一女子，凭窗而立，貌若无人，顿生爱慕之心。翌日，从丫头龙香口中，打听到女子名叫杨素梅，"父母俱亡，傍着兄嫂同居，性爱幽静，独处小楼刺绣"。相同的命运使他们走到了一起。一个"书卷懒开，茶饭懒吃，一心只在素梅身上，日日在东墙探头望脑"，另一个也"失魂落魄的，掉那少年书生不下，每日上楼几番，但遇着便眉来眼去"。但碍于传统的封建思想束缚，他们不敢走出书房和闺房自由地来往。通过龙香的暗递书信，两人的情感在炽烈地发展。终于，他们跨出了决定性的一步：相约在凤生的书房见面。看来，这一对青年人的爱情进展较为顺利，这篇小说的情节推进也显得十分平淡无奇。凌濛初的可贵之处是在以后的一系列情节发展中运用了"巧合法"来结构故事，使凤、杨两人的爱情在获得完满的结局以前屡遭挫折，使这个封建社会中常见的爱情故事充满艺术情趣。

第一"巧"，发生在凤来仪和杨素梅的幽会之时。两人相依相偎，情话绵绵之际，忽然"听得园内外一片大嚷，擂鼓也似敲门"，闯进凤生的好友窦氏兄弟两人。他们来邀凤生去饮酒。尽管凤来仪一再婉拒，但出于热忱的朋友之谊，最后还是跟着他们走了。这一次幽会被"惊散"，使凤、杨的爱情蒙上了阴影。

翌日，杨素梅的外婆来接外甥女去家说亲事，凤来仪的舅舅也来接外甥回家，商量上京会试之事。他们的亲戚在同一天硬逼着两人各自离家，造成这对恋人天各一方，音讯不通。这是第二"巧"。

第三"巧"，是在凤来仪中举以后。这位新进士做了福建福州市推官，荣归毕姻,家中已聘下一位"夫人"。谁知这位"钱塘门里冯家小姐"就是他朝思暮想的昔日情人杨素梅。两人终于结成夫妇,"恩情美满"。

这一系列"巧合"的情节组合在一起,把本来看似琐碎平淡的日常细事形成微波巨澜、跌宕起伏的故事。它们看似十分偶然,但在这种偶然性中,又蕴含着某种必然性。社会生活本来就是错综复杂的,意外之事常会发生,世界才成为五彩缤纷。如果艺术创作不去着意表现这些偶然发生的事件,就很容易陷入僵化的模式。所以,一个高明的作家,常能从纷繁的社会生活中撷取各种偶然发生的事件,运用"巧合法",把它们编缀得天衣无缝。这种结构故事的"巧合法",并不是作者主观的随意臆造,而是从生活中提炼的艺术真实,富有艺术的生机和活力。正如俄国著名的文艺理论家车尔尼雪夫所说:"偶然性乃是美不可缺少的属性。"(《美学论文选·当代美学概念批判》)它也使《两拍》的情节结构美充满诱人的魅力。

有位评论家说过:"巧,不是荒诞离奇,巧要巧得自然,巧得真实,巧得可信,使偶然性中包含有必然性的东西,做到'巧'与'真'的统一。"(张燕瑾,《市井寻常事,巧合成文章》)《两拍》的创作实践也证明了这一真知灼见。

《顾阿秀喜舍擅那物,崔俊臣巧会芙蓉屏》是凌濛初运用"巧合法"结构故事的又一生动例证。小说叙:崔俊臣以父荫得官,补浙江温州永嘉县尉,携妻王氏上任途中遇盗遭劫,家人被杀,夫妻离散。王氏栖身尼姑庵。顾阿秀将一幅芙蓉画送给寺院,王氏认出是船中被劫走的丈夫遗墨,就在画上题词一首。富商郭庆春买得此画,转赠御史大夫高纳麟。崔俊臣卖字画来到高家,见旧画故物和妻子题词,泣不成声。在高御史的帮助下,捕获真凶,夫妻团聚。

在这篇小说中,崔俊臣夫妇的悲欢离合,催人泪下。正如凌濛初在题目上所标明的那样,全篇的艺术结构建立在"巧合"的基础之上。它大约表现在:一是王氏在尼姑庵避难,而芙蓉图也在尼姑庵出现;二是崔俊臣在船上免砍一刀,为日后的夫妇团聚埋下了伏笔;三是王氏在芙蓉图上题词,而崔俊臣卖字画来到高家等等。这些艺术描写都带有某种巧合的因素,但读过小说后,我们一点也不认为它是"假"的,反而常常津津乐道于作者创造的艺术情境中。这是因为生活中发生这样的事虽然较为偶然,但也并非毫无可能。换句话说,凌濛初将这些有可能发生在现实生活中的偶然事件,加以集中和提炼,从而创造出一幅幅生动而逼真的艺术画面。围绕着"芙蓉屏"而展开的故事情节，一波三折，把这篇小说的主题和人物表现得十分鲜明，令人觉得真实可信，自然生动。

"情欲信，辞欲巧"（《礼记·表记》）是中国古代的美学传统之一。凌濛初在《两拍》的创作中，根据当时市民们的审美需求，又把它扩展到故事的艺术结构上，产生了种种神妙的艺术效果：简化故事情节发展历程，激增矛盾冲突的戏剧性等。它丰富了我国古代小说创作的艺术宝库，这种美学意义绝不应忽视。《两拍》中"巧合法"的运用成功，就是一个科学的证据。

"委曲奇诡"，巧夺天工，是《两拍》情节结构美的主要特征。它有利于加强小说的美学魅力，在吸引读者的审美情趣上往往会收到意料不到的艺术效果。但若一味追奇求巧，却又常常适得其反。《拍卷惊奇》卷二《姚滴珠避羞惹羞，郑月娥将错就错》其实是一则"公案"故事。凌濛初从平凡的家庭日常生活的描写入手，由徽州写到衢州，从偏僻的乡村辐射至繁华的都市，通过府堂衙门、青楼妓院、经商生涯和纯情的青年、凶悍的公婆、糊涂的家长、沦落风尘的妓女和弃儒为商的秀才以及封建官吏、恶棍、媒婆、鸨母、巡捕、婢女的描写，把艺术的笔触伸向明末社会的底蕴，在广阔的背景上展现了当时的时代风貌。但全篇用来纽结故事发展的主要"关节"是郑月娥和姚滴珠的"容貌无差"。诚然，这在实际的生活中是有可能存在的事，但她们两人的容貌酷肖到连亲生的父亲，"极密的"亲戚以及乡人们都不认识的程度，这又似乎过于罕见了。况且，姚滴珠的"失散"只有两年的时间，这样的艺术描写看来有悖于情理。大概凌濛初也已经意识到这一点，在小说中对此作了多次解释，如"家里只要息讼要紧"，"在娼家赎归，不好细问"等等，但未免显得乏力。这种艺术上的缺陷，明显削弱了小说的思想和艺术力量。

（三）摹写逼真　神情毕肖

打开《两拍》，一个个鲜蹦活跳的人物扑面而来：文若虚、姚滴珠、刘东山、贾秀才、蒋霆、陈珩、王氏、罗惜惜、静观、周国能、杨金宪、莫大郎、满少卿、严蕊、闻蜚娥、姚公子、高愚溪、程宰、莫大姐、懒龙……他们虽没有我国文学画廊中的佼佼者如贾宝玉、林黛玉等人物形象那样的丰满和多彩，但也神情毕肖，音容笑貌宛在，深深地植根于民众之中。

"摹写逼真"，是睡乡居士《二刻拍案惊奇·序》中的话，可用它来说明《两拍》人物描写的美学特点。所谓"摹写逼真"，是指凌濛初在创造人物形象时，依照生活的本来面目，不加任何修饰地如实描写，这也就是人们常说的"白描"手法。

我国的话本小说是叙事体的文学，大多以故事结构的精湛和情节编织的奇巧擅胜。但是，在故事情节的发展中，人的活动却始终占据着重要的地位。这也就是说，故事依赖人的活动而存在，而人的活动则靠故事的发展逐步呈现鲜明的性格特征。所以，人物艺术形象的"摹写逼真"和小说故事情节的"委曲奇诧"交织推进，是《两拍》在艺术上的一个重要特点。

《拍案惊奇》卷十六《张溜儿熟布迷魂局，陆蕙娘立决到头缘》的故事取材于封建社会中的都市一角。主人公陆蕙娘是京城的一位小家碧玉，长得十分漂亮，但却嫁与拐子张溜儿为妻，专以设局骗人，诈取钱财为生。这样的命运对于陆蕙娘来说，实在是太不公平了。于是，小说引出了以下的故事：

一个风和日丽的艳阳天，嘉兴府桐乡县秀才沈灿若来杭州应试，和几个朋友到郊外饮酒时，和上坟归家打扮的陆蕙娘相遇，"却似顶面上丧了三魂，脚底下荡了七魄"，折服于她的美貌。其实，这是张溜儿精心设计的一个骗局，而沈灿若却浑然不知。他跟着陆蕙娘来到一个僻静处，张溜儿诡称风姿绰约的陆蕙娘是其"表妹"，将她嫁给沈灿若。

这里出现在我们面前的陆蕙娘，似乎不是一个正派的女子，她在封建社会的黑色染缸中，跟着张溜儿做坏事，成为拐子的工具。读者可以想见，他们的设局害人，恐非首次。陆蕙娘的艺术形象是否真实呢？我们可以清初的拟话本小说集《照世杯》中的《百和坊将无作有》作一对比，可知张溜儿这样的拐子为非作歹，是封建社会的一种普遍现象。当时，女子的一切言行都以丈夫的言行为准则。凌濛初笔下的陆蕙娘，屈从命运的安排，参与丈夫的"美人计"，是真实可信的，符合"摹写逼真"的美学原则。

随着小说故事情节的发展，陆蕙娘的真实面目逐渐显露。她的再次出现是在沈灿若的房中。沈灿若几次催请陆蕙娘安睡，这位"新娘"却心绪不宁：一会儿"啭莺声，吐燕语"，婉谢推辞；一会儿又独坐椅上，静观沉思。此刻，涌上陆蕙娘心头的是正义和邪恶、善良与奸诈的两种思想激烈斗争。一边是无辜的沈灿若，一边是丈夫张溜儿，该如何"立决"，是到了彻底摊牌的时候。她的心里涌腾着一股复杂的思想感情。在良知和理性的驱使下，她问沈灿若："你京中有甚势要相识否？"这是陆蕙娘"反叛"丈夫前的最后一次试探。小说丝丝入扣，惟妙惟肖地展现了她的心灵世界，十分逼真传神。凌濛初在这句问话的旁批中写着："此问亦奇。"奇就奇在殊出沈灿若的意料，也有悖于常规情景中的合理思维。而从陆蕙娘当时的处境和心理来看，这一问却是完全真实的，因为她对"反叛"丈夫的行动还心存疑虑，唯恐一旦失败后，将会祸及沈灿若和自己，使"脱身"大计付诸东流。而当沈灿若对此问作了肯定的答复后，陆蕙娘说："既如此，我而今当真嫁了你罢。"这一句话，在陆蕙娘心里是郁积已久的肺腑之言，一旦说出后，真像卸下一副千斤重担。接着，她向沈灿若和盘托出张溜儿奸计的真相，并表明心迹说：

"妾每每自思，此岂终身道理？有朝一日惹出事来，并妾此身付之乌有。况以清白之身，暗地迎新送旧，虽无所染，情何以堪！几次劝取丈夫，他只不听。以此，妾之私意只要将计就计，倘然遇着知音，愿将此身许他，随他私奔了吧。今见官人态度非凡，抑且志诚软款，心实欢羡。但恐相从奔走，或被他找着，无人护卫，反受其累。今君已交游满京邸，愿以微躯托之官人。官人只可连夜便搬往别处好朋友家谨密所在去了，方才娶得妾安稳。此是妾身自媒以从官人，官人异日弗念此情。"

这番情真意切的话，感动了沈灿若，两人连夜搬家，"私奔"他处。在这里，凌濛初调动一切艺术手段，把陆蕙娘的神态、语言、心理活动等摹写得相当逼真，让人如闻其声，如见其人。正如鲁迅所说，"不务装点，而情景反如画"，凸现人物的思想和性格，不著一字，尽得风流。

陆蕙娘是封建社会中真实而可信的一位青年女子。她虽然跟着丈夫做过一些违心的事，但一旦遇到"知音"，就义无反顾地走上"自媒"之路。从她见到沈灿若和"立决"反叛张溜儿的整个过程来看，她始终处于一个十分微妙的境地。她打定主意要和奸恶的丈夫决裂，但又得按照其旨意去骗人入网；暗中有情于"容貌魁峨，胸襟旷达"，志诚老实的才子沈灿若，却又处于谋害者的地位而难于向他禀明心迹；沈灿若在房中的声声话语，又逼迫着她无法躲避这种种尖锐的矛盾。

如何描写特定情景中人物独特的思想感情，尤其是陆蕙娘的心灵历程，是这篇小说创作的最大难题。凌濛初用"白描"的艺术笔法，逼真地摹写了她的三次看视沈灿若，以袒露其复杂而丰富的内心世界：第一次"看"，是在两人刚见面后沈灿若跟随她的路上："那妇人在驴背上，又只顾转一对秋波过来，看那灿若。"细心的读者已经发现，陆蕙娘从见到沈灿若的那一刻起，已在心里琢磨反叛丈夫的行动，只是由于一时找不到称心如意的"知音"，才勉强和丈夫同流合污。一见沈灿若，她的心里顿时萌生爱慕之念，秋波频传。这一"看"，真是神来之笔，寥寥数语而神态毕现。对此一番苦心运思，凌濛初唯恐读者忽略而过,特意在批语中提示说:"此时此看,有意邪,无意邪!"其中的言外之"意",读者自不难理解。陆蕙娘的第二、三次"看",是在沈灿若催请安睡后,她"口里一头说,眼睛却不转的看那灿若","蕙娘又将灿若上上下下仔细看了一会儿,开口问"沈灿若。这两次"看",陆蕙娘都恨不得把沈灿若的上下内外看个透。因为对她来说,正面临着命运抉择的关头,这是一个很难用语言来表达思想和感情的场合:她和沈灿若之间仅仅只有一面之缘,而要把终身相托,不能不踌躇再三。小说的这三"看",相当传神地揭示了陆蕙娘的复杂心态,把人物表现得活灵活现,跃然纸上,充分显现创造人物形象时"摹写逼真"的艺术魅力。

"摹写逼真",不仅仅是指对人物艺术形象本身的各种神态、语言、行为和心理活动等作生动细微的刻画,而且还包括对社会现实生活的真实表现。只有这样,作品中的艺术人物才能形神兼备,动人魂魄。生活给凌濛初提供了机遇。《两拍》中的人物大多属于新兴市民阶层,他们以迥异于传统思想的崭新面貌活跃在市井社会。在这些文学艺术形象身上,十分"逼真"地凝聚着时代的气息。

《二刻拍案惊奇》卷三十五《错调情贾母詈女,误告状孙郎得妻》中的孙小官,是又一个具有新兴市民思想的艺术人物形象。他"年方十七,姿容甚美",情窦初开。恰好邻家有一"貌美出群"的同年女子贾闰娘,于是"不时往来他门首",以求多见上几面。贾闰娘的父亲已亡,没有兄弟,只是娘儿两个过活。因经常要帮助母亲做点家务,"免不得出头露面",和孙小官打过几次照面后,也悄悄地爱上了他。贾母怕招惹是非,"拘管女儿,甚是严禁",两人不能自由来往,甚至连"捉空与闰娘说得句把话"的机会也极少。这在一个扼杀自由爱情的时代,是相当普遍的社会现象。孙小官偏要向这种专制的社会提出挑战。他虽是个"读书人",但爱情的力量冲走了那虚伪的"体面"和"羞耻",主动追求贾闰娘,在无人处,常把"语言挑他"。

一天,贾闰娘穿着一件大红裙子在窗前刺绣,孙小官又来"趱了好两次"。贾闰娘怕母亲知道,要生出许多事来,就对他说:"青天白日,只管人面前来趱做什么?"这本是一句责备的话,孙小官却误以为是贾闰娘对晚间约会的暗示,当夜来和贾闰娘见面。不料,又把穿着闰娘淡红裙子的贾母误作恋人,闹了个"阴差阳错","不要命地一溜烟跑了去"。而孙小官和贾闰娘的心事也为贾母得知,一气之下,她不问青红皂白,狠狠地训斥闰娘。贾闰娘有口难言,无法辩明心迹,绝望地上吊了。贾母把孙小官找来,骗进房内,

"与小女相与一会儿"。其实，这是她一手精心策划的圈套，目的是把闰娘之死的责任转嫁给孙小官。等到孙小官发现中计，房门早被牢牢反锁。他插翅难飞，只得听任贾母去衙门告状。

孙小官与贾闰娘单独相处一室，又没有任何干扰，要是在以前，这样的机会当然是他求之而不得的事。现在闰娘已死，自己白白顶个"因奸致死"的罪名，真是爱情未得身先死啊！孙小官感慨万千。他明白贾母的归来必然意味着一切美好前程的终结，自己也将和贾闰娘一样化为这个黑暗社会的殉葬品，不由得哀叹命运的不幸。然而，他首先惦念的还是闰娘的一片"好情"，认为她"今却为我而死"，是为追求幸福的爱情而走上绝路的，自己也应和她一样忠于爱情，"一死谢他"。但是，这样付出的生命代价真是太冤了，因为他和闰娘还没有真正享受过爱情的甜蜜和欢乐。所以，他"将自己的脸偎在她脸上，又把口呜嗫一番，将手去摸摸肌肤"。孰知闰娘在抚爱下居然起死回生，"两人无拘无管，尽情尽意了一番"，"已宛然似夫妻一般"，情意绵绵。等到贾母带着公差进门，他们早已"生米煮成了熟饭"，过上幸福的生活了。

正如一位评论者所说："在晚明文学中，形成了一股冲荡理学、叛逆传统的进步思潮，出现了一批无视社会的陈规陋矩、勇敢大胆追求个人幸福（特别是爱情生活）的新的人物形象，这是区别于以往文学的一个显著特点。孙小官正是这一新的文学形象群中别具光彩的一位，他如愿以偿的喜剧式结局，反映了人们对个人成为爱情生活主宰的正常世俗生活的肯定和向往，是一种乐观的时代精神的折射。"（见《文学人物鉴赏辞典》"孙小官"条）

孙小官虽然是一个"儒家子弟"，但在新兴市民思想潮流的冲击下，已脱尽儒家思想的束缚，尤其是在爱情和婚姻问题上，他摒弃了封建社会中的那一套旧道德观念，成为反叛传统思想的一名战士。孙小官不仅充满爱的热情，而且敢于大胆追求自己的幸福。当他以胜利者的姿态宣称，闰娘"是我的了"时，何等的自豪。一种蔑视封建势力、为实现美好理想勇往直前的精神，力透纸背。他和文若虚、贾秀才、莫大姐等艺术形象一样，具有鲜明的时代思想特征，十分真实而可信。

（四）语多俚近　叙论结合

"语多俚近"，是凌濛初在《拍案惊奇·序》中对宋元话本小说语言风格的说明，用来衡量《两拍》的语言特点，也是非常正确的。所谓"语多俚近"，其实可用一个"俗"字来概括。俗，就是通俗。"话须通俗方传远"，见于《三言》中的这句话，抓住了话本小说语言通俗美的基本特征。话本小说本是口头讲唱的文学，无论是在间巷街头，还是在瓦舍勾栏演出，总以招揽听众为它的首要目标。语言的通俗美就成为话本演出能否成功的一个重要标志。《两拍》是凌濛初创作的拟话本小说集，主要供读者阅读和欣赏，所以，比起宋元话本小说来，语言的运用较多文学的色彩，而口语化的程度相对逊色些。但是，语言的通俗美，仍然是它努力追求的目标，呈现通俗、明白、生动、晓畅的艺术风貌。

我们先来看《两拍》的叙述语言。睡乡居士的《二刻拍案惊奇·序》中有"物态人情，恣其点染"的话，是对它的特点的正确概括。

《两拍》是叙事体的文学作品，叙述语言是它最基本的表现形式。《刘东山夸技顺城门，十八兄奇踪村酒肆》的"正话"中，凌濛初紧接回前诗说：

话说国朝嘉靖年间，北直隶河间府交河县一人姓刘名钦，叫作刘东山，在北京巡捕衙门里当一个缉捕军校的头。此人有一身好本事，弓马熟娴，发矢再无空落，人号称连珠箭。随你异常狠盗，逢着他便如瓮中捉鳖，手到擒来。因此也积攒得有些家事。年三十余，觉得心里不耐烦做此道路，出脱了，在本县去别寻生理。

在这节叙述语言中，凌濛初开门见山地交代了小说发生的年代以及主人公的姓名、字号、诨号、身份、经历、爱好、性格特征、年纪、专长等，犹如一张"履历表"，使读者对小说人物的概貌一目了然。这当然有利于故事的开展和人物性格的深化。接下来的一节，小说叙述他在顺城门的"夸技"，把故事引向特定的艺术情境。

一日，冬底残年，赶着驴马十余头，到京师转卖。约卖得一百多两银子。交易完了，至顺城门雇骡归家。在骡马主人店中，遇见一个邻舍张二郎入京来，同在店买饭吃。二郎问道："东山何往？"东山把前事说了一遍，道："而今在此雇骡。今日宿了，明日走路。"二郎道："近日路上好生难行，良乡、郑州一带盗贼出没，白日劫人。老兄带了偌多银子，没个做伴，独来独往，只怕着了道儿，放仔细些。"东山听罢，不觉须眉开动，唇齿奋扬，把两只手捏了拳头，做一个开弓的手势，哈哈大笑道："二十年间张弓追讨，矢无虚发，不曾撞个对手。今番收场买卖，定不得折本。"店中满座听见他高声大喊，尽回头来看。也有问他姓名的，道："久仰，久仰。"二郎自觉失言，作别出店去了。

　　如果说，第一节叙述语言用的是平缓的语调，作客观的交代，那么，在这节叙述语言中，凌濛初使用了充满感情色彩的语调，对小说中的事件和人物进行绘声绘色的描摹。他把对人物和故事有关的一切都作了明白的交代，诸如时间、地点、事情的缘起以及季节等，几乎无一遗漏。特别是邻居张二郎的出现，引发了他们之间一番亲热而友好的对话，从中暗示了当时的社会腐败，一盗贼出没"无常的世态"。又转入对刘东山的劝谕，从"没个做伴，独往独来，只怕着了道儿"的忠告中，又为以后的情节发展埋下伏线，给读者在心理上预作明确的提示。这一切，是那么的顺理成章，浑然天成。描述刘东山"夸技"的神态和语言，可说是神来之笔，让人有亲历其境之感，一个任侠、慷慨的豪士历历在目。"店中满座听见他高声大喊"一句，既点明了当时的特定情景，又诱导着故事的向前发展。因为在这些人中，有"十八兄"一伙，他们"尽回头来看"，表现对刘东山"夸技"的愤懑不平。于是，情节犹如泻地的水银一般，迅速向四处扩展。

　　《两拍》语言的通俗美，还表现在它的高度口语化、个性化和数字化上。我国的话本小说，也是讲述体的文学，它的语言必须适应艺人们口头表演时的各种动作的需要。而高度的口语化，则是为达到理想的演出效果必须具备的一种美学要求。叙述者运用一切可以调动的艺术手段，把各种特定的人物和事件讲得一一可见。可以想象，当年的话本听众对艺人的这种表演会投以赞许的目光。从上引的例子来看，《两拍》的叙述语言也具有这样的特点。它在叙述者声情并茂的讲述中，把事件和人物的各个环节都编述得一清二楚，让读者留下深刻的印象。

　　清初著名的文学家李渔在《闲情偶寄》中说，艺术家创造人物，必须做到"心曲隐微，随口唾出，说一人肖一人"。而要达到这样的艺术境界，小说语言的个性化是关键。这一点凌濛初也是充分注意了的。如《莽儿郎惊散新莺燕，偶梅香认合玉蟾蜍》中有一节说：

　　"龙香走回家去见了素梅，面带笑容。素梅问道：'你适在那边书房里来，有何说话，笑嘻嘻地走来？'龙香道：'好笑那凤官人，见了龙香，不说什么话，把一张纸、一管笔，只管写来写去，被我趁他不见，溜了一张来。姐姐，你看他写的是什么？'素梅接过手来，看了一遍，道：'写的是一首词。分明是他叫你拿来的，你却掉谎。'龙香道：'不瞒姐姐说，委实是他叫龙香拿来的。龙香又不识字，知他写的是好是歹？怕姐姐一时嗔怪，只得如此说。'"

名家解读古典名著

话本与文言小说（上）

　　原来，她的主人杨素梅和秀才凤来仪互相爱慕，但囿于封建礼教束缚，不敢向意中人表露，只得由丫鬟龙香暗中送书递信，扯住这根爱情的红丝绳。这段文字叙述她带着凤来仪的《满江红》词回家向杨素梅"交差"的情景。龙香既知悉凤来仪的意愿，又通晓素梅的心事，但她故意装出一副娇态可掬的样子，先避开素梅的急切询问，欲擒故纵，把传书的本意藏而不露，激发素梅提毫挥笔，回书凤来仪。对此，主婢皆心照不宣。凭借着这种充分个性化的语言，把两人的"心有灵犀一点通"表现得栩栩如生。这段文字，声情并茂，富于个性，活现了这对女子的鲜明形象。难怪凌濛初在批语中要说，"龙香饶有趣致"，"机变捷于红娘"，对此作了肯定和赞扬。

　　话本艺术融合了"说话"艺人与人物、听众三者的关系。在表演时，艺人所用的语言，除了能描摹故事的发展和人物的活动外，还必须对众能产生艺术的感染力。数字的恰当运用，能使小说中的文学情境和人物凸现出来，让人有具体的、直观的感受。凌濛初也深得这种艺术的真谛，在《两拍》中，部分小说的题目是用数字标示的，如《乌将军一饭必酬，陈大郎三人重会》、《丹客半黍九还，富翁千金一笑》等，共有十五篇，占总数的六分之一。小说中人物的命名，不少也都用数字相标。如十八兄、韦十一娘、赵六老、十三郎、赵五虎等。至于在小说的正文叙述中，数字的运用更为普遍。如《张溜儿熟布迷魂局，陆蕙娘立决到头缘》在描写沈灿若和陆蕙娘的初遇时说：

　　只见一个妇人，穿一身缟素衣服，乘着蹇驴，一个闲的挑了食品随着……灿若见了此妇，却似顶门上丧了三魂，脚底下荡了七魄。他就撇了这些朋友，也雇了一个驴，一步步赶将去，呆呆地尾着那妇人，只顾看。那妇人在驴背上，又只顾转一对秋波过来，看那灿若。走上了里把路，到一个僻静去处，那妇人走进一家人家去了。

　　在这节艺术描写中，几乎句句镶嵌着数字。这是《两拍》小说叙述语言的一种独特表现手法，它可以缩短读者与小说人物的距离，增加人们对作品的欣赏趣味，并唤起他们身临其境般的审美体验，有利于真切地感知小说的美学情韵。

　　《两拍》的语言艺术还有一个显著的特点：议论风生，综论国事。凌濛初在《拍案惊奇·凡例》中说："是编主于劝诫，故每回之中，三致意焉，观者自得之，不能一一标出。"确实，综观《两拍》，议论的味道很浓。他虽然不是一个哲学家，但喜欢用论辩的方式发表各种看法，动辄就是长篇大论。涉及的社会问题之多，范围之广，在晚明文学中可谓首屈一指。仅从本书前面已经列举的那些议论来看，举凡当时的各种社会问题，如官府的黑暗、司法的舞弊、理学的虚伪、道术的荒谬、拐子的奸诈、无赖的作恶、男女平等的呼唤、自由恋爱的赞扬、科场的不公以及封建伦理道德观念下各种世相等等，都成为凌濛初议论的主要对象。这是一种关心国事，积极干预生活的思想象征，因为在这些直抒胸臆的议论中，凌濛初寄托着强烈的主观爱憎。

《两拍》中的议论大多在篇首或篇尾。在篇首，凌濛初往往用回前诗或词点明题意，概括全篇的主要思想内容。紧接着回前诗（词）的是大段议论，一般是对回前诗（词）的诠释，也时常借题发挥，直截了当提示小说的创作主旨。在篇尾，他又常常以一首诗（词）作结，以叙述者的身份，总结全篇题旨，或劝诫世人，或评论作品，加强对小说主题思想的把握。这种艺术手法，本是话本小说的艺术体制，但凌濛初在把它们运用到《两拍》的艺术创作中的时候，又缩减了诗（词）的篇幅，而增加了议论的容量。

"正话"故事前，凌濛初也常用诗（词）过渡，然后用议论揭示它的思想意蕴。有时，他又把议论穿插在故事叙述的过程之中，对有关的人物或事件作即兴的评论。如《闻人生野战翠浮庵，静观尼昼锦黄沙弄》在叙述静观女和闻人生在翠浮庵的相遇，萌生爱恋，但因是"出家人"而不能自由地择偶，此时插入一段议论说：

"看官听说：但凡出家人，必须四大俱空。自己发得念尽，死心塌地做个佛门弟子，早夜修持，凡心一点不动，却才算得有功行。若如今世上，小时凭着父母蛮做，动不动许在空门，哪晓得起头易，到底难。到得大来，得知了这些情欲滋味，就是强制得来，原非他本心所愿。为此，就有那不安分的，污秽了禅堂佛殿，正叫作'作福不如避罪'。奉劝世人，再休把自己儿女送上这条路来。"

作者在批语中认为，此段"议论警世不浅"。这种夹叙夹议式的艺术格局，与篇首、入话、篇尾的议论相互映照，反复渲染。这就是凌濛初在"凡例"中所说的"三致意"，它有利于强化主题，完成"主于劝诫"的艺术使命。

有时，凌濛初也借小说中的人物之口，对世事和社会发表评论。

如《硬勘案大儒生闲气，甘受刑侠女著芳名》中叙述唐与正等人和朱熹的交往时，插进如下陈亮的话："而今的世界，只管讲那道学，说诚心诚意的，多是一班害了风痹病之人。君父大仇全然不理，方且扬眉袖手，高谈性命，不知性命是什么东西？"正如凌濛初的批语所说，"这场议论，时之针砭",给盛行于世的伪道学以当头棒喝,增强了小说思想旨意的力量。

由此可见,《两拍》的议论,采取了多种艺术表现形式,但万变不离其宗,如此风生焕发的议论,是弘扬新兴市民思想的需要,为其发展和壮大撑腰。

《两拍》这一语言美学特点的形成,恐怕和当时的社会艺术氛围有关。

晚明文坛上潜流着一种"医国"小说观。所谓"医国"小说,就是要求文学作品须深刻地揭露封建社会的各种弊端,从而引起统治者的警觉,对它进行疗救。冯梦龙的《三言》是这种"医国"小说观的代表作。编纂者认为小说可以"喻世""警世""醒世",为改造混沌的现实世界提供帮助。凌濛初十分推崇《三言》,将它视为《两拍》创作的圭臬。他在小说中的议论风生,纵谈国事,就是这种"医国"说在艺术创作上的具体实践。明白了这一点,我们对《两拍》的议论之多也就不足为怪了。但是,从艺术审美的角度来看,过滥的议论又会削弱小说的艺术情趣和美学魅力。

四 "两拍"功过评

《两拍》问世至今,已有三百六七十年了。在历史的风雨中,它也经历了坎坷曲折的命运。今天,当我们蓦然回首往事的时候,一切依然是那么的记忆犹新,仿佛它就像是发生在昨天。穿透历史的表象,还《两拍》以本来的面目,是每一个有良知的读者的责任。我们再也不允许污浊的尘垢去沾染这一颗艺术明珠了。

(一) 影响和流传

《两拍》刊行后,在社会上"翼飞径走",深得人们的青睐。崇祯十六年(1643年),尚友堂书坊又出版了署名为"梦觉道人、西湖浪子同辑"的拟话本小说集《幻影》。孙楷第说,这位"梦觉主人"很可能是编撰戏曲《鸳鸯簪》的王国柱。《幻影》又名《型世奇观》,国内存有残本,仅一至七回。书前有作者写的《序》说:

"余尝读未见书,遂拍案叫奇,始悟古今事迹,非奇则怪。去岁复游天台仙府,诣诸名胜,凭吊陈迹,愈觉山河变幻。今春卜室孤山之麓,时梅影横度,竹阴展新,斜阳映水,峰陟流云,掩关无事,简(检)点废帙,得一、二野史,烦倦之顷,偶抽阅之,多忠孝侠烈之事。间有贪淫、奸宄数务,观其含垢蒙耻，败露情况，亦足发人深省。……今特撮其最重者数条授梓，非无谓也。"

这说明，梦觉道人的创作《幻影》，乃是受了凌濛初《两拍》的启迪。《序》中所说的"未见书"，是指不被封建统治阶级倚重的著作。正是包括《两拍》在内的这些"未见书"，触发了梦觉道人的创作灵感，从"废帙"中搜罗三十则"非奇则怪"的故事，编成小说集《幻影》出版。

现存北京大学图书馆的明末刊本《三刻拍案惊奇》，原书八卷三十回，今存二十七回，是根据《幻影》而重刻的拟话本小说集。正如郑振铎在《中国文学论集》一书中所说："此书实为《幻影》，后乃改题《惊奇三刻》。"（《三刻拍案惊奇》）"这三十回，包括了三十篇话本，内容以劝诚之作为最多，充分地表示出'书生作小说'的不大自然的本韵来。"恰如它的书名所表明，它是《两拍》的续书之一。

法国巴黎国家图书馆还藏有一部《二刻拍案惊奇》别本。此书又名《拍案惊奇》二集，共三十四卷。据刘修业所见，它的前十卷题作《二刻拍案惊奇》，内容和行款皆同尚友堂出版的凌濛初的《二刻拍案惊奇》。自第十二卷以后，此书则题作《绣像二刻拍案惊奇》，是用《幻影》的旧版印行的。由此可知，它实际上是这两书的一部合辑本。

从《幻影》——《三刻拍案惊奇》——《拍案惊奇二集》可以说明，凌濛初创作的《两拍》，在当日的社会上影响很大。不少文人都把《两拍》作为艺术创作的楷模，或续书，或合辑，而书商也乐意出版这类通俗小说。一时，这成为明末清初时期的一个令人瞩目的现象。

首先，《两拍》中的故事被其他小说和戏曲等市民文艺所移植，制成新篇。如拟话本集《石点头》第十卷《王孺人离合团鱼梦》的故事，即根据《拍案惊奇》卷二十七的"入话"加以敷衍而成。崇祯十五年（1642 年）刊行的《苏门啸杂剧十二种》所用的题材，几乎全部袭取于《两拍》。这都可以说明《两拍》在明、清时期文坛上的地位和影响。

其次，凌濛初开创的文人独著拟话本的新路，尤为当时的知识文人所仿效。在《两拍》之后，就有周清源的《西湖二集》、渔隐主人的《欢喜冤家》、天然痴叟的《石点头》、金木散人的《鼓掌绝尘》、东鲁古狂生的《醉醒石》、酌元亭主人的《照世杯》、李渔的《边城璧》和《十二楼》以及徐述夔的《八洞天》和《五色石》等拟话本小说集问世。据初步统计，仅天启五年（1625）以后到清顺治（1644—1661 年）的三十余年间，就有著名的拟话本集近二十部出版,一时间蔚然成风,从而使明末清初时期成为我国的话本小说发展的全盛期。这一文学新局面的到来,与《两拍》的广泛流布有着密切的联系。

凌濛初的《两拍》也引起了封建统治阶级的注意。尤其是书中所寄寓的"意"和发舒的"垒块",使他们感到不安。作品中充溢着的市民精神,日益成为民众反对箝制思想自由的武器。于是,禁毁通俗文学出版的反动文化政策,也从原先的禁锢《水浒传》《三国演义》《隋唐演义》等长篇历史小说拓展到《两拍》等白话短篇小说。从清人俞正燮的《癸巳存稿》排比的清代禁书情形可知,一次又一次的"禁毁"浪潮,不仅使所谓的"荒唐鄙俚",有碍风化的"淫词小说"遭到厄运,就连尚关"风雅"的一般通俗文学,也逃不脱被株连的命运。

为了对付清代统治阶级的"禁毁"政策,一些文人和书坊商人对若干在社会上甚有影响的通俗文学作品,或更换书名,或进行改头换面的删削后再行出版。《两拍》的情形也是如此。所以,我们目前见到的它的版本较多。以《拍案惊奇》来说,除尚友堂本外,还有复尚友堂本、消闲居本、聚锦堂本、松鹤斋本、万元楼本、同文堂本、鳢飞堂本、文秀堂本、同人堂本、细燕野堂本等十余种不同的版子。至于《二刻拍案惊奇》,由于它的更为鲜明和大胆的反封建思想,尤其是点名抨击程、朱理学的代表人物之一的朱熹而触犯了时忌,在清初就被列入另册,它的命运比《拍案惊奇》更为糟糕。

历史记载着这样一页:清道光二十四年(1844年)九月,浙江湖州知府颁布禁书令及禁毁书目,内有《拍案惊奇》和选有《两拍》小说的拟话本集《今古奇观》等书。《两拍》的出版虽然被禁止了,但书中的故事却一直植根于民众之中。如今本戏曲《移花接木》的故事,就是根据《同窗友认假作真,女秀才移花接木》移植的,两者除了个别情节稍有变动和人物姓名用谐音以外,几乎全部相同。可以说,戏曲完全是小说的翻版。这有力地说明了《两拍》的艺术生命力之强。

优秀的文学作品是全人类的共同财富。《两拍》也不例外。现有的资料表明:它在国外的流布同样十分广泛。日本、英国、法国等国的国家图书馆、大学图书馆或私人藏书家手中,都存有它的不同本子。在朝鲜、越南、新加坡、瑞典、捷克和斯洛伐克等国,《两拍》也有相当的影响。此外,《两拍》中部分较为优秀的作品,如《转运汉巧遇洞庭红,波斯胡指破鼍龙壳》《顾阿秀喜舍檀那物,崔俊臣巧会芙蓉屏》《赵县君乔送黄桔,吴宣教干偿白镪》《诉穷汉暂掌别人钱,看财奴刁买冤家主》《神偷寄兴一枝梅,侠盗惯行三昧戏》等，被分别译成英、法、德、意、日等各种文字，受到各国民众的欢迎。这一中外文化的交流，在本世纪达到了高潮。

海外对凌濛初和《两拍》的研究兴趣也逐渐浓厚，尤其是日本学者的阵营较为强大。长泽规矩也的《关于"三言二拍"》、香坂顺一的《〈拍案惊奇〉的语言》、荒木猛的《〈二拍〉的娱乐性与游戏性》、小川阳一的《"三言二拍"与善书》等都是二十世纪中富有影响的论文。西方学者对《两拍》的研究，开始于二十世纪三十年代，在六七十年代得到发展。美国学者韩南的专文《凌濛初小说的特质》和苏联学者沃斯科列先斯基的论著《中国古典作家凌濛初著作的题材与版本》，是研究凌濛初和《两拍》的力作。这说明：《两拍》的影响已远远超越了国界。这也许是中国的封建统治者们所始料未及的吧。

(二)《两拍》《三言》各千秋

在说起《两拍》时，人们常把它和《三言》并举，这在国内外不少学者的著作中都是如此，以致在一般读者的心目中，"三言二拍"已成为一个通用的名词，这是可以理解的。

《两拍》的创作是受《三言》启迪的结果。《三言》各书有四十篇，《两拍》亦然。在编排体例上，《两拍》完全仿效《三言》。《两拍》的题材来源也和《三言》基本相同：一是社会现实生活，二是历史的"说部"笔记，三是冯梦龙编纂的《情史》和《智囊补》等类书。尤其是后者，在《两拍》的题材中有着非常鲜明的体现。

当然，更重要的是《两拍》和《三言》在思想内容上的相通相生。凌濛初和冯梦龙都属于晚明进步文学阵营中的成员。除了凌濛初与农民军直接对抗这一点之外，两人又有着大致相似的经历。从湖州到长州，相距不过百余里，时代又使他们走到一起。凌、冯都是中、下层社会的知识文人，富有才华，而又在仕途上长期不得志，晚年才获得一个小小的官吏……这使他们都接受了以李贽为代表的进步思想潮流。在作品中呈现批判黑暗社会现实，肯定"人欲"和追求个性解放的共同思想特征。所以，把《两拍》和《三言》相提并论，在总体上说是可以的。

但是，《两拍》和《三言》也有若干不同。

一是作家的文学观不同

凌濛初在《拍案惊奇·序》和《二刻拍案惊奇·小引》中，虽也赞扬文学的"时著良规"以及"世道人心"之正的教育作用。但他的核心思想，实是强调文学的"意有殊属"和"聊发胸中磊块"以宣泄心中的不平，在艺术审美上则侧重于"摹写逼真"和"谲诡幻怪"。而冯梦龙的文学观，主要体现在《三言》各书的《序》中，他虽也尊崇文学的通俗性和艺术魅力，但主要强调的是文学的政治教化作用。《醒世恒言·序》在谈到《三言》的编纂时，直截了当地说："明者，取其可以导愚也。通者，取其可以适俗也。恒则习之而不厌，传之而可久。三刻殊名，其义一耳。"这说明：冯梦龙把《三言》当作思想教育的重要工具。为了"导愚"和"适俗"，才需要在艺术上下苦功。因为"尚理或病于艰深，修辞或伤于藻绘，则不足以触里耳而振恒心"。这和凌濛初的文学观显著不同。

二是成书的情形不同

《两拍》中除了极个别的作品以外，都是凌濛初在晚明时代创作的。而《三言》则是冯梦龙编纂的，绝大部分小说是他以前流传于市民社会中的作品。尽管它们被辑入《三言》时，已融合了冯梦龙个人的思想感情，但这毕竟和创作不是一回事。在成书过程中的这种不同，导致《三言》和《两拍》在体现的思想和时代特征上存在着某种差异。

《醒世恒言》二十卷《张廷秀逃生救父》叙述的是一则通过争夺财产继承权而展开的一场错综复杂的斗争的故事。小说从捕役写到官府，由强盗而至狱吏，已远远超出一个家庭的纷争，涉及社会的各个角落。这是发生在明代万历年间的一个真实故事，有着鲜明的时代特征，完全可以用来深刻地揭露和抨击封建统治的黑暗和腐朽，但作品的本意似乎并不在此。它的结尾是张廷秀兄弟双双中举后惩恶雪冤，合家团圆。如此描写，显然是要宣扬读书做官的传统思想。岂不知，这在客观上掩盖了这场斗争的性质，模糊了小说的批判意义。

而《两拍》对社会黑暗的批判比起《三言》来，要激烈得多。这一点，我们在第二章已经说过，这里再补充一例。《拍案惊奇》卷四《程元玉店肆代偿钱，十一娘云岗纵谭侠》中，韦十一娘说：

"世间有做守令官，虐使小民贪其贿又害其命的；世间有做上世官，张大威权，专好谄奉，反害正直的；世间有做将帅，只剥军饷，不勤武事，败坏封疆的；世间有做宰相，树置心腹，专害异己，使贤奸倒置的；世间有做试官，私通关节，贿赂徇私，黑白混淆，使不才侥幸，才士屈抑的，此皆吾术所必诛者也。"

这是凌濛初直接针对晚明社会的政治现实而发的议论。在这段文字之上，他还特意加了一条眉批："恐世间可诛之心不少。"表现出强烈的愤慨之情。类似这样的描写，在《三言》中是较难见到的。

三是刊行后的命运不同

《两拍》屡遭禁毁，而《三言》至今仍未发现它被禁毁的资料——尽管辑存《三言》部分作品的《今古奇观》一书在清代多次遭禁，但那大概是因为它同时也选入了《两拍》中的若干作品的缘故吧——它之所以能躲过一次又一次的罹难，至少在封建统治者的眼中，《三言》还不至于是过分的"离经叛道"之作。

诚然，我们指出《两拍》和《三言》的上述不同，绝不是说《两拍》比《三言》好。因为它们产生的年代不尽相同，一味作这样的简单比较，很容易使人在认识上发生偏差。但从以上的比较中，说《两拍》比《三言》更具有晚明的时代色彩，这也决非荒谬的悖论。很显然，倘要研究晚明文学，《两拍》比《三言》更具有代表性。正是基于这一点，我们肯定《两拍》在中国文学史上所占有的重要地位，并给予凌濛初以相当的殊荣。

其实，《两拍》和《三言》在我国文学的发展历程中都有不可磨灭的历史贡献，它们各有千秋，很难区别两者的优劣和高下。如果一定要作比较的话，在部分读者中流行的下述看法，在总体上说是可以成立的。这就是：《三言》的艺术审美价值较高，而《两拍》的思想意义占优。当然，这仅是指宏观上的把握而已。至于具体的作品，情况并非都是如此。

说《三言》的艺术审美价值较高，不是无稽之谈。打开《三言》的一百二十篇小说，一股清新、醇正的艺术芬芳扑面而来。我们肯定《三言》的杰出艺术成就，并不意味着否定它的思想内容的进步性。同样，我们说《两拍》在思想意义上占优，也并不是说它在艺术上一无是处，因为《三言》汇集的一百二十篇话本（拟话本）小说，是宋、元、明时代的作品，它们在"说话"艺人的长期演出实践中，已经过反复的提炼和加工，在激烈的艺术竞争中留存下来的这些小说，不少是话本中的艺术珍品，一般都在艺术上有一技之长，除极少数作品外，它们基本上是艺人集体智慧的结晶，可代表我国话本小说的创作水平，而《两拍》则是凌濛初个人创作的拟话本小说集，这些作品缺乏演出实践的检验，相对说来，在艺术上稍为逊色一些，这也是不可否认的一个事实。

把《两拍》和《三言》作这样的比较和说明，实在不是一件容易的事。但它既然是我国话本小说史上的一个重要的命题，我们不应回避它。

追踪这段历史，我们可以回溯到崇祯十年（1637年），其时，《两拍》问世已经五年。当时，社会上出现了一部名为《今古奇观》的书。它是《三言》和《两拍》的合选集，编选者为抱瓮老人。书前有笑花主人的序，原刊本的题页上有"墨憨斋手定"及"吴郡宝翰楼"等字样，而且插图也和《三言》的插图笔致相同。有人认为选、序者很可能是冯梦龙的朋友。《今古奇观》的问世，说明《两拍》等拟话本小说已经开始进入研究者的视野。

《今古奇观》共选辑《三言》和《两拍》中的小说四十篇，其中《三言》有二十九篇，《两拍》有十一篇。《两拍》的入选率明显低于《三言》，表明编选者瞩目的重心所在。笑花主人的《今古奇观·序》基本上也是《三言》和《两拍》的序文的混合物。它的前半部分主要依据《古今小说·序》，后半部分则沿袭《二刻拍案惊奇·序》的主张。在叙述到《三言》和《两拍》时说：

墨憨斋增补《平妖》，穷工极变，不失本末，其技在《水浒》《三国》之间。至所纂《喻世》、《警世》、《醒世》三言，极慕人情世态之歧，备写悲欢离合之致，可谓钦异拔新，洞心骇目。而曲终奏雅，归于厚俗。即空观主人壶矢代兴，爰有《拍案惊奇》两刻，颇费搜获，足供谈尘。

在这段序文中，笑花主人对《三言》从思想到艺术可谓推崇备至，而于《两拍》，则用"足供谈尘"四字淡淡地一笔带过。他的这一看法，在当时颇有代表性。清代以后，随着《两拍》和《三言》的不同命运，这种重《三言》而轻《两拍》的思想有新的发展。

由于受中国古代传统思想和历史资料条件的影响，国外的部分学者在叙述我国古代的白话短篇小说时，往往以《三言》为主要代表，这是可以理解的。但我国学术界在过去的一个相当长的时期中，也视《两拍》为不屑一顾的"劣质"产品，这未免让人感到奇怪。姑且略去《两拍》被湮没无闻的那个年代不说，就是在二十世纪初至三十年代，人们在谈到《两拍》时，也只是对它的版本作点简略的说明。至于《两拍》的思想和艺术等，则大多缄口不语。1941年，王古鲁和日本学者丰田穰同访日本日光轮王寺，发现尚友堂原刊本《拍案惊奇》以后，学者们对《两拍》的兴趣才逐渐浓厚。但囿于各种原因，研究的进展不大，至今仍未有专著出版，比较像样的研究凌濛初及其《两拍》的论文也只有屈指可数的几篇。

1980年，国内出版了一本"精心结撰的、论断比较恰当的、内容丰富的、总结性的"研究话本小说的"百科全书"，在第十二章"三言、二拍及其他拟话本小说"中，用大量篇幅论述冯梦龙及其《三言》的历史功绩，包括冯氏的生平、思想、文学观，《三言》的编纂以及它的思想和艺术等等，而对《两拍》则只用半节文字叙述，而且所用的标题是"二拍及其他拟话本的分析批判"。作者说："从二拍的全部作品来看，思想倾向是反动的。作者是站在地主阶级立场上，替封建统治者进行说教。满纸淫词滥调，写作态度极不严肃。又喜掉书袋，发议论，学究气相当浓重。艺术上的成就是不高的。"他主张："二拍中的绝大部分作品，都不宜再流传，仅可供研究；小部分作品尚可供阅读，也需加以深入的分析和批判。"

如果说，此书系写于十年动乱年间，对凌濛初和《两拍》的"分析批判"还带有那个时代特有的烙印的话，那么，1985年出版的另一部小书对《两拍》的评价，实在叫人不可理喻。书中第六讲是"明代拟话本"，作者说：《两拍》中，"绝大多数是些思想反动格调低下甚至色情淫秽的作品。"其时，"实事求是、解放思想"的春风早已吹遍神州大地，此书对《两拍》的评价，显然欠公允。这表明，在对凌濛初和《两拍》的认识上，人们至今依然存在着各种分歧。因此，我们有必要对《两拍》进行再评价。

（三）实事求是论"糟粕"

凌濛初和《两拍》的蒙垢，有着各种原因。然而，小说本身存在着的思想"糟粕"，却是一个不容忽视的事实。这些思想"糟粕"，归结起来，主要表现为以下三点：一是"反对农民起义"；二是"宣扬浓厚的封建迷信、因果报应和宿命论思想"；三是"露骨的色情描写"。这三点，在《两拍》中确有不同程度的表现，我们当然无意为凌濛初辩护。在论述凌濛初和《两拍》的功过是非时，应把它"提到一定的历史范围之内"和估计到它不同于其他文学作品的"具体特点"。（列宁《论民族自决权》）这是我们评价《两拍》的重要出发点。也就是说，我们只有从晚明时代深刻的社会政治和思想文化入手，联系凌濛初的世界观和市民们的美学追求，对《两拍》进行实事求是的分析，才能得出科学的结论。

那么，我们应当如何来看待《两拍》中的这种思想"糟粕"呢？有关"露骨的色情描写"的问题，在前面的"高扬个性的爱情世界"中实际上已经作了回答。这里想简单地谈谈余下的两个问题：

先说"反对农民起义"的问题

在"话说凌濛初"一章中,我们简略地叙达了凌濛初的经历,从中可见他的反对农民起义的立场相当坚定。在《两拍》中也有这样的艺术描写。如《拍案惊奇》卷三十一《何道士因术成奸,周经历因奸破贼》的回前诗说:"黄巾张角徒生乱,大宝何尝到彼人。"回末诗又说:"四海纵横杀气冲,无端妖寇犯山东。吹箫一夕妖氛尽,月缺花残送东风。"小说竭力丑化明代农民起义的一位首领唐赛儿,诅咒说她是到处"哨聚倡乱"的"妖人""贼寇",其描写不堪入目。同书第二十二卷《钱多处白丁横带,运退时刺史当艄》称唐末黄仙芝领导的农民起义是"作乱",诬陷他们"劫掠郡县"等等。这一切都说明了凌濛初对农民起义军的憎恨,也是他被人目为"反动"的主要原因。

然而,这仅仅是凌濛初思想的一个方面,而且它在全书占的比例连百分之二也不到,实在是微乎其微。它并没有,也不可能掩盖《两拍》在思想上闪耀着的夺目光辉。因人废言,本不可取,由此而否定《两拍》,有以偏概全之弊。何况,《两拍》屡遭禁毁,在凌濛初的生前和死后,封建统治阶级并没有给他因此而显贵增荣。这从另一个侧面说明了《两拍》的进步思想。小说中有关反对农民起义的描述,实在不能构成凌濛初的"反动"罪名。

凌濛初的反对农民起义,固然有着时代和家庭的原因,也和他的目光短浅密切相关。他虽然是当时新兴市民阶层的一位杰出思想家,对腐朽的旧制度十分不满,有变革社会现状的要求。但是,他不想做激烈的反抗,甚至惧怕剧烈的社会动荡有可能毁灭自己的理想,所以在历史的转折关头迷失了政治方向。这说明,晚明的市民阶层,虽是新的生产力和新的思想意识的代表,但其在政治上还非常幼稚和软弱,一旦遇到大风大浪,潜伏着的各种思想弱点就会暴露无遗。凌濛初用他的文学和生命,为我们证明了这一点。

也许在当时的严峻现实中,凌濛初曾经天真地认为,用这种反对农民起义的描写可以博取封建统治阶级的欢心,让《两拍》在封建法律允许的范围内流布。然而,事与愿违。《两拍》最终还是没能躲过封建统治阶级的魔爪,为封建主子卖命的凌濛初得到的是被抛弃的悲剧命运。

实际上,凌濛初的世界观也是矛盾的。他崇尚侠士,甚至称颂《水浒传》中的宋江等历史上的农民英雄,可见他并不一概反对农民起义。推究凌濛初的思想实质,原来还是儒家的"忠君"思想在作祟。他虽然在时代的洪流中接受了市民思想的熏陶,但对封建统治阶级的幻想却没有彻底破灭。在他的晚年，受到朝廷的封赏后，对社会旧秩序产生较多的依恋。视农民起义为"洪水猛兽"，则是他暴露的思想上的致命弱点之一。

在漫长的历史岁月中，我国曾是一个落后的、封闭的、以自给自足的小农经济为主体的封建国家。在这个国家中，农民构成了庞大的社会基础。只要他们安分守己，社会就不会剧烈地动荡，所以历来的封建统治者都崇尚农本思想，强调以农立国、富国、强国，这在约占全国总人口百分之八十以上的农民听来，不啻是一种"福音"。他们"日出而作，日入而息"，终年在土地上辛勤耕耘，仍靠双手养家糊口，并企望终身安居乐业。而社会的剧烈动荡带给他们的是不断的战乱、土地的荒芜和生活的颠沛流离。安宁的"农家乐"生活秩序被打破，随之而来的是更大的灾难：每一次农民起义的浪潮过后，地主阶级就加紧对人民的剥削、压迫。如此周而复始，使他们在漫漫的长夜中看不到一丝光明。在缺乏先进阶级思想指导的前提下，他们非常容易听信封建统治集团诬蔑农民起义的谰言，并在思想上与之产生共鸣。凌濛初的反对农民起义，恐怕也与这种文化心态有关。

再看"宣扬浓厚的宗教迷信、因果报应和宿命论思想"的问题

《两拍》充满社会现实生活的气息和时代的色彩，这是主流。在艺术表现上，凌濛初又十分推崇"谲诡幻怪"的美学追求。两者的结合，构成全书最基本的艺术情调。但他一味地求"奇"逐"怪"，又使《两拍》的不少小说抹上荒诞妖异的油彩。对《两拍》中的这类艺术描写，我们也应作实事求是的具体分析。例如，《两拍》中宣扬封建的宗教迷信和宿命论思想，毫无疑问是属于封建性的思想"糟粕"。在这类作品中，凌濛初企图以文学来帮助人们摆脱思想上的烦恼和物质上的匮乏，把注意力引导到虚幻的境地。那种"万般皆由命，半点不由人"的庸人哲学，又会引导人们放弃实现美好的生活理想的努力。对此，我们应该毫不留情地清除并剔除它们，不能再让其在思想上再来毒害今天的读者。

然而，对《两拍》中宣扬因果报应的思想，我们却不能简单地一律判处"死刑"。举一个例子来说吧。《拍案惊奇》卷三十《王大使威行部下，李参军冤报生前》是一篇典型的宣扬因果报应思想的小说。它的回前诗说："冤业相报，自古有之。一作一受，天地无私。""入话"的两则故事，一为"三生报"，一为"两世报"，都为惩办恶人而写。

"三生报"中的女子在谈到对王翁的报复行动时说："儿再世前，曾贩羊

从夏州来，到此翁姥家里投宿。父子三人，尽被他谋死了。劫了资财，在家里受用。"所以，她"冤气不散，就投他家做了儿子"，耗尽王家资财，使他家破人亡。

"两世报"中的吴将仕也死于儿子云郎之"报"，原因就是他昔日"贪其所有，数月之后乘醉杀死，尽取其资"。"正话"叙述李参军遭"报"，死于非命，是因为他过去常"恃有几分臂力"而每每掠夺里人的财帛以充己用，直至谋财害命，将一走路少年推坠落崖下。小说结尾诗说："冤债原从隔世深，相逢便起杀人心。改头换面犹相报，何况容颜俨在今。"凌濛初创作本篇，是为了"常把此段因果劝人，教人不可行不义之事"。

同书卷十四《酒谋财于郊肆恶，鬼对案杨化借尸》的主题思想与此篇相类。正如篇名所示，小说描写于郊肆恶，杨化借尸"果报"，以表现"从来说鬼神难欺"的训诰，奉劝世人行善积德。凌濛初在小说中有一段议论对此说得非常明白："看官，你道在下为何说出这两段说话?只因世上的人，瞒心昧己做了事，只道暗中黑漆漆，并无人知觉的;又道是'死无对证'，见了人死了，就道天大的事也完了。谁知道冥冥之中，却如此昭然不爽!"他并特意在眉批中说："世人各宜警醒。"这表明在此类小说中，凌濛初蕴含着对为非作歹者的严厉警告。他通过各种艺术形象的描绘，为世人树立做人的"楷模"。有一位学者说过："在封建社会里，特别是在那混乱的年代里，还有什么困难比因果报应更有效地去鼓动人们为善呢?""这固然对稳定封建统治有利，但对整个社会的安定，风俗的醇正，也有益处。换句话说，劝善惩恶，在一定程度上反映了人民群众的意志和愿望。"(黄霖，《〈金瓶梅续书三种〉前言》)这是非常正确的。

其实，宣扬因果报应思想的问题，不仅在《两拍》中存在，而且在我国古代小说、戏曲作品中表现得十分普遍。如丁耀亢的《续金瓶梅》一书，开头就是《太上感应篇》，而整部小说不过是作者力图用故事情节来加以参解《太上感应篇》的"无字解"。又如杜纲的《娱目醒心编》一书，把人世间的各种"可惊可愕，可敬可慕之情"，皆托之于因果报应之理，处处引人于忠孝节义之路，以补社会风俗人心的醇正。正如署名"自怡轩主人"的《序》中所说："而因果报应之理，隐秘于惊魂眩魄之内，俾阅者渐入于圣贤之域而不自知，于人心风俗不无有补焉。"可见这是当时非常普遍的一种文化现象。

《两拍》中宣扬的因果报应思想，自然是封建统治阶级提倡的一种道德说教。它之所以能被市民们接受，是因为这种因果报应思想的核心是"众善奉行，诸恶莫作"之类的劝善惩恶的"箴言"，这在世风日下、人情浇薄、道德沦丧、奸徒肆虐的封建社会，也可以成为他们手中批判旧制度和各种传统思想的武器。

《满少卿饥附饱飏，焦文姬生仇死报》中的焦文姬向满少卿的"索命"，凌濛初的本意并不在于宣扬神鬼迷信思想。他借助历史上这一充满因果报应思想的故事，显然是要为在封建制度下的受害者伸张正义。小说中提出的"男子也是负不得女人的"观点，无疑是注入了市民新思想的命题，有助于人们认清爱情"负心汉"们的卑劣面目。

诚然，《两拍》中也有荒诞不经的因果报应描写。如《拍案惊奇》卷三十七《屈突仲任酷杀众生，郓州司马冥全内侄》就是这样的一篇小说。屈突仲任因好杀牛马等各种动物而到阴府大堂被人质"理"，后得到张安的庇护才免于一死。小说的主旨是"戒杀生"，劝人"放下屠刀，立地成佛"。这类描写十分荒唐，不堪卒读。但在《两拍》中，这却是极个别的现象。

综观《两拍》，封建性的思想"糟粕"确实不少。但全书的主要思想倾向是积极向上的，和以李贽为代表的晚明进步思想潮流完全契合。它在思想内容上呈现出来的复杂性，具有鲜明的时代特征。处于历史变动时期的凌濛初，一方面在努力追求表现一种新的思想观念，另一方面，却又在封建文化发展的轨道上前行，难免会留下旧传统思想的烙印。表现在《两拍》中的这种思想"两重性"，正是他主观世界的矛盾的反映。在凌濛初的身上，集中体现着在黑暗中探索的一代文人的奋斗足迹。《两拍》为人们提供了寻觅这种艰难历程的思想和文化资料。

名家解读古典名著
话本与文言小说(上)

解读《无声戏》

沈新林　著

李渔不但创作诗、词、戏曲、小说，还有理论杂著，门类之齐全，数量之可观，在中国文学史上是罕见的。平心而论，李渔不仅是明末继冯梦龙和凌濛初之后，在通俗短篇小说创作上成就最突出的作家，更是我国古代不可多得的通才之一。本书作者在多年研究的基础上，全面、系统地解读了李渔及其《无声戏》。

一 一代悲剧的天才

在源远流长的中国古代文学史的长河中，悲剧和天才似乎结下了不解之缘。到底是天才离不开悲剧，还是悲剧造就了天才？伟大爱国诗人屈原，曾两次遭到放逐，对前途已经绝望，毅然自沉汨罗江。《史记》的作者司马迁，惨遭腐刑，在惭辱惶恐之中度过了余年。被誉为盛唐诗坛上双子星座的李白和杜甫，一个才华横溢，而终生怀才不遇；一个生前潦倒困顿，死后不得归葬，遗体在一条小船上漂流了四十三年。清朝伟大的文学家曹雪芹则在饥寒交迫之中草创了传世巨著《红楼梦》，全书未竟而默默无闻地谢世……

值得欣慰的是，这些天才作家创造的精神财富博得了后人的交口赞誉。而有些天才生前既受到悲剧命运的摧残，死后又遭到世俗的非议和不公允的评价。这是悲剧中的悲剧！明末清初的大文学家李渔就是其中之一。

(一)

李渔（1611—1680年），原名仙侣，字谪凡，号天徒。大约三十七岁那年，改名李渔，字笠鸿，号笠翁。人们习惯上称他李笠翁。此外有笠道人、随庵主人、觉世稗官、觉道人、湖上笠翁、莫愁钓客等别号。他祖籍浙江金华府兰溪县下李村（今浙江省兰溪市孟湖乡下李村），出身于一个医药两兼的商人家庭。也许是为了扩大财源的缘故，他们家族中许多人背井离乡，外出经商。李渔的父亲李如松、伯父李如椿长期在位于长江北岸、黄海之滨的江苏雉皋（今江苏如皋）从事医药生意，并且在那儿安家落户。李渔就是在文人荟萃的文化古城如皋长大的。

少年时代的李渔（仙侣）确实人如其名，天资不凡，聪颖超群。父辈的经商才能为他创造了优裕的生活条件。他尊前有酒，眉梢无愁，一头钻在书卷之中，遨游于知识的海洋里。他兴趣广泛，对于诗书六艺无不毕览，十几岁时就下笔千言，诗词文赋，援笔立就。他的父辈都暗暗高兴，以为几代的布衣之家要飞出金凤凰了。正当他向着科举功名奋力攀登的时候，遭到悲剧命运的第一次打击。他十九岁那年，父亲突然被病魔夺去了生命，全家断绝了经济命脉。由于他的哥哥李茂已先期客死异乡，葬在如皋，这样，生活的重担就落在李渔的双肩之上。李渔既不愿意继承父亲的遗绪，又不可能在如皋另辟财源，不容回避的严峻现实使他没有选择的余地。在他为父亲服丧守孝期满以后，他终于告别了生活过二十余年的如皋城，回到了浙江兰溪。

应该说，李渔作出回原籍的决策还有其他考虑，那就是参加科举考试。他已到了应试的年龄，自己也觉得学有所成。不过，当时规定，士子在外地考试称为"冒籍"，而冒籍考试要受到严厉的责罚，他只能回原籍考试。崇祯八年（1635年），二十五岁的李渔在婺州（今浙江金华）参加了童子试科考，成绩优异，深受主考官许豸的激赏。这位浙江提学副使非常高兴，特地把李渔的五经试卷印成专帙，逢人便夸婺州发现了一位五经童子。李渔首战告捷，高兴得眉飞色舞，读书拼搏的劲头更足了。然而，等待着他的并不是花团锦簇的前程，而是失败和挫折。

崇祯十二年（1639年），他赴省城杭州参加乡试，期在必胜，但出乎李渔意料之外的是，他这个满腹经纶的"五经童子"竟然名落孙山。这当头一棒打得他晕头转向。他满腹牢骚，愤愤不平。他在寄给同病相怜的落第朋友的诗中写道：

才亦犹人命不遭，词场还我旧诗豪。

携琴野外投知己，走马街头让俊髦。

酒少更宜赊痛饮，愤多姑缓读《离骚》。

姓名千古刘蕡在，比拟登科似觉高。

（《李笠翁一家言》卷六）

诗中李渔以刘蕡自况。刘蕡是唐代名贤，唐文宗太和二年，被举为"贤良方正"，进京接受皇帝面试，当时朝中宦官专权，奸臣当道，刘蕡无所畏惧，面向皇帝揭露宦官的罪行。考官们叹服他的胆识、才华，却不敢得罪当权的宦官，因此没有录取他。被荐的二十二人都授了官，唯有刘蕡落选，舆论愤愤不平。同时应试的李邰深有感慨地说："刘蕡下第，我辈登科，能无厚颜！"他甚至愿意把自己的官职让给刘蕡，无奈朝廷不同意。然而刘蕡声誉大振，流传千古。李渔此诗曲折地揭露了明朝末年的科举考试，由于主考官不公不明，而造成贤愚易位的弊端，抒发了强烈的愤慨；同时表现了诗人非凡的抱负。

然而，李渔没有因挫折而退却。崇祯十五年（1642年），又是乡试之年，李渔乘船顺兰江而下，再次赴省城应试。此时改朝换代的烽火硝烟已弥漫于大江南北，局势不稳，人心浮动。他在途中听到警报，道路被阻，只得返航回家。在科举功名的道路上，他一再遭到命运的捉弄，百思不得其解，只能归之于"天命"。他在《应试中途闻警归》一诗中写道：

　　正尔思家切，归期天作成。

　　诗书逢丧乱，耕钓俟升平。

　　帆破风无力，船空浪有声。

　　中流徒击楫，何计可澄清？

　　人生道路上接踵而来的打击使他心灰意冷，"帆破风无力"正是他当时心态的写照。他开始悟出人生的哲理，从前那种跃跃欲试的豪情，以及对美好未来的憧憬已在他心灵深处渐渐淡化了。

　　真是祸不单行。科举道路既然走不通，太平的日子也与他无缘。明朝末年农民大起义的浪潮风起云涌，封建统治阶级惶惶不可终日，狼烟四起，烽火连天。浙江金华一带战火纷飞，人民苦不堪言。不久，清兵入关，明朝倾覆，改朝换代的社会变动，给这个熟读诗书的正统文士的心灵上划上了一道深深的伤痕。这不仅由于他的寓所毁于兵火，更重要的是他希望为之效忠的明王朝也为异族所取代。他简直绝望了。

　　为了维持生计，无家可归的李渔应金华同知许檄彩的邀请，担任幕僚。李渔认为这是一次入仕和建功立业、博取异路功名的绝好机会。他心中死灰复燃，再一次升起希望之火，在《乱后无家暂入许司马幕》中写道：

　　丧家何处避烽烟，一榻劳君谬下贤。

　　只解凌空书咄咄，哪能入幕记翩翩。

　　时艰借箸无良策，暑冷添人损俸钱。

　　马上助君惟一臂，仅堪旁执祖生鞭。

　　诗中引用西晋末年祖逖挥鞭北伐的典故，借此抒发自己恢复中原的壮志。然而，他又一次失望了。清顺治三年（1646 年），明朝降将阮大铖等带领清兵攻克金华，府衙为兵火所焚，到处一片废墟，许檄彩逃走，李渔避居深山，结束了为期两年的幕客生涯。此时，他在金华已无处立足，只得返回故乡兰溪。家乡满目焦土，遍地荒凉，他伤心透顶，特别是"留头不留发，留发不留头"的削发令严重地损害了他的民族自尊心。他当然不可能保发弃头，但却深深感到作为异族奴隶的耻辱，"骨立先成鹤，头髡已类僧"（《丁亥守岁》），他心里流血，伤心至极，本来想在人生道路上搏击一番的信心和勇气完全化为泡影了。

　　封建社会的知识分子都笃信"达则兼济天下，穷则独善其身"的信条，在山穷水尽之际，李渔只有一条路可走，就是买山归隐。在朋友们的资助之下，他总算在家乡的"伊山头"结了几间茅屋，房屋虽不宽敞，倒也依山傍水，风景宜人；加之他设计精巧，因陋就简，别具一格，不仅颇有田园风味，而且极富诗情画意。李渔美其名曰："伊山别业"，乐在其中，自我陶醉。他时常躬亲劳作，不仅种花植草，引泉灌竹，而且陶冶性情，淡忘世事。在此期间，他改名为渔，字笠鸿，号笠翁，因为渔人是隐士的形象，而坎坷的命运与"仙侣""谪凡""天徒"等字号殊不相符。

然而，李渔的内心是十分矛盾的。就这样默默无闻地虚度一生吗？他的满腹经纶难道就付诸东流吗？不能！这时，他一家的生活又面临危机，他不能再过这种隐居生活了。于是，他决心远走高飞。在他隐居了三年多以后，大约四十一岁前后，他卖掉了伊山别业，来到了繁华的闹市杭州。从此，开始了"卖赋以糊口"的生活。

李渔在杭州期间，文思泉涌，创作力特别旺盛。一连创作了拟话本小说集《无声戏》一、二集，《十二楼》和传奇《风筝误》《怜香伴》《蜃中楼》《意中缘》《玉搔头》等。尽管如此，他卖文的收入也不足以养活全家，有时不得不靠借贷度日。于是，他决计再次移家。

顺治十八年（1661 年）前后，李渔告别了烟柳画桥的杭州，来到了六朝古都南京，卜居于秦淮河畔。在南京，他继续从事写作，完成了《十种曲》的其余几种——《慎鸾交》《比目鱼》《凰求凤》《奈何天》《巧团圆》等传奇，另外还编撰了《笠翁诗韵》《论古》等杂著，而在中国戏曲批评史上极负盛名的《闲情偶寄》也诞生在这里。

经过一段时间的准备，李渔在秦淮河畔营建了一座很有特色的园林——芥子园，并且开创了芥子园书铺，不仅刻印他自己的诗文、传奇、杂著以及工具书，而且还印行了一批颇有影响的通俗小说。他自己设计、印制的信笺，也名闻遐迩。

李渔千方百计想摆脱贫困，但贫困偏偏时刻纠缠着他。他居住杭城时期，全家不过八口人，生活虽然拮据，但人口不多，容易对付。年近半百的李渔有一大心病，就是没有一个儿子。他迁居金陵的第一大收获是在五十岁上喜得一子，因而高兴得难以言状。哪知此后一发不可收拾，一连生下七个儿子，有时一年生两个。人口陡增，加重了李渔的经济负担，尽管他日夜不停地写作，收入毕竟有限。书铺生意倒也不错，但因刻板精致，印刷精良，成本昂贵，盈利也不多；加之他人翻刻冒印，也影响声誉和利润。这样，李渔债台高筑，入不敷出，生活十分艰难。他不得不考虑另谋生计，便决定发挥自己洞晓音律的特长，自办家庭剧团。他亲自担任导演，除了上演他自己创作的

《十种曲》，还演一些经他改编的传统剧目。从此开始了当时认为"贱业"的卖艺生涯。剧团是他与达官贵人之间最好的媒介，他既可以用戏剧去满足贵族官僚的声色之好，又可以得到他们的报酬和馈赠，借此维持全家的生活。

李渔寓居金陵期间，大部分时间是带着家班女乐周游各地，有时经年不归，足迹遍及全国十几个省市。他先后到过北京、陕西、甘肃、山西、广东、广西、福建、浙江、湖北、安徽、河北等地，所到之处，受到人们的欢迎。他以戏会友，结识了不少名流，其中有文人学士，也有达官显贵。不仅切磋了技艺，而且收入颇丰，勉强能应付全家的衣食之需。他自己又顺道观赏各地风光，游览名胜古迹，丰富了创作内容。但四处奔波，也深感疲劳；尤其是他所操的"贱业"，为人所不齿，经常遭人白眼，饱尝了世态炎凉。在京师时，他曾在自己的寓所上书"贱者居"三字，借以自谦和自嘲。由此可见，他的心里确实有一种无可奈何的悲伤。

年逾花甲的李渔被生活的重担压得喘不过气来，他年事已高，心力交瘁，没有精力与勇气再去迎击生活的风浪，想找一个安静的避风港。康熙十五年（1676年），他在浙江地方长官的帮助下，在西子湖畔云居山麓建造了层园。然后举家迁离居住了近二十年之久的古城金陵，到如诗如画的西湖层园定居。不过，这次搬迁，李渔已大伤元气，不得不把金陵芥子园及他生平著述的书板、妻妾的簪珥、衣服都抵押偿债。由于贫病交加，连修订《一家言》也难以继续下去，他又不得不向京师的朋友求援。他写的《上都门故人述旧状书》情真意切，声泪俱下，读来令人不能不一掬同情之泪。有人说，李渔厚颜无耻"打抽丰"。如果设身处地想一想，与其说他在"打抽丰"，不如说他在控诉那个扼杀人才的社会。

晚年的李渔老弱多病，安贫乐道。在安静恬淡的环境中，他继续整理编辑文稿，勤奋写作，为自己和别人的诗文、书画作序。正当他准备完成新的写作计划之际，这位饱尝辛酸、历尽坎坷的古稀老人，结束了一生的悲剧命运，在康熙十九年（1680年）正月十三日溘然长逝了。死后葬于西湖边方家峪九曜山之阳，实现了"老将诗骨葬西湖"（《次韵和张壶阳观察题层园十首》之二）的宿愿。

（二）

悲剧的命运戕害了天才，也造就了天才。在李渔的生活道路上充满了激流险滩，他像一叶没有舵桨的小舟，被打得东飘西荡。然而他天才的光辉却被惊涛骇浪冲刷得更加耀眼。在他身后留下了等身的著作。他创作诗、词、戏曲、小说，还有理论杂著，门类之齐全，数量之可观，在中国文学史上是罕见的。平心而论，李渔是我国古代不可多得的通才之一。

李渔自幼天资过人，乳发未燥，能辨四声。"襁褓识字，总角成篇，于诗书六艺之文，虽未精穷其义，然皆浅涉一过。"（《闲情偶寄》）他不仅聪颖，而且勤奋，曾寓居离如皋城四十五里的李堡镇，在海边的老鹳楼读书。十七岁写的《丁卯元日试笔》已初露锋芒。后来，父亲客死异乡，家道中落，他更加刻苦读书，以求得一条荣身之路。二十五岁应童子试，以五经见拔，名噪一时，这是对他读书成果的一次检阅。他倦于进取以后，以卖文为生。写文章已成为他养家糊口的唯一手段。这意味着他的创作不能像其他作家那样，仅仅作为茶余饭后的消遣，或者心血来潮后的游戏，而在质和量两方面有特殊的要求。质量高才易于脱手，销路才畅；数量多，方能换得较多的金钱，免除全家的饥寒之苦。而占人口数量最多的下层市民所喜闻乐见的文学形式是通俗易懂的戏曲、小说，因而在创作上，他的传奇"十种曲"和拟话本小说成就较高，当时的文人备加赞许。

石鲸在《柬李笠翁》一书中称："《怜香》《风筝》诸大刻，弟坐卧其中旬日矣。丹铅匝密，评赞如鳞。每食必藉以下酒。昨者偶失提防，竟为贪人攫去，不啻婴儿失乳。敢向左右再乞数册，以塞无厌之求。得则秘枕，虽同寓诸子垂涎，不使入帐也。"（《尺牍初征》）这里把他的《怜香伴》《风筝误》等传奇与古人用以下酒的《汉书》相提并论，又以婴儿之乳比喻；由于人人以先睹为快，求之不得者竟不告而取。由此可见，他的传奇当时是很受欢迎的。

李一贞在给李渔信中高度评价了他的小说："焚香啜茗，拂几静阅《无声戏》，大则惊雷走电，细亦绘月描风，总人间世未抽之秘，不啻骇目荡心已也。昔人云，施耐庵《水浒》成，子嗣三世皆暗。仆甚为足下危之。虽然，旁引曲喻，提醒痴顽，有裨风教不浅，岂破空捣虚辈可同日语也。国门纸贵，信然信然。"（《尺牍初征》）这里又把他的小说与《水浒传》等量齐观，国门因而纸贵一时，尽管其中有溢美的成分，但李渔小说流传之广，影响之著，于此可见一斑。

李渔有《李笠翁十种曲》行世，即《怜香伴》《风筝误》《玉搔头》《意中缘》《蜃中楼》《奈何天》《比目鱼》《凰求凤》《慎鸾交》《巧团圆》，其中十之八九为喜剧，以《风筝误》为代表作。（王国维在《曲录》中考证,李渔作传奇十六种,比现行《李笠翁十种曲》多出六种。这六种是:《万年欢》《偷甲记》《四元记》《双锤记》《鱼蓝记》《万全记》。学术界一般认为,此六种传奇非李渔所作。

这些作品都本着劝惩和愉悦的目的,大多取材于现实生活,从不同侧面反映了社会现实。当时风靡海内,为人民群众所喜闻乐见,有些至今仍活跃在戏曲舞台上。近代戏曲大师吴梅推许李渔的戏曲成就为有清代第一人。他在《中国戏曲概论》中认为:"科白之清脆,排场之变幻,人情世态,摹写无遗,此则翁独有千古耳。"

李渔的《十种曲》不仅在国内盛演不衰,而且在清代乾隆时期就传到日本,译成日文,还有些被译成拉丁文流行欧洲。日本研究中国文学的著名学者青木正儿说:"德川时代之人,苟言及中国戏曲,无不立举湖上笠翁者。"(《中国近代戏剧史》)美国当代作家艾利克·亨利说:"正像阿里斯托芬、乔叟和莫里哀是我们的,李渔也是我们的。"(《中国娱乐》)显然,李渔是一位有世界影响的作家。

李渔的小说创作主要有白话短篇小说集《十二楼》《无声戏》(又名《连城壁》),长篇小说《合锦回文传》,还有《秦淮健儿传》《义士李伦表传》等少量文言小说。以白话短篇小说的成就为最高。《十二楼》和《无声戏》共收短篇小说三十篇,有其独特的贡献。与同时代而稍前的冯梦龙、凌濛初所编写的《三言》《两拍》相比,李渔小说在描写的浑朴自然、细腻熨帖方面有所不及,但在反映现实的深度和广度、构思的精巧、情节的曲折、文字的通俗浅显及其特有的喜剧风格诸方面,则略胜一筹。况且冯梦龙只是纂辑而非创作,凌濛初虽是"演而畅之",亦多有所本,不像李渔一空依傍,自出机杼,又能标新立异,独辟蹊径。故此,我们可以说,李渔是继冯梦龙、凌濛初之后的又一通俗小说大家,他把白话短篇小说的创作发展到一个新的阶段。

李渔还是明清之际的一位诗人和词人。他有《笠翁诗集》和《耐歌词》,留下各体诗、词一千余首。由于他的诗词多为遵命奉和的应酬文字以及抒写个人怀抱、情趣的游戏之笔,所以总体成就不高。但其中也不乏一些抨击动乱现实,反映民生疾苦的好诗,以及描写田园风光、山水名胜的清丽之作。

李渔还著有《论古》一书,辑为《笠翁别集》。其中包含史论一百三十余篇。一事一议,篇幅短小而多有创见。"有翻案、有定案,不执己见,不依人墙宇"。他敢于疑古翻新、借古讽今,表现了过人的胆识。如他评东方朔说："人谓武帝名臣当首推董仲舒、汲黯。予谓东方朔立朝，风采不在二臣下。"并且正确评价了东方朔的品行、学问、功劳，言之有据，颇有见地。他还针对管仲与鲍叔交谊、管仲分财利多自与的史实，发出"贪贾分财每自颇，虽蒙友谅奈心何？此风倡后人争效，鲍叔寥寥管仲多"（以上引文见《李笠翁一家言》）的慨叹，讽刺人心不古的社会世态。唯此，李渔又不失为一个颇有见地的史论家。

李渔著述中成就最高的当推《闲情偶寄》。这是他的美学思想和人生经验的结晶。其中精华与糟粕并存：《声容部》讲相女选美；《颐养部》谈吃喝玩乐，里面虽包含合理的成分，但思想庸俗，情趣低下，实不足取；而《词曲部》《演习部》和《居室部》则体现了李渔的戏曲美学思想和园林美学思想，具有极高的美学价值。

《词曲部》和《演习部》主要是编剧和导演理论，表现了他进步的文艺观和精湛的导演艺术。他主张戏曲要反映现实，劝善惩恶；形式上要努力创新，注重风趣，又要通俗浅显，吸引观众。具体创作则要求线索清晰，主脑突出，细针密线，天衣无缝。内容既要符合人情物理，又要新鲜奇特；形式上要随物赋形，深入浅出。这些论述，前无古人，自成体系，奠定了李渔作为古代杰出的戏曲美学家的历史地位。

他的导演理论强调选好剧本、物色演员、指导排演、深入角色，等等，包含了戏剧导演学的主要内容，堪称中国乃至世界戏曲史上第一部导演学著作，具有开创性意义。必须指出，李渔的戏曲理论是他长期从事戏曲创作和演出的经验总结，也是他从事"俳优"这一"贱业"的副产品。人们歧视他的"贱业"，却推崇他戏曲理论方面的杰出成就，这不正是悲剧造就了天才吗？

李渔在园林美学上也颇多建树。他主张因地制宜，经济实用；力主创新，追求别致；崇尚自然，反对雕斫；提倡借景，注重变化等等，在园林美学史上享有一席之地。他精心营构的伊园、芥子园、层园等等，是他园林美学思想的生动体现。

李渔还是一位杰出的出版家。他在寓居金陵期间经营的芥子园书铺，蜚声海内。芥子园刻印的书画，纸墨精良，印刷美观，质量为一时之冠，他自制的笺简也极雅致、大方。该书铺除了印行李渔自己的诗文、小说、戏曲、杂著之外，还印行过《水浒传》《三国演义》《西游记》《金瓶梅》四大奇书及其他多种通俗小说、《芥子园画传》等。李渔迁离金陵之后，芥子园主人数易其人，书铺还延续了将近二百年，成为清代寿命最长的书铺之一。现在，凡芥子园刻本，海内外图书馆均列为善本书珍藏。李渔在出版史上的地位也是不容低估的。

总之，李渔的天才是多方面的。他不仅是杰出的戏曲理论家，而且是诗人、词人、戏曲作家、小说家、史论家，又是园林艺术家、出版家、书画家。像他这样的天才在中国文学史和文化史上是极其罕见的。然而，他是一个饱尝艰辛、历尽劫难的天才，又是一个不为人理解，遭受歧视、歪曲的天才，因此，他是一个悲剧的天才。

(三)

中国有句"盖棺论定"的古语，可谓尽人皆知，也几乎适用于所有的古人。令人不解的是，这天经地义的格言在李渔的评价上却出现了阴差阳错。李渔的不幸在于，悲剧命运不仅伴随着他的生前，而且延续到他的死后，直至盖棺三百一十年后的今天。

李渔一生没有固定职业，"游荡江湖，人以俳优目之"（《曲海总目提要》）。这是时人对他以演戏为职业所持的一种偏见，倒还情有可原。但有人对他的一些弱点进行不切实际的夸大，并且进行指责、攻击，恶劣影响蔓延到他的身后，这是十分可悲的。

首先对李渔发难的是与他同时代的袁于令。他说："李渔性龌龊，善逢迎，游缙绅间，喜作词曲小说，极淫亵。常挟小妓三四人，子弟过游，使隔帘度曲，或使之捧觞行酒。并纵谈房中术，诱赚重价。其行甚秽，真士林所不齿也。予曾一过，后遂避之。"（《娜如山房说尤》）讲得活灵活现，仿佛亲见亲闻，因而颇能迷惑一些人。

比李渔稍后的董含也跟着鹦鹉学舌，他说："李生渔者，自号笠翁，居西子湖。性龌龊，善逢迎，遨游缙绅间。喜作词曲及小说，备极淫亵。常挟小妓三四人，遇贵游子弟，便令隔帘度曲，或使之奉觞行酒，并纵谈房中术，诱赚重价。其行甚秽，真士林所不齿者。余曾一遇，后遂避之。夫古人绮语犹以为戒，今观笠翁《一家言》，大约皆坏人伦、伤风化之说，当堕拔舌地狱无疑也。"（《三冈识略》）他比袁于令有所发明，从人品攻击到作品，从生前诅咒到死后，比较"全面"。

此后清代道光年间的杨恩寿在他的《词余丛话》中，引用了董含的部分评语并有所发挥——"盖轻薄厚于天性，宜其文章纤巧、谑浪，纯乎市井也"。

由道听途说的人品评价联系到李渔的文章风格。

后来，攻击李渔者代不乏人。据《纳川丛话》载："诋笠翁尤甚者为袁随园。然随园之为人与笠翁亦不过五十步百步之分耳。"近代人蒋瑞藻则在肯定李渔传奇成就的同时否定其人品："然其为人，实儇薄无耻，又工揣摩，时以术笼取人资。"（《花朝生笔记》）

由此可见，在李渔死后的二百多年中，他一直未得到正确的理解和公允的评价。有人还给李渔一个"帮闲文人"的头衔，因为鲁迅曾有这样的说法："例如李渔的《一家言》，袁枚的《随园诗话》，就不是每个帮闲都做得出来的。必须有帮闲之志，又有帮闲之才，这才是真正的帮闲。"（《且介亭杂文二集》）于是，"帮闲""弄臣"，之类的称呼又加在李渔头上。

现在，仍有不少人认定李渔是"有文无行"的文人，因而没有客观、科学地评价他的成就。那种用道德、伦理的评价代替历史、艺术的评价的做法仍被沿用。李渔的悲剧还没有结束。这种现象不能不引起我们的思考。到底是什么原因使李渔遭到曲解和误解呢？怎样才能对他作出公正、允当的评价呢？

除了李渔的同时代人，诽谤李渔者都不会与他有什么个人的恩怨。毁誉雷同是封建社会的普遍现象。一些文人往往不事调查、不假思索，人云亦云，无形中起到推波助澜、扩大影响的作用。比较一下董含与袁于令所下的断语，前后的因袭关系就一目了然。杨恩寿照本直录，蒋瑞藻改头换面，其实都是袁于令的货色。二十世纪五十年代，一位对小说、戏曲颇有研究的学者曾郑重其事地说："腐化的生活作风，斫伤了这位（指李渔）艺术的天才。"于是，不少人在李渔生活作风上大做文章，攻其一点，不及其余，有意无意地贬低了他的贡献和成就。这就妨碍了对李渔其人其文的正确评断，混淆了人们的视听。这也许是李渔悲剧长期存在的一个重要原因。

对于李渔，应该像对待任何历史人物一样，只能是历史的评价。李渔身上确有一些缺点，如寻花问柳、妻妾众多。这不仅与他本人庸俗的情趣有关，而且是当时的社会风气造成的。晚明时期，程朱理学受到冲击，"人情""人欲"得到肯定，士大夫阶层买婢蓄姬，蔚成风气，所以我们不应苛求李渔的生活作风问题。

李渔是一个多才多艺的文化人，对他应该主要是艺术的评价，着重看他对于中国文化艺术各方面的贡献，实事求是评价他在文学史和文化史上的地位。即使他生活作风有或多或少的问题，决不能"因人废文"，一叶遮目，不见泰山。

李渔是一个复杂的历史人物，我们必须作出全面的评价，简单化、片面化是不可取的。有人抓住他晚年所写的《上都门故人述旧状书》，认定他惯于打抽斗，而无视他早年的耻于干谒，不屑求人。耐心读完他的全部著作，心平气和地深思熟虑，可以避免那种以点代面的武断结论。

李渔交游甚广，必须通过与他同时代的人进行比较而作出评价。据不完全统计，李渔诗文、书信中所提及的人以及为其作品加评作序的共有八百多人。其中有号称"江左三大家"的吴梅村、钱谦益、龚鼎孳，还有"海内八大家""燕台七子""西泠十子"中的许多名士，如王士禛、施愚山、毛稚黄、顾贞观、杜浚等，都是名重一时的文人。通过与这些人的比较，自能作出公正的评断。

我们应该准确地测定李渔在历史坐标系中的地位。李渔的悲剧靠我们去结束，也一定能结束，这是历史赋予我们的神圣使命。

二 "生无他癖，惟好著书"——李渔的文艺观

李渔著作等身，以著书为乐事。他曾经郑重其事地宣称："予生无他癖，惟好著书。忧藉以消，怒藉以释，牢骚不平之气藉以铲除。"显然，他的文艺观决定了他辛勤笔耕，优质高产。

(一)

李渔对文学的社会功能是有深刻认识的，他不仅为"文章者，天下之公器，非我之所能私"，而且把"文士之笔"与"武人之刀"相提并论，都看成是杀人之具。甚至提出，"刀能杀人，人尽知之；笔能杀人，人则未尽知也"（引文均见《闲情偶寄》）。基于这样的认识，他在《闲情偶寄》的"凡例"中，明确把"规正风俗""警惕人心"标为写作指归，表明了他从事创作、论著的目的。李渔的好友包璿在《李先生一家言全集叙》中云："笠翁游历遍天下，其所著书数十种。大多寓道德于诙谐，藏经术于滑稽。"概括了李渔劝善惩恶的良苦用心。《一家言弁言》也指出："其生平著述甚夥，虽稗史传奇亦大有关于人心世道。"这说明，李渔以劝惩为核心的文艺观是尽人皆知的。

平心而论，对文学社会功能的这种认识，并非李渔首创。先于他两千多

年的孔子就有过"兴""观""群""怨"的论述，后来加以阐发弘扬者，代不乏人。可以说，李渔只不过起了推波助澜的作用。值得注意的是，李渔还把"劝惩"作为文艺作品能否传世的主要因素。他在论述戏曲的社会功能时认为唯文艺能够"药人寿世""救苦弭灾"，效果愈著，传世弥久。在《香草亭传奇序》中，他说："卜其可传与否，则在三事：曰情、曰文、曰有裨风教。"这种提法高出前人，是对文艺功能认识的一大进步。

李渔以能否劝惩作为文艺批评的标准，同时在自己的创作中也身体力行。他自觉地以戏曲、小说为武器，抨击现实，劝惩教化。他在《柬沧园主人》书中云："弟之见怒于恶少，以前所撰拙剧，其间刻画花面情形，酷肖此辈，后来尽遭惨戮，故生狐兔之悲。"从这里，可以看出他鲜明的创作倾向。

《风筝误》是李渔戏曲创作的代表作，"浪播人间几二十载，其刻本无地无之"（以上引文见《李笠翁一家言》），甚至流传海外。作品由风筝引起的误会涉及男女婚姻，歌颂了青年男女的反封建精神。同时，通过贵族官僚家庭生活的描写，反映人心不古，世风日下，"道德"沦丧的社会现实。"长于治国"的詹烈侯家里被两个小妾搞得乌烟瘴气，作者调侃道："不会齐家会做官，只因情法有严宽。劝君莫笑乌纱弱，十个公卿九这般。"（《风筝误》第三出）对上层社会的针砭可谓入木三分。作者的笔触从"家政"写到"朝政"，从"家风"写到"世风"，在庄谐并作、嬉笑怒骂之中表现了对现实的鄙夷和嘲弄。朴斋主人在该剧总评中说："近来牛鬼蛇神之剧充塞宇内，使庆贺宴集之家，终日见鬼遇怪，谓非此不足悚人观听，讵知家务事中，尽有绝好戏文未经做到，则是剧一出，鬼怪遁形矣。"（《李笠翁十种曲》）

此外，在李渔的小说中，长篇小说《合锦回文传》痛斥忘恩负义的卑劣小人，抨击阴谋篡国的奸佞。《连城璧》中的《清官不受扒灰谤·义士难伸窃妇冤》劝官吏注重调查研究，不可妄用刑罚；《乞儿行好事·皇帝做媒人》以乞丐"穷不怕"的行侠仗义反衬官僚士绅的不仁不义；《十二楼》中的《萃雅楼》揭露严世蕃的倒行逆施，鱼肉人民，如此等等，不一而足。李渔常把"刀笔"投向官僚、财主、士绅，显示出针砭时弊的可贵胆识和挽救世道人心的良苦用心。

李渔劝惩教化的文学主张受到时人的肯定和赞扬。睡乡祭酒序李渔小说《连城璧》云："迷而不知悟，江河日下而不可返。此等世界，惩不能得之于夏楚，劝亦不能得之于道铎。每在文人笔端，能使好善之心苏苏而动，恶恶之念油油而生，乃知天下能言之流，有裨世道不浅。……天下之人皆得见其书,而吾友维持世道之心,亦沛然遍于天下。"

值得注意的是,李渔在强调文学的劝惩教化功能时,并未忽视文艺自身的特殊规律。他十分注重寓教于乐,让庄重严肃的内容通过喜闻乐见的艺术形式表现出来。在《风筝误》尾声中,他说:"传奇原为消愁设,……一夫不笑是吾忧。"在另一首诗中,他写道:"尝为欢喜心,幻为游戏笔。……纵使难长久,亦且娱朝夕。"为了刺激读者的审美感受和情感体验,实现文艺的劝惩功能,他十分注重作品的喜剧意味。他不仅编写喜剧,还创作喜剧性小说。让人们在轻松愉快的旋律中振聋发聩,得益无穷。他自称"大约弟之诗文杂著,皆属笑资,以后向坊人购书,但有展阅数行而颐不疾解者,即属赝本"。(以上引文均见《李笠翁一家言》)他精通科诨艺术,语言诙谐滑稽,引人发笑。当然,他运用科诨不仅仅是为了发笑,而是为了更好地为内容服务,所以他强调"嬉笑诙谐之处,包含绝大文章"。(《闲情偶寄》)由于他苦心孤诣,寓教于乐,把劝惩教化的内容与新鲜活泼的形式、幽默诙谐的语言巧妙地统一起来,因此他的作品能够不胫而走,传诵不衰。

(二)

要发挥文艺作品劝惩教化的作用,必然对文艺作品本身提出更高的要求。李渔深知作品本身美感力量的重要,十分重视作品的艺术技巧。他有很多超越前人的真知灼见。在论述戏曲创作时,他提出"结构第一、词采第二、音律第三、旁白第四、科诨第五、格局第六"的主张,就体现了他注重艺术技巧的文艺观。

鲁迅曾经劝导别人不相信小说作法之类的话,其实李渔早就说过"千古文章,总无定格"(《闲情偶寄》)。他是有感而发的。光绪《兰溪县志·文学门·李渔传》称,李渔"作诗文甚敏捷,求之可立待以去,而率臆构思,不必尽准于古"。他自己把诗文杂著命名为《一家言》,其原因就是"上不取法于古,中不求肖于今,下不觊传于后,不过自为一家,云所欲云而止"。(《李笠翁一家言》自序)他写作喜欢标新立异,不拘一格,有自己独特的风格,就是这种文艺观的体现。

李渔的好友丁澎在给《一家言》作序时,称赞李渔"其匠心独造无常师,善持论,不屑依附古人成说,以此名动公卿间"。李渔在给朋友的信中,也不无自豪地说:"不效美妇一颦,不拾名流一唾,当世耳目为我一新。"(均见《李笠翁一家言》)他在论述填词方法时还说过:"词曲一道,但有前书堪读,并无成法可宗。"其原因是"填词之理，变幻无常"，推而广之，不仅填词如此，文艺创作也莫不如是。写文章没有一个固定不变的公式，也没有一劳永逸的良方，而必须如"造物之赋形"。（均见《闲情偶寄》）。

所谓随物赋形，就是根据文章内容决定其表达方式，使文章内容与形式达到完美的统一。写文章不存在"定法""常格"，一定的内容就必须运用与之相适应的形式。这是评价文艺作品得失成败的准绳之一。李渔大胆地提出这一文艺主张，不仅体现了他谙熟文学创作规律及其可贵的创新精神，而且具有反传统的进步意义。

李渔是中国文学史上运用文体最多的作家。他不仅运用过诗、词、文、小说、戏曲这些常用文体，还广泛运用记、传、赞、辩、露布、说、疏、券、誓词、铭、引、跋、纪略、解、书、对联等鲜为人用的文学样式。他的诗，古体、近体、五言、六言、七言、杂言，都有尝试。他还常用短论的形式发表自己对于历史事件的看法和文艺创作的主张。这些都是李渔"随物赋形"文艺观的具体实践。

李渔的小说戏曲都敢于破除陈规陋习，大胆革新。这是在文体确定以后，根据题材内容而采取最合适的表达方式。他的戏曲《奈何天》中有阕《蝶恋花》云：

> 多少词人能改革，夺旦还生演作风流剧。
> 美妇因而雠所适，纷纷邪行从斯出。
> 此番破尽传奇格，丑旦联姻真巨测。
> 须知此理极平常，不是奇冤休叫冤。

撇开此剧的内容不谈，他一改历来传奇生旦联姻的传统，而让丑旦结合，是前无古人的惊人之举。这并非是作者异想天开，有意猎奇，而恰恰是根据剧中情节和人物性格发展的需要而进行的改革，是"随物赋形"的创作主张的成功实践。他的短篇小说也敢于破格———一般的拟话本小说都有一个入话，其内容的主旨与正文相类或相反，而他在创作中时有创新，例如《连城璧》第一回《谭楚玉戏里传情·刘藐姑曲终死节》就别开生面，没有入话。他写道："别回小说，都要在本事之前，另说一桩小事，做个引子。独有这回不同，不须为主邀宾，只消借母形子，就从粪土之中，说到灵芝上去，也觉得文法一新。"《十二楼》中的十二篇小说，篇篇以"楼"为题，十分妥帖自然，浑然天成，令人耳目一新。无怪乎他在《与陈学山少宰》书中沾沾自喜地说："渔自解觅梨枣以来，谬以作者自许，鸿文大篇非吾敢道，若诗歌词曲以及稗官野史,则实有微长。"他的"微长"就是善于破除常格,因事造文,随物赋形。

李渔在创作中,十分重视内容的新颖,强调寓新奇于平常之中。文学创作莫不以新奇为贵。新奇的内涵是什么?李渔的回答是"既出寻常视听之外,又在人情物理之中"(《香草亭传奇序》),即新奇的作品既要为人们见所未见,闻所未闻;又要顺乎天理,合乎人情,符合事物发展的客观规律。这就要求创作必须从生活真实出发,努力揭示生活的底蕴。生活本身是丰富多彩的。大千世界,无奇不有,是文艺创作取之不尽、用之不竭的源泉。在《窥词管见》第五则中,李渔提出:"即在饮食居处之内,布帛菽粟之间,尽有事之极奇、情之极艳。"(《李笠翁一家言》卷一)一语道破了奇与常的关系。

李渔的作品中没有荒唐怪异之事,都是耳目之前,看得见、摸得着的事情。他指出:"王道本乎人情,凡作传奇,只当求于耳目之前,不当索诸闻见之外……凡说人情物理者,千古相传;凡涉荒唐怪异者,当日即朽。"他甚至毫不客气地指出:"可见事涉荒唐,即文人藏拙之具也。"(均见《李笠翁一家言》卷一)这里,他提出了"人情物理"这一文学批评的准则。因为人情物理是永恒的,所以,凡是符合人情物理就是真实的、经得起时间检验的,这样的作品可以永垂不朽。反之,则没有生命力。

李渔善于从平常事物中翻出新意,化腐朽为神奇,常有石破天惊之妙。爱情,这个十分古老的题目,经千人言,万人道,似乎文章都做绝了。李渔妙手回春,巧夺天工,一篇《合影楼》令杜于皇佩服得五体投地:"影儿里情郎,画儿中爱宠,此传奇野史中两个绝好题目。……独有影儿里情郎,自关汉卿出题之后,凡五百年并无一人交卷,不期今日始读异书。但恨出题目者不得一见。若得一见,必于《西厢》之外,又增一部填词,不但相思害得稀奇,团圆做得热闹,即捏臂之关目,比传书递柬者更好看十倍也。"(见上海古籍版《十二楼》)杜于皇是评点小说戏曲的行家,从他的评语中不难看出这篇小说的影响。其他如《夏宜楼》用千里镜选美;谭楚玉、刘藐姑假戏真做;《拂云楼》梅香怜才,为主择婿,等等,都是未经人道的奇闻。

李渔注意作品的"稀奇""热闹",还追求作品的理趣,常能让人在捧腹大笑之后,从平常事物中,获得哲理的启迪,把读者带到更高的艺术境界,产生奇上加奇的美感效应。他写夫妻之情、朋友之情、父子之情、主仆之情、母女之情、妻妾之情等等,但写得最多的还是男女爱慕之情。他的作品中,爱情的表达方式不一,有的曲终死节,有的投水殉情,有的对影钟情,有的存孤守节，有的外冷内热，有的智完节操，其间都是一个"情"字驱使人物活动。李渔不是孤立地写情，而是由情入理，情理交融。《合影楼》虽不脱才子佳人的格局，却有独到见解。他认为男女之情一旦产生，只能因势利导，而不能遏止。这些既体现了李渔作品寓奇于常的艺术特色，也反映了他透视生活的敏锐目光及深邃的思考。

（三）

李渔在注重文学的社会功能时，还将视野投向文体。

在漫长的中国封建社会里，统治阶级和封建文人对各种文体并不是一视同仁的。传统的观点是把诗文放在正宗地位，而小说一直未能得到重视。到宋元话本小说的问世，才出现了小说史上的一大变迁，确立了真正的反映市民阶层思想、生活的市民文学，受到广大下层人民的欢迎。遗憾的是，作者都没有留下姓名，显然，他们对于世俗的偏见、歧视，仍然心有余悸。冯梦龙、凌濛初可谓有胆有识，编著了《三言》《两拍》，但也并不理直气壮，仍然躲躲闪闪。他们在署名上，煞费心机，用了许多别号："可一居士""无碍居士""绿天馆主人""即空观主人"，等等，即使是在李渔前后出现的一大批通俗小说的作者，也是后怕无穷，敢于留下真实姓名者寥若晨星，往往代之以"名教中人""天花藏主人""艾衲居士""东鲁古狂生""酌元亭主人"等。

唯有李渔光明磊落地署上真名，而且公然宣称"吾于诗文非不究心，而得志愉快，终不敢以稗史为末技"（《十二楼·杜浚序》），极力主张"技无大小，贵在能精"，大声疾呼："填词非末技，乃与史传，诗文同源而异派者也。"（《闲情偶寄》卷一）这一石破天惊的宣言，无疑是对传统文学观的挑战，体现出李渔卓越的勇气和胆识。

李渔为什么如此不遗余力地强调文学没有高低贵贱之分，也没有本末之别呢？这与他注重文学的社会作用的主张是一脉相承的。

把"稗史"提到与诗文同等的地位，强调文无本末，有可能克服文学创作的"偏爱"现象，拓宽文学的领域，促进各体文学的发展，使文学更好地反映丰富多彩的生活，从而带来整个艺术园地的繁荣和全面丰收。况且小说戏曲有其特殊的文体特点，人物形象鲜明生动，故事情节扣人心弦；语言通俗易懂，拥有更多的读者群，因而社会效果较之诗文更为显著。

为了更好地劝惩教化，李渔对通俗文学的语言提出了更严格的要求。他主张在"浅近处求新"(《闲情偶寄》卷一),新奇的内容要用浅近的文字语言表达出来。他甚至把"浅"作为评判文章高低的必要条件。"能于浅处见才,方是文章高手"(《李笠翁一家言》卷八),词浅意深方称得上佳作;自我作古,艰深晦涩的文章不足称道。

语言是文学的第一要素,是文章的外在形式,直接关系到文章的表达效果与艺术魅力。因而历代文学家都十分注重语言。宋代大文豪苏东坡说:"绚烂之极,归于平淡。"(《经进东坡文集事略》)明人则提出"本色"的主张。"平淡""本色"与李渔提出的"贵浅显"是十分相近的,都是指文学语言的通俗浅显、明白如话、群众化、口语化。李渔明确指出:"话则本之街谈巷议,事则取其直说明言。"这是他对"浅显"的具体解释。李渔还主张,文学语言要因文体、阅读对象的不同而有所区别。"诗文之词采贵典雅而贱粗俗,宜蕴藉而忌分明",而戏曲小说的语言必须明白易懂。这是由于"文章做与读书人看,故不怪其深;戏文做与读书人与不读书人同看,又与不读书之妇人、小儿同看,故贵浅不贵深"。这种视文体、读者而运用适当语言的方法是科学的,值得肯定的。他的戏曲小说很少引经据典,"即使有时偶涉诗书,亦系耳根听熟之语,舌端调惯之文,虽出诗书,实与街谈巷议无别者"。(以上引文均见《闲情偶寄·词曲部》)他把"浅显"作为通俗文学的语言要求,是有见地的。

李渔的小说语言继承了宋元话本小说的传统,善于运用比喻,巧妙地吸收群众语汇,加以提炼,形成流利朴质、明白晓畅的语言风格,读起来如丸走坂,似水奔流,通俗明快,令人爱不释手。他的戏曲宾白常常熔铸民间口语,雅俗共赏,风趣幽默。《蜃中楼》中龙女舜华之母谴责坚持门户之见的钱塘君:

"今日也门户,明日也门户,门是你的头,户是你的脑。除了龙王家里,就不吃饭了?况且又不曾见他儿子的面,知他是个什么龟头鳖脑!"

这分明是从伶牙俐齿、泼辣尖刻的小市民妇女口头上摘下来的,活脱脱、水灵灵,生活气息非常浓郁,表现力极强。由于李渔作品的语言浅显易懂,所以能够流播久远,最充分地发挥文艺的劝惩功能。

由此不难看出李渔主张"文无本末,同源异派"的用心所在。新奇的内容与浅近的形式相统一,构成了李渔的独特风格,这是他的文艺观的主要内容。

三 短篇小说集《无声戏》

　　《无声戏》是李渔的第一部拟话本小说集，也是李渔"无声戏"小说理论的具体实践的产物。小说草创于他第一次移家杭州后的顺治十年（1653年）前后，大约刊刻于顺治十一年至十四年（1654—1657年）之间。北京大学图书馆所藏的《无声戏合集》（残本）载有杜浚的序言，其中称："予于前后二集皆为评次，兹复合两者而一之。"可见《无声戏》原分前后二集。第一集收小说十二篇，现藏日本尊经阁文库，第二集已散佚。李渔在顺治十八年（1661年）前后移家金陵，印行了《无声戏合集》十二回。《合集》收《无声戏》一集的七篇、二集的五篇，实际上是《无声戏》一、二集的一个选本。这个选本打乱了原刻本的排列次序，还把回目由单句改为上下对偶的双句。此书现仅残存两回。大约在康熙初期，李渔又将《无声戏合集》易名改刻为《连城璧全集》，且将《无声戏》一、二集未收入《无声戏合集》的六篇小说集中起来，刻成《连城璧外编》。这样《连城璧全集》十二回，《外编》六卷，共收十八篇小说。此书原刻本藏日本佐伯市图书馆。国内大连市图书馆藏有一日本抄本，但《外篇》只有四卷，次序亦与原刻本不同。

　　浙江古籍出版社1988年出版的《连城璧》以大连市图书馆的抄本为底本，又据日本佐伯市图书馆刻本补齐《外篇》所缺的两卷，还参校了日本尊经阁文库的《无声戏》复印本，是一个适合于广大读者阅读的普通读本。

　　鉴于《无声戏》与《连城璧》两者之间的血缘关系，学术界一般把《连城璧》作为《无声戏》的别名。为了行文统一、方便，本书一律称为《连城璧》。

（一）

　　《连城璧》共收有十八篇白话短篇小说，每篇叙述一个故事。李渔本着劝善惩恶的用心和愉悦耳目的目的，多以人们耳目之内的日常生活小事为题材，涉及社会生活的各个方面。尽管小说集中也写到皇帝平冤、官吏折狱等内容，但作者着力描写的是当时社会上微不足道的平民百姓，塑造了一批活生生的平民百姓形象，诸如戏子、渔翁、星家、皂隶、乞丐、妓女、书生、商人、丫鬟、奴仆、节妇、村妇、待诏、赌徒，等等。小说侧重描写了这些小人物人与人之间各种复杂微妙的关系：恋爱关系、夫妻关系、主仆关系、朋友关系、妻妾关系、母子关系、祖孙关系、叔侄关系、主婢关系、敌对关系，通过这些人物的交往、活动、矛盾和斗争,反映了极为广阔的社会生活画面。

从作者对小说人物、事件的态度来看,大致可分为歌颂、赞扬和批判、暴露两个方面。有时同一篇作品中,两者兼而有之。李渔的是非标准,今天看来,不能全盘否定,而应该批判地吸收。特别是其中有些篇什批判锋芒直指虚伪吃人的封建礼教以及封建吏治的残暴黑暗,无情地鞭挞了鱼肉人民的土豪劣绅,具有进步意义;而小说中洋溢出来的对受苦受难的劳苦大众的深切同情,更是难能可贵的。《清官不受扒灰谤 义士难申窃妇冤》写一个"极其清正"、素有"一钱太守"之名的成都知府,"百姓有状告在他手里,他再不批属县,一概亲提,审明白了,也不申上司。罪轻的打一顿板子逐出免供,罪重的立刻毙诸杖下。"这位知府还有一个特点,"凡有奸情告在他手里,原告没有一个不赢,被告没有一个不输到底。"无辜书生蒋瑜被诬告奸情,吃不消他的夹棍之苦,只好屈打成招。作者满腔义愤地说:"你道夹棍是件什么东西,可以受两次的? 熬得头一次不招,也就是个铁汉子了。临到第二番,莫说笞杖徒流的活罪宁可认了,不来换这个苦吃,就是砍头、刖足、凌迟、碎剐的极刑,也只得权且认了。"作者意在说明,靠刑讯逼供的清官其实比贪官更坏,是名副其实的酷吏。贪官之恶,家喻户晓;而清官之坏,则鲜为人知。小说中还写道:"为民上的要晓得,犯人口里的话,无心中试出来的,才是真情;夹棍上逼出来的,总非实据。从古来这两块无情之木,不知屈死了多少良民。做官的人少用他一次,积一次阴功;多用他一番,损一番阴德。"字里行间饱含了作者鲜明的爱憎感情。

在《老星家戏改八字 穷皂隶陡发万金》中,不忍杖责犯人的恤刑皂隶蒋成倒霉落魄,不但赔钱,而且赔棒。作者用调侃的口吻说:"不是撑船手,休来弄竹篙。衙门里钱这等好趁? 要进衙门,先要吃一付'洗心汤',把良心洗去;还要烧一分'告天纸',把天理告辞,然后吃得这碗饭。"分明是诅咒衙门里的官吏都是丧尽天良、灭绝天理的。含蓄诙谐的语言里面显露出锐利的锋芒。

《乞儿行好事 皇帝做媒人》中,身居下流的叫化子"穷不怕"侠骨义肠,乐于施舍;有钱有势的乡宦谋财骗人,火中取栗;昏庸残暴的县官急功好利,草菅人命。作者借"穷不怕"之口说道:"如今世上哪个财主肯替人出银子,贵人肯替人讲公道的? 若要出银子,讲公道,除非是贫穷下贱之人里面,或者还有几个。"小说让"穷不怕"扬名海内,福寿绵长,乡宦和县官受到制裁,则形象地说明了"谁教此辈也成名,只为衣冠人物少"的现实,表现了卑贱者仁义、高贵者邪恶的严肃主题。

如果说，上述篇章是掷向封建社会黑暗现实的投枪，那么《谭楚玉戏里传情　刘藐姑曲终死节》则是一曲热情赞扬男女青年反抗封建礼教，争取婚姻自由的动人颂歌。少年书生谭楚玉为了追求"戏子"刘藐姑，不惜降低身份，入班学戏，两人一见钟情。碍于封建家长的干涉和传统的影响，只能利用在舞台上扮演夫妻的机会假戏真做，谈情说爱。但是，贪婪的家长，好色的财主，成了扼杀他们爱情生命的刽子手。在强大的封建势力面前，他俩不甘屈服，双双投水殉情，用年轻的生命与封建礼教进行了最后的抗争。尽管小说以二人遇救、成婚、中第、做官为结局，一定程度上削弱了作品的反封建意义，但小说所展示的"有情人终成眷属"的主题无疑是积极的。

《遭风遇盗致奇赢　让本还财成巨富》通过两个平民经商过程中曲折的矛盾纠葛，赞扬了轻财好义的朋友之道，宣扬了"只要肯做好事"，就能发财致富的观点。

《妻妾败纲常　梅香完节操》中，自命贞洁的爱妻宠妾，一听丈夫死讯，即争先恐后地改嫁，而口不善言的梅香倒守贞存孤。批判了口是心非、巧言令色的佞妇；赞扬了言行一致、忍辱负重的婢女。

《重义奔丧奴仆好　贪财殒命子孙愚》，通过不肖子孙与忠义奴仆的不同言行的对比，鞭挞了见利忘义的地主子孙，赞扬了轻财重义的奴仆。

《落祸坑智完节操　借仇口巧播声名》，讴歌了在动乱年代，巧妙地与敌人周旋，最终克敌制胜、保全自己的智慧的农村妇女。

《说鬼话计赚生人　显神通智恢旧业》说明持家之道；《待诏喜风流攒钱赎妓　运弅持公道舍米追赃》暴露了妓院坑骗钱财的罪恶，劝人戒嫖；《受人欺无心落局　连鬼骗有故倾家》则戒人赌博；《仗佛力求男得女　格天心变女成男》劝富厚之家要乐于施舍。

虽然这些篇章中都不同程度上带有作者时代、阶级的局限性，如因果报应的封建思想、一夫多妻的庸俗意识等，但多少包含着一些合理的成分。特别是小说集中较多的篇幅赞颂了下层人民的智慧、勤劳、轻财重义、恪守伦理道德，等等，在当时是有不可忽视的进步意义的。

(二)

如果说小说《连城璧》的思想内容是瑕瑜互现的话，那么它的艺术成就则是值得称道的。李渔的朋友李一贞对《无声戏》推崇备至，竭诚称赞：

"焚香啜茗,拂几静阅《无声戏》,大则惊雷走电,细亦绘月描风,总人间世未抽之秘,不啻骇目荡心已也。……国门纸贵,信然,信然!"(《尺牍初征》卷一)高度评价了李渔小说卓越的描写艺术:既有气势磅礴的"惊雷走电",又有浓墨重彩的"绘月描风",揭示了李渔小说备受读者欢迎而"国门纸贵"的原因。总结《无声戏》的创作经验,可以给我们提供有益的借鉴。

小说和戏曲同属通俗文学,两者之间有着千丝万缕的联系。李渔既是著名的戏曲作家,又是编撰小说的行家里手。在长期的创作实践中,他的创作技巧十分娴熟,对小说和戏曲的不同创作规律有所探索和积累。不过,李渔较多地强调了小说、戏曲的共同规律(这是他把短篇小说集命名为"无声戏"的主要原因),不无偏颇之处。李渔主张"稗官为传奇蓝本"(《合锦回文传》第一卷,素轩回末评。学术界认为,素轩即李渔别名),常常把自己的小说改编为传奇,因此他的戏曲和小说在内容上多有相同者。仔细研究《无声戏》(《连城璧》)就会发现,小说中的人物仿佛活动于舞台之上。

首先,《连城璧》中的小说都取材于现实生活,又融合了作家的艺术构思,达到了艺术真实和生活真实的统一,较好地反映了明末清初的社会现实。李渔认为,现实生活是文艺创作的源泉,他主张写人情物理,反对写鬼怪荒唐。针对当时"牛鬼蛇神之剧充塞宇内"的恶劣倾向,他提出了表现人情物理就是反映现实生活中的奇情奇事的进步文学主张。这与他《闲情偶寄》中"戒荒唐"的观点是一致的。

《连城璧》中的小说一般不涉及重大题材,都是写日常生活小事,写小人物之间的矛盾、冲突,各类人物的喜怒哀乐,悲欢离合。诸如男女相爱、妻妾争风、商人历险、寡妇再嫁、朋侪戏谑、丫鬟育孤、义仆奔丧、主妇持家、待诏嫖妓、败子赌博、财主求子、巧女克敌,等等,这些极其普通平常的事情,在作者笔下都绰约多姿,情趣盎然。作者不是机械地照搬耳目之内枯燥乏味的生活琐事,而是精心选择、提炼,表现那些既符合人情物理又"从未经人道破"的奇人异事。

例如《谭楚玉戏里传情 刘藐姑曲终死节》,虽写男女爱情,却不落俗套,别具手眼。游学书生谭楚玉本是旧家子弟,他看中了戏班女旦刘藐姑,苦于不能接近,便决心弃文从戏,不以娼优为贱,做了一个花脸。由于他闻一知十,触类旁通,成了戏班的台柱。为了能与藐姑在舞台上演夫妻戏,他以不屑做花面为借口,欲进先退,这样争到了正生的角色,与正旦恰成一对。此后,男女二人心有灵犀一点通,利用演戏的机会,在戏台上谈情说爱。这样假戏真做，不但戏演得逼真，提高了戏班的身价，而且两人的爱情与日俱增，到了生死不渝的地步。后来，势利母亲劝藐姑嫁于财主，好色的富翁以一千两重金聘藐姑为妾。藐姑被凌逼不过，即借搬演明代传奇《荆钗记》的机会，模仿剧中女主角钱玉莲抱石投江，真的投水殉情。谭楚玉唯恐追之不及，如飞似箭地跳下水去，双双化作比目鱼，演奏了一曲用生命反抗封建婚姻制度的壮歌。在小说的最后，尽管作者出于劝惩说教的本意，为了迎合观众心理，给小说加上了一个大团圆的结局，但总体看来，这篇小说的内容既古老而又新鲜。

《连城璧》中的小说篇篇都有创新之处，令人叹为观止。《乞儿行好事 皇帝做媒人》中的乞儿，"穷不怕"为人轻财重义，把金钱当作粪土，朋友当作性命，又喜替人抱不平。他拯救弱小，敢于碰硬，为衣冠人物所不及。作者说："这是从来叫化之中，第一个异人，第一件奇事。"

《遭风遇盗致奇赢　让本还财成巨富》中的商人秦世良，三次出门经商，三次因意外事故丢失血本，他最终能发迹变泰，奇祸变成奇福，是因为"遇着的拐子，又是个孝顺拐子；撞着的强盗，又是个忠厚强盗，个个都肯还起冷帐来"，这真是一般商人百年难逢的奇迹！

《老星家戏改八字　穷皂隶陡发万金》记叙了穷皂隶蒋成老实忠厚、安分守己、由穷而达的神奇过程，包含着劝人为善的内在主题。皂隶蒋成由于不肯滥用酷刑，当了一年差，没有赚得半个钱，屈棒倒挨了上千。他去求老星家华阳山人算命，为了哄他出门，星家替他戏改了生辰八字，恰与他上司刑厅同年同月同日同时生。此后他果然时来运转，得到刑厅怜惜，"刑厅叫他贴堂服侍，时刻不离，有好票就赏他，有疑事就问他，竟做了腹心耳目。蒋成也不敢欺公作弊，地方的事，知无不言，言无不尽，倒扶持刑厅做了一任好官。"后来蒋成也积攒了数千金，娶妻生子，还做了官。这个故事似乎荒唐透顶，其实反映了人力回天的劝惩思想。小说末尾作者作了说明：

"只为他在衙门中做了许多好事，感动天心，所以神差鬼使，教那华阳山人替他改了八字，凑着这般机缘。这就是《孟子》上'修身所以立命'的道理。究竟这个八字，不是人改，还是天改的。又有一说，若不是蒋成自己做好事，怎能够感动天心？就说这个八字，不是天改，竟是人改的也可。"

李渔小说中偶尔也出现鬼神，但仔细看看又不是真写鬼神。《贞女守贞来异谤　朋侪相谑致奇冤》中，马既闲因听信朋友戏谑之言，怀疑妻妾不贞，休妻去妾。广东定安县知县包继元就遣神弄鬼，用城隍文书来解开马既闲的

疑团。透过这个表面现象可以看出,这完全是包知县抓住人物酷信鬼神的心理特征,串通道官做的手脚。杜浚在该回回末评中写道:

"《无声戏》之妙,妙在回回都是说人,再不肯说神说鬼,更妙在忽而说神忽而说鬼。看到后来,依旧说的是人,并不曾说神说鬼。幻而能真,无而能有,真从来仅见之书也。"

这一评语确切地指明了《连城璧》的现实主义创作倾向,同时也阐述了李渔在现实基础上充分发挥艺术想象的文艺观。

其次,《连城璧》中的小说主题突出,线索单纯,结构严谨,针线细密。李渔在《闲情偶寄》中曾提出戏曲创作必须"立主脑""减头绪""密针线"的主张。他的小说总有一个鲜明的主题,围绕这一主题组织情节,一般单线发展,头绪不多;前后照应,滴水不漏,这样,小说结构非常紧凑,不枝不蔓,为广大读者所喜闻乐见。

《连城璧》中每一篇小说都有明确的主题,作者常常在作品中有意无意地作交代说明,唯恐读者不了解他维持风教的良苦用心。所以,读起来比较轻松,不需要再作更多的思考。《乞儿行好事·皇帝做媒人》篇首有一阕《玉楼春》词,其下阕写道:"叫化铜钱容易讨,乞丐声名难得好。谁教此辈也成名,只为衣冠人物少。"这里把乞丐与衣冠人物进行对照,揭示了小说赞扬行侠仗义的乞丐、抨击昏官财主的主旨。

而《清官不受扒灰谤 义士难申窃妇冤》的结尾交代了写作目的:

"我这回小说,一来劝做官的,非人命强盗,不可轻动夹足之刑,常把这桩奸情,做个殷鉴;二来叫人不可像赵玉吾,轻嘴薄舌,谈人闺闱之事,后来终有报应;三来又为四川人暴白老鼠之名,一举而三善备焉,莫道野史无益于世。"

细按这篇小说,主要是戒官吏轻用刑罚,要注重调查研究;也抨击了轻嘴薄舌,喜说是非的恶习。为四川人正名,实际上是一个噱头,是调侃那个喜用酷刑的成都知府的。

再如《遭风遇盗致奇赢 让本还财成巨富》,通过相貌相同的秦世良、秦世芳两个商人在经商过程中的不同遭遇,说明不论相貌好歹,只要与人为善,就可以发财。小说中这样提醒读者:"照秦世良看起来,相貌生得好的,只要不做歹事,后来毕竟发迹,粪土也会变做黄金;照秦世芳看起来,就是相貌生得不好的,只要肯做好事,一般也会发迹,饿莩可以做得财主。"其他各篇也莫不如此,大多在篇末通过议论来揭示,不过文字有长有短而已。

这些小说都是单线发展，一线到底，与《三言》《两拍》中常用的"花开两朵，各表一枝"的叙述方法有所不同。这样，头绪清晰，有条不紊，更利于读者把握故事的情节内容，接受教育。

《连城璧》外编卷二《落祸坑智完节操　借仇口巧播声名》写明末崇祯年间，陕西西安府武功县乡间民妇耿二娘聪慧异常、巧计克敌的故事。小说始终围绕"智"和"巧"展开情节，包括七八个小故事。首先写她巧妙地帮人从肚肠中取出钓钩、医好手臂两个事例，得到"女陈平"的雅号，然后写她在动乱年代与贼头巧计周旋，保持贞操，又赚得金银，借敌人之口播扬自己的芳名，最终置敌于死地。其间她运筹帷幄，决胜千里，从容不迫，应付裕如，把敌人玩弄于股掌之上。小说歌颂了劳动妇女的智慧、勇敢，从不同侧面反映了下层人民敢于斗争、善于斗争的品质。这样抓住一人或者一事去叙述，容量虽不大，但主题集中，结构谨严，艺术上是可取的。

由于小说头绪集中，作家就可能花较多的精力去注意前后照应，做到针线细密，无懈可击。《遭风遇盗致奇赢　让本还财成巨富》中，秦世良第一次漂海经商，就遇到强盗的抢劫。他五百两银子买的绸缎被洗劫一空。后来为什么能得到十倍的偿还？确实令人莫名其妙。不过，你再回头看看，上文有所交代："他平日笔头极勤，随你什么东西，定要涂几个字在上面。又因当初读书时节，刻了几方图书，后来不习举业，没有用处，捏在手中，不住的东印西印。""一日舟中无事，将自己绸缎解开，逐匹上用一颗图书，用完捆好，又在蒲包上写'南海秦记'四个大字。"这样，后来做了朝鲜驸马的"强盗"才可能找到失主。

那个海盗头目为什么能做驸马？又为什么良心发现，十倍偿还劫物？对此，前面也有预示："只见有个头目立在岸上，须长耳大，一表人才"，"只要货物，不要银子"，非一般海盗可比，原来这个"相貌生得魁梧"、被招为朝鲜驸马的"强盗"，本是漂海经商、坏了船只、沉了货物的商人。这样，同病相怜，归还所劫的货物也就在情理之中了。

李渔曾批评明传奇《琵琶记》的情节"一时照管不到，致生漏孔"，"每多缺略不全之事，刺谬难解之情"（《闲情偶寄》卷二），所以他的小说都力避此弊。

复次，《连城璧》中的小说情节曲折，故事新颖。波澜迭起，妙趣横生，读来令人赏心悦目。《遭风遇盗致奇赢　让本还财成巨富》叙述商人经商的奇遇，却迥异于宋元话本、拟话本小说中"发迹变泰"的模式，情节摇曳多

211

姿，给人美不胜收之感。

南海县贫民秦世良因相貌好，得到精通相术的百万富翁杨百万的资助。第一次借银五百两，买绸缎漂海做生意，被海上强人劫去。第二次又借银五百两，带了三百两往湖广贩米，被一个同行的老汉窃去。第三次携剩下的二百两外出，又被面貌相同的同乡秦世芳冒认而去。从此他自认晦气，在家处馆糊口。写到此处，山穷水尽，情节似乎无法延伸了。然而，李渔笔下有一种灵气，峰回路转，绝处逢生。小说写秦世芳用二百两银子做生意，一本千利。到家后发现自己讹了秦世良的血本，于是还本让利，和世良对半平分，世良凭空变成万贯财主。接着，南海县新任知县补偿了老仆人所窃取的世良的银两，而做了朝鲜驸马的海盗头目又十倍发还所劫世良的绸缎。这样，秦世良果然应了杨百万之言，成了百万富翁。情节大起大落，却又没有一丝雷同。三次丢失本钱的情况不同，而三次返本加利的细节也各异，平添了无穷的曲折和情趣。

孙楷第先生认为李渔的短篇小说"篇篇竟异，字字出奇"（《李笠翁著〈无声戏〉即〈连城璧〉解题》）。确实，《连城璧》中的小说篇篇有特色，从选材立意到谋篇布局都另辟蹊径。借助巧合、误会来组织情节，是李渔惯用的手法。

《清官不受扒灰谤　义士难伸窃妇冤》中，由于灵活运用巧合、误会，所以情节曲折变幻，极富传奇色彩。故事巧中有误，误中有巧，巧误参半：蒋瑜与何氏，男女隔壁而居是巧；双方为避嫌而换房，又同住间壁是巧；赵玉吾赠给何氏的扇坠不翼而飞，落在蒋生书架上是巧；成都知府极恼伤风败俗之事，偏信原告又是巧；蒋何二人，郎才女貌也是巧；诸巧毕集，导致误判，就势在必然。后来，知府从老鼠能把媳妇的绣鞋衔到书房的现象，推断出扇坠也是老鼠衔到蒋生书架上的，因而使冤狱得到平反。最终蒋瑜与何氏能够比翼齐飞，真是巧中之巧，误中之误。整个故事全借助了一个"巧"字，没有巧，就没有误，故事情节就无法展开，小说也失去了艺术魅力。

李渔还善于运用对比映衬的艺术辩证法，增加情节波澜。《妻妾败纲常梅香完节操》始终把梅香碧莲与妻妾罗、莫二氏的言行进行比较；同时各人的前言与后行也构成了对比。马麟如的"死讯"则是绝妙的试金石，真情假意，立竿见影。起初罗、莫二人的"烈女不更二夫"与后来的连夜嫁人形成比照；碧莲原先的"听其自然"与后来的忍苦负重也构成对比。碧莲起初的冷淡态度反衬出罗、莫的巧言令色；后来她矢志不二的高尚情操烘托出罗、莫见异思迁的卑鄙灵魂。真善与假恶的对比构成了小说的主旋律，艺术地揭示了作品的主题。

《乞儿行好事　皇帝做媒人》中以乞丐、妓女反衬官宦财主，《重义奔丧奴仆好　贪财殒命子孙愚》中以忠心耿耿的奴仆衬托不肖子孙的贪愚，等等，都是以对比、映衬为主要艺术手法而取得成功的篇章。

人物的心理刻画在宋元话本小说中早已有之，冯梦龙《三言》和凌濛初《两拍》中也不乏先例，但都显得不够成熟，也不是作者的自觉行为。而李渔小说中的心理描写就不同了，它成为作家刻画人物的一种手段，运用得很娴熟、精当，艺术效果也很明显。

《仗佛力求男得女　格天心变女成男》中的泰州盐场财主施达卿六十无子，恳求准提菩萨恩赐。菩萨托梦给他，说："你利心太重，刻薄穷民"，"你若拼得尽着家私拿来施舍，又不可被人骗去，务使穷民得沾实惠"，就"有儿子生出来"。施达卿遵嘱行善，果然有个通房有了身孕。这时，他心上踌躇起来：

"明日生出来的，无论是男是女，总是我的骨血，就作是个女儿，我生平只有半子，难道不留些奁产嫁他？万一是个儿子，少不得要承家守业，东西散尽了，教他把什么做人家？菩萨也是通情达理的，既送个儿子与我，难道教他呷风不成？况且我的家私也散去了十分之二，譬如官府用刑，说打一百，打到二三十上，也有饶了的。菩萨以慈悲为本，决不求全责备，我如今也要收兵了。"

这里把一个迫于求子不得不施舍行善而又爱财如命的财主复杂而微妙的心理写得活灵活现，不但细致生动，而且诙谐有趣。

又次，《连城璧》体现了李渔小说幽默风趣、平易晓畅的语言风格，不仅通俗浅显，妇孺皆知，而且逗人发笑，妙趣横生。在《妒妻守有夫之寡　懦夫还不死之魂》中调侃惧内的丈夫，娶了强硬的妇人，"一日压下一寸来，十日压下一尺来，压到后面，连寸夫、尺夫，都算不得了，那里还算得个'丈夫'？"由丈夫被压变成"尺夫""寸夫"，既生动形象，又诙谐风趣。小说挖苦懦夫打老婆更为有趣：

"见两个姬妾打到苦处，就捏着一根门闩，赶上前去，对淳于氏高高擎起，要在当头赏他一根。不想那根门闩又是雌木头做的，不听男子指挥，反替妇人效力。擎起的时节，十分轻便，就像一根灯草，及至擎到半空，他就作怪起来，不肯向前，只想退后，就是几百斤的铁杆，也没有这般重坠。

……一到妇人手里，他就轻便起来，要起就起，要落就落，竟在穆子大身上，翻了几个筋斗。"

看了这节文字的读者，都会忍俊不禁，甚至捧腹大笑的。

小说中还有些语言十分精辟，如"银子就是儿子了，天下的儿子，哪里还有孝顺似他的"（《重义奔丧奴仆好　贪财殒命子孙愚》），一针见血地道破了当时人与人之间，乃至父子之间赤裸裸的金钱关系。又如抨击不事调查的清官："凡有奸情告在他手里，原告没有一个不赢，被告没有一个不输到底。"（《清官不受扒灰谤　义士难伸窃妇冤》）作者义愤之情，跃然纸上。作者更善于运用民谚、俗语、格言、古语，加强了通俗性。如"官久自富"，"酒肉朋友，柴米夫妻"，"皇帝也有草鞋亲"，"福在丑人边"，"拿我碗，服我管"，"得志则为良相，不得志则为良医"，"不痴不聋，难做家翁"，"朋友妻，不可嬉"，"疾风知劲草，板荡识忠臣"等等，虽然有些带有阶级、时代的鲜明印记，但都富有生活气息，从不同侧面反映了作者所处的那个特定时代的社会生活。

四　"当世耳目　为我一新"——李渔小说的成就

李渔的戏剧创作成就远逊于他的戏剧理论，被称为"理论的巨人，创作的矮子"。但是，他的小说创作当作别论。可以说，他的小说远远超过了他的戏曲，他是明清之际杰出的小说家。

就小说创作而言，李渔"能为唐人小说"（清李桓《耆献类征》卷四百二十六），他的《秦淮健儿传》《义士李伦表传》都是不可多得的文言小说佳制。李砚斋评《秦淮健儿传》云："事奇文亦奇，其格调与魏文《典论·自叙》不相上下。"周房中则认为此文"叙述有龙门家风"。（《李笠翁一家言》卷二眉评）这些评价不可谓不高。但李渔的文言小说毕竟寥寥无几，不足以形成风格。李渔还有长篇小说《合锦回文传》，由于此书经"铁华山人重辑"，语言不能与李渔其他小说同日而语，故能代表李渔小说风格的是他的拟话本小说集《无声戏》（《连城璧》）和《十二楼》。评价李渔小说的成就，必须与他的前辈冯梦龙、凌濛初作一番比较研究，看他提供了什么新的东西。

冯梦龙和凌濛初均比李渔大三十多岁，他们编辑、整理、加工的《三言》《两拍》被称为中国古代短篇白话小说的高峰，这似乎已成定评。那么，李渔的小说与《三言》《两拍》相比较，有何不同呢？

应该指出，是李渔以文人独创拟话本小说而首开风气。冯、凌二氏所加工、改写《三言》《两拍》，其题材绝大部分取自前代史传、唐宋传奇、稗官杂记，或者民间流传的神话故事等等。以《古今小说》的前十篇为例，借鉴古书的就有九篇。其中借鉴唐宋传奇尤多。《两拍》借鉴的篇目在四分之三以上。这个问题，谭正璧先生搜集整理的《三言两拍资料》追本溯源，搜寻殆尽，为我们提供了最好的证明。无论是冯氏的编纂，还是凌氏的编著，他们创作的成分，很难精确考订，在这一点上，冯、凌与李渔缺少可比性。唯此一点，我们可以认定，李渔一空依傍，创作拟话本小说，开文人创作之先河，其功绩是不可抹杀的。尽管他是站在冯、凌的肩头上攀登的，但李渔的创新精神非冯、凌二氏所能企及。

如果把李渔的小说与《三言》《两拍》进行平等的比较，毋庸讳言，李渔的小说纤巧、单薄，远不如《三言》的浑厚、质朴、粗犷，也赶不上《两拍》的奇幻、细腻。但是，李渔小说亦有超过《三言》《两拍》之处。这里仅就其现实性、传奇性、喜剧性、通俗性四方面略作阐述。

（一）

李渔认为现实生活是文艺创作的源泉，作家的感情和个性来自于现实生活。他在《名词选胜序》中云："文章者，心之花也；溯其根菱则始于天地。天地英华之气无时不泄，泄于物者为山川草木；泄于人者，则为诗赋词章。"（《李笠翁一家言》卷一）他的小说都直接描写现实生活，虽然有的篇章假托地名、时间，但所反映的都是李渔生活的明末清初时代的现实。明末清初的战火兵燹、刀光剑影，官吏的凶狠残暴、贪赃枉法，地主豪绅的吝啬贪婪、重利盘剥，劳动人民卖儿鬻女、背井离乡，等等，在李渔的小说中都得到不同程度的体现。

冯梦龙的《三言》中，只有《玉堂春落难逢故夫》《杜十娘怒沉百宝箱》《宋小官团圆破毡笠》《王娇鸾百年长恨》等纯爱情的描写，是取材于明代的，其他大多取材于唐宋以前，有的远至周末，春秋时代。这些小说对于现实生活来说，犹如雾中看花，隔靴搔痒。凌濛初的《两拍》较之《三言》有所进步，但距离现实仍然较远。

李渔小说中的人物，多是中下层人民。这是日益发展壮大的市民阶层在文学领域寻求反映的结果，显示出时代的特征。李渔长期浪迹江湖，接触了大量的小人物，对他们的思想、生活十分熟悉，因此，在封建社会最贱的娼、优、隶、卒在李渔小说中占了很多席位。李渔所塑造的戏子、妓女、乞丐、皂隶、奴仆、婢女、小商人、隐士、寡妇、手工业者,等等,统统是值得同情、赞颂的正面人物,他们虽操贱业,身居下层,但智慧超群、品质高尚,代表了正义的力量。如《乞儿行好事 皇帝做媒人》中的"穷不怕",虽是乞丐,却有侠骨义肠,首倡大义,捐银赎贫女,"一县的财主,抵不得一个叫化子。"作者借皇帝之口赞扬"穷不怕"说:"你这样好人,莫说乞丐之中没有第二个,就是衣冠里面也寻不出来。"这是对衣冠人物的无情嘲弄,也是对卑贱者的由衷礼赞。批判尊贵者,歌颂下层人民,反映了封建社会末期市民阶层登上历史舞台的理想和现实。

小说对权奸、恶棍进行的挞伐,也一定程度上反映了广大人民伸张正义的要求和惩处奸佞的愿望。

爱情故事是李渔小说的重要内容,李渔主张、肯定、赞颂的是青年男女建立在真正倾心和爱慕基础上的爱情和自由婚姻,反映了明中叶以后在资本主义萌芽过程中逐渐产生起来的新的爱情观。李渔形象地批判了婚姻关系上的金钱势利观念,他深刻地认识到,爱情的产生是自然的,爱情一旦产生,任何人、任何力量都无法阻挡、改变,只能因势利导,顺乎自然,因此,他对青年背叛礼教、追求美满婚姻的行动给予支持,显示出放射着时代光华的民主思想色彩。

无论是身为戏子的谭楚玉、刘藐姑的假戏真做、矢志不渝,还是珍生与玉娟的对影相爱、流水传情,都与《三言》中的爱情故事有所不同。比如《杜十娘怒沉百宝箱》中的杜十娘和李甲,由于仅仅是以金钱为媒介,缺乏爱情基础的一见钟情,所以最终酿成一曲爱情悲剧。杜十娘勇于"怒沉百宝",以投江自杀的壮烈行动对封建礼教作出了激动人心的控诉,但终于只是以失败者的崇高唤起人们的同情、赞美。而李渔小说中的刘藐姑与谭楚玉、珍生与玉娟等有情人终成眷属,却令人看到胜利的希望,坚定了与封建礼教斗争到底以及必胜的信念。《夏宜楼》中的书生瞿吉人大胆运用千里镜选美,战胜重重困难,终于如愿以偿,这一方面洋溢着时代气息,另一方面也表现了李渔对自由恋爱的鲜明的褒扬态度。

李渔小说开篇的诗词常常采用自己创作的诗词,这些诗词多见于他的诗文集。《十二楼·三与楼》入话中有一首绝句和一首律诗,作者声称"乃明朝一位高人为卖楼别产而作",其实分别见于《李笠翁一家言》卷七《卖楼徙居旧宅》和卷六《卖楼》。其他如《夏宜楼》开篇的六首绝句,采自《一家言》

卷七《采莲歌十首》，《闻过楼》开篇的五言律诗，采自《一家言》卷五的《甲申避乱》，而《闻过楼》入话中的八首绝句连同"小序"，则均采自《一家言》卷七的《伊园十便》，仅将诗集"小序"中的"伊园主人"改为"笠道人"。

不仅如此，李渔小说中常写自己亲身经历的事情，他有时充当小说的主人公，有时又甘当配角。《三与楼》中的虞素臣，被迫把楼阁园亭卖给了财主唐玉川，迁居茅屋栖身，后来得侠士相助，赎回房产。虞素臣"是个喜读诗书、不求闻达的高士，只因疏懒成性，最怕应酬，不是做官的材料，所以绝意功名，寄情诗酒，要做个不衫不履之人。他一生一世没有别的嗜好，只喜欢构造园亭。一年到头，没有一日不兴工作。所造之屋，定要穷精极雅，不类寻常"。这里即有李渔自身的影子。我们知道，李渔自称生平有两绝技，其一便是置造园亭。他先后在原籍兰溪营建伊山别业，在金陵构筑芥子园，在北京建造半亩园，晚年在西湖营构层园，但是他惨淡经营的园林大都居住不久，即为生计所迫，卖给了别人。伊山别业只住了三四年，芥子园也只住了八九年。他的诗文中提到卖楼的就有四处。在《卖山券》中，他感慨万分地写道："讵意兵燹之后，继以凶荒，八口啼饥，悉书所有归诸他氏。噫，山弃人耶，人弃山耶？何相去之疾而相别之惨也？……"（《李笠翁一家言》卷二）由于他饱尝了卖楼的辛酸，所以对为富不仁的财主恨之入骨。孙楷第先生也认为，《三与楼》"文中虞素臣，即是笠翁自寓"（孙楷第《李笠翁与（十二楼）》）。虞素臣靠儿子恢复旧业，不过是李渔的理想而已。

在《鹤归楼》中的段玉初身上，也有李渔的影子。段玉初有"神童之誉"，李渔曾以五经见拔，被誉为"五经童子"。段玉初"做了十年秀才，再不出来应举"，这与李渔的经历相吻合。《连城壁》第三回《乞儿行好事·皇帝做媒人》中有个仗义行侠的乞儿，叫"穷不怕"，而李渔曾声称"李子年来穷不怕"（《李笠翁十种曲·意中缘》尾声）。

《闻过楼》中顾呆叟过了强仕之年，遂无意进取，于是自结茅屋，隐居山野，以耕云钓月为事，这又完全与李渔在原籍兰溪伊山头买山归隐的经历相类似。

另外，《拂云楼》中的主人公裴七郎、《夺锦楼》中的袁生、《谭楚玉戏里传情　刘藐姑曲终死节》中的谭楚玉、《妒妻守有夫之寡　懦夫还不死之魂》中的费隐公等人物形象里面，都不同程度地包含着李渔自身的影子。

由于李渔的小说融入了自我形象，大大加强了作品的现实意义，有力地深化了小说的主题思想。明清换代之际,战争频仍,民不聊生,官吏昏庸残暴,乡宦鱼肉人民。李渔阅历甚广,所见所闻,令人惊心动魄。作为一个富有正义感的文人,不平则鸣,必欲吐之而后快。但清朝初期文网甚密,不能畅所欲言,因而李渔借小说讥抨时政,发抒感慨。他在小说中写自己耳闻目睹之事,情不自禁地进入了角色,直接写自己的经历,甚至引用自己的诗词,这样,使小说更加真实生动,亲切感人。这是李渔之前的任何小说家,包括在中国通俗小说史上各领风骚的冯梦龙、凌濛初所无法与之相比的。

(二)

李渔是一个深深植根于中华民族土壤中的杰出小说家。他继承了宋元话本、明代拟话本的优良传统,讲究以群众喜闻乐见的内容和形式去吸引读者。他把自己的小说集命名为"无声戏",在小说《十二楼·拂云楼》第四回回末云:"各洗尊眸,看演这出无声戏。"之所以把小说看成无声戏,并不仅仅是由于他本人兼擅戏曲创作,而是有一定的时代背景的。中国社会科学院文学研究所所藏的古代通俗小说《锦绣衣》,卷端题"纸上春台第三戏新小说锦绣衣第一戏换嫁衣"。据考,《纸上春台》为一小说总集,其第三篇为《锦绣衣》,这与李渔称小说为"无声戏",观点是一致的。此外,北京图书馆藏有通俗小说《笔梨园》,其第一回评云:"一本佳戏,此回乃纲领也。"显然,"以小说为无声之戏、笔下之梨园、纸上之春台,皆一义也"(欧阳健《中国通俗小说总目提要》之《纸上春台》《笔梨园》条)。《纸上春台》《笔梨园》的创作年代已难以考订,大体与李渔《无声戏》的成书年代相近。那么,李渔的小说观一定程度上代表了当时的部分小说家对通俗小说的看法。

基于这种认识,李渔经常把自己的小说改编成戏剧。翻检《李笠翁十种曲》可以发现:《比目鱼》演《谭楚玉戏里传情 刘藐姑曲终死节》的爱情故事;《奈何天》由《美妇同遭花烛冤 村郎偏享温柔福》改制而成;《凰求凤》与《寡妇设计赘新郎 众美齐心夺才子》同演一事;《巧团圆》敷衍了《生我楼》父子骨肉团圆的喜剧故事。另外,日本尊经阁所藏的《无声戏》伪斋主人序本,第一回《丑郎君怕娇偏得艳》,目录下注"此回有传奇即出",第二回《美男子避惑反生疑》,目录下注"此回有传奇嗣出";第十二回《妻妾抱琵琶梅香守节》,目录下亦注"此回有传奇嗣出"字样。如此,李渔至少有七种小说改编成了戏剧。

李渔把小说看成是"无声戏",小说与戏剧确实有不少相通之处,讲究新奇就是最重要的一点。李渔的小说与他的戏剧一样，都尚奇。他认为："古人呼剧本为传奇者，因其事甚奇特，未经人见而传，是以得名。可见非奇不传，新即奇之别名也。"（《闲情偶寄》卷一）他所追求的新奇又不是离奇古怪，荒诞不经，而是在平常的现实生活中捕捉新奇之事。他在《窥词管见》第五则中说过："所谓意新者，非于寻常闻见之外，别有所闻所见而后谓之新也。即在饮食居处之内，布帛菽粟之间，尽有事之极奇，情之极艳。询诸耳目，则为习见习闻；考诸诗词，实为罕听罕睹。以此为新，方是词内之新。非齐谐志怪、南华志诞之所谓新也。"李渔笔下往往出现一些在当时社会条件下违背常理常情的事情。这些题材，其他作家并非没有看到，而是有的不屑写，有的不愿写，有的不敢写，也有的不能写。一旦经李渔之手写出，就产生了石破天惊的艺术效果。

　　《连城璧》第五回《美妇同遭花烛冤　村郎偏享温柔福》写一个"五官四肢都带些毛病，件件都阙，件件都不全"的财主阙里侯，一连娶了三个绝色佳人，这在有钱能使鬼推磨的封建社会和不合理的婚姻制度下，是不足为奇的，但却与才子佳人、男贪女爱的常情常理不合。

　　男女爱情，这是一个十分古老的题材，很难写出新意，但李渔笔下的才子佳人不是在花前月下，卿卿我我；也不是钻穴逾墙，偷期幽会。这些痴情男女别出心裁，各显神通。有的对影钟情，流水传书，荷叶递柬，终成眷属；有的利用演戏的合法身份，假戏真做，比翼双飞；有的用西洋传来的千里镜瞄准高墙深院中的意中美人，假充神仙，巧妙周旋，居然能成其好事。这些都是未经人道的奇闻轶事，令人耳目为之一新。

　　其次，李渔的小说在表现手法上也异乎寻常，不同凡响，把极平常的题材写得曲折离奇，摇曳多姿，令人拍案叫绝。《连城璧》外编卷之六《仗佛力求男得女　格天心变女成男》，情节似乎荒诞不经，但记叙手法是相当高明的。正如杜浚所评："施达卿是个极有算计的人，前半段施舍也不妙，后半段施舍也不妙，妙在中间歇了一歇。若竟施舍到头，明明白白生个儿子出来，就索然无味，没有这样小说替他流芳百世了。"这里准确地概括了李渔这篇小说表现形式的艺术特点。

　　复次，李渔的小说一如戏曲，力戒荒唐，都是写日常生活中耳闻目见的事情。他说："凡作传奇，只当求于耳目之前，不当索诸闻见之外……凡说人情物理者，千古相传；凡涉荒唐怪异者，当日即朽。"（《闲情偶寄》卷一）为了劝善惩恶的需要，他的小说有时也涉及鬼神描写，但细细品味，他写鬼神并不是目的，而是一种手段，是用来解决人与人之间矛盾的一种方法，一旦矛盾解决，作者自己揭穿西洋镜，鬼神亦不复存在。

《连城璧》第十二回《贞女守贞来异谤 朋侪相谑致奇冤》中，包知县为了辨惑明冤，竟移一角文书到城隍司，提已故姜生的魂魄审问虚实，姜生写了供状，笔迹俨若生前。这样，马既闲夫妻前疑顿释，和好如初。这一切做得天衣无缝，毫无破绽。后来，时过境迁，包知县说明个中情由，才真相大白。原来是包知县略施小计，做了手脚，假口于死人，这样令人确信不疑。

李渔小说在人物的设计上是用心良苦的，所以给人新奇之感。《合影楼》中三个主要人物，一男二女，珍生与玉娟本系两姨表姐弟，各肖其母，所以面貌酷似，难辨彼此；而珍生与锦云年庚八字完全相同，乃同年同月同日同时所生。这种人物安排为后来的团圆结局埋下了伏笔。再如《遭风遇盗致奇赢 让本还财成巨富》中小商人秦世良和秦世芳，不仅名字相类，而且面貌、身材"竟是一副印版印下来的"，但两人面相却有天渊之别。一个是财主相，一个是彻底的穷相。这为后来发生喜剧性的变化作了铺垫。其他，阙里侯连娶三位佳人，一个有才，一个有貌，另一个才貌双全；《鹤归楼》中两对男女年华、才情、容貌相似而性格有别，导致两种不同结果。这样安排都大有深意。

李渔小说一般都具有曲折动人的情节，较之宋元话本小说以及明代拟话本小说有所发展。不论写什么题材，李渔都不蹈前人覆辙，而是另辟蹊径，善于制造悬念，设置迷宫，以跌宕多姿、变幻莫测的情节一步步引人入胜。

《生我楼》写战乱年代一家四口巧团圆的喜剧故事，情节的发展却处处出人意料。湖广竹山县乡间财主尹厚婚娶以后，未有子息，为了求子而盖起一座小楼，人亦称他尹小楼。起楼之后果然生了个儿子，取名楼生，不料三四岁上，出去玩耍而走失。小楼与妻子庞氏商量立嗣，生怕被虚情假意所骗，就想出一个高招来；尹小楼周游各地，广试人心，要立一个真心诚意的后嗣。于是小楼穿州过府，插标自卖，卖做人父。他不辞辛劳，执著寻求，终于在松江华亭县遇到买主。无父无母的孤儿姚继买小楼为父，二人相亲相爱，胜过嫡亲父子。此时外族入侵，狼烟四起，父子二人投奔故乡。船到汉口，姚继上岸寻找旧日情侣，哪知妇女无论老幼，都被土贼掳去，姚继扫兴而归。到仙桃镇，他见到乱兵正把妇女装在布袋里面，论斤两出卖。姚继有心找人，就去撞造化，买了一个，解开袋结一看，却是五十多岁的老妇。姚继慈心大发，认她为母。接着，由母指点，买到了他的心上人曹氏。一对情人，难中相会，喜出望外。两人随母回家，惊奇地发现老妇人正是尹小楼的妻子。姚继夫妻居住的小楼，姚继有似曾相识之感。经过验证，姚继即是小楼走失的儿子楼生。于是，原来天各一方的一家四口得以聚首。这个故事可谓"奇到极处，巧到至处"。其中几多巧合，几多奇遇，一波三折，令人叹为观止。确实"初使人惊，次招人怪；及至群疑毕集、怨读言将兴之际，忽然见出他好处来。"（《十二楼·生我楼》回评）

《连城璧》外编中《落祸坑智完节操　借仇口巧播声名》（本篇日本尊经阁本《无声戏》题名《女陈平计生七出》），写明朝末年，战火纷飞，"流贼"横行，"男要杀戮，女要奸淫"，号称"女陈平"的耿二娘摸了几块破布，放在袖中，又让丈夫到生药铺买了几粒巴豆、敲去壳，取肉缝在衣带之中。众人都猜不出她的用意。"流贼"到来，一个头目看中了风姿绰约的耿二娘，要与她做夫妻，耿二娘假意应承。起初两夜先用破布掩饰，谎称经期，保住了贞洁；第三夜，她忽然发寒发热，身上生了碗大的疮。原来是她用巴豆油擦在身上所生的肿毒。她不仅保住自己不受糟蹋，还巧妙地用巴豆油染到贼头身上。后来又在饭中搅上巴豆，贼头吃下去，腹中大泻，直至卧床不起。此时，耿二娘趁抓药的机会，走到家里，让丈夫赶到长桥下面，从深水中取回贼头窝藏的两千多金，然后让丈夫及邻居到庙中处治贼头，并通过贼头之口表明自己的贞洁。最终置敌于死地。耿二娘在险象环生、如履薄冰的困境中敢于斗争，善于斗争，与敌人巧妙周旋，将贼头玩弄于股掌之上，处处计高一着，步步出人意料。小说写道：

"陈平的奇计只得六出，她倒有七出。后来人把他七件事编做口号云：一出奇，出门破布当封皮；二出奇，馒头肿毒不须医；三出奇，纯阳变做水晶槌；四出奇，一粒神丹泻到脾；五出奇，万金谎骗出重围；六出奇，藏金水底得便宜；七出奇，梁上仇人口是碑。"

李渔小说情节的变幻奇诡，于此可见一斑。正是这种神鬼莫测的情节产生了不朽的艺术魅力，这是李渔小说能赢得读者喜爱的主要原因。

应该指出，李渔小说的奇巧有时过于做作，形成一种人为的、勉强的巧合，这就有失自然之美，也脱离了生活实际。譬如《美女同遭花烛冤·村郎偏享温柔福》，虽然故事生动曲折，但格调不高。为了达到教化目的，编造了大团圆的结尾，斧凿之痕甚为明显。这可以说是李渔小说中为数不多的败笔。

小说以刻画人物为主，心理描写是刻画人物的有效手法，也是小说趋于成熟的重要标志。在《三言》《两拍》中，人物内心世界的剖析已经比较成功。例如《三言》中《卖油郎独占花魁女》，描写小商人秦重要见妓女王美娘之前的心情，可谓是刻画得淋漓尽致。李渔小说的心理描绘则更加细腻，更加切合人物的性格。《三与楼》中，写唐玉川一心想吞并虞素臣的新盖楼房，好容易等到数载之后，虞氏果然逋欠渐多，房屋要寻买主，"玉川父子心上极贪，口里只回不要，等他说得紧急，方才走去借观；又故意憎嫌，说他起得小巧，不像个大门大面。回廊曲折，走路的耽搁工夫；绣户玲珑，防贼时全无把柄；明堂大似厅屋，地气太泄，无怪乎不聚钱财；花竹多似桑麻，游玩者来，少不得常赔酒食。这样房子只好改做庵堂寺院，若要做内宅，住家小，其实用他不着。"最后，玉川父子二人做好做歹，以不足五分之一的价钱买了。这里寥寥数笔，就把唐玉川这个吝啬贪婪、奸猾卑鄙、巧言令色、吹毛求疵的财主形象刻画得栩栩如生。

再如《连城璧》第八回《妻妾败纲常　梅香完节操》中，罗、莫二氏听到丈夫病逝的消息，不问真假，心里即萌发出改嫁的念头，但又各有隐衷，不便发露。罗氏是原配正娶，本想先嫁丫鬟碧莲，次嫁小妾莫氏，将她两人身价来丰富自己的嫁妆。但由于自己是正妻，当初的海誓山盟言犹在耳，因此，遣嫁的话几次来在口头，只是不敢说出。又因为莫氏生有一子，不好让她带去随继父，留在家中，又怕绊自己的脚，难以改嫁，所以一肚皮的官司打不清。莫氏脑中也另有一层苦衷：丫鬟当嫁不肯嫁，正妻要嫁不好嫁，她夹在中间不大不小，进退维艰；况且自己生了一子，年龄尚小，不但无用，反要缠人，给自己改嫁带来不便，这段苦楚告人不得，只得以哭夫为名，自诉其苦，好不伤心。这样，就把罗、莫二人的不同身份、性格和当时的内心隐秘细致入微地揭露出来。

李渔小说中更多的心理描写是三言两语，比如《萃雅楼》中奸佞严世蕃好男色，要骗美少年权汝修到手，就唆使沙太监设法。"东楼设计之意原是为此，料他是个残疾之人，没有三年五载，身后自然归我，落得假手于他。"暴露出凶残、狡诈的丑恶嘴脸，使人物形象增色生辉。这样既丰富了人物性格，又加强了小说的传奇色彩，提高了艺术性。

（三）

鲁迅说过，喜剧是将那无价值的东西撕破给人看。这不仅揭示了喜剧的内涵，而且强调了喜剧的社会作用。喜剧有浓烈的趣味性，常常引起轻松的笑声，对观众有较强的吸引力。所以，寓教于乐，利用喜剧进行劝惩教化，是文艺家的最佳选择。李渔对喜剧有着特殊感情，这不仅因为他把小说看成是无声戏，是彰善儆恶、愉悦身心的有力武器，而且与他的幽默诙谐的性格有关。此外，迎合时人"喜读闲书，畏听庄论"（《闲情偶寄·凡例》）的嗜好，为作品打开销路也是李渔的出发点。他的好友包璿说："笠翁游历遍天下，其所著书数十种，大多寓道德于诙谐，藏经术于滑稽。极人情之变，亦极文情之变。不知者以为此不过诙谐滑稽之书，其知者则谓李子之诙谐非诙谐也；李子之滑稽非滑稽也。当世之人尽聋聩矣，吾欲与之庄语道德固不可，既欲与之庄语经术复不可。则不得不出之以诙谐滑稽焉。"（《李先生一家言全集叙》）这里的"诙谐滑稽"就是指喜剧性。

李渔的小说像他的戏曲一样，十之八九是喜剧和闹剧。其中不少喜剧性小说就是由他自己的戏曲改编而成的。由于年老和健康的原因，他还有些改编计划没有完成。李渔对喜剧的偏爱和擅长，决定了他的小说具有独特的喜剧风格，这是李渔区别于其他任何一位小说家的最显著的特色。

喜剧，在幽默诙谐的形式下面蕴含着严肃深刻的社会内容。李渔对他的小说戏曲所赋予的劝惩教化的社会功能十分自信；他在传奇《风筝误》尾声中宣称：

传奇原为消愁设，费尽杖头歌一阕。
何事将钱买哭声，反令变喜成悲咽。
惟我填词不卖愁，一夫不笑是吾忧。
举世尽成弥勒佛，度人秃笔始堪投。

不仅如此，他还曾自豪地对他的朋友说："大约弟之诗文、杂著，皆属笑资，以后向坊人购书，但有展阅数行而颐不疾解者，即属赝本"。（《李笠翁一家言》卷三）这里不无夸张色彩，但说明李渔对自己作品的娱乐作用是有充分估计的。李渔用喜剧性小说讽世、劝世是自觉的，这与他的文艺观及审美趣味是分不开的。

莫里哀《〈达尔杜弗〉的序言》说："一本正经的教训，即使最尖锐，往往不及讽刺有力量。规劝大多数人，没有比描画他们的过失更见效的了。恶习变成人人的笑柄，对恶疾就是重大的致命打击。责备两句，人容易受下去，可是人受不了揶揄。人宁可作恶人，也不要作滑稽人。"（《文艺理论译丛》第四期）

李渔的小说像漫画，像滑稽小品，常常运用讽刺力量来针砭时弊、批评坏人坏事，往往绵中藏针，柔中带刺，表现出一定的战斗力。《谭楚玉戏里

传情　刘藐姑曲终死节》中，刘藐姑在殉情之前，故意演明代四大传奇之一的《荆钗记》，借剧中人物钱玉莲咒骂图谋不轨的富豪孙汝权之机，将企图霸占自己为妾的富翁指着鼻子痛痛快快地骂了一番。

《清官不受扒灰谤　义士难伸窃妇冤》更加别开生面，小说不仅让"极喜谈人闺阃之事"的绸缎铺商人赵玉吾经官动府，出乖露丑，赔了夫人又折兵，以儆戒轻嘴薄舌者，而且使不事调查、滥施酷刑的成都知府"后院失火"，闹得人仰马翻。最后知府由老鼠搬物而恍然大悟，平反冤狱。这种"自搬石头自打脚"产生的讽刺效果十分强烈。这样的篇章在李渔小说中比比皆是，真叫人应接不暇。

李渔在小说中常常设置性格相互对立的人物，这样既容易激化矛盾，又富有喜剧色彩。《合影楼》中的两缙绅屠观察和管提举，同为一门之婿，有连襟之谊，却偏偏性格不合，一个豪华跌宕，一个执拗古板；一个是风流成性，一个是道学先生，水火不容的性格就赋予小说很多的喜剧因素。再如《拂云楼》中风流才子裴七郎的结发夫人封氏状貌奇丑，却"又不自知其丑，偏要艳妆丽服，在人前卖弄，说他是临安城内数得着的佳人"，主客观的不协调，蕴藏着无穷的笑料。

李渔的小说还善于制造喜剧氛围，他常常把十分庄重严肃的主题在很不协调的环境气氛中表现出来，粗看似乎感到滑稽可笑，甚至觉得作者玩世不恭，流于油滑；细细玩味，方能悟出真谛，体会到作者的苦心。

《夺锦楼》的主题是诫父母"乱许婚姻，不顾儿女终身"。故事叙述鱼行经纪钱小江和妻子边氏，一向不睦，生下同胞二女。"父母极丑陋极愚蠢，女儿极标致极聪明"，父母与子女在相貌和心灵上的巨大反差产生了喜剧氛围。这就给乡里子弟"群起而图之"提供了条件和方便。偏偏"小江与边氏虽是夫妻两口，却与仇敌一般。小江要许人家，又不容边氏做主；边氏要招女婿，又不使小江与闻。两个我瞒着你，你瞒着我，都央人在背后做事。"这就增加了喜剧气氛。结果小江与边氏将女儿各许两家，四家同一天下礼聘亲，互不相让，大打出手，最终旗鼓相当，争持不下，双双告状，把喜剧气氛推向高潮。后来刑尊明断，推翻父母之命、媒妁之言，替二女另寻佳婿，最后佳人匹配才士举人，皆大欢喜。整个故事在一片喜剧氛围中徐徐降下帷幕。钱氏夫妻及四家求婚者的无理取闹都落了空，这样，无价值的东西被作者撕破了，剩下一片轻松诙谐的笑声。读者在笑声中有所省悟，作者的目的实现了。这种喜剧氛围，有的笼罩全篇，有的涵盖局部，也有的如电光石火，转瞬即逝，但都成为小说不可或缺的喜剧因素。

李渔还擅长于组织喜剧冲突，往往借助于巧合、误会等传统手法，激化矛盾，制造波澜，把故事推向绝境，然后再妙手回春，写出大团圆的结局。《清官不受扒灰谤　义士难伸窃妇冤》是巧合、误会运用得最为出色的喜剧性篇章之一。蒋瑜与何氏、知府与媳妇两桩"奸情"都是由巧合、误会而引起的，最终冤狱的平反是由于认识到"巧合"的奥秘而消除了误会。小说不仅使读者得到美感享受，还能启迪读者进行哲理的思考。

《十二楼》中的《生我楼》《奉先楼》写财主尹小楼、舒秀才在兵荒马乱之中，得以一家骨肉团圆；《连城璧》中《贞女守贞来异谤　朋侪相谑致奇冤》《遭风遇盗致奇赢　让本还财成巨富》《吃新醋正室蒙冤　续旧欢家堂和事》等篇所写的"奇冤""奇赢""蒙冤"，都离不开"巧合"和"误会"。由于李渔看到了这些偶然的"巧合""误会"后面的必然性，准确地把握了偶然性与必然性的关系，所以这些故事显得曲折生动而又真实可信；既出人意料之外，又在情理之中。

对比、反衬也是制造喜剧冲突的重要手段。李渔的小说常常让不同类型的人物相互衬托、对比，或者让同一个人物前后的言论和行动构成对比，从而取得强烈的讽刺效果。《合影楼》将管提举的"道学"与屠观察的"风流"进行对比，讽刺了干涉儿女爱情的家长；《鹤归楼》将重情轻欲的段玉初与放纵情欲的郁子昌进行对比，阐明了相反相成的哲理，鞭挞了以欲代情的畸形爱情观。"用意最深，取径最曲。"（《鹤归楼》回末讲）

《乞儿行好事　皇帝做媒人》以乞儿"穷不怕"的行侠仗义反衬官绅的不仁不义；《重义奔丧奴仆好　贪财殒命子孙愚》以奴仆的轻财高义反照出富家子弟酌见利忘义，尔虞我诈；《妻妾败纲常　梅香完节操》，以丫鬟碧莲的不讲空话；守贞自持反照出罗、莫二氏的心口不一。

俗话说："不怕不识货，只怕货比货。""不比不知道，一比吓一跳。"李渔深谙艺术辩证法，这样省却了许多说理性文字，而作者的褒贬感情又自然地表现出来，提高了小说的艺术性。

运用喜剧性语言，是李渔的特长。这不仅加强了小说的喜剧色彩，而且有效地深化了小说的讽刺批判力量，同时从字里行间可以窥测到作者的褒贬感情。

对于不同的讽刺对象，李渔采取了不同的态度和不同的语言。那些腐朽邪恶势力，李渔则进行冷峻的批判，无情的嘲弄；而对于一般人物的缺点、

225

错误,就采取微讽婉喻,善意的批评。

《萃雅楼》为了描写严世蕃父子炙手可热的显赫威势,作者借严府家人之口说道:"难道一个严府,抵不得半个朝廷?莫说趁钱,就要做官做吏也容易!"话中有话,柔中有刺,宣泄了作者对严嵩父子玩弄权柄,祸国殃民的愤慨。

《生我楼》中写乱兵出脱妇女的方法:"把这些妇女当作腌鱼臭鲞一般,打在包捆之中,随人提取,不知哪一包是腌鱼,哪一包是臭鲞,各人自撞造化。那些妇女都盛在布袋里面,止论斤两,不论好歉,同是一般价钱。造化好的得了西子,王嫱;造化低的轮着东施、嫫姆,倒是从古及今第一桩公平交易!"这里看似纯客观的叙述,其实可以透视出作者的沉痛心情,他心里在流血!"公平交易"明褒暗贬,把当时乱兵卖人,把人当物出售的罪恶揭露得入木三分。

《三与楼》中财主唐玉川为了侵吞虞素臣的房产,只盼他早死,小说写道:"谁想财主料事件件料得着,只有生死二字,不肯由他做主,虞素臣不但不死,过了六十岁上,忽然老兴发作,生个儿子出来。"貌似一本正经,其实笔有藏锋,击中了财主的要害,针砭嘲弄,痛快淋漓。

在《待诏喜风流攒钱赎妓 运弁持公道舍米追赃》中,作者嘲讽攒钱赎妓的篦头待诏王四:"王四要讨妈儿的好,不但篦头修养分内之事,不敢辞劳,就是日间煮饭,夜里烧汤,乌龟忙不过来的事务,也都肯越俎代庖。地方上的恶少,就替他改了称呼,叫做'王半八'。笑他只做了半个王八,又合着第四的排行,可谓极尖极巧。王四也不以为惭,见人叫他,他就答应。只要弄得粉头到手,莫说半八,就是全八,也情愿充当。"语言虽然尖刻,但还是善意的讽喻,作者意在揶揄那些痴情男子积钱娶妓女的愚蠢行为。

李渔具有深厚的文学修养,娴熟各种修辞方法,故能极大地强化喜剧性语言的表现力。《三与楼》写唐玉川父子买到虞素臣花园后,又借口虞氏楼房能窥视他们的家眷,企图再吞开虞氏楼房,却欲擒故纵,明知虞氏无钱,反逼虞氏赎回花园,于是告到官府,指望通过贿赂,让官府帮助他们逼勒。哪知这位县尊是贫士出身,被财主欺凌过,说道:"他(指虞素臣)是个穷人,如何取赎得起?分明是吞并之法。你做财主的便要'为富不仁'我做官长的偏要'为仁不富'!"这里作者并非做文字游戏,而是借助于回环、仿词两种修辞手法的强大力量来谴责财主的狠毒奸诈,赞扬县尊明察秋毫,秉公办案的可贵精神,当然也流露了作者鲜明的倾向性。

李渔运用幽默、锋利的语言为他的喜剧风格增色生辉，这是值得称道的。在李渔之前的凌濛初，在《两拍》中也常用讽刺手法，取得了一定的效果，这给李渔以有益的借鉴，是毋庸置疑的，但凌濛初的讽刺手法尚不足以与李渔这种挥洒自如、臻于化境的喜剧风格相比。

（四）

李渔认为："能于浅处见才，方是文章高手。"（《闲情偶寄》卷一）这是一个新的美学标准，反映了日益壮大的市民阶层对于文学艺术的要求，有其鲜明的进步意义。冯梦龙在《古今小说序》中云："大抵唐人选言，入于文心；宋人通俗，谐于里耳。天下之文心少而里耳多，则小说之资于选言者少，而资于通俗者多。"《三言》《两拍》中大抵都是"谐于里耳"的通俗小说，为广大读者，特别是市民阶层所喜闻乐见。李渔身体力行，以流畅优美的语言写出了中国通俗小说史上第一流的白话小说。他善于运用浅近精当的语言概括深刻的哲理，又善于运用形象的比喻说明难以言传的道理，往往令人拍案喝彩。

李渔曾提出通俗化的具体要求："话则本之街谈巷议，事则取其直说明言。"（《闲情偶寄》卷一）他长期游荡江湖，生活在下层人民中间，与市民阶层声气相通，十分熟悉他们的口语。他的交游也十分广泛，接触过各阶层的人物，有达官贵人，风流雅士，也有地主豪绅，地痞恶棍。加之他具有丰厚的语言修养和卓越的熔铸才能，所以，他不仅善于提炼各种人物的口语，形成雅俗共赏的文学语言，还能够吸取各种人物的口头语来刻画不同的人物形象。同时，他又常常将俗语、民谚、格言、古训等信手拈来，为小说增色生辉，加强了小说的通俗性。他的每篇小说都有不少约定俗成而又富于生活气息的成语，故能争胜《三言》《两拍》，为当时的读者所喜闻乐见。

李渔的小说还大量引进戏曲名词、术语，以及戏曲人物、故事、情节、唱词等。因为他对于戏曲具有特殊感情，有意无意地把小说当作戏文来写，这在中国古代通俗小说中是绝无仅有、空前绝后的。《拂云楼》是戏曲名词、术语用得最多的一篇，请看第二回中的一节：

众人都说："这样丑妇，在家里坐坐罢了……可惜不知姓名，若还知道姓名，倒有几出戏文好做。妇人是丑，少不得男子是净，这两个花面，自然是拆不开的。况且有两位佳人做了旦脚，没有东施、嫫姆，显不出西子、王嫱，借重这位功臣点缀点缀也好。"内中有几个道："有了正旦、小旦，少不得要用正生、小生,拼得费些心机,去查访姓字,兼问他所许之人。我们肯做戏文,不愁她的丈夫不来润笔!这桩有兴的事是落得做的。"又有一个道:"若要查访,连花面的名字也要查访出来,好等流芳者流芳,贻臭者贻臭。"

这段文字竟一连用了十多个戏曲名词。《夏宜楼》引用了《西厢记》的曲词:"只为着翠眉红粉一佳人,误了他玉堂金马三学士。"《妻妾败纲常·梅香完节操》写男主角马麟如为了表示决不赎取失节的妻妾,"就点了一本朱买臣的戏文,演到覆水难收一出,喝彩道:'这才是个男子!'"《待诏喜风流攒钱赎妓　运弁持公道舍米追赃》入话中写道:"世间多少富家子弟,看厂这两本风流戏文,都只道妓妇之中一般有多情女子……也想要做《绣襦记》《西楼梦》的故事。谁想个个都有开场,无煞尾,做不上半本,又有第二个郑元和、于叔夜上台,这李亚仙、穆素徽与他重新做起,再不肯与一个正生扮演到头,不知什么缘故?"这些与戏曲有关的语言显然不是作者一时心血来潮而偶然写进小说的,而确实是作者长期从事戏曲创作、演出的实践所造成的。更值得注意的是,这些与戏曲有关的语言并不游离于小说情节之外,而是十分精当、贴切,成为小说的有机组成部分,加强了小说的生动性和可读性。这也是李渔小说区别于其他作家的特征。

以上从四个方面讨论了李渔小说的成就,描述了李渔对中国古代小说的贡献。李渔在中国通俗小说史上的艺术成就是杰出的,他在中国通俗小说史上的地位是不容否定的。李渔与冯梦龙、凌濛初并驾齐驱,在中国通俗小说发展史上鼎足而三,自不待言,而他在某些方面超过冯、凌二氏之处,也是显而易见的。我们可以说,李渔是站在巨人肩膀上攀登、有所创新、后来居上的优秀小说家,他的白话短篇小说标志着中国古代通俗小说的高峰。